CHRISTINA DODD

Pasión en la abadía

romántica

Título original: *A Knight to Remember*
Traducción: Ana Mazía
Edición original: Harper Paperbacks a division of Harper Collins Publishers

Barquillo, 21. 28004 Madrid (España) www.puntodelectura.com

ISBN: 84-663-0430-4
Depósito legal: M-30.359-2001
Impreso en España – Printed in Spain

Diseño de colección: Ignacio Ballesteros

Impreso por Mateu Cromo, S.A.

CHRISTINA DODD

Pasión en la abadía

A mis hermanas AKZ

Rhonda Day, Juli Goetz, Marian Hardman, Ann Holdsworth, Kathy Howell, Sharon Idol, Jessica Kij, Sheila McCarn, Bobbie Morganroth, Susan Richardson, Rebecca Easterly, Suzanne Bartholomew, Julie Mulvaney, Deborah Schlafer, Sherrill Carlton.

Gracias por su apoyo y su inagotable entusiasmo. Cuando Sheila escribió esa carta, Dios estaba cuidándome.

1

Inglaterra medieval
Wessex, primavera de 1265

Cuando Edlyn se inclinó para meter la llave en la cerradura, la puerta crujió en sus goznes. Confundida, clavó la vista en la abertura que se ensanchaba. Alrededor de la cerradura, la madera estaba astillada, y el daño había pasado inadvertido gracias a la media luz del amanecer.

Alguien había irrumpido en el dispensario.

Retrocedió de prisa por el sendero de grava que cruzaba el huerto del dispensario. La batalla reciente había atraído a muchos hombres —heridos, asustados, desesperados— a la enfermería de la abadía, y Edlyn sabía que no le convenía demorarse cerca de ellos.

Cuando se disponía a correr, oyó una respiración agitada. Quien hubiera roto la puerta, fuera quien fuese, todavía se encontraba dentro y, a juzgar por los sonidos angustiosos que emitía, estaba herido. Titubeó: no le gustaba abandonar a alguien que sufría, aún sabiendo que debía buscar ayuda de los monjes.

Antes de que pudiese tomar una decisión, un brazo le rodeó el cuello. Quedó apretada contra un sudoroso cuerpo masculino y pataleó, enloquecida. Algo le tocó la mejilla y, con el rabillo del ojo, distinguió el resplandor del acero.

Una daga.

—Si gritas, te rajo el cuello desde la garganta hasta las tripas.

Si bien hablaba el francés normando de los nobles ingleses, su dicción vulgar y su tosca gramática lo hacían casi ininteligible. Pero la muchacha lo entendió perfectamente bien y usando el tono tranquilizador que había perfeccionado atendiendo a enfermos y heridos, respondió:

—Puedo garantizarte mi silencio.

El brazo del hombre apretó más. La alzó hasta que los pies de Edlyn quedaron colgando, y la presión sobre la tráquea la ahogaba.

—Sí, una mujer siempre es capaz de mentir para salvarse. —La sacudió un poco y aflojó la presión—. Pero tú no querrás traicionarme si sabes lo que te conviene.

La mujer sorbió el aire, y recorrió con la mirada el interior del jardín de hierbas rodeado de muros y el dispensario. Necesitaba a alguna de las monjas. Incluso la priora, lady Blanche, habría sido bienvenida. Pero apenas había salido el sol, y las monjas aún estaban en la Prima. Luego, desayunarían y sólo entonces se dispersarían para cumplir sus respectivas tareas en el refectorio, la enfermería y los huertos. La supervivencia de Edlyn dependía de su propia rapidez mental... como siempre.

—¿Está buscando alimento? —le preguntó—. ¿Medicamentos? Hay aquí muchos hombres que vinieron de la batalla en busca de...

El brazo la apretó con brutalidad, y Edlyn le clavó las uñas, al tiempo que unos soles rojos le explotaban detrás de los párpados. El hombre la soltó como a un cachorro herido, y ella se desplomó sobre el suelo.

El hombre le apoyó el pie en el estómago, se inclinó sobre ella y le apuntó la daga al pecho.

—¿De dónde sacas que vengo del campo de batalla?

Mientras intentaba resistir el pánico y el dolor, ella pensó una respuesta. ¿Debía decirle que olía a sangre, a mugre y a brutalidad? Seguramente, no querría oír eso y, al mismo tiempo, Edlyn no entendía cómo era posible que su paz, conquistada a tan alto costo, quedase hecha trizas con tanta crueldad.

—Aquí llegan soldados buscando nuestra ayuda —susurró—. Creí que tal vez eras uno de ellos.

—Yo no. No estoy herido.

—No, ahora veo que me equivoqué.

Veía más que eso: veía a su atacante, un hombre feo, regordete, con un justillo de cuero que llevaba consigo todas las armas inventadas para destruir a la humanidad. Tenía sangre pegoteada por los brazos y bajo la barbilla, y Edlyn dedujo que la mayor parte no era de él. El sujeto estaba bien firme y había demostrado sobradamente su fuerza.

Bajo la gorra de cuero, la frente ancha se arrugó y se crispó. No era otra cosa que el sirviente de un caballero, y estaba preparado para luchar, herir y matar, y apostaba a que lo hacía con absoluta confianza. Pero, en ese momento, algo lo confundía, y volviendo a apelar a su tono tranquilizador, la muchacha le preguntó:

—¿Cómo podría ayudarte?

El hombre miró alrededor, y luego otra vez a la mujer.

—Tengo a alguien ahí dentro. Quiero que lo sane.

A Dios gracias. El alivio fue tan grande que Edlyn casi se enceguecíó. Ese monstruo musculoso no iba a violarla. No iba a matarla. Sólo quería ayuda para su amo o para su amigo. Edlyn ya conocía el miedo y ahora reconocía en la lengua su sabor metálico.

—¿Está herido? —preguntó.

El sujeto titubeó un instante y luego asintió con brusquedad, como si con eso ya hubiese revelado demasiado.

—Estaría mejor en la enfermería. Déjame que lo lleve...

Trató de incorporarse sobre los codos, pero la punta del arma la amenazó de nuevo.

—¡No! Eso podría haberlo hecho yo mismo. Nadie tiene que saber...

—¿Que él está aquí?

—Sí. —Lo dijo en tono gruñón—. Si nos delatas, te cortaré el cuello desde...

—La garganta a las tripas —concluyó—. Pero si no me dejas levantarme, no podré ayudarlo.

El hombre siguió vacilando, pero finalmente

apartó el pie de su estómago y le tendió la mano para ayudarla a levantarse... y para no dejar de controlarla.

—Ahí dentro.

Indicó con la cabeza el dispensario y se quedó a un lado para dejarla entrar primero.

Fuera, el sol que nacía empezaba a iluminar el paisaje. Dentro, los muros de piedra impedían el paso de la luz, y por las pequeñas ventanas sólo entraban unos débiles rayos. Edlyn abrió bien grandes los ojos tratando de distinguir el origen de sus problemas.

—Está aquí, en el suelo. —En la voz del siervo se percibió la reverencia. Cerró la puerta y se arrodilló junto a una silueta de metal y harapos del tamaño de un hombre—. Os he traído ayuda, amo —murmuró—. Ella os hará poner bien.

No hubo respuesta, movimiento ni sonido algunos. Edlyn temió que el amo ya estuviese muerto, y se balanceó sobre los talones, dispuesta a huir en cuanto la desesperación hiciera presa del desdichado patán.

Su atacante gimió, sumido en inocultable ansiedad.

—Amo...

Antes de tener tiempo de arrepentirse, Edlyn apoyó una mano en el hombro del criado.

—Apártate y déjame ver qué puedo hacer.

El sirviente se estremeció bajo su mano, y se puso de pie de un salto.

—Si él muere, tú mueres.

Gruñó, pero el filo del temor de Edlyn ya se

había embotado. Después de todo, su atacante no era más que un sirviente que temía por su caballero, cosa que le confería un aspecto menos monstruoso, más humano. Rechazando la arrogancia del sujeto, la muchacha le respondió:

—Tu amo está en manos de Dios, como todos nosotros. Y ahora, apártate.

El siervo se apartó tambaleándose y clavó la vista en la cruz que había sobre la puerta.

—Abre el horno y aviva el fuego. Necesito luz.

Edlyn se agachó junto al guerrero. Un abollado yelmo cerrado le cubría la cabeza. Le habían quitado el sobreveste, y una cota de malla le envolvía el pecho, las piernas y los brazos. El criado apartó las cenizas de las ascuas, añadió astillas para reavivar las llamas y, a su luz, Edlyn vio la sangre que manaba a través de los aros de hierro. Desató los cordones de un costado de la cota de malla, y se encontró con que el otro había sido cortado y estaba abierto. La fuerza del golpe los había cortado, y a través del corte la lanza había penetrado desgarrando la carne. Lanzando un gemido, apartó a un costado la pesada cota y contempló, acongojada, el acolchado que había debajo, y que estaba empapado en sangre.

—Dame un cuchillo —ordenó.

—Ni en sueños —fue la áspera respuesta.

—Entonces, corta tú este acolchado —dijo, impaciente, al ver la herida en el vientre del caballero.

El criado se arrodilló junto a ella.

—Este acolchado es un perpunte. —Con manos vacilantes, cortó lo que quedaba de la prenda y de la camisa—. ¡Un perpunte, perra estúpida! Sirve para proteger a mi amo de los golpes en la armadura. ¿Acaso no sabes nada?

Edlyn sabía más de lo que deseaba saber, pero no lo admitió. Dijo:

—Tal vez lo proteja de los golpes en la armadura, pero no ha hecho nada para proteger su carne.

El hombre acostó a su amo, ya desvestido, y Edlyn contuvo el aliento:

—¡Que Dios lo ayude! —Volvió a caer de rodillas, y clavó la vista, demasiado asustada para tocar las costillas blanquecinas y los músculos desgarrados que se veían a través de la piel cortada—. Hace falta alguien con más experiencia que yo para curar esto.

—Usted lo hace —insistió el criado—. Nadie más que usted.

—¿Por qué lo condena a mis incompetentes cuidados cuando al otro lado del patio hay una enfermería? Yo soy la herborista —afirmó—. No atiendo a los heridos. Me limito a aplicar emplastos y a recomendar remedios.

El hombre la miró, los ojos convertidos en ranuras hostiles.

—Te he oído hablar. Tú eres una dama, y las damas saben cómo curar a su gente.

—Algunas son más competentes que otras.

—Más vale que lo hagas. —La punta fría de la daga le tocó otra vez la mejilla—. Ya.

De modo que no le daría explicaciones. Eso le hizo suponer que el herido debía de ser uno de los rebeldes de Simon de Montfort, y que el sirviente temía que los soldados del príncipe encontraran a su amo y lo matasen. Si bien tenía sentido, ella había visto morir a hombres por heridas semejantes. También los había visto sobrevivir, pero sólo con los cuidados expertos de las monjas enfermeras y de sus criadas instruidas. Miró la daga de reojo: tendría que haber huido mientras podía hacerlo en lugar de dejarse dominar por la compasión.

Pero se quedó, y se comprometió a realizar la tarea que tenía por delante. Debía hacerlo... no era sólo en ella en quien tenía que pensar.

Se levantó y circuló con presteza por el dispensario, bajo la mirada del criado. El interior de la maciza construcción instalada en medio del jardín de hierbas del convento estaba cubierto de anaqueles. De las vigas colgaban ristras de setas secas. Una mesa larga abarcaba todo el centro del recinto, y en un extremo estaba el horno de barro.

—¿Cómo se llama? —preguntó Edlyn.

—¿Por qué?

El hombre agazapado tocó la daga.

—Porque no sé cómo llamarlo. —Abrió una caja de madera, sacó un puñado de milenrama seca y lo echó en el cuenco de piedra. Tomó el pisón y, mientras convertía las hojas en polvo, dijo—: Y quiero que avive el fuego al máximo.

—¿Por qué?

Edlyn tuvo ganas de abofetearlo, aunque entendía la suspicacia... además de que seguía aferrando el cuchillo.

—Un herido tan grave como tu amo debe estar

en un lugar caliente. Además, le prepararé un emplasto cuando haya terminado de suturarlo, y eso ayudará a que se deshaga de los malos humores de su sangre.

El hombre reflexionó, y luego se levantó y fue hacia la pequeña pila de leña que había junto al hogar.

—Aquí no hay mucha leña —dijo.

—La reserva está fuera.

—Ja. No pienso dejarte sola aquí, con él.

—Como quieras.

Edlyn agregó agua suficiente para formar una pasta, dejó el cuenco sobre el horno para que se entibiara y reunió los elementos que necesitaba para hacer su trabajo, y los dispuso sobre una bandeja. Cuando se acercó a un costado de la mesa que estaba junto a la puerta, el sirviente la siguió, con la daga preparada. La irritaba que desconfiasen de ella hasta ese punto, pero lo comprendía. Era el resultado de la violencia: hombres que no confiaban en nadie y en los que no se podía confiar. Cuando regresó junto al herido, dijo:

—Tendrás que dejar eso, pues necesitaré tu ayuda.

La daga vaciló un instante, y Edlyn contempló el feo rostro de su raptor.

—¿Por qué dudas? Podría matarme con sus propias manos en cualquier momento.

—Es verdad —admitió el hombre, y enfundó la daga.

—Tráeme agua —le ordenó la mujer—. Está ahí, en esa jarra.

—¿Para qué quiere agua?

Aunque esa sospecha permanente la irritaba, se dominó. La habían preparado para controlarse, para refrenar sus estallidos, para ocultar sus emociones, y se le ocurrió que ese entrenamiento había sido especialmente pensado para este momento. Perder la paciencia podía costarle la vida, y por eso dio a su voz un matiz autoritario.

—Para poder lavar la herida y ver qué es lo que estoy haciendo. Por favor, haz lo que te pido, por el bien de tu amo.

La calma autoridad dio resultado. El sirviente se levantó y fue a buscar el agua, sin rechistar.

—Abre la puerta —le dijo Edlyn, aprovechando su flamante superioridad—. Necesito más luz.

El hombre no hizo caso de la orden, y se acuclilló junto a ella esperando más indicaciones.

Suspirando por su fracaso, Edlyn emprendió la tarea. Por suerte para el hombre inconsciente, afuera la luz del sol se hacía más intensa, lo que le permitió unir rápidamente los trozos de piel y coserlos con burdas puntadas de intestino de oveja. Durante el prolongado tratamiento, el sirviente observó sin hacer comentarios. No se trataba de que se hubiese amilanado sino que respondía a su propio entrenamiento: cuando hablaba una dama, el sirviente obedecía, aunque tuviera la superioridad momentánea. Por el momento, estaban unidos en pos de la misma causa. Pero Edlyn sabía que después volverían a ser enemigos.

En algún momento del largo proceso de suturar al paciente, Edlyn supo que estaba consciente.

Había jurado que había estado desmayado, pero ahora crispaba los músculos cuando ella lo pinchaba, y contenía los gemidos cada vez que atravesaba su carne con la aguja. O bien era valiente, o sabía, aún dentro de su capullo de dolor, que necesitaba discreción.

Al recordar las quejas de su propio esposo guerrero cuando estaba enfermo, Edlyn llegó a la conclusión de que seguramente se trataba de lo último.

Empezó a hablarle al caballero en voz baja, tratando de tranquilizarlo. Era preciso tener en cuenta que se había desmayado después de recibir la herida, y que despertó en un lugar desconocido.

—Estás en la abadía Eastbury —le dijo—, a unas diez leguas del campo de batalla donde te hirieron.

Los músculos del hombre se tensaron mientras la escuchaba, y así, Edlyn supo que la entendía. Aún así, la voz la sobresaltó:

—¿Wharton? —llamó, con una voz profunda que reverberaba dentro del enorme yelmo.

Edlyn dirigió una mirada irónica al sirviente, ahora identificado, y hubiese jurado que el patán se había ruborizado.

—Está aquí, junto a mí.

—¿Quién... eres?

—Me llamo Edlyn.

El guerrero se estremeció violentamente.

—¿Te hice daño?

Wharton gruñó:

—Lo has lastimado, vaca torpe.

—¡No! —exclamó el guerrero.

Edlyn oía cada una de las trabajosas aspiraciones del guerrero, y contuvo su propio aliento, pensando si el dolor lo haría injuriarla.

Poco a poco, el herido se aflojó.

—Adelante. Termina.

Al costado, fuera del campo visual del guerrero, Edlyn vio que Wharton empuñaba la daga.

—Ten más cuidado —le advirtió.

Con dedos temblorosos, terminó de coser y lo examinó meticulosamente.

—Creo que terminé. —No sabía qué hacer con los sitios donde faltaba piel, y no le agradaba cómo sobresalían partes de ella entre la presión de sus puntadas. Deseó poder recurrir a alguna de las monjas, o incluso a alguno de los monjes de gruesos dedos que trabajaban en la enfermería. Se le ocurrió que el guerrero tal vez fuese más razonable que su criado, y le dijo—: Yo no tengo preparación para esto, pero tu sirviente insistió en que hiciera por ti lo que pudiese. Si me permitiera buscar ayuda en el hospital...

—No.

La fuerza de ese único monosílabo hizo desistir a Edlyn. Y no era que el guerrero lo hubiese dicho en voz alta, al contrario. Esa palabra, pronunciada en voz baja, lo reveló como un jefe, acostumbrado a que se le obedeciera sin cuestionamientos.

Ella también le obedecería, mientras el criado se interpusiera entre ella y su libertad.

—Como quieras —respondió. Se puso de pie y se estiró para librarse de los calambres en las piernas—. Wharton te trajo aquí, y si eres capaz de quedarte quieto un rato más, terminaré y podrás descansar.

Wharton se incorporó.

—¿Adónde vas?

—A buscar el emplasto —le recordó—. ¿Por qué no le quitas el yelmo mientras yo termino de prepararlo? Así, él estará más cómodo.

—Ni lo sueñe —replicó Wharton.

—Necesita respirar —argumentó Edlyn.

Wharton se puso rojo de indignación.

—Lo que usted quiere es verle la cara para traicionarlo.

El caballero dijo:

—Hazlo.

Wharton se dejó caer de rodillas y tendió la mano hacia el yelmo. Edlyn les dio la espalda y se concentró en revolver el emplasto: no tenía ningún interés en provocar a Wharton.

Oyó que el guerrero herido decía:

—Agua.

Ya libre del confinamiento del yelmo, la voz retumbó como una gran ola marina que rompiese contra las rocas. A Edlyn le pareció que armonizaba con su tamaño.

—Sí, amo.

Wharton se precipitó hacia la jarra, pero Edlyn lo detuvo.

—Dale esto.

De un anaquel alto sacó una botella, la descorchó, llenó una taza y se la entregó a Wharton.

Éste olfateó el brebaje con suspicacia y frunció la nariz. Edlyn, anticipándose a la pregunta, dijo:

—Es tónico vernal, le dará fuerzas.

Wharton se lo llevó a su amo, haciendo una mueca.

Girando a medias, Edlyn observó a la figura yacente mientras probaba la temperatura de las hierbas con la muñeca. Incluso sin el casco, era irreconocible. Claro, ¿cómo podía ser de otra manera? Bajo el hueco casco de metal llevaba una toca de malla metálica que le envolvía el cuello y la cabeza, y sólo dejaba al descubierto el óvalo del rostro. Vio que Wharton pasaba el brazo bajo la cabeza del soldado y la levantaba con el mayor de los cuidados. El guerrero bebió, y el criado dio la impresión de adivinar cuándo el amo estaba satisfecho, sin que éste se lo dijera.

Edlyn supo que habían estado juntos mucho tiempo, y que la devoción de Wharton era total.

Después de acomodar a su amo en el suelo, Wharton la miró furioso, y ella se concentró de nuevo en su labor. Revolvió el interior del cesto donde guardaba trapos limpios; eligió un trozo de hilo suave para usar como apósito y regresó junto al cuerpo tendido del guerrero. Con la vista baja, en la esperanza de que Wharton interpretase su actitud como sumisión, se arrodilló junto al guerrero. Esparció la pasta verde con los dedos sobre el apósito, y luego lo puso sobre la herida. Sólo entonces se arriesgó a mirar el rostro del herido.

El sudor, la tierra y la sangre se habían mezclado y endurecido sobre la piel, formando una máscara de los horrores de la batalla. Edlyn dejó escapar de una vez el aliento contenido.

—¡Vaya! Ni tu propia madre te reconocería.

Alegre por el comentario, Wharton sonrió.

—Lávame la cara —dijo el guerrero—. Me pica.

La sonrisa de Wharton se esfumó, pero de todos modos alcanzó el paño húmedo sin discutir.

Edlyn le sujetó la muñeca.

—Primero, habrá que quitarle la armadura y la mayor parte del acolchado. —Se agachó bajo la mesa y sacó un jergón relleno de paja y cubierto de lana de apretado tejido—. Si pudiésemos desvestirlo, y luego acostarlo sobre el jergón y arrastrarlo al rincón, junto al horno, estaría más abrigado.

Wharton la miró, con expresión vacilante.

—Así sería más fácil ocultarlo —agregó la joven.

Wharton echó una mirada al rincón.

—Hay una mesa.

—La cambiaremos de lugar. —Como Wharton no parecía convencerse, Edlyn dijo, ya impaciente—: Aquí no hay ningún otro sitio donde ocultarlo.

—Evita que alguien más entre aquí —respondió Wharton.

—Eso es imposible. Yo suministro hierbas y pociones a la enfermería.

Wharton siguió empecinado.

—¡Si no lo hago, los hombres morirán!

Wharton parecía una piedra:

—Los otros hombres no me importan.

El guerrero volvió a interrumpir:

—A mí sí.

La indignación de Wharton se aplacó, y Edlyn suspiró, aliviada.

—Además —añadió—, si intento impedir que las monjas entren aquí, despertaré sospechas. Y ahora, quitémosle la armadura...

—Primero, la toca —dijo el soldado—. Quítala.

Apretó los labios mientras Wharton le sacaba la toca de malla metálica. Edlyn comprendió que cada movimiento lo hacía sufrir, y que los eslabones se enredaban en el lacio cabello rubio y le hacían daño. Wharton murmuraba disculpas, pero el guerrero no pronunció una sola palabra de reproche hacia el siervo. Se limitó a quedarse quieto, jadeando suavemente y, cuando pudo, dijo:

—Ahora, mi cara. Lávala. —Wharton tomó de nuevo el paño húmedo, pero el herido dijo—: No, ella.

Sobresaltada, Edlyn recibió una expresión encolerizada por parte de Wharton, y un paño mojado.

No entendía. Los dos se habían mostrado tan recelosos de la identidad del guerrero, y ahora éste, al pedirle que le limpiase la cara, se arriesgaba a que ella pudiese identificarlo.

Y existía la posibilidad de que *lo* reconociera. Cuando era condesa de Jagger, había conocido a legiones de caballeros y nobles, que la visitaban en procura de favores y ofreciendo apoyo. Pero, por supuesto, todos habían desaparecido cuando Robin fue asesinado.

Mientras sujetaba el paño, contempló el rostro mugriento. ¿La habría reconocido él *a ella*?

—¿Qué esperas? —preguntó el herido.

Edlyn no respondió, y se limitó a inclinar la cabeza y pasarle el paño por la frente.

Una frente ancha, clara pero marcada por las arrugas de la experiencia. Luego, la zona que rodeaba los ojos, donde vio los pliegues provocados por entrecerrarlos para protegerse del sol. También vio un par de ojos almendrados que la observaban con atención.

Titubeó, con la mano suspendida sobre él. ¿Qué veía en la cara de ella que le interesaba tanto?

Wharton le arrebató el paño de la mano, le enjuagó la suciedad y la sangre, y se lo puso otra vez en los dedos.

Las manchas oscuras habían logrado camuflar las facciones del guerrero, cambiando sus rasgos, creando sombras falsas. A medida que lo limpiaba, descubrió que los pómulos eran altos y bien definidos, al igual que el mentón vuelto hacia arriba. Antes de que una serie de fracturas la hubiesen mutilado, la nariz había sido recta como la hoja de un cuchillo. Los labios, incluso cuando no estaban hinchados ni magullados, eran generosos, de ésos que una muchacha sueña con besar.

Contemplándolo, la mano de Edlyn empezó a temblar.

Cualquier muchachita podía mirar a este hombre con ojos enamorados. Era muy posible que se enamorase de él y lo adornara con todas las virtudes. Y si esa muchacha fuera a casarse con un hombre lo bastante viejo para ser su abuelo, tendría ante sí la imagen de este hombre como un icono iluminado. Durante años, pensaría que él y sólo él era el hombre capaz de excitar sus pasiones.

Se habría equivocado. En más de un sentido. Y

ahora que esa joven había crecido, pagaría el precio de su estupidez.

Sí, lo reconoció. ¿Cómo no hacerlo? Incluso aunque la erosión del tiempo y la distancia disimularan la belleza masculina de este hombre.

Arrojándole el paño a Wharton, Edlyn se pasó las manos por la falda como si quisiera limpiarse la mácula de haberlo tocado.

—Hugh —dijo, en voz clara y fría—. Eres Hugh de Florisoun.

2

—Y tú eres Edlyn, duquesa de Cleere.

Dios querido, Hugh recordaba.

Se levantó de prisa y se alejó de él.

—Fui la duquesa de Cleere. Ya no lo soy.

Hugh esperó a que se identificara y, como no lo hizo, dijo:

—Tu duque murió.

—Era un hombre viejo.

—¿Y volviste a casarte?

No le respondió, y se limitó a volver la cara, apartándola de esa mirada que la observaba tan atentamente. Años atrás, habría dado cualquier cosa a cambio de que Hugh la mirase así, o de cualquier otra manera.

Ahora, era demasiado tarde.

Su inquietud pareció divertir al herido, porque dijo, burlón:

—Espero que sigas siendo Edlyn.

—Puedes llamarme Edlyn.

—¿Lady Edlyn?

La provocaba como el tejón a la rata, y a Edlyn no le gustaba ser la rata.

—Llámame, simplemente, Edlyn.

El interrogatorio podría haber continuado hasta que ella le dijese lo que quería saber, o hasta que dijese algo que podría lamentar, pero Hugh volvió la cabeza, apoyó el oído en el suelo sucio, y anunció:

—Viene alguien.

Wharton sacó la daga con tal rapidez que Edlyn no tuvo tiempo de apartarse.

—Deshazte de él —ordenó el criado.

—Wharton, deja eso. —Ahora que Hugh comprendía que no iba a obtener la información que buscaba, su voz se había vuelto más débil y fatigada—. Edlyn no me traicionará.

La certeza del hombre la humilló. ¿Habría advertido el enamoramiento de ella, hacía tantos años? ¿Lo creería tan profundo aún que pensaba que ella lo protegería con su propia vida?

Resopló: sólo había dos personas por las que se sentía capaz de sacrificar tanto.

La punta de la daga se le hundió en el costado.

—Yo me ocuparé de matarla con mis propias manos si os traiciona —le susurró Wharton.

Edlyn ya se había hartado de humillaciones y órdenes, y perdió el control.

—Aparta eso. —Le golpeó el brazo con el puño, y su ataque fue tan sorpresivo que Wharton soltó el cuchillo—. ¡Y no vuelvas a empuñarlo contra mí!

Desde el suelo, Hugh rió entre dientes.

—Ésa es mi Edlyn —dijo, en un tono paternal que le provocó deseos de desmayarlo a golpes—. Siempre fuiste animosa.

—No soy tu Edlyn. —Y agregó para Wharton—: Y no tengo la costumbre de traicionar a nadie que acuda a mí en busca de socorro o refugio.

Lanzando una última mirada indignada al criado enmudecido y al amo divertido, giró sobre los talones y se encaminó hacia la puerta cerrada.

La abrió haciéndola girar sobre sus goznes de cuero y salió al jardín en el mismo instante en que lady Blanche y su criada, que parecía un sapo, se acercaban a la puerta.

—¡Lady Edlyn, lady Edlyn! —La voz chillona de lady Blanche era acorde con su baja estatura—. Necesitamos un poco de jarabe de amapolas de inmediato. Hay un señor noble que sufre dolores.

En otro tiempo, cuando Edlyn era la dama más encumbrada de la región, y patrona de la abadía de Eastbury, las mejillas de manzana de lady Blanche y su boca arqueada la complacían. Estaba convencida de que lady Blanche era una dulce monja, consagrada a sus votos sagrados.

Pero ahora sabía que no era así.

—¿Se refiere al barón Sadynton?

Lady Blanche se detuvo en el sendero, y Adda tras ella. Las miradas idénticas renovaron la certeza de Edlyn de que compartían una herencia.

—¿Estáis cuestionando mi opinión? —quiso saber lady Blanche.

—Jamás —mintió Edlyn, sin vacilar—. Sin embargo, me temo que el señor tendrá que sufrir. —Cerró la puerta tras ella—. Como os dije ayer, hemos acabado nuestras reservas de jarabe de amapolas.

—¡Vaya, mi querida! —Lady Blanche se adelantó, acercándose demasiado e inquietando a Edlyn—. Sabemos que guardáis una reserva para las emergencias, y esto es una emergencia.

—Me alegra que hayáis venido con vuestra criada. —Hizo una seña indicando a la mujer que estaba detrás de lady Blanche—. Necesito a alguien que traiga leña.

Si algo podía ahuyentar a lady Blanche del dispensario, era esa amenaza. Adda dedicaba su vida a la comodidad de lady Blanche y ésta, a su vez, insistía en que Adda reservara sus energías para ese propósito.

Pero, para sorpresa y disgusto de Edlyn, lady Blanche no hizo más que asentir, cordial.

—Adda, ayuda a lady Edlyn.

La expresión airada de Adda hubiese amilanado a otra mujer, pero Edlyn tenía preocupaciones más graves que un simple ceño.

Un hombre herido tendido en el suelo del dispensario.

Un Wharton demasiado dispuesto a esgrimir su daga.

Un escándalo que lady Blanche anhelaba perpetuar, relacionado al nombre de Edlyn.

—Os diré qué leña necesito —dijo Edlyn, procurando ganar tiempo.

—Leña es leña.

Lady Blanche tomó del brazo a Edlyn y trató de llevarla hacia el dispensario, mientras Adda iba hacia la pila de leña, arrastrando los pies.

Edlyn lamentaba con frecuencia su escasa altura, pero era más alta que lady Blanche y clavó los tacones.

—No es tan simple —respondió—. Para mí, no. El roble arde lento y firme, el pino, rápido y emitiendo mucho calor. El nogal se quema...

—Lo sé —replicó lady Blanche con vivacidad—. ¿Eso qué tiene que ver?

—Una herborista tiene que preparar los tónicos a la temperatura justa.

—Por favor, lady Edlyn, no finjáis conmigo. —La boca de lady Blanche dibujó una mueca despectiva—. Las dos sabemos que no es herborista. Sólo es una dama noble desposeída, que vive por caridad en la abadía.

La furia de Edlyn, ya acicateada por Wharton, se encendió otra vez.

—Yo hice una donación a esta abadía.

Lady Blanche se echó a temblar de indignación como una hoja en el viento.

—Bonita donación, que exige semejante devolución. Lo que vos trajisteis aquí fue la mancha de la traición para enturbiar nuestra reputación. Si yo fuese la abadesa...

—Lady Corliss es la abadesa, y que lo sea por muchos años.

Fue una plegaria surgida del corazón de Edlyn. Lady Corliss jamás había pronunciado un reproche cuando ella cayó de la posición de patrona a la de suplicante.

Lady Corliss fue el vehículo que ayudó a Edlyn a cruzar con éxito turbulentos mares de desesperación, y Edlyn la adoraba.

También lady Blanche. Sus labios apretados se ablandaron, y repitió:

—Que lo sea por muchos años. —Los ojillos, aplastados como pasas de uvas entre los pliegues de las mejillas, se entrecerraron—. Como priora, es mi deber proteger a la abadesa de molestias innecesarias y vos, lady Edlyn, habéis resultado no ser más que una decepción.

—¿Eso os lo dijo lady Corliss?

Aunque Edlyn no lo creyese, la sola insinuación le dolía. El año que pasó se había esforzado por consolidar su talento natural para convertirse en una herborista competente y ser útil a la abadía. Pero nunca olvidó que estaba ocupando el lugar de otra persona, y eso se sumaba a la desdicha que todas las noches se escurría, sigilosa, en su habitación desolada.

Lady Blanche le había asestado un golpe significativo, y lo remató con una estocada al corazón.

—Lady Corliss es demasiado bondadosa.

Edlyn llegó a la conclusión de que, por mucho que mejorase, ese día ya no se volvería soportable.

Envuelta en su triunfo, lady Blanche se alejó trotando por el camino, y salió por el portón.

Edlyn echó una mirada al dispensario y rogó que los hombres no hubiesen oído la amarga conversación. Si así fuese, Hugh querría que le explicase todo lo referido a su situación, y ella no tenía intenciones de hacerlo. Ni en ese momento ni nunca.

Enderezó la espalda; entró de nuevo en el dispensario y se detuvo, sorprendida. Hugh había desaparecido, lo mismo que Wharton y todo rastro de la armadura. Edlyn parpadeó. ¿Acaso las preocupaciones y la fatiga, al fin, habían hecho saltar su razón duramente conquistada? ¿Es que no había habido caballero herido, ni sirviente amenazador?

Pero no, ahí estaba la botella de tónico abierta sobre la mesa, y el trapo ensangrentado que había sido arrojado tras las cajas de madera donde ella almacenaba las hierbas secas. La mesa que había junto al horno había sido corrida hacia la pared, y el colchón había desaparecido. Al observar con más atención, vio las marcas que había dejado en el suelo el jergón arrastrado por Wharton, con el cuerpo de Hugh encima.

En un remolino de actividad, los hombres habían hecho lo que ella había propuesto, y se trasladaron al mejor escondite posible del recinto.

—Por lo menos hay alguien que demuestra sensatez —dijo, mientras se acercaba al horno.

—¿Con quién estáis hablando?

Lanzando un chillido, Edlyn se volvió hacia la puerta, creyendo que lady Blanche había vuelto. Pero cuando la breve figura entró en el cuarto, vio el alto montón de ramas que cargaba en los brazos.

Adda: se había olvidado de Adda. Qué tonta fue al creer que había eludido a lady Blanche cuando, en realidad, sólo había repelido el primer ataque.

—Estaba hablando sola —dijo Edlyn.

—Ah.

El monosílabo resonó cargado de significado: Adda se convenció de que Edlyn no estaba bien de la cabeza.

—Dame la leña —dijo Edlyn.

Adda rechazó los brazos tendidos de Edlyn.

—¿Dónde queréis que la deje?

La pila de leña estaba frente al escondite de Hugh y los troncos, tal como había observado Wharton, eran escasos.

—Aquí mismo, frente al horno —le indicó.

La mirada de Adda recorrió la zona, y luego avanzó, hasta que Edlyn exclamó:

—¡Basta! —exclamó, segura de que el entremetimiento de Adda acercaría a ella la punta de la daga de Wharton.

Adda dejó caer las ramas sobre las más raquíticas, que indicaban la cima de la pila, y dijo:

—Claro, tiene usted el dispensario en un estado de desorden increíble, y lady Corliss lo sabrá.

Asustada e incrédula, Edlyn clavó la vista en un rincón: el cesto de los trapos estaba dado vuelta. Los trapos estaban desordenados y el cesto volcado cubría más de un bulto sospechoso.

Alguien había sido rápido para pensar. No habría podido engañar a nadie que tuviese ojos para ver, pero Adda compartía con la hermana todo, incluso la miopía.

Con el borde de la toca, Edlyn se secó las gotas de transpiración de la frente, aunque no estaba dispuesta a permitir que esta burda imitación de lady Blanche la regañase.

—Mi dispensario no es asunto tuyo. Pero lo consideras así para que yo deje el jarabe de amapola en tus manos. Y como eso no sucederá, puedes volver ante tu ama e informarle de tu fracaso.

Adda se inclinó hasta rozar la falda de Edlyn con la nariz.

—Tenéis sangre en el delantal.

Edlyn se miró: en efecto, tenía una mancha de sangre en el delantal que usaba para proteger su delgada túnica de lana, e hizo un vano intento de limpiarla.

—Fui a la enfermería a primera hora del amanecer —dijo—. Debo de haber tocado a alguno de los hombres.

Era una mentira fácil de descubrir, pero Edlyn nunca había sido hábil para mentir.

—No podía dormir —se apresuró a añadir.

—Sospecho que se debe al peso de una conciencia turbia —dijo Adda, regocijándose con su propio reproche.

—Sal. —Edlyn habló con suavidad. Sin saberlo, su tono revelaba el mismo elemento de autoridad que caracterizaba a la de Hugh—. Sal y no vuelvas: de lo contrario, tu insolencia me obligará a cometer el pecado de hablar mal de una sierva de Dios.

—¿Y quién sería?

Edlyn fue hasta la puerta, la abrió de par en par, señaló hacia fuera, y dijo:

—Tú.

Observó cómo salía Adda y caminaba por el sendero, cacareando como una gallina ofendida.

Luego, cerró de un portazo, y el ruido le despejó la cabeza; tenía que recuperar el control.

En el rincón, Wharton se incorporó y apartó los trapos que le cubrían el cuerpo. Ceñudo, toqueteó el cuchillo.

—Te dije que no dejaras entrar a nadie.

—Y yo te dije que eso era imposible. —Vio cómo le sacaba los trapos al largo cuerpo enfundado en metal que estaba tendido en el suelo, y deseó con toda su alma que ninguno de los dos estuviese allí—. Quítale la armadura —dijo—. Necesita estar cómodo para descansar, y no puede hacerlo metido dentro de un montón de metal oxidado.

—¿Oxidado? —protestó Wharton.

—¿Montón? —se indignó Hugh, tanto como su sirviente.

Satisfecha de haberlos ofendido, Edlyn dijo:

—Necesita una túnica. —Miró a Wharton—. No habrás traído ninguna, ¿verdad?

—Os ruego me perdonéis, mi señora. En el fragor de la batalla, lo he olvidado.

El calculado sarcasmo de Wharton la hizo estallar.

—No será fácil encontrar una lo bastante larga para él, pero buscaré en la enfermería.

Salió por la puerta antes de que Wharton pudiese detenerla y, por primera vez desde que viera la cerradura rota, sintió que se aflojaba la tensión que le bloqueaba la garganta.

¿Qué habría hecho en su vida para merecer semejantes pruebas? Había abrigado la esperanza de que lo peor hubiese pasado; había orado pidiendo vivir tranquila y libre de una desdicha constante. Y creyó que Dios había oído sus ruegos, pero era obvio que sus esperanzas resultaron fallidas.

Salió del jardín de hierbas e ingresó en el gran recinto abierto en el que se alzaban todos los edificios de la abadía. Desde ahí podía ver el dormitorio de las monjas, la enfermería, los cobertizos y el dormitorio de los huéspedes, donde ella misma dormía. En el centro, tanto espiritual como físico, se erguía la iglesia, cerniéndose sobre todo lo demás, abarcándolo todo.

Uno de los rebaños de ovejas de la abadía mordisqueaba la hierba a un lado de la gran escalinata de piedra que llevaba al santuario, y una de las monjas de menor grado de nobleza alimentaba a tres cerdos con las sobras de la cocina.

En el extremo más alejado de la iglesia, al otro lado del camino y en su propio recinto, más pequeño, vivían y trabajaban los monjes, en lo que constituía un apéndice de la abadía. Los nobles viajeros y los enfermos recurrían a las monjas; los vagabundos y los leprosos, a los monjes. Cada uno tenía su lugar.

Todos, menos ella. No necesitaba que lady Blanche se lo señalase. Todos los días sentía esa carencia y, mientras atravesaba el recinto, deseó pertenecer a algún sitio. A cualquiera. Había sido muchos años señora de su hogar, y no le resultaba fácil adaptarse a vivir bajo la jurisdicción de otra persona, por más que...

—Lady Edlyn.

Edlyn giró en redondo al oír esa voz querida.

—Estabais lejos. —La abadesa le pasó la mano por el hueco del brazo, y la condujo hacia la enfermería—. ¿No volveréis con nosotros? Apreciamos vuestra tierna sabiduría.

Lady Corliss le sonrió, y un espasmo de culpa

dobló a Edlyn por la mitad. Lady Corliss no merecía semejante engaño. Esta dama tal alta, tan regia, siempre la señalaba, siempre se refería con admiración a los conocimientos de Edlyn, y eso aminoraba el dolor de su alma.

—Os veo muy afligida, querida mía. ¿Puedo ayudaros?

«Sí —quiso responder Edlyn—. Decidme qué hacer con un guerrero herido y su siervo hostil.»

—Si estáis preocupada por haberle negado el jarabe de amapolas a lady Blanche, os ruego que no os preocupéis. Vos teníais razón, y eso fue lo que yo le dije cuando acudió a mí. —Lady Corliss bajó el mentón y miró a la joven desde debajo de sus cejas grises—. Sé que estáis convencida de que no veo cómo la trata lady Blanche, pero sí lo veo, y he adoptado medidas para corregir eso. Claro que a ella no le agradó mi reprimenda, y jura que demostrará vuestra perfidia pero, como le dije, lady Edlyn es un alma inocente, que ha sufrido mucho.

El sentimiento de culpabilidad de Edlyn cobró densidad ante las palabras de lady Corliss.

—No tan inocente —musitó.

—Vuestros pequeños pecados no alcanzan a justificar las grandes iniquidades que habéis sufrido. —Alzando la mano, con los dedos juntos, lady Corliss señaló la iglesia—. Pero ¿quién soy yo para decidir? No obstante, he orado para que se aliviaran vuestros pesares y para que el mundo compruebe la verdad de vuestra conducta bondadosa y honesta, y últimamente he sentido que la propia gracia de Dios os sonríe.

Lady Corliss había orado, Edlyn también, y las plegarias juntas habían dado como resultado un caballero herido, oculto en el dispensario. Aunque había jurado no decirlo, lady Corliss dirigía una abadía de veintidós monjas provenientes de la nobleza y sus sirvientes, con una mezcla de diplomacia y perspicacia. ¿Qué habría de malo en decírselo? Lo deseaba tanto...

—¿Y si... y si hubiese cometido un horrible pecado? ¿La ira de Dios se abatiría sobre toda la abadía?

Esperó la respuesta conteniendo el aliento.

—Lady Edlyn, no sois una niña. Sabéis que Dios no actúa de ese modo. A algunos da, a otros quita, por motivos que nosotros, seres terrenales, no podemos comprender. Pero si uno se esfuerza, a veces puede comprender los planes de Dios. —Con sonrisa complacida, lady Corliss dijo—: Pensadlo. Cuando lord Jagger murió, que en paz descanse, cesó de repente el ingreso con el que fundasteis la abadía y la sostuvisteis durante años. Tuvimos que demostrar que éramos capaces de obtener alimento, ropa, medicamentos. Y, gracias a Dios y a todos los santos, pudimos hacerlo. Si bien para usted lo sucedido fue una tragedia, para todos nosotros fue una bendita revelación. —Oprimió el brazo de Edlyn—. Ya veréis. En cierto modo, todo es para bien.

Edlyn bajó la cabeza, y removió los pies en el polvo.

—Pero esto no es así.

—¿Os sentiríais mejor si me lo dijeseis?

—He jurado guardar el secreto.

—Entonces, debéis hacer lo que os parezca justo. Tenéis conciencia, y adoptaréis la decisión correcta —llegaron a la puerta de la enfermería, y la abadesa agregó—: Ya es suficiente. ¿Cuál es ahora vuestra misión?

«Hacer lo que creía justo.» Edlyn dijo, titubeante:

—Necesito una... túnica.

—¿Qué clase de túnica?

—Como las que usamos para los enfermos.

Lady Corliss no vaciló.

—Esperad aquí. —Desapareció en el interior de la enfermería y regresó con una túnica de basto tejido marrón—. Aquí tenéis. Y ahora, id a cumplir la tarea encomendada por Dios.

Edlyn se alejó y, cuando miró atrás, vio que lady Corliss la saludaba con la mano y luego seguía su camino hacia la iglesia.

—Es probable que ore por mí otra vez —murmuró.

Aunque hubiese debido sentirse más culpable, se sentía aliviada.

No quería regresar al dispensario, pero no podía permitirse dudar. Acababa de recorrer el sendero del jardín y entraba en la choza cuando se topó con Wharton, ceñudo, que la miraba con esa cara de sapo.

—¿Dónde has estado? ¡El amo está sufriendo!

—¿El paciente ha sido desvestido y lavado? —preguntó.

—¿Lavado? —Wharton se escandalizó—. ¿En semejante estado?

Edlyn rodeó el horno y tuvo que ahogar una exclamación. Hugh había sido desnudado por completo, y parecía aún más largo y malvado que con la armadura. Las magulladuras y una fina capa de barro formada por la tierra y el sudor le daban el aspecto del propio Adán, fabricado con arcilla del Edén.

—Lávalo. —Le arrojó la túnica a Wharton—. Después, ponle esto. Prepararé algo para aliviar el dolor.

No se detuvo a comprobar si era obedecida, y así conservó la piel íntegra, sin heridas de daga. Puso un taburete sobre la mesa, se trepó, y buscó en el estante que estaba más cerca del techo. De atrás de otros recipientes sacó un pequeño frasco de vidrio tapado con un corcho, y se permitió una sonrisa. Seleccionó tres de los frascos que había sobre la mesa, y luego mezcló los contenidos a su satisfacción, en una taza.

—Ya está lavado, y le puse ese triste remedo de túnica.

Wharton podría haber sido más ácido, pero a Edlyn no le parecía posible.

—Bien. —Con la taza en la mano, trepó al montón de leña que había a un costado de Hugh—. Wharton, entre tanto, usted podría ir a buscar más leña. Con una gran pila, se podría ocultar mejor a sir Hugh.

—Ahora es *lord* Hugh —la corrigió Wharton, orgulloso.

Con un sutil matiz de sarcasmo, Edlyn replicó:

—Claro. Debí de imaginar que un guerrero

tan grande como Hugh de Florisoun ya habría conquistado un título.

—Es conde de...

—Suficiente. —Hugh conservaba suficiente autoridad para hacer callar al siervo en mitad de una oración—. Trae la leña.

—¿Y si alguien me ve? —preguntó Wharton.

—Dile que eres mendicante de la abadía. Es imposible recordar a todos los que van y vienen. —Edlyn se arrodilló junto al héroe caído—. Y deja la puerta abierta, así yo podré ver qué daño hiciste al trasladar a tu amo.

—¡Tenía que ocultarlo!

Wharton abrió la puerta.

Edlyn no estaba de humor para ser justa, y Hugh lo tranquilizó.

—Hiciste bien. —La voz del herido ya era más débil. Esperó a que se alejaran los pasos de Wharton, y agregó—: Cargar leña hiere su dignidad.

—A su dignidad no le vendrá mal cierta adaptación.

Ahora que veía la túnica, Edlyn debía admitir que tal vez Wharton tuviese motivos para quejarse de ella. Las mangas sólo llegaban a los codos de Hugh, y el ruedo, a las rodillas. Tendría que levantarlo para examinar la herida, y comprendió que tendría que haberlo hecho cuando aún estaba desnudo. Habría sido una situación menos íntima que levantarle la ropa. Pero en aquel momento no lo pensó, pues lo único que quería era que estuviese cubierto.

—No te alarmes. Voy a mirar.

Mantuvo la voz firme y serena.

—No te alarmes tú —repuso Hugh.

Pero cuando Edlyn echó una mirada al rostro, vio que tenía los ojos cerrados.

Tenía rasgos atractivos, de fuerte y plena belleza masculina, que siempre hacían a las mujeres jadear como perras en celo.

Resopló, desdeñosa. Ella ya había sufrido esa enfermedad y, como el que ha sido víctima de viruelas y ha sobrevivido para contarlo, estaba inmunizada... y sólo intentaba ganar tiempo. Tenía que revisar ese vendaje.

Levantó la túnica y se concentró en su tarea. Al haberlo pasado al jergón, las bandas de hilo se habían aflojado, y las ajustó de nuevo. Bajó la túnica y se regaló con una mueca de autocomplacencia. No se había perturbado en lo más mínimo. Casi no le temblaban las manos.

Le levantó la cabeza y la apoyó sobre sus rodillas flexionadas.

—Bebe.

Hugh bebió, pero un poco del precioso líquido se le escapó por la comisura de la boca y se ahogó un poco al tragar.

Edlyn, pensó que la próxima vez tendría que levantarle la cabeza un poco más.

Recogió los trapos y comenzó a doblarlos. Hugh la observaba con atención, y cuando habló, su curiosidad la hizo crisparse.

—Edlyn, ¿por qué estás viviendo en un convento?

—Podría haber hecho votos.

No apartó la vista de sus manos mientras seguía concentrada en la tarea.

Hugh rió suavemente, y tuvo que cerrar los ojos cuando lo atacó el dolor.

—No lo creo.

Ofendida, inquirió:

—¿Qué? ¿No me crees lo suficientemente virtuosa?

—Creo que esas dos zorras —jadeó, falto de aire— que vinieron dejaron bien en claro tu situación.

—Me parece que no tendrías que seguir hablando.

Los dedos de Hugh se enredaron en la falda de Edlyn.

—Entonces, cuéntame.

Hugh empezaba a adormecerse, pero se resistía, y Edlyn ahogó su réplica instintiva. Después de todo, era ella la que tenía el poder en esta situación.

—Lady Blanche y Adda son tan parecidas, tanto en temperamento como en apariencia, que podrían haber sido gemelas.

Hugh abrió los ojos con esfuerzo.

—No te preocupes por ellas.

—A la madre de lady Blanche no le agradó en absoluto que el esposo le llevase a la hija que tuvo con una doncella de ella, tan poco tiempo después del nacimiento de lady Blanche.

—Dime... tú.

—Creo que lady Blanche bebió el resentimiento del pecho de su madre, y Adda lo absorbió desde el instante en que la pusieron al servicio de aquélla.

—Cuando me sienta mejor...

—Pusieron a las dos niñas en el convento a los siete años, para librarse de ellas.

—Edlyn.

—Y las trasladaban de una abadía a otra, cuando se hacían insoportables.

El desmayado ronquido de Hugh la interrumpió. Deslizó los trapos doblados bajo la cabeza del paciente, pero éste no se movió, y ella sonrió, con franca sensación de triunfo.

Oyó la voz de Wharton a sus espaldas.

—En algún momento despertará, y obtendrá las respuestas que busca, ¿sabe?

Recogiendo el frasco y la taza, Edlyn enfrentó a Wharton y a su brazada de leña.

—No las obtendrá de mí.

Wharton se arrodilló para colocar los leños en la pila.

—Siempre logra lo que quiere.

—Entonces, ya es hora de que ocurra algo diferente.

Alejándose cuanto pudo de Wharton, volvió a dejar el frasco en su escondite y el taburete en su lugar.

—Tengo cosas que hacer.

—¿Cuánto tiempo necesitará para recuperarse?

Edlyn supo que no era eso lo que quería saber. Lo que, en realidad, quería saber, era si Hugh se pondría bien, y ella no conocía esa respuesta. Había prescrito el tratamiento más eficaz que conocía.

—Reza por él. Tal vez, en dos semanas esté lo bastante bien para sentarse.

—Que rece por él... —La angustia de Wharton era evidente—. ¿No puedo hacer ninguna otra cosa por él?

—Déjalo dormir. —Contempló ese largo cuerpo masculino embutido en la túnica castaña y que parecía un tronco—. Cuando suba la fiebre, combátela con agua fría.

—Eso lo mataría.

—Mientras esté acostado junto al horno, no. Impedirá que la fiebre suba demasiado. —Frunció el ceño al contemplar la ropa mugrienta que Wharton le había quitado a Hugh—. Tendré que esconder esto, pues no cabe duda de que son las prendas de un guerrero, y de uno bien corpulento. —Recogiendo los pedazos, pensó qué haría con ellos, y al fin los metió tras los grandes recipientes para aceite y vino que había en el suelo—. Lo más probable es que no despierte hasta esta noche, y entonces tendrás que darle una gota de ese frasco que me viste esconder. —Lo señaló severamente con un dedo—. Pero sólo una gota, pues de lo contrario perdería el sentido y no lo recobraría jamás.

El terror hizo sobresalir los ojos de Wharton.

—Hazlo tú.

—No puedo. Duermo en la casa de huéspedes, y ahí hay un monje que interroga a los que van y vienen durante la noche.

—Ese monje hará lo que se le diga.

—No. —Trató de calmar la aprensión de

Wharton—. Tú cuidarás bien de tu amo. Eso, puedes hacerlo.

—Sí.

Cuando Hugh despertó, sólo supo dos cosas: estaba caliente, y tenía que guardar silencio.

Una bestia le roía el costado, cortándole las costillas con los dientes, buscando la carne blanda de los intestinos. Su aliento caliente lo quemaba, y quería apartarla pero no se atrevía a moverse. Tenía que guardar silencio. Todo dependía de su silencio. La seguridad de Wharton. La suya propia. La de Edlyn... Edlyn.

¿Edlyn? La conciencia le dio unos empellones. Hacía años que no pensaba en Edlyn, y no era posible que estuviese allí. ¿En un convento? ¿Trabajando como una campesina cualquiera? Él estaba delirando. Tenía que ser así.

—Bebe esto.

Su soñada Edlyn se arrodilló junto a él. Le alzó la cabeza, la apretó contra su pecho, y le llevó la taza a los labios. Bebió con avidez, y luego giró la cabeza y le rozó los pechos.

Edlyn lo soltó con cierta prisa, aumentando su dolor de cabeza. Oyó la voz de Wharton que la sermoneaba y la regañaba, y abrió los ojos para reprimirlo.

No vio a Wharton. Vio a su soñada Edlyn inclinada sobre él, obligando a la bestia ávida a que lo dejara en paz. Pero podría volverse y atacarla a ella, le dijo:

—Cuidado.

Aunque lo dijo con claridad, ella no entendió.

—¿Qué? —Se acercó más a su cara—. ¿Dijiste algo?

Los pechos de ella. Recordó que estaba apoyado contra ellos, y ahora los veía. La camisa no estaba bien atada, y se abría en el cuello. Daba la impresión de que acababa de levantarse de la cama.

Él volvería a llevársela. Estiró la mano y cubrió el pecho a través de la tela.

—Mío.

Su sueño desapareció de la vista, y cerró los ojos. Debía de ser toda una mujer porque el sólo hecho de reclamarla lo había fatigado. Ella empezó a trabajar otra vez en su costado, y la energía volvió a él. Se incorporó para tocarla pero, cuando estiró la mano, tocó una tela áspera y oyó la voz ronca de Wharton:

—Amo, ¿qué necesitáis?

Dormir. Necesitaba dormir, para poder soñar otra vez con Edlyn.

3

—¿Cómo hará para llevarme de nuevo a mi dormitorio?

Edlyn necesitaba urgentemente un poco de intimidad, para poder reunir las hilachas de su compostura.

Hugh había tratado de mamar de ella como un recién nacido, y si bien podía engañarse pensando que su gesto no era otra cosa que el intento de un enfermo por lograr los consuelos de la infancia, nada cambiaba la primaria actitud posesiva que había tenido luego.

—Mía. —Había ahuecado la mano sobre el pecho de ella, a través de la bata y la camisa, diciendo—: Mía.

Y tampoco había sido un tanteo al azar. La había sujetado con firmeza y le frotó el pezón con el pulgar con tanta seguridad, que Edlyn sintió la necesidad de confirmar que estaba convenientemente cubierta.

—No quiero llevarte. —Sin reparar en su incomodidad, Wharton estaba parado con los pies separados, firme sobre el suelo del dispensario—. Quiero que se quede aquí por si él la necesita.

—Yo no soy la señora de esta abadía —replicó—. Tengo que aceptar las reglas, si no quiero que me echen. Antes de que salga el sol, tengo que unirme a los otros huéspedes, pues asistimos juntos a la misa en la iglesia.

—Por un día, tu alma no echará de menos la misa.

—Esto es una abadía. Aquí no se piensa de ese modo y, además, ésa no es la cuestión. —La fatiga y la frustración la frenaban—. Deben verme salir de mi celda pues, de lo contrario, como residente permanente no obligada por los votos sagrados, tendría que explicar mi ausencia. Y como nadie me vio salir, será difícil explicarla.

—¿Qué es lo que has hecho para que sean tan suspicaces? —le preguntó Wharton—. ¿Te ha visitado un amante?

Sin quererlo, Edlyn miró a Hugh y, al oír la carcajada de Wharton, se apresuró a apartar la vista.

—Como quieras. Ya verás que ese monje todavía está roncando en su puesto, y que pasaremos delante de él sin problemas.

Ojalá. Rogaba que fuera así. Los moradores de la abadía estaban obsesionados por dos cosas: la salvación y el pecado. Los vagabundeos nocturnos eran automáticamente catalogados de pecado. Se le exigiría que explicara sus actos, ¿cómo podría hacerlo?

Siguió a Wharton a través del jardín, por el patio de la abadía hacia la morada de los huéspedes, manteniendo la cabeza baja, la capucha levantada, y temblando de miedo a cada paso. Había estado a la intemperie durante un breve lapso, viviendo con el corazón en la boca, sin saber nunca cómo conseguiría una comida, o si el siguiente lugar a donde fuese a suplicar sería el último.

Demasiadas crueldades, tantos horrores le habían dejado cicatrices. *Tenía* que regresar a su cuarto sin ser descubierta.

—Quédate detrás de mí.

Wharton habló con tanta suavidad que Edlyn se preguntó si habría captado su temor.

—Quítate los zapatos. —Se detuvo bajo el alero de la casa de huéspedes, mientras ella lo obedecía—. Si el dormilón se despierta, yo lo distraeré mientras te deslizas junto a mí y cruzas el pasillo hasta tu cuarto.

No le gustó cómo sonaba, no confiaba nada en Wharton.

—No lo lastimes —le advirtió.

—No acostumbro lastimar a monjes ancianos —respondió Wharton, desdeñoso.

Abrió la puerta que daba a la entrada, y Edlyn se asombró de que hubiese podido abrirla, siquiera. Cuando alguien quería entrar, golpeaba, y el hermano Irving escudriñaba a través de una alta mirilla cubierta. Si le gustaba la explicación dada para entrar en el alojamiento de los visitantes, sacaba la llave de su cinturón y abría.

Pero, al parecer, Wharton creaba sus propias reglas. De algún modo había entrado en el alojamiento de huéspedes sin que el hermano Irving lo supiera, y encontrado la celda de Edlyn sin que se la señalaran. Wharton era un hombre de recursos.

A través de la puerta abierta, el vigoroso ronquido del hermano Irving sonó como música celestial en los oídos de Edlyn. Wharton le hizo señas de que esperase, se escabulló dentro del pequeño y frío vestíbulo, y cubrió la única vela con la palma ahuecada. A su indicación, Edlyn se deslizó al interior sin apartar la vista del hermano Irving. Éste seguía sentado igual que cuando habían salido: en la silla de respaldo inclinado, la barbilla apoyada en el pecho hueco.

Edlyn fue soltando el aliento de a poco. El hermano Irving no la había visto irse y no la veía regresar.

El alojamiento de los invitados estaba construido en forma de largo corredor al que daban las puertas de las celdas, y que la entrada dividía por la mitad. Las mujeres dormían en el costado derecho, y los hombres, en el izquierdo. Edlyn, en calidad de residente que dependía de la caridad de la abadía, dormía en el extremo del pasillo, a la derecha. La luz de la vela que había a la entrada jamás llegaba a iluminar la puerta de Edlyn, y cuando caía el sol y ella debía recorrer ese pasillo sola, imaginaba que la acompañaban los fantasmas del pasado. Eso siempre la obligaba a correr, pero ahora no podía, pues Wharton iba siguiéndola.

De todos modos, si los fantasmas eran astutos, tendrían miedo de Wharton.

Apoyó la mano en la puerta y se volvió hacia la sombra que la acompañaba.

—Lord Hugh estará bien hasta la mañana. —Sabía cómo retumbaba el sonido en las paredes de piedra, y por eso habló lo más bajo que pudo—. No vengas otra vez a buscarme.

Wharton no le hizo caso. Empujó la puerta y pasó.

—Te daré una luz.

—¿Una luz? —Se metió tras él—. Yo no tengo velas.

—Yo sí.

Dentro del cuarto la oscuridad no era tan intensa. La ventana estaba alta y era pequeña, como en todos los edificios de la abadía, pero Edlyn la tenía abierta salvo en las épocas de más frío. Recibía con gusto la luz de la luna, la de las estrellas y la del alba. Agradecía cualquier clase de luz. Antes, cuando Wharton se inclinó sobre ella para despertarla, había lanzado un breve grito... porque parecía formar parte de una pesadilla y porque no podía verle el rostro. Sin embargo, estaba segura de haber disimulado su incomodidad. Por lo tanto, ignoraba cómo había adivinado lo que le sucedía y por qué había obedecido al impulso de mitigar sus temores.

El hombre encendió una chispa y, cuando la mecha prendió, a Edlyn se le ocurrió otra cosa:

—¿De *dónde* sacaste una vela?

Con una risotada áspera, Wharton colocó la luz en un candelero de peltre que sacó del bolsillo. Luego, recorrió la celda con la vista, y pudo ver las verdades desnudas que regían la vida de esa mujer.

Las vio. Su vista lo abarcó todo, y la miró con compasión... la clase de compasión que estrujaba el alma de Edlyn.

Apoyó la vela sobre la mesa que había junto a la cama, y se marchó sin hacer ruido.

Envolviéndose en la bata, Edlyn se sentó sobre la cama y puso los zapatos en el suelo, donde podría tenerlos al alcance por la mañana. Se metió entre las mantas, se acurrucó, y fijó la vista en la llama amarilla con toda la intensidad que pudo, hasta que parpadeó.

Cuando miró alrededor, lo vio todo.

Los tapices en los muros. Las finas alfombras que protegían sus pies. El fuego que ardía constantemente en el hogar. Las pieles sobre la cama.

¿Por qué Wharton se atrevía a mirarla con tanta piedad? ¿Qué otra dama gozaba de tan suntuosas riquezas?

Parpadeó otra vez, y desapareció todo, dejando sólo un cuarto desnudo, de paredes de piedra. Un angosto catre con ásperas mantas de lana. Una mesa tambaleante, con un cuenco de madera con agua. Y dos jergones, plegados con pulcritud y apilados en un rincón.

Apagó la vela.

—No lo dejes morir. No puede dejarlo morir. —A Wharton se le escapaban las palabras, embebidas de pánico—. Es mi amo.

—Lo sé.

Edlyn mojaba el cuerpo caliente de Hugh con un paño empapado en agua fría. Con ojos decididos, buscaba una mínima mejoría, pero Hugh estaba inmóvil. Ya hacía cuatro noches que estaba así, la cabeza apoyada sobre una pila de trapos doblados, mientras ella intentaba todo lo que sabía para bajarle la fiebre y aliviar la infección. Pero nada había dado resultado. Nada.

Wharton también había intentado todo lo que sabía. Había gritado, amenazado, mandado, y rogado. Y ahora suplicaba, enjugándose las lágrimas que le brotaban por las comisuras de los ojos.

—Os ruego, mi señora, devolvedle la salud. No hay nadie que pueda reemplazarlo.

Edlyn apartó la vista del cuerpo consumido de Hugh y observó a Wharton, que parecía pálido incluso a la luz dorada que salía por la puerta abierta del horno.

—Sal —le dijo, compadecida—. Respira el aire nocturno.

Parecía que Wharton estaba a punto de desmoronarse, porque echó una última mirada a Hugh y salió afuera como una exhalación. Edlyn lo oyó correr, buscando alivio fuera de ese lugar de putrefacción, y supo que estaba sola. Sola con un hombre que no viviría hasta el amanecer.

No debería importarle. Él le había acarreado infinidad de problemas. Todas las noches, Wharton se deslizaba en su cuarto, la despertaba, y la arrastraba hasta allí. Le había mentido a las personas que la alojaban. Se había mostrado áspera con las monjas para alejarlas del dispensario, casi arrojándoles las hierbas por la puerta. Había dedicado todo el tiempo a preparar emplastos y cocimientos, agotando sus reservas en la lucha contra la muerte, por el alma de Hugh. Pero lo miraba y no se resignaba a ceder. Lo recordaba. Él había formado parte de su juventud. En él había depositado la mayor parte de sus sueños de muchacha. No podía permitir que eso terminara, por ella y por él mismo.

—Hugh. —Se inclinó hasta que su boca tocó el oído del enfermo—. Hugh. Vuelve a mí.

No se movió. No hubo ningún cambio.

Edlyn se levantó y fue hasta la mesa larga que estaba contra la pared. Ahí estaban alineadas sus cajas de madera, cada una con el nombre de la hierba que guardaba. Las acercó y levantó las tapas. Ruda amarga. Ajedrea picante. Salvia fortalecedora. Acre tomillo. Hierbas comunes. Usadas para curar y purificar. No servían. No habían servido. Había probado. Se dio la vuelta y contempló el cuerpo quieto, desnudo, tendido en el suelo delante del horno. Apoyó los codos en la mesa y la frente en las manos.

No sabía qué hacer. Sonaban en su cabeza todas las coplas que había oído de las viejas matronas.

Hojas de borraja picadas finamente con milenrama,
Ahuyentan el veneno por la mañana.

Eso era inútil. Lo había probado.

Mantilla de dama recogerás,
Espesa la untarás.

También había probado eso. ¡Viejas estúpidas!

Retuerce la cola del dragón,
Arráncalo de su madriguera.
Pínchalo con la uña de una virgen...

Oh, qué estupidez. La sangre de dragón era una raíz. No servía para nada. Y ella no era virgen.

A la luz de la luna y en primavera,
Magia de vieja...

Superstición. Le temblaron las manos. No sabía dónde buscarla, siquiera.

Bajo el roble sagrado...

Recordó todo el poema. Todo. No recordaba dónde lo había aprendido, y la hizo sentirse un tanto avergonzada. Avergonzada de recordarlo. De pensar, siquiera, en probarlo.

Entonces, volvió a escuchar el silencio. El silencio la aplastó. No oyó respirar. Ni moverse. Ningún sonido de vida. Hugh estaba muerto, o lo estaría. ¿Qué importaba si probaba alguno de los antiguos encantamientos?

Giró en redondo y corrió hacia el jardín. La luna transformaba el conocido paisaje, dotándolo de sombras profundas y formas fantasmales. El roble que había en un rincón, junto al muro de piedra, estaba sumido en la oscuridad. Debajo, no crecía nada, porque la sombra se adhería al suelo; ahí no penetraba el sol. De noche, era espantoso. Si hubiese creído en duendes, se habría asustado.

Claro que la curación que estaba por intentar era cosa de duendes, de modo que más le valía ser respetuosa con el pueblo fantástico.

—Yo os saludo. —Su voz sonó con fuerza en la noche, y la bajó hasta que fue un susurro—. Ancianos, he venido en busca de la sangre de dragón para sanar a uno de vuestros favorecidos. —Qué tontería saludar a una raza imaginaria con la esperanza de apaciguarla—. Vosotros lo bendijisteis en la cuna con dones de fuerza, belleza y sabiduría. —Poniendo un pie delante del otro, se acercó a la parte más oscura de la sombra, ingresando en otro mundo—. Ahora, ayudadme a curarlo.

La respiración se le tornó áspera, le temblaron las manos, y se arrodilló cerca del tronco. Tendría que haber llevado alguna herramienta para cortar, pero no lo tuvo en cuenta y no pensaba volver al dispensario. Si volvía, no tendría valor para intentarlo otra vez. Con los dedos, cavó a ciegas buscando las gruesas raíces que manchaban la piel de rojo intenso y, según se decía, gritaban cuando se las arrancaba de la tierra.

No oyó ningún grito y dedujo que debía de haber hecho las cosas bien. Las raíces salieron sin dificultad. No sabía cuántas podría necesitar... después de todo, se guiaba por una tonta canción, no por una receta, y siguió desenterrando raíces hasta llenar el hueco del delantal.

Sabía que era una tarea inútil, estúpida, pero estaba desesperada.

Se incorporó y salió de la zona de sombra más profunda. Lanzó un suspiro de alivio y corrió hacia el dispensario. Hizo una pausa, se volvió hacia el roble, y susurró:

—Os doy las gracias.

Una ráfaga agitó las hojas del roble, y Edlyn estuvo a punto de arrancar la puerta al entrar.

Sin hacer caso de su agitado corazón, arrojó las raíces sobre la tabla de cortar, y volvió a prestar atención al silencio.

—Estoy dándome prisa —dijo—. Estoy apresurándome.

Tomó el cuchillo y acomodó la raíz más grande para cortarla, pero en cuanto la tocó con la hoja, vaciló. A los duendes no les gustaba el hierro. Entonces, ¿qué podía hacer? Se miró los dedos, ya manchados de rojo, las uñas sucias de tierra y empezó a romper las raíces. Largas hebras se le pegaban a la piel, y la sangre —sí, sangre en lugar de jugo—, goteaba sobre la tabla y llenaba los antiguos surcos dejados por el cuchillo.

—Qué raro —murmuró—. Habría jurado que la sangre de dragón era verde.

Recogió las hebras, fue hasta el horno y las arrojó en el caldero en el que hervía el agua.

—Tendría que entonar un sortilegio...

Pero no fue necesario. El aire se llenó de un olor parecido al de las frutillas bajo el sol, o al de los nenúfares en un tranquilo estanque. Fijó la vista en el caldero y aspiró profundamente sintiendo que ese vapor le aclaraba la mente y le otorgaba una fuerza que no había imaginado. De pronto, se sobresaltó: no era ella la que necesitaba ayuda sino Hugh. Envolvió el asa metálica con un trapo y retiró el caldero del horno. Lo apoyó junto al cuerpo inmóvil y agitó el vapor, dirigiéndolo hacia la cara del hombre.

—Aspira —lo instó—. Aspíralo.

¿Lo había ayudado? No lo sabía. La escasa luz no le permitía saberlo.

Sin saber bien qué hacer con esa infusión de sangre de dragón, inclinó el caldero sobre las vendas que Hugh tenía en el costado, y echó un poco de líquido sobre ellas. Luego, hundió el dedo en la cocción y se tocó los labios. Su sabor era diferente de todos. No la aturdió ni le agitó la respiración. Simplemente, tenía un leve dejo ácido; sumergió la tela en el líquido rojo y la hizo gotear sobre los labios laxos de Hugh. Él no tragó y, Edlyn comprendió, asustada, que se ahogaría. Le levantó la cabeza y le masajeó el cuello como hacía con los gatos enfermos que merodeaban el cobertizo.

—Traga —le ordenó—. Traga, Hugh, trágalo.

La nuez de Adán se movió sólo porque ella lo ayudó, pero no supo qué cantidad de líquido había llegado a destino. Aguardó, esperando que la sangre de dragón obrara su hechizo, pero el hombre permaneció inmóvil. La sorprendió un súbito ataque de llanto; debía de estar cansada para depositar tanta fe en una hierba inútil. Aún así, hizo gotear más líquido en la boca del herido, y volvió a frotarle el cuello hasta hacérselo tragar.

—Escucha, Hugh. —Hablaba en tono apremiante, esforzándose por penetrar la niebla que lo amortajaba—. Tienes que volver. Aquí hay un ambiente cálido. Hay personas que te aman.

No se movió.

—Bueno, personas no, Wharton. —Aunque Hugh no dio señales de haber oído, ella siguió—. Él está consagrado a ti. No sé qué habrás hecho para merecerlo pero, de algún modo, en algún lugar te has convertido en un héroe a sus ojos. —Esa noche estaba a solas con Hugh; acomodó la cabeza del hombre sobre su regazo, para tenerlo más cerca. Se inclinó y le habló al oído—. Estoy segura de que hay muchas mujeres que te echan de menos. Bellas mujeres. Damas.

Aunque siempre había creído que la promesa de mujeres era capaz de hacer volver a un hombre de la muerte, nunca lo había puesto a prueba. Al parecer, se equivocaba y, rechinando los dientes, hizo lo que había jurado no volver a hacer: lo acunó contra su pecho.

Ahora la necesitaba. Había viajado muy lejos, por tierras heladas, y ella quería infundirle su propio calor. Actuando de manera instintiva como madre que ha calmado a sus pequeños con el latido de su corazón, apretó la cabeza del hombre para que descansara sobre su pecho.

Sin embargo, él no era un niño. Nada podría convencerla de eso. Pesaba demasiado. Era demasiado largo. Lo que contorneaba su cuerpo no era grasa de recién nacido sino músculos. Pero, mientras sentía que la quemaba con el calor de su fiebre, experimentó una ternura que debía de brotar de los sentimientos maternales. Le apartó el cabello de la frente tratando de brindarle consuelo, de estar lo más cerca posible para que no se sintiera solo.

—*Estoy* esperándote aquí.

Parpadeando, miró en torno. ¿Quién había dicho eso? No podía haber sido ella. Sería incapaz de confesar semejante debilidad.

—Pero ¿por qué no? —Una vez más, la sorprendió el sonido de su propia voz—. ¿Quién va a oírme? —Palmeó la mejilla de Hugh, áspera de barba crecida—. No recordarías, ¿verdad? Apenas, me recuerdas a mí.

Un toque de incomodidad vibró en su confesión. Después de todo, él había reconocido el rostro de Edlyn en la primera etapa de su sufrimiento. Pero ahora no estaba simplemente herido sino mortalmente enfermo. Moribundo, a menos que ella pudiera evitarlo.

Aunque la infusión de sangre de dragón estaba enfriándose, brotaban de ella pequeñas volutas de vapor, y el color se intensificó hasta ser como el del rubí, y brilló como iluminado por dentro. Parecía llamarla, y Edlyn volvió a mojar el trapo en la sangre de dragón y a hacerla gotear en la boca del hombre. Le manchó los dedos, y se los chupó para secarlos.

Ya delirando, le preguntó:

—¿No recuerdas que, cuando éramos jóvenes, yo solía rondarte? Te adoraba. Te amaba. Eras tan alto, tan fuerte, tan apuesto, que yo perdía tiempo contemplándote, en lugar de estar hilando. Lady Alisoun solía regañarme. Por tu culpa, todavía hoy no sé hilar ni enhebrar. —Rió entre dientes, recordando la dicha y el dolor de ese primer amor—. Siempre supe que triunfarías en cualquier empresa. Había algo en ti, tu manera de andar, tan seguro de ti mismo, el modo en que enfrentabas cada desafío, que me convencí de que, si llegabas a reparar en mí, me llevarías de viaje a las estrellas.

Los recuerdos surgieron hacia su conciencia desde un lugar oculto de la mente, y su sonrisa se esfumó. Olvidando el peso que tenía sobre el brazo, le acarició el pabellón de la oreja.

—No reparaste en mí. Entonces, un día... —¿recuerdas a una aldeana llamada Avina? —Rió sin alegría—. Deberías recordarla, a menos que hayas tratado con tantas mujeres que ella se haya perdido en el polvo del olvido. Solías encontrarte con ella en el cobertizo. Yo creía que podrías haberte ocultado un poco mejor, pero tal vez todos sabían que debían abstenerse de aparecer. Todos, menos yo.

Disgustada con el recuerdo de su propia estupidez juvenil, sumergió los dedos en el caldero con sangre de dragón. A fin de cuentas, si era reparador, ella también lo necesitaba, y le agradaba bastante el sabor.

—¿Quieres? —le preguntó, como si pudiese oírla, y con los dedos manchados de rojo le frotó la infusión en las encías, los dientes, la lengua. Una y otra vez—. Noté que desaparecías dentro del cobertizo todas las noches, y por eso subí al altillo con la idea de caer sobre ti y sorprenderte. Pero yo fui la sorprendida. Tú y Avina realizasteis la más extraordinaria de las actuaciones. Ella te enseñó todo lo que necesitabas saber para hacer feliz a una mujer. Te mostró muchas cosas que yo nunca conocí.

Hizo como que lo escuchaba.

—¿Que yo no tendría que haber mirado, dices? ¿Que tendría que haberme ocultado en el fondo del cobertizo hasta que tú hubieses terminado? Por supuesto, tienes razón... tienes el aspecto de un hombre que siempre tiene razón. Pero no podía apartar la vista, ¿entiendes? —Ladeó la cabeza y cerró los ojos—. ¡Te vi tan cautivado! Dedicabas tanta atención a esas lecciones como a cualquier cosa que te interesara. Yo miré, miré, hasta que... bueno, quise odiarte. En cambio, pasaba las noches imaginando cómo sería estar en tus brazos. En mi mente, he pasado años en tus brazos, y el placer que me has brindado ha sido...

Un movimiento de succión en sus dedos interrumpió sus desvaríos. Se paralizó y, por un instante, no comprendió. Luego abrió los ojos y miró. Los labios de Hugh le envolvían los dedos y chupaba con vigor. Y tenía los ojos abiertos.

4

Su voz sonó como el balido de un cordero recién nacido.

—Si me tocas otra vez, voy a arrancarte el corazón con mis propias manos.

Edlyn giró en círculo, sin advertir que, en su agitación, había esparcido las hierbas. ¿Había hablado Hugh? ¿La última dosis de sangre de dragón había obrado el milagro? Wharton, acuclillado junto al amo, cambiándole el vendaje, le obstruía la visión de la cara de Hugh y, antes de que pudiese correr hacia él, volvió a hablar.

—¿Qué es lo que te pasa? —rezongó en susurros—. Estás mojándome todo. —El tono pasó a ser de disgusto—. ¡Oh, por los clavos de Cristo, Wharton, estás llorando!

—Oh, amo —balbuceó Wharton entre lágrimas, con voz trémula—. Oh, amo...

—Qué pedazo de idiota. —La voz de Hugh ya se oía más débil—. Voy a hacerte picadillo.

El fastidio del amo obligó a Wharton a retroceder como un gusano, y Edlyn sintió el aguijón de la ira. Wharton había demostrado su devoción hacia Hugh en los últimos, espantosos días, y las primeras palabras que le dirigía el amo no eran otra cosa que amenazas altisonantes.

—No te preocupes, Wharton —le dijo—. No puede golpearte hasta convertirte en pasta. No puede alzar los brazos, siquiera. —Se adelantó y se detuvo junto a Hugh—. ¿Puedes?

Esos ojos almendrados la miraron sin dar señales de reconocerla, y Edlyn tuvo ganas de reír fuerte, de alivio. No recordaba la noche pasada. No recordaba las humillantes confesiones que Edlyn le hizo bajo la influencia del jugo mágico.

Por otra parte, estaba agradecida a los duendes por el remedio. La noche anterior había estado a punto de desmayarse con una mezcla de alegría y espanto cuando Hugh la miró, entonces supo que la fiebre había bajado, y lloró de manera tan penosa como lo hacía Wharton en ese momento. ¿Por qué esas tontas coplas no explicaban el efecto de la sangre de dragón sobre las enfermeras incautas?

Hacía años, que no veía a Hugh atrapado en las garras de la pasión. En aquel entonces, verlo la había avergonzado. Y ahora la incomodaba el modo en que había fingido después, y por eso se sorprendió diciendo, en tono altanero:

—No hay ninguna duda de que el enfermo está despierto y quejoso, pero apuesto a que se siente mejor, ¿no?

—Me has desgarrado los intestinos.

Su voz era ronca, y Edlyn se arrodilló, a desgana, y le alzó la cabeza para apoyarla sobre su rodilla. No le gustaba estar tan cerca. El peso de su cabeza, su calor, la seda de su cabello le recordaban demasiado la noche anterior. Adoptando un aire de normalidad, le acercó la taza a los labios.

—No te desgarré los intestinos, más bien te los cosí.

Hugh bebió con avidez, y jadeó al terminar.

—Tengo hambre. ¿Por qué has estado hambreándome? —preguntó.

Pensando en los esfuerzos que ella y Wharton habían hecho para que tragara el caldo, haciéndolo bajar por su garganta, tuvo ganas de pegarle. Se comportaba como la mayoría de los hombres que han estado enfermos: irritado con los que lo habían salvado, impaciente con su propia debilidad, sólo consciente de sí mismo.

Y, sin embargo, no era como la mayoría de los hombres. Su mirada se demoró en los pechos de Edlyn como si recordara haberla tocado, y luego alzó la vista hacia su rostro. La *observaba*... sensación incómoda cuando una ha desnudado su desdichada alma. Apoyando la cabeza del hombre con toda la rapidez posible, Edlyn dijo:

—Estabas herido. Creímos que morirías.

Por primera vez desde que recuperó la conciencia, parecía reconocer su herida. Flexionó las manos, tanteó con los dedos, y tocó los bordes del apósito como si con eso se ayudara a recordar los hechos básicos.

—Wharton me trajo a una abadía. —Su mirada recorrió el cuarto—. He estado oculto en el dispensario.

—Así es —asintió Edlyn, con la intención de animarlo.

Hugh la miró de nuevo.

—Tú eres la sanadora —arrugó la frente, como esforzándose por recuperar febriles recuerdos. Luego, la alisó y, con gran trabajo, estiró los dedos y le tocó la falda—. Tú eres... Edlyn.

¡Santo cielo, recordaba! ¿También recordaría aquel primer día, cuando Wharton lo había llevado? ¿O la noche anterior? Edlyn sintió que su cerebro se agitaba y fingió examinar el vendaje.

—Eres Edlyn, de George's Cross —insistió Hugh.

Edlyn supo que le haría daño cuando le quitara el vendaje, por mucho cuidado que tuviese.

Entonces, sintió un pequeño tirón en la falda y, al levantar la vista, vio que él seguía observándola.

—En George's Cross —prosiguió—, tú eras hija de un barón.

Quería una respuesta, y la mujer asintió, renuente.

—Y tú eras hijo de un barón.

—A ti te instruyó lady Alisoun en los deberes de una dama.

Edlyn hizo una mueca. Hugh se perdió en antiguas reminiscencias.

—Tú aprendiste los deberes de un caballero bajo la instrucción de sir David.

—Tú eras una muchacha recatada, gentil y bondadosa, como corresponde a una pupila de lady Alisoun.

Si recordara la confesión de Edlyn de la noche pasada, no habría dicho eso, y ella se apresuró a hablar para disimular su alivio.

—Tú eras el mejor guerrero de todo George's Cross, como corresponde a un discípulo de sir David.

Hugh cerró los ojos como si el esfuerzo de recordar lo hubiese fatigado.

—Compartimos la infancia.

¿La infancia? ¿Eso era todo lo que recordaba? Por extraño que pareciera, aquello la encolerizó y le dedicó una mirada de desprecio tan penetrante que habría bastado para cauterizarle la herida. En realidad, enfadarse la ayudaba, porque alguien tenía que arrancarle la venda de la herida, y Wharton había demostrado ser incapaz de provocar dolor voluntariamente a su amo, aunque fuese por el bien de éste.

—Prepárate —le dijo.

Hugh abrió los ojos, entendió a qué se refería, y asintió sin fuerzas.

Edlyn arrancó los hilos pegoteados de la costra que estaba formándose.

Hugh arqueó la espalda como si estuviese quemándolo. Wharton le alcanzó el frasco de ungüento que ella usaba todos los días para combatir la infección, y que ahora se apresuró a esparcir con los dedos. Exhalando hondos suspiros de alivio, Hugh se estremeció, y Edlyn se alegró. Se alegró de que hubiese recuperado la conciencia, y de tener la destreza necesaria para aliviar el dolor de esa recuperación.

Cuando terminó de vendarlo, él la miró intensamente, y ella soportó con orgullo el escrutinio. Quería que comprendiese que la niña había crecido, adquirido habilidades, que le había salvado la vida. Hugh abrió la boca para hablar, y Edlyn irguió la espalda.

—Estás igual —dijo el convaleciente—. Hermosa, como siempre.

—Wharton. —Hugh estaba tendido de costado sobre el jergón y, en tono persuasivo, le dijo a su siervo—: Tendrás que marcharte antes de que el sol esté más alto, pues alguien podría reconocerte.

Como una loba que protege a sus cachorros, Wharton se acuclilló junto a Hugh y, con un sesgo decidido del mentón, dijo, enfadado:

—No me agrada dejaros aquí, día tras día, en manos de esa mujer.

Edlyn, que estaba sentada ante la mesa larga, miró hacia el techo como si de allí pudiese extraer la paciencia que necesitaba. Esa mujer, había dicho Wharton. Ella había salvado a su amo, lo había protegido con su propia vida, y aún así, el resentimiento de él era más amargo que nunca. Seguramente, era porque Hugh quería quedarse a solas con ella.

No era *ella* la que quería eso sino Hugh y, aunque insistió en hacérselo entender a Wharton, éste no quiso escucharla. Estaba convencido de que su amo era perfecto, y por lo tanto la culpa debía de ser de Edlyn.

Lo único que manifestó Hugh fue una amable consideración hacia su siervo al decir:

—Lady Edlyn me ha cuidado mucho, Wharton y, como tú bien sabes, esta noche te necesitaré despierto para que me ayudes.

—¿Que te ayude con qué? —preguntó Edlyn, sin demasiado interés.

Wharton empezó a decir:

—Que lo ayude a...

—... por si me siento mal —terminó Hugh, locuaz y convincente.

La mirada de Edlyn pasó del semblante irritado, culpable de Wharton, al apacible de Hugh, y se preguntó qué estarían ocultando.

—Supongo que, entonces, será mejor que me vaya. —Wharton se levantó y estiró las piernas—. Iré al bosque a poner trampas.

—¿Y también a recoger información? —preguntó Hugh.

—Interrogaré a cada viajero que pase —admitió Wharton.

Persistió la sensación de que compartían un secreto que le ocultaban a ella, pero no le importó. Ya había tenido que lidiar con esas intrigas de niños pequeños.

Wharton salió retrocediendo, entre asentimientos y reverencias dirigidas a la figura tendida junto al horno. Tras dirigirle una mueca despectiva a la mujer, salió dando un portazo.

Apenas Wharton había traspuesto la puerta, Hugh comenzó su ataque.

—Tu duque no vivió mucho tiempo.

Edlyn mantuvo la vista fija en sus manos, que seleccionaban hojas de color verde oscuro dentro de las cajas de madera castaña.

—Dos años —respondió, con la esperanza de haber calmado la curiosidad del hombre, aunque sabía que no lo había logrado.

—Dos años. Poco tiempo.

Sintió la mirada de Hugh, que le hizo contraer los músculos de la espalda como si le clavaran un cuchillo. Por extraño que pareciera, sospechaba que Hugh, aparentemente tan calmo, debía de ser más peligroso que el volátil Wharton.

—¿Fue un buen esposo?

—Era fantástico.

Edlyn no supo si atribuirlo a la sangre de dragón o a la simple voluntad, pero lo cierto era que, una vez comenzada la recuperación, Hugh se curaba a toda prisa. Quería levantarse, insistía en que necesitaba ejercicio. Edlyn sabía que era demasiado pronto y se negó a permitírselo aunque, al mismo tiempo, deseaba que se marchara. Su presencia en el dispensario, le provocaba un nudo en la garganta que la ahogaba y del que no podía deshacerse.

—¿Era un hombre apuesto y leal? —le preguntó.

Edlyn soltó una carcajada y, cediendo a la tentación, se acercó a él. Le dijo que tenía tareas que cumplir, pero que lo escucharía con gusto. Sin embargo, Hugh no habló. Siguió interrogándola y, de vez en cuando, concentrada en la mezcla de hierbas, Edlyn le revelaba demasiado.

Con los brazos en jarras, se paró junto a él y lo miró, disfrutando de la dominación que le permitía su posición.

—Cuando vivíamos en George's Cross, yo no era más que una chiquilla para ti, ¿verdad?

A Hugh le molestaba que ella estuviese de pie y él recostado, pero disimuló su fastidio. La observó con expresión indescifrable y dijo:

—Te recuerdo perfectamente.

—¿De veras? —En los últimos días no había dado la menor señal de recordar la confesión que ella había hecho bajo la influencia de esa maldita sangre de dragón, y el pánico del comienzo se alivió. Se puso en cuclillas y le dijo—: Entonces, eres un tonto. Me casé con un duque tan viejo que la ceremonia y la celebración lo dejaron hecho una ruina con dolor de cabeza y parálisis en el cuerpo. Fue bondadoso conmigo, pero nunca completó su papel de esposo.

—¿Nunca se acostó contigo?

Seguía imperturbable.

Edlyn apoyó las manos sobre las rodillas levantadas.

—Lo intentó, y le dijimos a la familia que había tenido éxito. No quería que su incapacidad quedara al descubierto, y yo temía que me despojaran de mi parte de la herencia cuando él muriese.

—¿Lo hicieron?

Edlyn esbozó una sutil sonrisa.

—Lo intentaron.

Los traicioneros hijos del duque habían intentado que se marchara sin un centavo y, cuando ella luchó por su parte, quisieron liquidarla. No había sido fácil, ni agradable. Pero logró conservar el dinero y las tierras que se habían estipulado en su contrato de matrimonio y, al mismo tiempo, confirmó que tenía un temple de acero.

Ahora, Hugh la miraba como si pudiese ver su pasado, como si pusiese contemplar la lucha que había tenido que enfrentar a los diecisiete años, y Edlyn supo que el equilibrio entre ambos se había modificado. Faltaba un solo día para que se cumpliera la quincena desde que él estaba tendido junto al horno y, por primera vez desde que se despertó y se encontró al cuidado de ella, no hablaron como paciente y cuidadora sino como hombre y mujer.

Ahogando una exclamación, Edlyn volvió la cabeza, se incorporó, y volvió junto a sus hierbas.

Lo oyó decir, a sus espaldas:

—Para ti, la unión con el duque resultó beneficiosa.

Hundió el pisón en el mortero lleno de hojas secas, y las redujo a polvo. Hugh no entendía. No sabía lo asustada que había estado. O tal vez, no le importaba. Dios inspiró a Hugh que tuvo la delicadeza de dejar el tema a un lado.

Pero su delicadeza quedó arruinada cuando preguntó:

—¿Tienes intención de tomar los votos, como hacen tantas viudas nobles?

Edlyn dejó caer el pisón en el mortero, se lo oyó golpear contra el terso cuenco de piedra, y una nube de polvo verde se elevó en el aire. Para disimular su torpeza, fue hasta el horno. Sacudió las plantas de largos tallos que había puesto a secar. Las hojas secas crujieron, y cayeron algunos pimpollos amarillos. Las extendió sobre la mesa mientras lanzaba una exclamación de satisfacción.

No debería responderle, pero ya conocía los métodos de él. Si no le respondía en ese momento, repetiría la pregunta más adelante, y luego otra vez, hasta que hubiese vencido su resistencia. Por eso, dijo sin rodeos:

—Nada de votos.

—¿Por qué no?

—No me aceptarían.

Era la enunciación clara de un hecho.

—¿Quién te lo impide? ¿Es esa mujer que viene todos los días a fastidiarte? ¿O su desdichada sierva, que se mete en lo que no debe?

Como había estado oculto bajo los trapos cada vez que Edlyn recibía alguna visita, había notado muchas cosas.

—Aquí, lady Blanche no tiene ninguna influencia, aunque eso le encantaría. —Edlyn suspiró—. No; tengo demasiados deberes que cumplir en este mundo como para poder ingresar alguna vez a los claustros.

—Si se presenta la llamada de Dios, seguramente deben dejarse de lado los deberes terrenales.

—No recibí la llamada de Dios.

Lo oyó decir algo que no entendió, y luego se cubrió los ojos con el brazo. ¿Estaría cansado? ¿O querría ocultarle a ella su expresión? Lo miró con expresión suspicaz.

—¿Cuánto hace que murió el duque? —le preguntó.

—Yo tenía quince años cuando me casé con él, y diecisiete cuando murió. Y eso fue hace once años.

—¡Qué reservada y suspicaz te has vuelto! —Levantó el brazo, y Edlyn pudo ver la exasperación que, por lo general, él solía ocultar—. No me dices nada.

—¿Por qué debería decirte algo?

—Porque quiero saber.

—¡Como si eso importase!

Hugh no le hizo caso y, esgrimiendo la franqueza como si hubiese sido una espada, hizo trizas la discreción de la mujer.

—¿Cuántos otros maridos has tenido en estos once años?

Indignada al verlo tan convencido de que tenía derecho a indagar, y resuelta a ponerlo en su lugar, le respondió con la misma franqueza:

—Uno.

Hugh se incorporó con esfuerzo. Edlyn lo observó, con el mentón proyectado hacia delante.

—¿Dónde está él ahora?

—Está muerto.

Parecía estar esperando esa respuesta, porque de inmediato le asestó la siguiente pregunta.

—¿Cómo se llamaba?

—Estoy segura de que lo conocías. Sin duda, debía de ser camarada tuyo. —Reanudó la tarea y le arrojó la respuesta sobre el hombro—. Su nombre era Robin, conde de Jagger.

—¿Robin... conde de Jagger? —Su voz se enronqueció de angustia y de furia—. ¿Estás provocándome?

Dejó de trabajar y lo miró, ceñuda. En sus oídos resonó la cruda indignación de su voz, y fue a buscar la botella de tónico. Se le ocurrió que le aliviaría la irritación de la garganta, pero cuando se arrodilló junto a él, comprendió que estaba mintiéndose a sí misma. No imaginó que él reaccionaría de esa manera, y quiso saber a qué se refería.

—Has hablado demasiado. —Vertió la pestilente poción parda en una taza y se la puso en la mano—. ¿Necesitas que te la sostenga mientras bebes?

En el tono más ofensivo que pudo, le respondió:

—Necesito que prometas que guardarás silencio hasta que yo esté bien lejos de aquí.

Confundida por el ataque, retrocedió.

—¡Es lo que he hecho hasta ahora! ¿Acaso crees que diría a las monjas lo que he hecho? ¿Que he tenido a un hombre en el dispensario sin que lo supieran? —Lo miró de la cabeza a los pies—. ¡Y qué hombre! Un *guerrero*.

—¿Qué tiene de malo un guerrero?

—Mi esposo fue *guerrero*. Un gran guerrero. No puedo entender cómo he podido arriesgar todo, refugio, comida, un lugar seguro para... —Aspiró profundamente y se acercó tanto a él que su aliento le rozó la cara—. He arriesgado mi seguridad... por otro *guerrero*.

La miró, contrito, como si hubiesen estado hablando en diferentes idiomas y él estuviera tan confundido como ella. Eligió con cuidado sus palabras:

—Robin, conde de Jagger, murió el año pasado al servicio de Simon de Montfort.

—¿Murió? Él no murió. —Le ardieron las mejillas, y las lágrimas le quemaron los ojos—. Fue capturado por el conde de Roxford, arrastrado por las calles como un delincuente común, y ejecutado.

—Como traidor al príncipe real.

Lo miró con audacia, pero se llevó la mano al corazón.

—Es un destino que tú podrías evitar.

—¿Evitar? —Frunció el entrecejo—. ¿Crees que *yo soy* traidor a la corona?

—¿No lo eres?

—¡No!

Ya había oído eso antes, y le respondió con la misma convicción:

—Sí, eso mismo decía Robin. Que él no era traidor sino defensor de los derechos de los barones contra la tiranía del rey. —En su boca se dibujó una mueca desdeñosa—. El príncipe Edward no lo consideraba así. El año pasado, Simon de Montfort capturó al rey, y ahora lo lleva por donde quiere, como peón de su peligroso juego. Utiliza el poder del rey para lanzar decretos, y el príncipe Edward está dispuesto a cualquier cosa para liberar a su padre. Por eso, cuando el comandante del príncipe envió a Robin a Londres, lo ahorcaron. El príncipe confiscó todas las tierras y riquezas de Robin. Y para dar una lección a todos los que pretendiesen rebelarse contra él, echó a la calle a la esposa y a los hijos de Robin, para que se las arreglasen como pudieran.

5

Hugh pronunció las palabras como si Edlyn fuese dura de oído.

—No me he rebelado contra el rey.

—Claro que no. —Hizo una mueca irónica por el solo placer de irritarlo—. Por eso Wharton temía que fueses descubierto. Por eso te conformas con ocultarte aquí hasta que se hayan ido los demás soldados. —Dejó el sarcasmo y fue al centro de la cuestión—. Tienes miedo de que las tropas del príncipe Edward te descubran y te hagan ejecutar. —Exhaló un suspiro trémulo—. Como a Robin.

—Eso no es verdad.

—Entonces, ¿por qué no mandas a buscar a tus compañeros? ¿Por qué no aceptas ir al hospital, donde las monjas te cuidarían?

—No puedo permitir que me vean indefenso. Son asesinos...

¿Quién se creía que era? ¿El comandante de las tropas reales? Edlyn se tapó la boca para contener la risa.

Con semblante serio, Hugh la observó.

—Ya has llegado a una conclusión, ¿no es cierto? No hay modo de convencerte, ¿verdad?

La mujer negó con la cabeza.

—Muy bien. Edlyn, condesa de Jagger, debería darte vergüenza medir a todos los hombres con la misma vara.

¡Estaba enfurruñado! El hombre que ella creía impenetrable apretaba con fuerza los labios, y Edlyn experimentó una sensación de triunfo. Todos los hombres eran iguales: niños que exigían respeto, pero no lograban ganarlo. Con una actitud similar a la que usaba para tratar a Parkin o a Allyn, le acomodó la cabeza sobre su rodilla y dijo.

—Ten. Bebe esto.

Hugh alzó la mano para apartar el jarro, y se detuvo.

—¿Quieres saber el otro motivo por el cual me negué a ir a tu hospital?

—Si quieres decírmelo —accedió, con gracia.

—Porque siempre supe que tú eras la única capaz de curarme.

Apoyó la mano sobre la de ella, apretándosela contra la parte lisa de la taza de cuerno. Los callos de su mano la rasparon cuando Hugh le frotó los dedos trazando lentos círculos sobre la piel.

La voz sonó profunda, cargada de sinceridad.

—Cuando la muerte me acechaba, oí tu voz que me hablaba y sentí que tu fuerza fluía hacia mí.

—¿Me oíste?

Casi se ahogó.

—Por eso he aceptado beber cosas asquerosas, que me pusieras hierbas machacadas en la herida, comer papillas, y ocultarme tras una pila de trapos cada vez que alguien se acercaba al dispensario.

—Se llevó la taza a la boca, y bebió—. Porque tú me dijiste que lo hiciera.

Edlyn frunció la nariz: ¿la había oído? ¿Cuándo?

—¿Qué pasa? —preguntó el enfermo—. Parece que te hubieras tragado un bicho.

—Yo... —Inventó una excusa razonable—. Este tónico sí que hiede.

—Sabe peor. —Terminó la taza y, por fin, soltó la mano de Edlyn. Preguntó, con expresión pensativa—: ¿Te echaron de tu casa sin nada? ¿A ti y a tus hijos?

—Sí. —Quería apartarse, pero tenía que saber—. ¿Entendiste lo que yo decía cuando estabas al borde de la muerte?

—Eso no tiene importancia. —Desechó la pregunta, sin curiosidad—. ¿Cuántos hijos?

—Dos varones. Y yo creo que sí tiene importancia.

—¿Sí? —Había captado su atención, y Hugh se acarició la barbilla—. Qué interesante.

¡Por todos los santos, Edlyn no quería que él reparase en eso!

—Tal vez no lo sea. —Se esforzó por sonreír—. Dos hijos, Parkin y Allyn. No supe qué hacer cuando llegaron las tropas del príncipe y nos lanzaron al camino, sin nada más que lo puesto.

—Las tropas del príncipe. ¿Te hicieron daño?

—¿Quieres decir si me violaron? —A desgana, recordó aquel día horrible—. No. El caballero al mando tenía órdenes estrictas, y las cumplieron. —Y prosiguió, con desdén y altivez—: Me arrojaron al barro con todo lo que había sido propiedad de Robin. —Se había quedado allí de pie, entre la pila de banderas y tapices marcados con el escudo de Robin, con sus dos niños tomados de la mano—. Preparaban el castillo para el nuevo amo.

—¿Quién era?

—Todavía no sé a quién le habrá cedido el príncipe las propiedades Jagger.

—Yo sé a quién no se las habría cedido —comentó Hugh.

A Edlyn le pareció extraño.

—¿A quién?

—A ninguno de los lores que apoyan a De Montfort. —De pronto, dio la impresión de que saboreaba el tónico—. Dame algo para limpiarme la lengua.

Se alegró de cambiar de tema y lo ayudó a acomodarse otra vez sobre la almohada. Envolvió una tira acolchada alrededor de la olla de barro que se entibiaba sobre el hombro, la acercó a él y levantó la tapa. Flotó en el aire el aroma de las hierbas, donde se percibía un leve olor a... ¿carne?

Hugh alzó la cabeza en actitud alerta:

—¿Qué es eso?

—Caldo —respondió ella sonriendo—. Wharton atrapó un conejo y preparó un estofado.

Hugh torció el cuello para mirar dentro del caldero.

—¿Dónde está el estofado?

Edlyn lo entendió a la perfección.

—Todavía no puedes tomar nada sólido. Tu estómago no está preparado.

—Eso no es cierto. Ese potaje que has estado

haciéndome tragar está matándome de hambre.

—Soy afortunada de conseguir eso para ti. —Hundió la cuchara en el caldo—. ¿Quieres o no?

Él quería discutir.

Quería comer.

Comió.

Mientras lo alimentaba, Edlyn dijo:

—Es un pecado horrible no compartir el alimento con que nos bendice Dios. Los demás habitantes de la abadía también ansían comer carne. Pero no me pareció lógico afirmar que yo había cazado furtivamente un conejo del bosque real mientras buscaba hierbas.

—¿No hubiese podido explicar Wharton que *él* cazó el conejo?

—Ya lo miraban con suspicacia. Si bien hay vagabundos merodeando por la abadía, tu Wharton tiene una conducta bastante ruda, y sólo lo han visto al amanecer y al anochecer. —Le agradaba cómo comía Hugh, rápido, saboreando cada gota, pero resuelto a vaciar cada cucharada antes de aceptar la siguiente—. Es celoso con respecto a su identidad.

—Sí. —El semblante de Hugh se ensombreció—. Hay muchos capaces de reconocer a Wharton, y de traicionarlo por doce monedas de oro.

Eso la inquietó otra vez. Trató de conservar la fe en lo que, a su juicio, era lo mejor, como le había sugerido lady Corliss, pero se preguntó si habría personas dispuestas a armar escándalo en la abadía porque ella había dado refugio a estos dos hombres. ¿Habría atraído el desastre sobre todos?

En tono divertido, Hugh preguntó:

—¿Tan torpe eres que las monjas no te hubiesen creído capaz de atrapar un conejo?

—¡No soy en absoluto torpe! Pero cazar un conejo en el bosque real está prohibido, y nuestra abadesa no ve con buenos ojos tal deshonestidad.

—Podrías haberle dicho que murió a tus pies.

—No puedo mentirle a lady Corliss. Me mira muy serena, con esos ojos azules, y... —Se estremeció al evocar la decepción que veía en esos bondadosos ojos ante una transgresión—. No, no puedo. De todos modos, en realidad no habría sabido cómo explicar que necesitaba una ración extra para traer al dispensario.

Hugh lo entendió y asintió.

—¿Y entonces, qué pasó con el resto del conejo?

—Lo comimos Wharton y yo.

Se quedó esperando que él protestara por su egoísmo pero, en cambio, la observó con detenimiento.

—Bien. Me parece que un poco más de comida te viene bien.

La asaltó una punzada de melancolía. Recordó la época en que Robin pasaba un día entero contemplando su cuerpo desnudo, simplemente, acariciándola, admirándola. Afirmaba que el cuerpo de Edlyn era el mejor que había visto, y ella había imaginado que ese cuerpo sería el eslabón que lo ataría a ella.

Qué tontería. El ilimitado deleite de Robin en su cuerpo jamás se desvaneció, pero nada era capaz de atarlo. Y ahora, Hugh la contemplaba sin interés, y la calificaba de flaca.

Era una estupidez preocuparse o dejar que la indiferencia de Hugh la perturbase. No debía olvidar que ese hombre había pasado por alto el enamoramiento infantil de ella, y que había seguido adelante con su propia vida.

Metió la mano en el bolso y sacó un mendrugo de pan que había reservado para sí misma, lo hundió en el caldo y lo metió en la boca abierta de su paciente.

—Mmm.

Él cerró los ojos y suspiró, como si estuviese saboreando el más exquisito manjar.

Luego, los abrió, y Edlyn supo que se había concentrado en un nuevo problema.

—¿Cuántos años tienen tus hijos? —preguntó.

—Los dos han visto ocho inviernos.

—¿Gemelos?

Dio la respuesta que daba siempre:

—Nunca habrás visto dos niños tan iguales.

—Es raro que los dos hayan sobrevivido al nacimiento.

Edlyn no respondió.

—Ya es tiempo de que reciban una educación.

Habló con vivacidad, y Edlyn contestó en tono similar.

—Ya he pensado en eso. El abad del monasterio vecino los ha tomado bajo su protección, y en este momento están haciendo su primer peregrinaje.

—¿Peregrinaje? —Bajó las cejas, y masticó

bien el nuevo trozo de pan antes de continuar—. ¿Con un abad? ¿Los has puesto con un abad?

La incredulidad de Hugh la encrespó.

—¿A qué otra persona propondrías?

—¿Para los hijos del conde Jagger? Tendrían que desempeñarse como pajes en el castillo de algún caballero.

—No quieren estar en el castillo de un caballero. —Para enfatizar, le apuntó con la cuchara—. Quieren ser monjes.

—¿Que los hijos del conde de Jagger quieren ser monjes, dices?

Detectó en su voz un matiz que hasta entonces no había percibido, y se puso a la defensiva.

—En efecto.

—¡Qué desperdicio! El conde de Jagger fue uno de los mejores luchadores que he conocido! ¡Si casi me derrotó a mí!

Se sacudió, y la miró de costado, haciendo surgir en ella la animosidad.

—Sin duda, en alguno de los torneos que frecuentaba, mientras yo me quedaba en casa a juntar dinero para sus batallas y a criar a sus hijos para el futuro.

Hugh le arrebató el tazón y mojó el último trozo de pan en el caldo que quedaba. Entonces, le devolvió el tazón.

Edlyn apretó el tazón entre sus manos y se propuso levantarse, poner distancia entre ambos, pasar por alto a ese cerdo superficial como se merecía. Pero se quedó donde estaba, y dijo:

—Me aconsejas cómo criar a mis hijos pero

¿hasta qué punto te interesa el futuro de ellos? Son *mis* hijos, que yo cuidé y alimenté. Para ti, son sólo un capricho que te interesa mientras estás ahí, acostado, y tú estás sujeto a esos caprichos como si no fuera más que escozores. En cuanto te rascas, te olvidas. Si yo te lo permitiese, harías que todo mi mundo girase en torno de esos escozores, y cuando te hubieses rascado y olvidado, mi mundo seguiría girando.

—¡No soy tan caprichoso!

—Todos los hombres lo son. Si tienen el poder, ¿por qué no habrían de serlo?

Hugh respiró profundamente y habló con la voz de la razón.

—No es el capricho lo que me hace comprender que cualquier hijo de Jagger sería un luchador. Conocí a Robin en la flor de la vida, lady Edlyn, y sentí la fuerza de su espada. Vi cómo lo idolatraban sus hombres, y las mujeres... bueno. —Carraspeó—. Dices que sus hijos quieren ser monjes. Quizá, pero si se les mostrara un camino diferente, tal vez descubrirían que se ajustan más a la caballería.

—Robin *murió* en la flor de la vida. —Casi se le detuvo el corazón al evocar a aquel hombre animoso, apuesto, heroico y comprender que nunca más pisaría la tierra—. Quiero algo mejor que eso para mis hijos.

—¿Qué es lo que ellos quieren para sí mismos?

—Tienen ocho años, y no saben lo que quieren. —Se puso de pie y dejó el cuenco en el cubo, con los otros platos sucios—. Hay padres que inician a sus hijos en el camino que deberán seguir toda la vida. ¿Por qué crees que yo no sería capaz de hacerlo?

—Tal vez tu padre podría aconsejarte.

No se le pasó por alto que no había respondido a su pregunta.

—Mi padre no sabe, siquiera, dónde están.

—¿Por qué?

Edlyn abrió el bolso que había llevado esa mañana al bosque y lo dio vuelta, volcando sobre la mesa las plantas y raíces.

—Yo no le he informado... y él tampoco ha mandado preguntar. Cuando me casé por primera vez, yo era una de cinco hijas. Después, mi madre dio a luz a dos más, y todas necesitaban casarse o entrar en un convento, a todas había que darles alguna clase de dote. Yo ayudé a concertar matrimonios para tres de mis hermanas, como era mi deber. —Olfateó la raíz de mandrágora, y prosiguió, serena—. De cualquier manera, deduzco que a mi padre no lo alegraría recibirme otra vez en su hogar, habiendo caído en desgracia como caí.

—Triste situación —comentó Hugh.

—No del todo —repuso Edlyn—. Tú naciste en una familia tan pobre como la mía. ¿*Tus* padres estarían contentos de recogerte otra vez en su hogar?

—¡No, pero yo soy un hombre adulto!

—Muy cierto.

¿Habría notado su sarcasmo? Era demasiado hombre para imaginar, siquiera, los pensamientos de una mujer. Ella era una mujer adulta, y tan capaz como él de cumplir sus cometidos. Pero como no eran los cometidos de un hombre, él no les daba valor.

La exasperaba el modo en que los hombres irrumpían en la vida, dando por sentado que su modo de actuar era el correcto, seguros en un mundo que habían creado para servir a sus propias necesidades y a sus deseos. Las mujeres tenían que tratar de encajar en ese mundo, de entender las ideas y los deseos de sus hombres. Y si fracasaba una mujer, era su hombre quien la castigaba. En cambio, si el que fracasaba era el hombre, la mujer era castigada junto con él.

—Quizá sir David aceptaría dar su opinión —dijo Hugh.

Ya no parecía tan seguro. Quizás, a fin de cuentas pudiese comprenderla. Se imaginaba el ceño que le crispaba la frente, el matiz verdoso que adoptaban sus ojos de color pardo claro, el sesgo grave de la boca.

Podía imaginar todo eso, y se maldijo por ello. ¿Por qué lo conocía tan bien que era capaz de adivinar sus reacciones? Oh, sí, de niña había pasado horas estudiándolo, observando los labios firmes, anchos, cargados de sensuales promesas, el cabello rubio que caía sobre su rostro, las cejas, generalmente bajas, cuando enfrentaba los desafíos que se le presentaban.

¡Creía haber olvidado todo eso! Había ocurrido hacía muchos años. Maldición, ella *no* llevaba la imagen en su mente como un icono.

De ahí surgió otra idea no menos desagradable. Si no lo recordaba, entonces significaba que había estado observándolo ahí, en el dispensario. Observándolo no como paciente sino como hombre digno de su atención. No podía creer que hubiera estado haciendo eso. Pero ahí estaba, anticipándose a sus propias reacciones.

Eso era algo que odiaba de su conducta. Era como haber creído que se había curado de una infección, y descubrir que aún circulaba por sus venas.

—Espero que lo que estás farfullando sea que tuve una buena idea —dijo Hugh, sin demasiada convicción.

Hugh no daba la impresión de creerlo.

Edlyn separó el trébol, lo acomodó en un montón, y empezó a arrancar las flores encarnadas.

—Cuando yo vivía con lady Alisoun, tanto ella como sir David me trataron con mucha bondad. No tengo más que respeto por sus opiniones, pero me temo que no puedo aplicarlas en nada. No me parecería adecuado.

—Tu orgullo no es bueno en una mujer.

Las manos de ella se cerraron con fuerza y la fragancia del trébol la inundó. Abrió las manos, se limpió las manchas rojas, y dijo en tono bajo:

—Mi orgullo es lo único que me queda, y me ha sostenido durante mucho tiempo.

—Eres demasiado independiente.

—¿Quién tiene la culpa de eso?

Con movimientos bruscos, estiró un paño fino sobre la mesa y volcó las flores encima.

—Tal vez yo.

Casi no lo oyó pero, de todos modos, no supo a qué se refería.

Hugh dijo:

—Cuando la guerra termine, poseeré varias propiedades que acompañan mi título. Entonces, podría adoptar a tus hijos.

Edlyn no pudo creerlo. No podía soportarlo. ¿Acaso ese hombre no había oído una sola de sus palabras? ¿Era tan sencillo desechar sus decisiones? El ofrecimiento de Hugh demostraba lo que ella pensaba: que los hombres habrían inventado la guerra porque les gustaba pelear y resistir las influencias civilizadoras de la esposa y el hogar. Cuando se enfrentaba a la perspectiva de que dos niños —a los que, por otra parte, no conocía—, se convirtiesen en hombres de paz, Hugh se comprometía a salvarlos del mismo modo que los santos se consagrarían a salvar el alma de un pecador. Edlyn logró responderle en un tono amable, pero si Hugh se tomaba la molestia de escuchar, podría percibir que ocultaba algo sombrío y peligroso.

—Mis hijos ya han sufrido demasiados colapsos en su vida. Yo soy su madre. Se quedarán conmigo.

Recogió el trébol tomando el paño por las puntas, . Hugh trató de hablarle pero ella pasó junto a él sin dar señales de haberlo oído y llevó las flores afuera. En una zona protegida del viento, se arrodilló y las extendió para que se secaran. En el invierno, con ellas se podría preparar infusiones para combatir los ataques de tos.

En el invierno, Hugh no estaría.

Por primera vez en su vida, Edlyn anheló la llegada del invierno. Arrodillada entre las hierbas, arrancó algunas malezas que amenazaban el crecimiento de la consuelda. El invierno anterior había sido el primero que pasó en la abadía, y había resultado muy largo, monótono, frío. Había deseado la primavera como nunca, pero como en esa estación era más fácil trasladarse y el campo florecía, con los tibios vientos llegó la guerra. La batalla había llegado muy cerca. Los heridos habían agotado sus reservas. Un grupo de los soldados más rudos amenazaron con saquear la aldea, y de la iglesia desapareció un cáliz de oro.

Tenía que ser un desesperado el que le robara a Dios, y el suceso alarmó a las monjas. En opinión de Edlyn, también asustó a los monjes que, en su mayoría, no estaban entrenados en el arte de la guerra. Lady Corliss había sugerido que Edlyn suspendiera sus excursiones al bosque hasta que la paz retornase al campo. Y ella le explicó que la temporada del trébol era breve, y que era preciso recolectar las hojas de pezuña de caballo en ese mismo momento, antes de que perdiesen su vigor.

Lo que lady Corliss no comprendía era que Edlyn necesitaba el escape que suponía internarse en el bosque. Ahí, nadie la observaba, nadie se burlaba de que hubiera llegado a esa situación después de lo que había sido. Allí, podía quitarse los zapatos, levantarse la falda y buscar hierbas medicinales con la conciencia limpia, al mismo tiempo que respiraba el aire de la libertad.

Claro que, en una ocasión, tuvo la incómoda sensación de ser observada. Se le erizó el cabello de la nuca, y oyó crujir una rama bajo un zapato masculino. Y cuando se topó con Wharton, ensangrentado por haber estado desollando el conejo, se sintió aturdida porque al principio no lo reconoció. Después, se sintió avergonzada, cosa que él disfrutó.

Sin embargo, Wharton negó haber estado siguiéndola, y en ella perduró el temor de haber sido presa de alguien. Desde entonces, llevaba siempre consigo un grueso bastón de roble.

Se levantó. ¿Para qué se afligía por una presencia imaginaria? Ya tenía dos grandes preocupaciones, y muy reales.

Empezaba a caminar hacia la puerta cuando le cayó una gota en la mejilla. Alzó la vista y suspiró, disgustada y aliviada al mismo tiempo. Disgustada, porque tenía que volver a entrar el trébol. Aliviada, porque la lluvia regaría las plantas que había puesto en el jardín.

Recogió las flores y entró de nuevo. Mientras Hugh de Florisoun viviese en el dispensario, ella no tendría paz.

Hugh no esperó que cruzara el umbral para decirle:

—Quiero que tú también vengas.

—¿De qué estás hablando?

Lamentablemente, lo sabía, y se apresuró a dejar el paño con los tréboles sobre la mesa, antes de ceder a la tentación de arrojárselo.

—Adoptaré a tus hijos y tú vivirás con nosotros.

A Edlyn le costó recuperar el aliento.

—Seré bueno contigo, Edlyn.

—Bueno conmigo.

Golpeó con el pie en el suelo, sintiéndose irritada, ofendida.

—Necesito una mujer que se ocupe de la casa, y tú sabes hacerlo muy bien. —Esbozó una sonrisa encantadora... era evidente que estaba habituado a salirse con la suya—. Te gustará más que esta tarea de arrancar plantas de la tierra y de hervir infusiones para desconocidos.

Su tono fue práctico, como si él supiera qué le gustaba a Edlyn.

—¿Ah, sí?

—Claro que sí —afirmó, confiado—. Edlyn —le tendió la mano, con la palma hacia arriba—, tú y yo formaríamos una pareja invencible.

—¿Pareja de qué?

Hugh dejó caer la mano y bajó las cejas:

—*De esposos*.

El pánico la asaltó, crispándole el estómago, provocándole arcadas.

—¿Casados?

Con un dejo de irritación, repuso:

—¿Qué crees que quise decir?

—Sin duda, no de esposos. Jamás casados. Nunca más.

Hugh elevó la voz:

—¿Imaginaste que te proponía quedarte conmigo como amante, bajo la mirada de tus hijos? ¿Pensaste que me aprovecharía de tu situación para ofenderte con una proposición deshonesta?

Edlyn dominó el pánico y se dejó llevar por la irritación.

—En el pasado, no me habría impresionado la integridad de ningún hombre ante la desgracia de una mujer.

Impulsado por la furia, se puso de pie.

—Soy Hugh de Florisoun. ¡Soy la encarnación viva de la caballerosidad!

—Seguro. —Le produjo gran satisfacción emplear un tono desdeñoso. Pero, al mismo tiempo, corrió hacia él y lo sujetó con el brazo—. Y acuéstate, antes de que empieces a sangrar.

—¿Dudas de mí?

Empezaron a temblarle las rodillas, y Edlyn se apresuró a responderle:

—No dudo de tu honor, Hugh. Deja que te ayude a acostarte.

—Te ofrecí matrimonio con absoluta seriedad, solemnemente convencido de la justicia de mi propósito —se echó en el suelo, arrastrándola consigo—, ¿y tú te burlas de mí?

Lo hizo girar hasta que el trasero de él tocó el jergón.

—Fue un error. He conocido hombres que viven según el código de la caballería. —Lo empujó hacia la odiada almohada—. Pero no durante tanto tiempo.

Los brazos de la mujer le rodeaban los hombros, una mano le sostenía la cabeza como si fuese un recién nacido... o un amante. Tendría que haber captado esa simple verdad: que Hugh no había vivido tanto tiempo ni prosperado de ese modo de no haber sido porque aprovechaba la oportunidad cada vez que se le presentaba.

En un tono de densa sensualidad, susurró su nombre:

—Edlyn.

En cuanto lo miró y comprendió el significado de su expresión, Edlyn supo que estaba en dificultades. Se había ofrecido a sí misma en bandeja.

¿Debía dejarlo caer y salir huyendo? ¿O bien, atender al bienestar de él? Había empleado demasiado tiempo y esfuerzo en dejarlo caer, pero esa expresión confiada la exasperaba. Cuando lo tuvo a un dedo de la almohada, lo soltó. Y ese acto no bastó para hacerle daño, pero sí para advertirle que ella no sería fácil.

Trató de apartarse de un salto, pero él ya la había rodeado con los brazos, y aprovechó su escaso equilibrio para inclinarla hacia él, de modo que quedara sobre su cuerpo. Edlyn cayó sobre el pecho de Hugh, haciéndolo gemir.

—Lo tienes merecido —le dijo, forcejeando para incorporarse—. Yo no quiero esto.

—Sé despiadada. —Hugh se limitó a inmovilizarla de modo de desperdiciar el mínimo posible de su valiosa energía, mientras ella se fatigaba—. Golpea mi herida.

No podía. Aunque tenía muchas ganas de hacerlo, no podía llevarlo otra vez al borde de la muerte. Lo que sí hizo fue cerrar el puño y tratar de golpearlo en el rostro. Pero Hugh le atrapó los dedos y los retuvo. Edlyn se debatió y, cuando cedió, él la sujetó de la nuca y la mantuvo quieta para besarla.

Cuando intentó usar la lengua, Edlyn volvió a

enfurecerse: ¿quién se creía que era? ¿Su amor perdido durante mucho tiempo?

Bueno, era preferible que siguiera perdido.

¿Y por quién la había tomado? ¿Por una mujer fácil?

Hugh debió de entender el mensaje que transmitían los labios apretados de ella, porque le soltó la cabeza. Edlyn trató de alejarse pero, manipulándola con gran cuidado, él se apoyó en su lado sano, y la sujetó a medias debajo de sí.

¡Se comportaba con tanta calma, con tanta deliberación...! ¿Cómo era posible que un hombre que días atrás había estado al borde de la muerte, pudiese sujetarla a ella, una mujer saludable?

Mientras forcejeaba, en su voz vibró una pequeña alarma.

—Esto... no... no está bien.

—Sólo voy a besarte, y eso está bien para una pareja que se ha comprometido a casarse.

—Yo no he hecho tal compromiso.

—Pronto comprenderás la sensatez de esta propuesta.

Lo decía absolutamente convencido como si las objeciones de ella no significaran nada. ¡Como si Edlyn no fuese más que una dama tonta, y necesitara que un hombre le enseñase a vivir! Lo peor era que, por lo visto, estaba convencido, el muy necio.

La inmovilizó apretándola con un muslo. Primero, le sacó la toca, que salió sin dificultades, y los dedos de Hugh quedaron enredados en las finas hebras lacias que se escapaban de la trenza. La levantó y la miró.

—¡Deténte ahora mismo!

Lo tomó de la muñeca.

Hugh la miró, atrapada entre el suelo y su cuerpo.

—Recuerdo haber visto esto, a la luz del fuego, y de haberte visto a ti, sin nada puesto.

—¡Tenía algo puesto! Tenía un...

Se interrumpió.

Demasiado tarde. Una sonrisa de satisfacción curvó los labios de Hugh, y Edlyn le espetó:

—¿Qué más recuerdas?

No le respondió. Se inclinó hacia delante y rozó los labios de ella con los suyos. Edlyn mantuvo los ojos abiertos y, cuando él levantó la cabeza, le dijo:

—Primero tratas de alejarme. Después, pruebas con la dulzura. ¿Cuál será tu próxima táctica?

Debió de haber traicionado una emoción que era preferible ocultar, porque él repuso:

—La dulzura logrará lo que deseo.

Edlyn intentó endurecerse más, aunque supo que, seguramente, él tenía razón. La soledad de la abadía resonó en su alma. Claro que estaba siempre rodeada de gente, pero en ese lugar donde la carne era sinónimo de pecado, los moradores evitaban el contacto. Por supuesto, sus hijos la abrazaban, pero ella no podía dejar de recordar el castillo Jagger. Echaba de menos los impulsivos abrazos de las niñas que había adoptado, los besos respetuosos con que recibía a sus invitados. Sobre todo, echaba de menos los abrazos cuerpo a cuerpo con su hombre, y su respuesta involuntaria a

Hugh debía de ser la de un alma desolada que se acercaba al ser humano más próximo en busca de contacto.

De lo contrario, seguramente ella debía de ser tan malvada como decía lady Blanche.

Bajo su cabeza estaba el brazo de Hugh, que la miraba con una fascinación inmerecida. Esa mirada le provocaba deseos de retorcerse, pero se quedó quieta y dijo, cortante:

—¿Qué es lo que estás mirando, bellaco?

—A la mujer que será mi esposa y, si me permites decirlo, a la que me salvó la vida.

Un calor sorpresivo la suavizó.

—Fue por la gracia de Dios.

—Sí, pero Él te usó como Su instrumento. —Le acarició el cabello—. ¿Acaso no gozaré del privilegio de rescatar de la desesperación y la pobreza en la que ha caído, al instrumento de Dios?

La buena voluntad de Edlyn se evaporó.

—¡Yo me las arreglo bien sola!

—Ah, claro. —Echó una mirada al amado dispensario de Edlyn—. Muy bien.

Ella supo lo que él veía. El techo bajo, el suelo de tierra, las cajas con hierbas que ella cuidaba con tanto celo: ¿qué era ese sitio comparado con un castillo con cristales en las ventanas, suelo de madera cubierto de esteras, tapices en los muros? Y sin embargo, gracias a la generosidad que siempre la había caracterizado, Edlyn pudo recurrir a la abadía en lugar de tener que vagar por las calles para mantener a sus hijos. Como habían dicho los sacerdotes, el Señor había recompensado sus buenas acciones. Lo que veía Hugh cuando la miraba era una mujer que atravesaba una mala época. Ella, en cambio, consideraba que había salido bien parada con muy poco.

Expresó la queja universal de las mujeres:

—¡Qué necios sois los hombres!

Hugh no le respondió. Acercó la cabeza de ella a la suya y volvió a besarla. Besos pequeños, breves mordiscos, como para que lo probase. Edlyn no quería saber nada y mantenía los dientes apretados, pero la lengua de Hugh se introdujo entre los labios cerrados y no pudo hacer otra cosa que probarlo.

La arrullaban las oleadas de su aliento, y el pecho del hombre subía y bajaba pegado al de ella. Sin duda, debía de estar hambrienta de contacto humano, porque se sorprendió inhalando y exhalando junto con él.

—Ábrete —le murmuró.

La barba crecida era como un suave pellejo que le acariciaba la barbilla, y la dulce fragancia de él estimulaba sus deseos.

Estaba tan apretados uno contra el otro que sintió el corazón de Hugh latiendo contra el suyo, y ese ritmo dominó su propio ritmo natural, el que impulsaba la sangre en las venas.

—Edlyn, entrégate a mí.

Le frotaba el cuello, la cabeza, trazando lentos círculos hipnóticos.

Aunque Edlyn tenía los ojos cerrados, veía con los de él. Le fallaban los oídos, pero oyó su propia negativa. Percibió el triunfo de él cuando penetraba en su boca, y luego la frustración, que lo dominó cuando ella lo dejó hacer y le mostró su indiferencia.

La acercó más a sí, aunque parecía imposible, enlazando sus piernas en las de ella, presionando con la rodilla hacia arriba, hasta provocarle sensaciones familiares, y luego, nuevos deseos. Se esforzó por negarlos, pero él siguió moviéndose insistente, insidioso.

—Siénteme —la arrulló—. Es Hugh quien te abraza, quien te da placer. Es tu viejo amigo, tu nuevo amante, tu futuro marido.

—No.

—¡Qué convencida lo dices!

Se burló, pero con benevolencia. Su mano —¿cuántas tenía?— vagó por el cuello de ella, el hombro, a lo largo del torso hasta la cadera, y allí se apoyó, pesada. Estaba tan consciente de él que hasta podía imaginar el dolor de su herida. Luchó contra la fusión de dos almas en una. Debía de ser un hechicero para absorberla de ese modo en sus huesos, en su corriente sanguínea.

—Siento tu pasión —murmuró Hugh—. Fue mucho tiempo negada, y ahora es voraz, exigente. —La rodilla se movió—. Cuando respondas...

Para defenderse, replicó:

—No voy a hacerlo.

Hugh dejó de moverse, de respirar, y se quedó tan quieto que Edlyn abrió los ojos y los clavó en él.

Lo había visto inconsciente. Lo había visto dolorido. Recuperándose. Curioso. Y, aunque nunca lo había visto decidido, supo que era así como estaba en ese instante.

La mirada firme sostuvo la suya. La boca ancha parecía cortar en dos el rostro. En una voz que se hizo más convincente por la falta de emoción, dijo:

—No voy a dejarte en paz. No voy a permitir que te alejes. Te retendré hasta que respondas, o hasta que los dos perezcamos de hambre y de sed.

Edlyn quiso decirle que era imposible. Que alguien iría a buscarla. Y que, pese a lo que contaban las viejas fábulas, los amantes no morían uno en brazos del otro.

Sin embargo, al ver su expresión de mastín, se le ocurrió que sería más fácil ceder. Luego, todo habría terminado, ella quedaría libre, y él recuperaría su hombría.

A fin de cuentas, ¿no se trataba de eso? Una mujer lo había desafiado, y su frágil orgullo masculino se había derrumbado. Aunque no parecía derrumbado sino paciente, que era peor. Ella no quería rendirse, pero en su vida había hecho muchas cosas que no quería: ésa era, precisamente, la carga de la mujer.

Resignada, levantó la cabeza del brazo de Hugh y apretó su boca contra la de él.

—Más.

Los labios de Hugh se movieron sobre los suyos, y Edlyn se dijo una vez más que estaba resignada. Cerró el puño pero, en lugar de utilizarlo para golpear, se lo puso bajo la cabeza. Con la otra mano en el hombro de él y los ojos bien abiertos, lo besó primero con los labios, después con la lengua.

Hugh se abrió a ella con facilidad, en astuto contraste con la resistencia previa de ella. Claro, cómo no iba a hacerlo si estaba saliéndose con la suya.

Resignada. Estaba resignada.

Interrumpiendo el beso, Hugh preguntó:

—¿Nadie te ha enseñado, aún, a hacerlo mejor?

—¿Qué quieres decir?

—Se puede hacer más que hincarle la lengua a un hombre.

Sin pensarlo, siquiera, replicó:

—Pero soy buena en eso.

—Sólo cuando hablas.

En algún momento, debió de alejarse, porque Hugh la atrajo más hacia sí, y la hizo tenderse de espaldas. A Edlyn no le gustó el modo en que se cernió sobre ella, dominando todo el espacio, pero recordó que estaba resignada a dejarlo hacer su voluntad.

—Cierra los ojos —le indicó Hugh.

Obedeció.

—Relájate.

Lo intentó.

—Bien, ahora, aprende.

Fue el beso con el que había soñado todos esos años. Íntimo. La aspereza de la lengua del hombre recorrió los blandos tejidos del interior de sus mejillas.

Apasionado. Las manos de Hugh merodearon por todo su cuerpo, tocando lugares que hacía tanto tiempo que nadie tocaba, que era como si volviese a ser virgen.

Juguetón. La mordisqueó hasta lograr que ella se enzarzara en una lucha. Luego, la obligó a someterse y siguió besándola.

Hasta entonces, nunca había conocido a un hombre al que le gustara besar. Cuando conversaban, las mujeres admitían que besar no era placentero para un hombre. Los besos eran sólo una espera, hasta que la mujer diese indicios de estar preparada para la cópula y, si ésta no lo indicaba con la suficiente prontitud, el hombre se apresuraba a cortar los besos. Ésa había sido la experiencia de Edlyn.

Pero con Hugh no pasaba lo mismo. Hugh le besó la boca, el cuello, cada plano anguloso del rostro, luego la boca otra vez. No intentó desnudarla. No se mostró impaciente cuando ella quiso más. Más bien, se apartó un poco y, con la expresión más cercana a una sonrisa que ella le hubiese visto, dijo, imperturbable:

—Yo sabía que podía hacerte responder.

¿Resignada? ¿Acaso se creyó resignada? ¡No estaba resignada! Estaba enfadada. Total y absolutamente furiosa. Ese soberbio comentario logró lo que nada había logrado. El hijo de perra se había relajado, y Edlyn alzó la rodilla con tal rapidez que Hugh no tuvo tiempo de intentar, siquiera, defenderse. Un buen golpe, y se puso de pie, mientras el hombre se retorcía en el suelo.

Lívida, jadeando de ira, le dijo:

—Ya he sepultado a dos esposos, pero haré una excepción contigo. Si vuelves a tocarme, te sepultaré antes de haberme casado contigo.

6

—Wharton, un guerrero jamás debe alardear de su victoria antes de que el enemigo esté completamente desarmado.

Apoyándose pesadamente en la mesa larga, Hugh recorría el dispensario.

—Se muestra muy sabio como siempre, amo. —Wharton le bailoteaba alrededor abriendo los brazos, igual que el ansioso padre del pequeño que aprende a caminar—. ¿No le parece que ya es hora de que se siente?

—Es una lección que ya había aprendido, pero nunca ha sido tan bien ilustrada como hoy.

—Esa mujer es cruel por haberos maltratado de ese modo —dijo Wharton con ferocidad.

—Edlyn es la mujer de un guerrero, y merece concebir a mis hijos. —Interrumpiendo su vagabundeo por el cuarto, Hugh se dirigió al siervo con abierto disgusto—. Y es tu futura ama, de modo que deberás dirigirte a ella con el debido respeto.

Wharton se debatió contra la idea de que una mujer tuviera poder sobre él.

—En realidad, no importa lo que hizo y lo que dijo. Me brindó un gran don. —Tomó aliento—.

Me demostró que todas mis partes funcionan, y que voy a vivir.

—Las mujeres sirven para eso, al menos —admitió Wharton—. Hoy habéis estado levantado más que anoche, y anoche, más que la noche anterior. ¿No deberíais descansar, ahora?

—Cada día, recupero mis fuerzas multiplicadas por diez. —Con cautela, Hugh se apartó de la mesa y levantó los brazos. Sintió un tirón en la piel, aunque no más terrible de lo que esperaba. El día anterior, Edlyn le había quitado los puntos, y hasta ella se manifestó asombrada por su mejoría—. Wharton, no olvidemos que la habilidad de lady Edlyn con las hierbas me hizo regresar de la muerte.

—No digáis eso, amo. —Wharton se estremeció—. No es natural.

—Lo recuerdo —insistió Hugh—. Yo estaba ahí tendido, delante del horno. No podía abrir los ojos. Casi no podía respirar. Entonces percibí un olor... parecido al de un caballo de guerra antes de la batalla, o al de la cota de malla cuando ha sido aceitada. Quería aspirar esa fragancia. Quería fortalecerme con ese olor. —Apretó el puño, y la mirada se le volvió distante—. Luego, el vendaje se volvió blando y tibio, como cuero bien sobado, como ese cuero con el que me fabrican los guantes.

—Estabais soñando, amo. —La convicción de Wharton se esfumó cuando Hugh lo miró con severidad—. ¿No?

—El sabor. Pude sentir su sabor.

—¿El sabor de qué?

—El de ella.

—¿El de lady Edlyn? —Wharton se tambaleó hacia atrás—. ¿Ella se arrojó sobre vuestra boca mientras usted estabais inconsciente? —Lo pensó—. O lo que fuera.

—Claro que no, bobo. ¡No ocurrió nada de eso! —Aunque Wharton era un leal sirviente, en ciertas ocasiones su ignorancia asombraba a Hugh. Y, en el mejor de los casos, explicarle era una tarea peligrosa—. El sabor estalló en mi lengua. Un sabor que no había conocido hasta entonces. Quise más y más. Y supe que era el sabor de lady Edlyn.

Wharton se estremeció.

—Lo que estáis diciendo es herejía. ¿Os ha embrujado?

Hugh avanzó hacia la puerta lentamente, reservando sus energías.

—¿Para qué?

—Decís que vais a casaros con ella.

—Eso haré.

Se aferró a la jamba de la puerta y la abrió de par en par dejando entrar la noche.

—No es necesario. Podéis tenerla por mucho menos.

Alarmado, Hugh recordó cómo Edlyn había dudado del honor de los hombres.

—¿Qué dices?

—No hay nadie que compita por ella. ¡Tomadla, simplemente!

Con la intención de que Wharton jamás volviese a insinuar algo semejante, Hugh se volvió hacia él.

—Sin duda, ésa sería una acción propia de un canalla, y le cortaré el cuello a cualquiera que insinúe que soy un canalla.

Los ojos de Wharton se salían de sus órbitas; tragó saliva.

—Claro que sí, amo. Lo que quise decir es que, como no hay competidores, podréis casaros con ella como lo deseáis.

—Me pareció que era eso lo que querías decir. —Pese a la sonrisa, la mirada de Hugh se mantuvo firme y helada—. El hecho de que no haya competencia no disminuye mi apetito por ella.

—Pero... ¿por qué ella? —Wharton no pudo contener el grito de frustración que brotaba directamente de su marchito corazón—. ¿Por qué queréis casaros con ella?

Tras la debida reflexión, Hugh llegó a la conclusión de que Wharton merecía cierta explicación.

—Aquí, se halla en una situación desesperada, y yo me siento responsable.

Wharton le brindó un consejo gratuito:

—Dadle dinero.

—Pero necesito una esposa.

—Una esposa joven —replicó el criado.

—Una esposa experimentada, que sepa dirigir mis propiedades con mano segura, hasta que yo haya aprendido todo lo que necesita saber un caballero mercenario para convertirse en un lord noble.

—Sí, una esposa debe resultar útil a su marido. —Eso era algo que podía comprender sin dificultad—. Pero ella os habla de mal modo.

—Yo ablandaré su mala disposición.

Hugh estaba impaciente por hacerlo.

—Ella no quiere casarse con vos.

—¿Entonces piensas que Edlyn es una mujer que sabe lo que le conviene?

La reacción de Wharton fue automática e irreflexiva.

—¡Por supuesto que no!

Hugh disimuló una semisonrisa.

—Tampoco yo. Aunque sea una mujer ejemplar, no es más que una mujer, y será dichosa cuando haya aceptado la guía de un hombre. Por definición, los hombres pertenecemos al género más sabio.

Era obvio que Wharton estaba ansioso por discutir pero ¿cómo iba a atreverse? Lo que decía su amo era verdad. Asintió e hizo reverencias, y el amo, satisfecho de haber ahogado la pequeña insolencia del siervo, salió fuera.

Fuera. Desde el día de la batalla no había estado al aire libre. Permaneció encerrado en el atestado dispensario, muriendo poco a poco hasta que Edlyn obró el milagro. Había hecho un milagro. Aunque recordaba poco de su enfermedad, eso no lo olvidaba.

El muro que rodeaba el jardín lo ocultaba de la vista de cualquiera que pudiese estar fuera tan tarde. El aire de la noche olía tan bien como la libertad, y Hugh alzó la vista, guiñando los ojos, hacia el cielo cubierto de nubes. El agua, más que una llovizna pero menos que una ducha, le empapó la cara. Antes la había oído sobre el tejado de paja, pero saber y sentir eran dos cosas muy diferentes.

Temeroso de dejar a su amo —que aún estaba débil—, Wharton se acercó a él arrastrando los pies. Odiaba el agua en cualquiera de sus manifestaciones. Según él, tenía la propiedad de matar al hombre que la bebiera, y de marchitar su miembro viril si lo lavaba con ella, y por eso Hugh gozaba de un perverso deleite obligándolo a mojarse.

—Me parece que lady Edlyn es bastante... —Wharton pensó con cuidado la palabra, teniendo presente el anterior disgusto del amo— diferente de lo que suele agradarle.

—¿Por qué lo dices?

—Es vieja.

—Si calculé bien, tiene veintiocho, y todavía es hermosa.

—Vos merecéis una virgen en vuestro lecho nupcial.

—¿Qué merezco, dices? —Hugh lanzó una grosera carcajada, y se aferró el costado hasta que el dolor pasó—. ¿Acaso merecía haber estado tan cerca de morir?

—¡No, amo!

Wharton tosió forzadamente, tratando de manifestarle sin palabras la fatal enfermedad pulmonar que lo afectaría si seguían permaneciendo bajo la llovizna.

Hugh no le hizo caso.

—Los méritos no tienen nada que ver con las pruebas penosas y las recompensas de la vida.

—Si tomáis a lady Edlyn como esposa, yo sé cuál de las dos será.

—¿Una prueba penosa?

Hugh se internó un poco más en el jardín. La noche era una de las más oscuras que había visto. Las nubes ocultaban por completo la luz de las estrellas. Sombría y silenciosa, la abadía aguardaba el amanecer.

El perfume de la pimpinela le advirtió que se había salido del sendero, y se apresuró a volver al camino cubierto de heno. Sabía que a Edlyn no le alegraría que él aplastara las plantas que ella había sembrado.

—Sí, eso será. El mundo aún no ha puesto a prueba a la Edlyn que yo conocí en George's Cross, y que me miraba con adoración. Esta Edlyn luchará (ya ha luchado), por lo que le pertenece.

Wharton siguió a Hugh cuidando de no salirse del sendero cubierto de paja para no pisar el barro.

—La capacidad de lucha no es atractiva en una mujer.

En otra época, Hugh habría estado de acuerdo con Wharton, y esa época no distaba más de dos semanas. Ahora le parecía muy lejana en el tiempo y no comprendía las dudas de su siervo.

—¿Qué tiene de bueno una mujer que no puede defender lo que es suyo?

Empujado más allá de los límites de la cortesía, Wharton repuso:

—Vos no le gustáis.

—Es un desafío —admitió Hugh.

—No le agradan los inválidos. Considera que un hombre acostado es inferior al que puede pararse sobre sus dos pies.

A cubierto en la oscuridad, Hugh se permitió una sonrisa.

—Ya pensé en eso, pero no puedo creerlo. Es tan sensata, tan práctica, tan fuerte, que tiene que poder reconocer la fuerza en los demás.

—Es fuerte. —Era evidente que para Wharton eso era un defecto—. Os levantó cuando estabais inconsciente.

—No me refería a eso, pero también es verdad que tiene brazos fuertes y manos diestras.

Ella llevaba las uñas cortas, para poder trabajar mejor. Los dedos largos y las palmas planas eran hábiles y expresivos, y Hugh se había sorprendido contemplando esas manos, preguntándose si serían así cuando ella se revolcase debajo de él en un colchón o en una cama.

—A vos os gustan delicadas —le recordó.

—Ahora no me interesan las mujeres muy delicadas. —Desechando sus anteriores exigencias, Hugh se mesó la barba con los dedos mientras pensaba—. Yo tengo la fuerza, y me parece que ella no sabe el papel que he asumido en el manejo del reino, por lo tanto deduzco que su indiferencia debe de tener otros motivos.

—Cuando sepa quién sois, se acercará rápidamente.

—¿Acaso supones que la viuda del conde de Jagger me aceptará? —Rió sin humor—. Cuando descubra la verdad, me escupirá.

—Puede ser. —Wharton se regocijó—. Bueno, si es así, no la convenceréis de que se case con vos.

—No tiene por qué enterarse antes del juramento.

—Tendréis que decirle vuestro apellido.

—Lo sabe. Lo que no conoce es mi título.

Casi pudo ver saltar a Wharton cuando captó la idea.

—Y me disgustaría mucho que lo averiguase muy pronto.

Wharton murmuró algo al tiempo que su regocijo se esfumaba, y Hugh tomó aliento. Parecía que su plan estaba sembrado de azares pero, como siempre, salía al encuentro de cualquier desafío razonable. Por supuesto, no habría llegado a una situación tan encumbrada entablando pelea en cualquier rincón remoto. Planeaba sus campañas con meticuloso cuidado, y luego se entregaba a la lucha con salvaje abandono, para ganar.

En ese momento, se encontraba en la etapa del planeamiento. Y estaba seguro de que tendría que luchar. Wharton bien podía desdeñar el resentimiento de Edlyn. Incluso podía imaginar que ella se conformaría con el dinero y la posición de Hugh, pero él no pensaba lo mismo. Reconocía las barreras que había erigido y les otorgaba el debido respeto.

Y, sin embargo, vivía para voltear barreras.

—Toda esta cuestión es una locura —dijo Wharton.

Hugh sabía a qué se refería. A él le gustaban las mujeres, pero siempre le había resultado fácil dejarlas. Le bastaba con su espada y su caballo de guerra para ser feliz.

—Tal vez se deba a los años —reflexionó—. El impulso de sembrar mi semilla y de verla germinar antes de que sea demasiado tarde.

—Joven virgen —murmuró Wharton por lo bajo.

Por supuesto, Hugh lo oyó.

—Lady Edlyn puede concebir mis hijos, y ya ha demostrado ser fértil. ¡Ah! —Cortó el aire con una mano—. Basta de discusión.

Edlyn no había recurrido a ardides. Y estaba muy lejos de ser una mujer coqueta. No era la compulsión de tener descendencia lo que lo impulsaba hacia ella sino la propia Edlyn.

Sospechaba que las monjas usaban la misma vestimenta que Edlyn: una túnica sin forma sobre una camisa atada con lazos. Seguramente, las santas mujeres esperaban que esa basta vestimenta desanimara toda idea lujuriosa de los hombres que llegaban a la enfermería pero, en el caso de Edlyn, al menos, no daba resultado.

¡Era imposible! Tenía un cuerpo capaz de impulsar a un ángel a deshacerse de sus alas. Marcado a fuego en la mente de Hugh con el ardor de la fiebre, estaba el recuerdo de sus pechos, de la piel dorada de esas firmes protuberancias, los pezones suaves que pedían ser acariciados. Cada vez que veía esos pechos, ahora cubiertos, los observaba con avidez, veía el modo en que levantaban la tela, el modo en que se movían cuando ella levantaba los brazos para alcanzar algo que estaba en el estante más alto.

Sus pechos, solos, habían bastado para curarlo.

Por su parte, la cintura y las caderas habían obrado sus propios milagros. Tenía un modo de caminar que lo provocaba. Jamás había conocido a una mujer con caderas que hablaran y, al parecer, Edlyn las había adquirido en algún momento, en algún lugar. «¡Álzate! —le habían ordenado sus caderas—. ¡Ven y atrápame!»

Y, claro, él se había alzado, aunque no sobre sus pies.

Aunque no le había visto las piernas, el desafío debía de nacer allí, entre ellas. No olvidaba que había estado tendido en el piso, y desde allí podía verle los tobillos en todo momento. Tobillos fuertes, esbeltos. Tobillos que estaban comunicados con el resto de su persona, y con esos pies que tan a menudo se descalzaban, para regocijo de Hugh. Sí, era evidente que Edlyn no consideraba excitantes sus pies descalzos pero, cada vez que se sacaba los zapatos y andaba descalza por el dispensario, le daba la impresión de que ella había dado el primer paso hacia la intimidad con él.

También tenía un rostro bello.

Pero sus ojos... si fuese un hombre supersticioso, trataría de conseguir una ristra de ajos y abrigaría la esperanza de eludir la maldición de esos ojos verdes.

Y ella había arrojado una maldición sobre él, de eso no cabía duda.

—Cuando la oísteis mientras os estaba curando... ¿qué era lo que ella le decía? —preguntó Wharton.

—Algo relacionado con nuestra infancia juntos. —Hugh frunció el entrecejo—. Algo referido a... un cobertizo. —Sacudió la cabeza—. No retuve las palabras exactas.

—Mientras no haya sido alguna brujería... —repuso Wharton.

—Eso no. Eso, jamás. —Hugh fue firme—. Con todo, dijo algo importante. Lo pensaré, no te preocupes.

—¿Podemos entrar ya, amo? —preguntó Wharton—. Oigo a los duendes susurrando debajo de aquel roble.

—Yo no oigo nada.

—Vos nunca oís nada. —Parecía irritado—. Es que estáis bendecido por las hadas, es por eso.

En realidad, Hugh los oía. Eran voces difusas, que sería fácil confundir con el susurro de las hojas, aunque no estaba dispuesto a admitir *eso* ante nadie.

—Entonces, ¿podemos irnos?

Wharton ejecutó una buena imitación de un hombre a punto de morir resollando.

—Enseguida. —Hugh fijó la vista en el rincón más oscuro del jardín, donde sabía que estaba el roble. Se movió lentamente hacia allí haciendo lo posible por no salirse del sendero. Las hadas susurraron su encantamiento; él, contraatacó con la lógica—. Me trajo aquí un roce con la muerte, y encontré a una amiga de la infancia sumida en la pobreza. Me salvó la vida, y yo la salvaré de la desdichada circunstancia en que se encuentra. Ya verán, agradecerá la posibilidad de volver a vivir su antigua vida. Reconozco la mano de la Providencia en mi vida, y su presencia aquí no puede tener otro significado.

La niebla entre las hojas sonó como una carcajada.

—¿De la Providencia? —resopló Wharton—. Más bien la mano del diablo.

La insistencia de Wharton irritó a Hugh, y le respondió del modo más apto para acallarlo:

—No entiendo por qué tú, un hombre de guerra, hablas tan despectivamente de una simple mujer. Se podría sospechar que ha ganado una victoria sobre ti.

—¡No es verdad! ¿Ella dijo eso?

La rápida réplica de Wharton le confirmó a Hugh lo que sospechaba, pero mientras penetraba en la densa sombra bajo el árbol, supo que no podría permitirle que continuara hablando de Edlyn con semejante falta de respeto. Pese a la oscuridad, se volvió y miró a su fiel siervo, manifestándole su desagrado.

—Lo que sea ella y lo que te haya hecho, no me interesa. Lo que sí me interesa es que mi servidor trate a mi esposa con el respeto debido. Tú pareces incapaz de comprender esto, Wharton, pese a mis repetidas advertencias. Quizá convendría que me buscara otro sirviente.

—¡Amo! —Seguramente, había caído de rodillas porque su voz parecía llegar desde abajo—. ¿Seríais capaz de dejarme?

—No por mi voluntad. —Se adelantó y se irguió sobre él—. Por eso necesito tu juramento de que protegerás y defenderás a lady Edlyn como lo haces conmigo.

—Amo...

A Hugh le desagradó el tono plañidero de Wharton, y retrocedió.

—¡Amo! —Wharton se arrastró hacia delante—. Lo juro, lo juro.

—¿Sobre qué te haré jurar? —se preguntó.

Conocía a su sirviente, y sabía que no existían muchas cosas sagradas para Wharton.

—¿Sobre la cruz?

—Creo que no.

—¿En la iglesia?

—No es lo bastante eficaz.

—¿Sobre vuestra espada?

—Estamos más cerca. —Hugh extendió su puño cerrado—. Sobre mí. Pon tu mano sobre la mía y jura fidelidad a lady Edlyn, por mi vida.

La mano de Wharton tembló. Su voz, también. Pero juró, arrodillado en el barro, bajo el roble.

—Wharton, una vez más has dado pruebas de sabiduría. —El hombre se puso de pie, sumiso y obediente, como tenía que ser y, apoyándose pesadamente en su hombro, Hugh se volvió hacia el dispensario—. Hagamos planes para capturar a la huidiza lady Edlyn.

El sol de la mañana hizo entrecerrar los ojos a Edlyn, que escudriñaba el camino esperando ver viajeros. Más exactamente, un monje y dos niños. Pero el angosto y ajetreado camino estaba vacío y, dando un suspiro, se volvió hacia el dispensario.

Cuando el monje le propuso llevar a Allyn y Parkin a un corto peregrinaje, Edlyn se entusiasmó. El esfuerzo de atender a dos incansables niños de ocho años en una abadía agotaba su imaginación y sus recursos, y estaba ansiosa por gozar de la paz de la soledad. Y no le pesaba admitir que la había disfrutado. Por otra parte, echaba de menos a sus hijos más de lo que creyó posible, y quería tenerlos otra vez a su lado.

Apoyó la mano en la portezuela que daba al jardín de hierbas, pero vaciló antes de abrirla. Antes de que sus hijos regresaran a casa, quería que Wharton y su malhadado amo se hubiesen ido. Por causa de Hugh, esa noche no había dormido bien. Por sus besos. Se arrepintió de haberlo lastimado, pero luego deseó haberlo golpeado con el doble de fuerza. El bribón. ¡Primero se sintió insultado cuando ella lo supuso capaz de aprovecharse de su situación, y luego no tuvo reparos en aprovecharse de la debilidad relativa de sus músculos para besarla!

No entendía por qué eso seguía enfureciéndola. Tenía suficiente experiencia con hombres para saber a qué atenerse. Y, sin embargo, se quedó dormida y se perdió la misa, y cuando se cruzó en el patio con lady Blanche, ésta le lanzó una mirada de reproche.

Cerró la puerta tras ella, se volvió... y ahogó una exclamación. Desde el cantero del tomillo se levantó Hugh, firme sobre sus largas piernas.

—¿Qué estás haciendo levantado? —le preguntó. Corrió por los senderos aplastando la hierba, hasta que vio el semblante rubicundo de Hugh. Era evidente que la energía demostrada el día anterior no había sido pasajera. Ya estaba bien, o pronto lo estaría. Aminoró el paso—. Sal de los canteros, tonto, estás pisando las plantas.

La regañó, en tono lento y mesurado.

—Ése no es modo de tratar a tu prometido.

—No estamos prometidos.

—Entonces, tenemos que poner remedio a esta situación.

Edlyn ladeó la cabeza y lo observó. La barba crecida había desaparecido, dejando al descubierto las líneas de las mejillas y el mentón. Se había puesto su ropa, no la bata que había conseguido para él. Calzón, botas y una túnica que le llegaba a las rodillas, con mangas sujetas mediante lazos. Le quedaban bien y eran de calidad, otro indicio más de su éxito. Edlyn sintió que esbozaba una mueca petulante y se apresuró a borrarla de su cara. Después de todo, ¿qué le importaba a ella que él hubiese conquistado el título y las tierras que siempre había anhelado? Ella, más que nadie, comprendía lo circunstanciales que eran los adornos de la riqueza.

—¿No irías a la iglesia a escuchar la lectura de las amonestaciones?

Lo dijo como si fuese la última oportunidad que ella tenía de hacer lo que él deseaba. Sin duda, le habría encantado que él desistiera de su persecución pero, en cierto modo, esperaba más tenacidad de parte de Hugh.

—Eres un guerrero. No deseo comprometerme contigo.

El hombre se movió con tal velocidad que ella no tuvo tiempo de huir, y se encontró en sus brazos. Eso le recordó el día anterior, y se enfureció de nuevo.

—No esperaba verte en pie tan pronto, después del golpe que te di.

Hugh sufrió un leve estremecimiento, y eso satisfizo la necesidad de respeto de la mujer. Pero él dijo:

—Jamás subestimo por segunda vez a mis rivales.

Era una advertencia, y así la consideró.

—Yo nunca uso dos veces la misma táctica.

Hugh inclinó la cabeza.

—Lo recordaré. Gracias por decírmelo.

«Estúpida», se dijo Edlyn. Como si él necesitara ayuda con sus ardides.

Hugh sofocó los esfuerzos de ella por apartarse.

—Ayer te fuiste demasiado pronto.

—Pues yo diría que no lo suficiente —repuso Edlyn.

—Te habría enseñado más.

Depositó un tierno beso en la frente de la mujer.

—Ya me enseñaste lo suficiente.

Trató de salir del abrazo por abajo, desesperada por apartarse, por hacerlo entrar. Aunque la alta pared de piedra que rodeaba el jardín los ocultara de miradas curiosas, cualquiera podría pasar por la puerta...

Hugh acompañó el movimiento hacia abajo. Ella había sembrado esas plantas el invierno pasado, protegiéndolas en las noches frías hasta que pudieran ser pasadas al suelo, y ahora este patán grandote quería rodar sobre ellas.

—Déjame levantarme —dijo—. Hay barro.

—Anoche llovió.

—¡Ya lo sé! —¿Acaso los hombres recibían entrenamiento para ser fastidiosos o era algo innato en ellos?—. Y aquí huele a estofado.

—Ahá. —Se tendió de espaldas y la atrajo hacia sí—. El estofado del amor.

No pudo evitarlo: la pobre metáfora la hizo reír.

—Nunca serás poeta.

—Nunca seré muchas cosas, pero sí *seré* tu amante, señora mía. —Le arrancó la toca—. Y pronto.

Esa costumbre de quitarle la toca que le cubría la cabeza estaba volviéndose irritante, y Edlyn tendió la mano para arrebatársela. Pero él la arrojó lejos y se puso a deshacerle la trenza. Aunque todavía estaba furiosa por la noche anterior, tenía que esforzarse por conservar la animosidad. Esa mañana, él parecía diferente, complacido consigo mismo, retozando al sol.

Al sol.

—Tenemos que entrar —dijo Edlyn—. Podría venir alguien y descubrirte.

—Ahá.

Hundió la cara en un puñado de cabello.

—Por favor, Hugh.

Hugh sopló sus cabellos.

—Me gusta cuando me ruegas.

—Entonces, te lo ruego. Entremos. Yo te ayudaré.

—No necesito ayuda. Ya estoy casi perfectamente bien.

—Sí —dijo, dubitativa. No entendía cómo era posible, pero todavía no podía dejarlo marcharse—. Las monjas enfermeras vienen temprano a buscar los remedios, ¿sabes?, y...

Atrapándole la barbilla, atrajo la cara de ella hacia la suya, y la besó. No fue el beso tierno de la noche anterior sino uno doloroso, forzado, sin el talante juguetón que había demostrado hasta el momento.

Cuando le dejó levantar la cabeza, Edlyn se tocó los labios.

—¿Por qué hiciste eso? ¡Me dolió!

Sin responderle, la miró:

—Tu boca está hinchada.

—¡Me imagino!

No le gustó su expresión, donde el triunfo se mezclaba con una mirada observadora.

A continuación, la hizo rodar de espaldas hacia uno y otro lado. Primero, la paja esparcida sobre el sendero le atravesó la ropa, después, sus hombros y sus caderas aplastaron las pequeñas plantas de tomillo y las hundieron en la tierra.

—¿Te has vuelto loco? ¿Qué es lo que pasa...? —Oyó voces al otro lado del muro, y advirtió que se acercaban—. ¡Escucha! —Hugh le sujetó las manos, que ella agitaba—. Tenemos que incorporarnos.

Hugh se limitó a sujetarla para no dejar que se levantara. Sólo la sujetó.

—Hugh. —Trató de sacar los puños—. Hugh, tú...

De pronto, retumbó la voz de Wharton:

—¡Ahí están!

Y se oyó decir a lady Blanche:

—¡Os lo dije, lady Corliss!

Todavía sujeta por Hugh, Edlyn se volvió. Muchos ojos la contemplaban, espantados, horrorizados, con regocijo mal disimulado, desde la puerta del jardín. La mitad de las monjas. Algunos monjes. Lady Blanche y Wharton. El barón Sadynton. Y la abadesa, que recorría las cuentas del rosario.

7

—Yo no hice nada malo.

Edlyn estaba sentada en un banco, en medio del patio, y repetía lo que ya había dicho muchas veces desde el comienzo de esa parodia de juicio. Todas las monjas de la abadía, todos los monjes del monasterio, los siervos, los campesinos, y todos los enfermos que podían mantenerse en pie formaban un círculo alrededor de ella, y de sus acusadores, y Edlyn sentía que el círculo estaba cerrándose.

—Entonces, ¿por qué tiene barro, paja y manchas verdes en la espalda? —Lady Blanche miró alrededor, la boca apretada en un gesto de triunfo y desaprobación—. Para mí, eso es prueba de algo malo.

—Porque él... —Edlyn señaló al decoroso Hugh, que estaba sentado frente a ella—, hizo lo posible para que pareciera que habíamos estado fornicando sobre la tierra, por eso. ¡Pero yo le aseguro que no fue así, que no lo hemos hecho!

Lady Corliss estaba sentada en la silla acolchada, de respaldo alto, que los sirvientes habían llevado desde su habitación. El abad estaba de pie junto a ella, aportando su autoridad y su consejo, si la abadesa se lo pedía. No lo hizo. No dijo nada. Ni le creyó a Edlyn ni dejó de creerle; nada. Dejó que lady Blanche y su lamentable sirvienta urdieran cuentos sobre la conducta impropia de Edlyn sin modificar su expresión.

Lady Blanche rió entre dientes un buen rato.

—¿Qué sentido tiene que este hombre se haya tomado tanto trabajo en arruinar vuestra reputación?

Aunque supiera que sonaría estúpido, Edlyn había jurado decir la verdad:

—Porque quiere casarse conmigo.

Desde la primera fila del círculo, el barón Sadynton exclamó:

—¿Para qué querría la vaca si puede obtener la leche gratis?

Se elevó una andanada de risas burlonas que casi hizo caer a Edlyn del banco, y tuvo que contener su mortificación. Odiaba a ese lord. Como lo había privado del jarabe de amapolas, ahora él se tomaba venganza, y la disfrutaba.

Un grupo de hombres —guerreros, Edlyn podía reconocer a los de su clase— estaba de pie a un costado, en el fondo, observando los procedimientos en atento y sombrío silencio. ¿Se habría difundido el rumor de que en la abadía Eastbury habría entretenimiento? ¿Acaso su desgracia era tanta que toda Inglaterra la conocía? ¿Tan mal le había ido aquí que nadie hablaría en su favor?

Hugh se puso de pie, y el grupo de desconocidos se acercó.

—Le he suplicado a lady Edlyn que se casara

conmigo, y lo que ella dice es verdad. Jamás nos hemos conocido como marido y mujer. Siempre la he honrado.

¿Acaso suponía que su mesurado testimonio aliviaría la angustia de Edlyn? Había destrozado la nueva vida que ella construyera con esfuerzo sobre las ruinas de la anterior. La había puesto, adrede, en situación de depender de que él, hombre y guerrero, la salvara.

—¿Quién sois? —preguntó lady Blanche—. ¿Cómo llegasteis a nuestra abadía?

—Estaba herido, y la batalla seguía en todo su furor. Mis hombres seguían luchando con valentía, por eso mi sirviente me trajo.

Señaló a Wharton.

¿Qué pasaba que nadie preguntaba por qué Wharton había conducido a la banda de acusadores para sorprenderla en brazos de Hugh? Nadie hacía mofa de Hugh. Todos lo respetaban... pues, de lo contrario, él podía castigarlos. Lo respetaban porque la había deshonrado a ella y, sin embargo, estaba dispuesto a casarse. Edlyn siempre supo que la vida era injusta pero, en ese momento, el grado de injusticia que sufría le abofeteó el rostro.

Hugh prosiguió:

—Temiendo por mi vida, me ocultó en el dispensario y obligó a lady Edlyn a guardar silencio y a cuidarme.

—¿Cómo hizo para que ella guardase silencio?

Parecía que lady Blanche no le temía, porque lo miró con una mueca incrédula.

Hugh la miró. Solamente la miró.

Y entonces, la mujer se asustó. Sintió el mismo respeto temeroso que los demás le brindaban.

Entonces, Hugh dijo:

—Wharton, dile a la dama qué le hiciste a lady Edlyn.

Wharton se separó del grupo y atrajo la atención de todos. Por primera vez desde que Edlyn lo conocía, había perdido su jactancia. Cuando lo miró, ceñuda, se estremeció como si ella le hubiese dado bayas de saúco para limpiarle los intestinos.

—Le puse una daga en el cuello.

—Mientras ella estaba en el dispensario —gorjeó lady Blanche. Aunque, por un momento, Hugh la había intimidado, no le temía a Wharton—. Pero cuando salió, podría habérselo dicho a alguno de nosotros.

—Yo la habría perseguido y matado.

Lady Blanche chasqueó la lengua y dijo en tono irónico.

—Y ella le creyó.

Wharton giró la cabeza hacia la mujer y le mostró sus dientes ennegrecidos y rotos: finalmente lady Blanche perdió el color y la audacia.

Edlyn sintió una oleada de euforia, que cesó cuando uno de los monjes se destacó del grupo, entonces se desanimó. El hermano Irving, el monje encargado del alojamiento de los huéspedes, le dirigió una mirada pesarosa, y esperó a que lady Corliss le diera permiso para hablar. Dijo en voz suave:

—Lady Edlyn ha estado escabulléndose de noche.

Nadie dijo una palabra, pero todas las miradas se volvieron hacia ella. Los hombres del grupo de extraños intercambiaron miradas, y Edlyn se aferró al banco con las manos. No saltaría a defenderse. No lo haría.

—¿Adónde iba? —preguntó lady Corliss.

—Como estaba preocupado por ella, la seguí —dijo el hermano Irving—. Iba al dispensario.

Edlyn perdió la batalla por conservar la dignidad y se levantó de un salto.

—Sólo iba cuando Wharton venía a buscarme. ¡Cuatro noches! ¿Y por qué no me dijisteis que estabais despierto?

El hermano Irving se aclaró la voz.

—No soy de sangre noble, milady. Mi padre es barón, y no me atrevo a hablar cuando no me corresponde.

Edlyn sorprendió una mirada de desagrado de lady Corliss, y supo que Irving perdería su puesto como portero.

—Adda también tiene algo que decir. —Lady Blanche empujó a su hermanastra para que se adelantara—. ¿No es así, Adda?

Adda se soltó del apretón de su hermanastra, y su rostro se arrugó en una expresión taciturna.

—No. No tengo nada que decir.

—¿Cómo que no? —exclamó lady Blanche—. ¿No quieres decir cómo te mintió lady Edlyn con respecto a la sangre que tenía en el delantal?

—No.

—¿Y lo que me contaste cuando espiaste por la ventana del dispensario? —Lady Blanche escudriñó el rostro de Adda—. Cuéntales cómo lady Edlyn sostuvo al hombre en sus brazos y lo consoló.

—Él estaba inconsciente —repuso Adda, dirigiendo una mirada colérica a su hermanastra—. No se enteró, siquiera.

Edlyn supo que habían estado peleando otra vez. De vez en cuando, el resentimiento de Adda hacia lady Blanche entraba en ebullición en la vida cotidiana. Cuando ésta se mostraba demasiado quejosa o exigente, Adda se empecinaba, se negaba a cooperar, y se generaba una especie de guerra.

—Un día los viste besarse. —Lady Blanche se inclinó adelante y agitó un dedo ante la cara de Adda—. Dilo. ¡Te dije que lo digas!

—Me hiciste quedarme bajo la lluvia para espiarlos. —Adda alzó la voz—. ¡No pienso decir nada!

Lady Blanche se apoderó de la toca de Adda y de un puñado de pelo, y dio un tirón. Adda cayó de rodillas a causa del dolor, se retorció, y mordió a su hermanastra en la pierna. Lady Blanche cayó. El círculo de curiosos se cerró, gritando para animarlas, como si eso fuese una pelea de perros.

Edlyn volvió a agradecer a Dios por haberla ayudado, ocho años antes, a tomar la decisión correcta.

Lady Corliss no dijo una palabra; simplemente, se acercó a las dos mujeres regordetas y se detuvo junto a ellas. Lanzando un último siseo, interrumpieron la pelea. Lady Blanche intentó pararse y tropezó con el ruedo de su propia falda; Adda rió con malicia.

—Ella empezó —dijo lady Blanche—. Sin duda, usted lo vio.

Lady Corliss guardó silencio.

—Eres más considerada con tus gallinas ponedoras que conmigo.

Adda se fue incorporando por etapas.

—Mis gallinas ponedoras son valiosas —replicó lady Blanche—, que es más de lo que se puede decir de ti.

Lady Corliss alzó la mano para solicitar silencio, y esperó a que las dos mujeres le prestaran atención.

—Será preferible que vosotras dos estéis separadas hasta el Día de San Swithin.

Impulsada por la insolencia, lady Blanche dijo:

—No podéis hacer eso. ¿Quién me atendería?

—Las dos pasaréis este tiempo aisladas y en ayuno —respondió lady Corliss—. No necesitaréis nada, porque no se os permitirá tener nada.

Si Edlyn había deseado venganza por desdenes e insultos, ya la tenía. Pensando en los días de soledad y de hambre que le esperaban, los rubores se apagaron en las mejillas de lady Blanche. Y Adda, que manifestaba una disposición innata a la indiscreción, parecía sólo un poco menos abrumada.

—En cuanto a los demás —dijo la abadesa, dirigiéndose al conjunto—, tenéis tareas que hacer y pacientes que atender. Por favor, dedicaos a vuestras ocupaciones. —Todos los presentes bullían de curiosidad, pero lady Corliss se mostró implacable—. Yo sola me ocuparé de esta cuestión.

El abad John se acercó y le habló al oído, y la

dama respondió del mismo modo. El abad asintió, y se volvió hacia la gente:

—¿No habéis oído a lady Corliss? Dispersaos de inmediato.

Refunfuñando, y lanzando ansiosas miradas hacia atrás, los curiosos obedecieron. Todos, menos los guerreros, que se hicieron a un lado y esperaron.

El abate los señaló sin vacilaciones:

—¿Y bien?

¿Quiénes serían? A Edlyn no le agradaba la unanimidad que mostraban. Y menos aún cuando, respondiendo a una señal invisible, salieron de la plaza. Eran como pájaros volando en formación detrás del líder, que viraban cuando éste lo hacía.

Miró alrededor: ¿quién era el líder?

Al parecer, el abad John no estaba interesado en averiguarlo. Era probable que ya lo supiese, y por esa razón Edlyn dejó de preocuparse. Al fin y al cabo tenía problemas más acuciantes que los rumores que esos viajeros llevaran con ellos.

—Vosotros dos —dijo el abad John, señalando a sus dos criados personales—, llevad adentro la silla de lady Corliss.

Moviéndose rápidamente, los sirvientes lo obedecieron, y en el patio sólo quedaron Edlyn, Hugh, Wharton y lady Corliss.

Con un gracioso ademán, lady Corliss convocó a Edlyn y a Hugh y, sin detenerse a ver si la seguían, se encaminó a su oficina, dentro de la iglesia.

Edlyn vaciló un instante, y luego la siguió. Oyó que Hugh hablaba con Wharton, diciéndole que se reuniese con los hombres y que volviera a la tienda de campaña, y Edlyn experimentó una breve curiosidad. ¿Qué tienda? ¿Cuándo había conseguido una tienda, y para qué?

Pero ahogó la curiosidad. No le importaba nada de Hugh. Quizá, si tenía una tienda, eso significaba que empacaría y se iría.

Recogió un puñado de tela de la falda en una mano y la alzó para subir la escalinata de la iglesia. Estrujando la tela hasta convertirla en una almohadilla de lana húmeda, pensó: «¿Que Hugh se marchaba?» ¡Si fuese tan afortunada...!

Tras ella oyó resonar las botas de él, con el ruido sordo que hacían las lujosas suelas de cuero sobre la piedra, y casi esperó que Hugh tratase de tomarla del brazo. Y no porque ella necesitara ayuda sino porque tenía ganas de incrustarle el codo en el estómago.

No la tocó.

La quietud de la iglesia calmó a medias el torbellino interior de Edlyn. Cualquier cosa que decidiera lady Corliss en este caso, Edlyn sabía que un gran cambio había desgarrado su vida. Cuando la abadesa se sentó tras la mesa de madera desbastada, Edlyn se deslizó en una de las sillas de enfrente, intentando consolarse con el hecho de que ella pertenecía a ese lugar. Hugh, en cambio, no.

Pero cuando él se sentó en la otra silla, no pudo ver incomodidad alguna en la expresión ni en la pose de él. Ese miserable se sentía a gusto en cualquier parte, y ése era otro motivo para detestarlo.

Por el modo en que lady Corliss lo observó,

Edlyn creyó que, quizás, a ella tampoco le gustara.

—¿Quién sois? —preguntó lady Corliss.

—Mi nombre es Hugh de Florisoun —respondió de inmediato—. He ganado una baronía y un condado, y tierras suficientes para mantener a una esposa y una familia y, por lo tanto, le suplico me conceda la mano de lady Edlyn.

Se lo veía tan complacido consigo mismo ahí sentado, pertrechado en su riqueza y sus títulos, que Edlyn no soportaba mirarlo. Con la vista fija en lady Corliss, Edlyn exclamó:

—Ella no tiene derecho de ceder mi mano en matrimonio.

—Lady Edlyn tiene razón —confirmó lady Corliss.

—¿Cómo? ¿Acaso no juró ella obedecer vuestras órdenes cuando vino a vivir a la abadía?

¿Cómo se había enterado? Edlyn le lanzó una mirada colérica, y vio que él se relajaba y sonreía. *No* lo sabía: se lo confirmó la mirada fulminante de Edlyn. Le convendría aprender a vigilarse cuando estaba con él pues, de lo contrario, la vida con él sería...

No. La batalla todavía no había terminado. No admitiría tan pronto la derrota.

—Milord, lo que significa el juramento es que lady Edlyn debe obedecerme para no ser expulsada de la abadía. No significa que yo tenga derecho a ceder su mano en matrimonio.

—Pero si vos le ordenaseis que lo hiciera y ella se negara, tendría que marcharse. —Hugh asintió, satisfecho—. Entiendo.

—Por eso os hice venir aquí, para hablar en privado. —Era evidente que lady Corliss no aprobaba la confianza de Hugh—. Para ver si es necesario adoptar una medida tan drástica.

—Está comprometida —dijo el hombre, implacable.

—Haré lo que crea que es el deseo del Señor Dios. Es a Él a quien debemos complacer hoy, lord Hugh, no a usted, ni las convenciones.

Evidentemente perplejo, Hugh echó a lady Corliss una mirada desde debajo de sus cejas. Sin duda, estaba convencido de que impondría su deseo, y no había esperado oír decir que la situación estaba en manos de Dios.

Suavizada por su silencio, lady Corliss dijo:

—Lady Edlyn, contadme todo lo sucedido desde el momento en que encontrasteis a lord Hugh en el dispensario.

Edlyn obedeció. Lo contó todo, desde el momento en que vio la cerradura rota hasta aquella mañana, cuando la descubrieron rodando por la tierra con Hugh.

Bueno, no todo. No mencionó la sangre de dragón; y tampoco que había dado las gracias a las hadas por la cura. Tampoco confesó que había evocado lo que vio y oyó en aquel cobertizo, en George's Cross. No contó el ardor de los besos de Hugh, de lo mucho que los gozó, ni de que la llegada de él había despertado en ella cosas que ella creía muertas.

Y aunque no contó ninguna de esas cosas, en cierto modo, lady Corliss las percibió.

Cuando terminó, lady Corliss se inclinó hacia delante, unió las manos sobre la mesa, y le preguntó a Hugh:

—¿Por qué hicisteis esas cosas para desacreditar a lady Edlyn?

—No tenía intenciones de desacreditar a lady Edlyn —dijo, con evidente sinceridad—. Sólo quiero casarme con ella. Está sola. Necesita a un hombre que la proteja.

Edlyn resopló.

—¡Ésa sí que es una de las cosas más absurdas que escuché! De niña fui vasalla de mi padre, luego, de mis esposos. ¡Ésta es la protección que me dieron!

Hugh le tomó la mano antes de que tuviese tiempo de adivinarle la intención.

—Yo no te fallaré.

Edlyn retorció la mano y forcejeó para soltarse.

—Sólo hallé cierta seguridad cuando me vi obligada a cuidar de mí misma. ¡Y debería añadir que tú has destrozado esa seguridad!

Hugh le soltó la muñeca y la mujer, mirando la marca que le habían dejado los dedos de él, se la frotó. Con el rabillo del ojo vio que se ponía de pie, pero no imaginó que la alzaría en sus brazos. Edlyn chilló y se debatió:

—¿Qué estás...?

Hugh se sentó en la silla de ella, y la acomodó a ella en su regazo. Le rodeó la cintura con los brazos y la retuvo con firmeza al ver que trataba de ponerse de pie. Con ese tono tranquilo y mesurado que tanto la irritaba, dijo:

—No permitiré que escapes de mí, ni dejaré que te hagas daño intentándolo.

Edlyn intentó darle unos cuantos codazos, pero Hugh la colocó de modo que la espalda de ella quedase contra el pecho de él. Sujetándole las muñecas con la mano del lado contrario, las apretó tan estrechamente que le rodearon la cintura.

—Ahora, nos quedaremos sentados, quietos.

Edlyn balanceó las piernas. Lo pateó, pero las blandas zapatillas de cuero no le hicieron mella, y Hugh le retribuyó mordiéndole el hombro. Lanzando un grito, trató de girar, pero él la sujetaba de tal modo que no podía moverse.

—Quédate quieta —repitió.

¿Que se quedara quieta? ¿Sobre las piernas de él? ¿Con una pierna a cada lado de las de él, y el trasero acomodado contra las ingles de Hugh?

—No tengo la menor intención de hacerte tan feliz.

Trató de deslizarse por abajo, pero sólo logró moverse de manera que se le curvó la espalda. Las manos del hombre, atrapando sus muñecas, se apoyaban debajo de sus pechos. Se sintió estúpida, y se removió otra vez. Hugh la ayudó, cambiando de posición y acercándola, hasta que quedaron en la misma posición que al principio. La diferencia consistía en que, ahora, en el regazo de él había aparecido un incómodo bulto... largo, duro, imposible de ignorar.

—Suéltame —murmuró Edlyn.

—No tengo la más mínima intención de soltarte. —Cuando hablaba, el aliento de él acariciaba el cuello de Edlyn—. Y, sobre todo, ahora, pues lo que quedaría al descubierto no es espectáculo apropiado para una monja.

Edlyn se paralizó. Lady Corliss. Estaba tan concentrada en el forcejeo con Hugh que había olvidado a lady Corliss. Había olvidado la dignidad, todo lo que no fuese alejarse de Hugh antes de que él le provocase deseos de quedarse. Le ardieron los ojos de vergüenza al mirar al otro lado del escritorio y ver que la abadesa los observaba del mismo modo que cuando observaba a un paciente. Tratando de eludir la situación, Edlyn dijo:

—¿Veis cómo me trata?

—Bueno, lady Edlyn. —La abadesa esbozó una suave sonrisa—. Vuestros labios *están* hinchados, y en las mejillas tenéis un rubor muy favorecedor. —Se levantó—. Me permitiréis orar para resolver este dilema.

No fue más allá de la ventana que daba al patio, pero se concentró de tal modo en la plegaria que fue como si Edlyn y Hugh se encontraran a solas.

Edlyn ya había visto orar a lady Corliss. Conocía la tibieza sacra que inundaba el aire, la fragancia de la dicha, y la sensación de paz bendita. Pero Hugh no, y observó atentamente cómo la abadesa se comunicaba con Dios. Edlyn sabía que el resultado de las plegarias sería definitivo, y ella también oró. Oró, rogando desesperadamente libertad y ayuda.

Con el aire tierno de una madre que le hablara a la hija, lady Corliss dijo:

—Creo que este lord es la respuesta que he estado pidiendo en mis plegarias.

—¡No lo es!

El rechazo de Edlyn fue instintivo, acompañado de un intento de incorporarse... que Hugh no tuvo dificultad en sofocar.

—Por más que protestéis contra los deseos de Dios, no dejarán de serlo—. Como los reproches de lady Corliss eran poco frecuentes, éste tenía más peso aún—. Creo que es la voluntad de Dios que os caséis con este hombre.

Olvidándose dónde estaba sentada, Edlyn se abatió, pero volvió a incorporarse cuando él le frotó la espalda.

—Entonces, el Señor está de mi lado. —Hugh rió entre dientes, complacido—. Ruego al Señor que continúe brindándome Su favor.

Su complacencia no agradó a lady Corliss, que lo miró directamente a los ojos.

—Dios no toma partido, lord Hugh. Él hace lo que es mejor para nosotros, Sus hijos. Y yo no apruebo el modo en que habéis cortejado a esta gentil dama.

Edlyn sintió, debajo de sí, que todo el cuerpo de Hugh rechazaba la admonición de lady Corliss.

La abadesa continuó:

—Una indiferencia tan desconsiderada hacia la reputación y la paz espiritual de ella no hablan bien del hombre que pretende convertirla en la compañera de su vida. No es fácil reparar la reputación, una vez que resulta dañada, y la frágil confianza que lady Edlyn debería compartir con vos yace a vuestros pies, hecha trizas. A vos os toca enmendar ambas, pues vos las habéis quebrado con vuestro desprecio por las convenciones del cortejo y la amabilidad.

Edlyn vio que a Hugh no le agradaba. No le gustaba nada. Lo que en realidad odiaba, seguramente, era que una mujer lo reprobase; era dudoso que le preocupase haber destruido la reputación y la confianza de Edlyn. Sencillamente, quería hacer su voluntad, y lo lograría por cualquier medio.

—Como sea, el abad John está preparado para leer las amonestaciones. Será necesario leer tres...

Hugh la interrumpió.

—No tengo tiempo para amonestaciones.

Ahora fue Edlyn la que se puso rígida. Hugh acababa de recibir el más severo reproche que ella le había oído pronunciar a lady Corliss, y cuando ella le ofrecía hacer lo que él deseaba, afirmaba que no le resultaba suficiente.

Y, sin embargo, dio una explicación, que era más de lo que Edlyn esperaba.

—He estado demasiado tiempo fuera por la batalla, y tengo que tomar posesión de mis tierras antes del otoño. Necesito irme lo antes posible.

—No me iré sin mis hijos —dijo Edlyn.

En este aspecto, no dio lugar a discusiones.

Pero a lady Corliss la preocupaba más la validez del matrimonio.

—Las amonestaciones son necesarias. No aceptaré que haga echar a lady Edlyn y pida una ceremonia incorrecta.

—En ese caso, que se lean tres veces el día de

hoy, y casémonos antes de que se ponga el sol. —Se puso de pie y dejó a Edlyn con cuidado sobre sus pies—. De lo contrario, me llevaré a lady Edlyn sin ceremonia.

Lady Corliss vaciló, pero luego inclinó la cabeza.

—Será como lo solicitáis.

Tomando la barbilla de Edlyn, Hugh se inclinó hacia ella:

—Deja de mirarme de esa forma. Ya verás que nuestro matrimonio será propicio. Y ahora, sé una buena chica y ve a lavarte y a prepararte para nuestra boda. —Se enderezó y le sacudió la cabeza con la mano—. Todavía tienes hierbas en el cabello.

—En verdad, te odio.

Lo dijo sin alzar la voz, con la intensidad del que nunca tuvo que expresar semejante emoción.

Supuso que él la había oído, porque parpadeó.

—Pero ¿por qué?

Verlo tan perplejo le provocó ganas de gritar, pero no lo hizo. Se contuvo lo suficiente para responder:

—Porque crees que estás haciendo bien.

La corrigió:

—Sé que estoy haciendo bien.

Entonces sí, Edlyn gritó un poco. ¿Cómo se podía hablar con un hombre así? Era más cabeza dura que Robin, por más que ella no lo hubiese creído posible.

Robin. Se calmó, y exhaló un doloroso suspiro.

—No daré el sí.

—¿Cómo? —preguntó lady Corliss.

—¿Cuándo?

Hugh parecía confuso.

—En la ceremonia nupcial. No aceptaré convertirme en tu esposa. —Los otros dos la miraron con expresión estúpida, como si ella fuese un gato doméstico que, de repente, les escupiera en la cara—. Ya lo he hecho... ya he sido esposa de un guerrero.

—Claro que sí. ¿Con qué otra clase de hombre podías casarte? —quiso saber Hugh—. ¿Con un sacerdote?

No entendía. Jamás entendería, aunque Edlyn se agotara intentando explicárselo, y por eso añadió:

—Tú te has rebelado contra el rey, y yo no deseo ser señalada otra vez como esposa de un traidor.

Lady Corliss lo examinó de pies a cabeza, como si pudiese discernir el sesgo de sus lealtades por su aspecto.

—¿Sois traidor?

A modo de respuesta, Hugh se acercó al extremo del escritorio, donde había una enorme Biblia. Puso una mano sobre ella, y dijo:

—Juro que no soy traidor al rey.

Clavaba la vista en Edlyn, pero la que respondió fue lady Corliss.

—Eso, aclara todo. Tendréis que casaros con él, lady Edlyn.

¿Sería mentiroso, además de bribón? Minutos antes, Edlyn se hubiera atrevido a decir que sí, pero lady Corliss tenía una fina percepción de los mentirosos, y ella había aceptado sin dudar el juramento de Hugh. ¿*Sería* un traidor? En realidad, no le importaba.

—No lo haré —dijo—. Es un *guerrero*.

Si la abadesa comprendió la afirmación de Edlyn, no dio señales de ello.

—Os caséis o no, no podéis quedaros en la abadía. Vuestra presencia ha generado disconformidad, y apartado los pensamientos del servicio a Dios.

A Edlyn se le contrajeron las entrañas de dolor, pero el pánico la impulsó.

—Ya he estado en los caminos.

—Y vuestros hijos tendrán que quedarse aquí, a salvo de vuestra influencia.

Por unos instantes, Edlyn se esforzó en comprender y, cuando lo logró, exclamó:

—¡No podéis quitarme a mis hijos!

—Sí, puedo. Ya están al cuidado de nuestros monjes, y a una mujer como vos no se le debe permitir criar a sus hijos.

Lady Corliss no creía en la conducta impropia de Edlyn, ella lo sabía. Pero sin tener en cuenta el deseo de la joven, obligaría a cumplir la voluntad de Dios, y para ello eligió con astucia el arma a esgrimir.

¿Expulsaría a Edlyn de la abadía? ¿Sería capaz de quitarle a sus hijos?

Edlyn supo cuál era la respuesta, sin lugar a dudas. La hostilidad y la desesperación se mezclaron en partes iguales, pero contuvo su impulso al desafío, inclinó la cabeza, y susurró:

—Se hará como vos deseéis.

—Como Dios lo desee, hija.

Como no podía detestar a lady Corliss, lanzó a Hugh una mirada airada, con ojos a los que la ira arrancaba lágrimas.

Como buen cretino que era, dijo:

—Ponte algo bonito.

—¿Para nuestra boda, dices? —Con gran placer, replicó—: No tengo nada bonito.

Lady Corliss supo que Hugh ya se había jactado demasiado, y lo apartó.

—Yo conseguiré algo. Retiraos ahora, antes de estropearlo todo.

Como cualquier buen soldado, sabía retirarse y comprendía la necesidad de hacerlo, por eso se fue sin un murmullo.

Edlyn se quedó mirando la puerta por la que había salido, y dijo, desesperada:

—Vos no entendéis.

—En realidad, creo que sí. —Rodeó con el brazo los hombros tensos de Edlyn, y la acercó a ella—. Pero sólo se puede elegir entre tres estados.

Rígida, Edlyn aceptó el abrazo.

—¿Qué queréis decir?

—Creo que lo dijo vuestro prometido. Hay hombres que trabajan, hombres de la Iglesia, y hombres que luchan. Una dama no puede casarse con un campesino que cosecha cereal del campo, ni con un hombre que se ha prometido a la Iglesia, de modo que no le queda más que casarse con un guerrero.

—¿Es obligatorio casarse con alguien? —estalló Edlyn.

—Lady Edlyn, os he observado desde el día en que hicisteis donaciones a esta abadía y me pedisteis que viniese a dirigirla. Sois una mujer de creencias, alegrías y penas intensas. No vivís la vida, la festejáis y atraéis a la gente con vuestra calidez. Este año que pasó ha sido difícil para vos, no sólo por la tragedia de vuestro matrimonio sino porque habéis tenido que aceptar las reglas de nuestra orden. —La abadesa rió entre dientes—. Yo me alegro de no haber tenido que lidiar con vos como monja.

—¿Eso significa que lo he hecho muy mal?

—En absoluto, pero habéis tenido que limitar ese fuego que arde en vos, y yo lo he visto extinguirse por falta de combustible. —Le oprimió el brazo un instante, y agregó—: Esta última quincena, he visto bramar ese fuego en vos, y me pregunté quién los habría encendido. Creo que es ese hombre.

—No estoy encendida por él —musitó Edlyn.

¿Cómo era posible que estuviese hablando con lady Corliss de fuego entre hombre y mujer? Ese tema la hacía sentirse incómoda, y se removió como una niña culpable.

—Si os casáis con él, seréis libre de sentir ese fuego. —Lady Corliss la soltó—. Será conveniente que busquemos algo para que os vistáis.

—¿Realmente me expulsaríais y os quedaríais con mis hijos?

Lady Corliss hizo salir a Edlyn de la oficina, de la iglesia, y la condujo hacia el claustro.

—¿Qué pensáis?

—Que sois tan implacable como un guerrero.

—Os lo agradezco, lady Edlyn.

Mientras andaban, lady Corliss llamaba y las monjas las seguían. Cuando entraron en el claustro, estaban rodeadas por damas de todas clases. Una condesa viuda, una virgen, hija menor de un conde, la esposa abandonada de un barón, dos damas cuyos esposos, como el de Edlyn, habían elegido el lado equivocado de la batalla hacía mucho tiempo. El frío y tenebroso dormitorio común se llenó de mujeres y, cuando lady Corliss pidió ropa adecuada para una novia, las voces estallaron en una cacofonía regocijada. Antes de que Edlyn tuviese cabal conciencia de lo sucedido, la puerta estaba atrancada, y ella había sido desnudada y sumergida en la bañera para el baño ceremonial.

Mientras la refregaban, resonó la llamada en el patio. Se había leído la primera amonestación.

Las monjas sacaron a Edlyn de la bañera, le secaron el cuerpo y el cabello, y empezó la larga tarea de deshacer los nudos de la mata de rizos castaños. Mientras trabajaban, se maravillaron de su esbeltez después de haber dado a luz. Lord Hugh querría que engordase, sugirió una. Lady Neville, la condesa viuda, se rió y dijo:

—Yo vi cómo os miraba en el patio, y me da la impresión de que le agradáis tal como sois.

Fuera, resonó otra llamada en el patio. Se había leído la segunda amonestación.

Las monjas llevaron la ropa fina que habían estado ocultando. Le pasaron por la cabeza una fina camisa de hilo blanco. Le llegaba a las rodillas y no se ataba. Colgaba, amplia y suelta sobre el pecho, y dibujaba sobre la piel un bordado de zarcillos y hojas. Después de serias discusiones, la elección se redujo a dos vestidos: una túnica de rayas verde claro y oscuro que realzaba los ojos de la novia, y otra de delicada lana azul.

—Nada de verde —dijo con firmeza lady Neville—. Es un color propio de una mujer de moral ligera, y hoy ya se ha hablado mucho de eso.

Las orejas de Edlyn se enrojecieron.

Lady Neville se impacientó.

—No os inquietáis, lady Edlyn. Sólo los ignorantes lo creyeron.

Las monjas murmuraron, dubitativas, y lady Corliss ahorró a la novia posteriores incomodidades.

—Yo prefiero el azul. Es el color de Nuestra Señora.

Las monjas asintieron, solemnes.

Luego, la abadesa agregó:

—Y los lazos a los costados y la falda con la abertura en el centro harán que lord Hugh se arroje en vuestros brazos.

Las jóvenes vírgenes ahogaron exclamaciones. Las viudas y las abandonadas no intentaron, siquiera, disimular la risa.

Otra llamada flotó por el patio. Ya habían sido pronunciadas todas las amonestaciones. Sólo faltaba la ceremonia nupcial misma.

Se dieron prisa: le pusieron una toca de encaje en la cabeza y dejaron el cabello suelto como señal de que, si bien ya no era virgen, seguía siendo una dama virtuosa. Edlyn notó con amargura lo diferente que había sido la situación unas horas antes. Un lord, por medio de insostenibles afirmaciones de lealtad y nobleza, la había rescatado del pecado.

Las finas medias eran blancas, los zapatos de cuero pintado le quedaban grandes, pero como estaban labrados con profusos adornos, las monjas desecharon sus quejas y rellenaron las puntas con trozos de tela. Entonces quedó lista para la ceremonia que la convertiría, una vez más, en vasalla de un hombre.

Como habían hecho en sus dos matrimonios anteriores, le dieron un ramo de mirto y romero para que llevarse en la mano, pero esta vez lo tiró.

—Comienzo poco auspicioso —murmuró una monja.

—No son flores lo que lord Hugh pretende de ella. —Lady Neville acomodó la toca de Edlyn—. Pero él tendrá que esforzarse para tener lo que desea. Al hombre le hace bien dedicarse a la mujer.

El sol de la tarde castigó los ojos de Edlyn cuando salió al exterior. Parpadeó y se llevó la mano a la cara hasta que se habituó al resplandor y, cuando bajó la mano, deseó no haberlo hecho: en el patio estaban todos. Habían formado un pasillo en medio que iba hasta la escalinata de la iglesia donde el abad, Wharton y Hugh, aguardaban de pie.

Lo que irritaba a Edlyn era que Hugh había conservado la calma durante la tarde, mientras se realizaban los preparativos. Jamás dudó de que ella haría lo que él deseaba, y eso la hizo arrepentirse de haberse deshecho de las flores, ya que podría haberlas arrojado al suelo públicamente. Por ser impulsiva, se había privado de un gran gesto.

Alguien le dio un breve empellón en la espalda. Como no se movió, alguien la empujó, y se tropezó cuando empezaba a andar por ese corredor de ojos atentos y bocas sonrientes.

—No quiero —murmuró para sí—. No quiero, no quiero.

Su rebeldía le recordó aquella primera boda con el anciano duque. Aquel día, era joven y estaba asustada, sabiendo que no tenía alternativa, ni modo de detener los acontecimientos. Ahora sentía lo mismo, con la diferencia de que no estaba asustada; pero la impotencia la hizo mirar a Hugh con rabia, con todo el veneno que logró juntar.

La expresión del esposo, de controlada afabilidad, se convirtió en otra más grave, y dio la impresión de que adquiría cierto grado de conciencia sobre la responsabilidad que él mismo se había impuesto. ¿Cómo aplacaría a su novia?

No lo lograría, porque ella estaba decidida a no dejarse aplacar. Mientras subía la escalinata, demoró sus pasos en evidente demostración de protesta. Hugh sonrió, apenas. Cuando ella se acercó a él, la tomó de las manos —sin flores—, le hizo un gesto afirmativo al abad, y comenzó la ceremonia.

Cuando Hugh prometió cuidarla incluso después de la muerte, los dedos de los pies de Edlyn se cerraron dentro de los zapatos demasiado grandes.

Un guerrero. Era un guerrero. Y moriría, como todos los otros. Como los jóvenes que Robin había reunido a su alrededor. Como el propio Robin.

Edlyn susurró sus promesas, y quedaron casados. Exclamaciones gozosas recorrieron la multitud, y crecieron cuando Hugh le soltó las manos para rodearle la cintura con los brazos y atraerla hacia él.

—Edlyn. —Inclinó la cabeza y acercó la boca para darle el beso de la paz—. No sigas enfurruñada —le susurró.

No estaba enfurruñada. Estaba llorando, y él vio el manantial de lágrimas.

—Cariño, ¿qué pasa?

Ahora podía permitirse ser cariñoso: había ganado todo.

—¿Cariño?

Los hurras se habían reducido a eufóricos parloteos, pero una voz aguda se elevó sobre el resto:

—Milord, quiero ser el primero en felicitaros.

Era el barón Sadynton, con la boca delgada estirada en una falsa sonrisa, y Hugh levantó la cabeza como un lobo oliendo el peligro.

—Al casaros con esta mujer demostráis una extraordinaria compasión, sobre todo tras las acciones de este último verano. El rey debe de estar orgulloso de las posibilidades de paz que habéis inaugurado.

A Edlyn no le agradaba Sadynton. Nunca le había gustado. Lo consideraba un plañidero y un provocador de problemas, y sabía que él la juzgaba mal por no haberle facilitado el jarabe de amapolas. Pero la satisfacción del sujeto en esa circunstancia la inquietaba todavía más. La descomponía. Se aferró al brazo de Hugh, sin advertir que el alerta la había impulsado a hacer lo que él deseaba.

Cuando Wharton se acercó a Sadynton con los puños cerrados, aferró con más fuerza aún el brazo de Hugh.

Sadynton retrocedió y se apresuró a decir:

—Nunca imaginé que algún día la viuda del conde de Jagger se casaría con el conde de Roxford.

Las manos de Edlyn cayeron a los costados.

—No es frecuente que una mujer se case con el hombre que ha ahorcado a su esposo.

8

Hugh, comandante de las tropas reales del Oeste, vio cómo Edlyn desaparecía en el bosque.

—¿Vamos a buscarla? —preguntó Wharton.

—No. —Hugh no podía creer que estuviese diciendo eso, pero seguía oyendo en su mente la reprimenda de lady Corliss. No se trataba de que una simple mujer hubiera influido en sus decisiones, pero la abadesa había demostrado una sabiduría poco habitual en las suyas. Además, y lo admitía con renuencia, sospechaba que la abadesa podía comprender mejor que él cómo funcionaba la mente de Edlyn—. Déjala ir.

—¿Qué? —Wharton bailoteaba alrededor como un gallo al que le hubiesen arrancado las plumas de la cola—. ¡Pero no lo colgasteis vos!

Hugh resopló.

—No con mis propias manos.

Pero él había capturado a Robin, conde de Jagger, y lo había dejado en manos del príncipe sabiendo que sería ejecutado. Por ese motivo, aun después de haber recuperado las fuerzas suficientes para protegerse de los asesinos, se había quedado tranquilo. Tenía la esperanza de reclamar a

Edlyn antes de que ella descubriese su identidad.

La demanda era real. Era física. Era la clase de demanda que ninguna mujer podía olvidar ni desechar.

La idea de poseer físicamente a Edlyn lo hizo reaccionar con un intenso estremecimiento de deseo.

No, no podía dejarla vagar sola por los bosques, como ella quería. Tenía que cerciorarse de que volviese a su lado, por las buenas o por las malas.

—Wharton, tú la conoces mejor. Ve tras ella. No te dejes ver, pero no la pierdas de vista. Me inquieta la idea de que vague sola por el bosque.

—Si vos mismo fueseis tras ella, yo no tendría que escabullirme como un topo detrás de un gusano —protestó Wharton.

—No te haces favor a ti ni a la dama. Después de una viva caminata, ella estará mejor, y yo podré explicarle mis motivos.

Wharton se burló.

—No se dan explicaciones a las mujeres. Es mejor darles un golpe en la cabeza, y después, están mejor.

—Si no vas tras ella, el golpe en la cabeza será para ti —repuso Hugh—. Y te agradecería que te ahorraras los consejos matrimoniales.

—He estado casado más veces que vos —replicó el siervo con insolencia.

Hugh conocía bien al hombre.

—¿Y cuántas esposas siguen casadas contigo?

Echando una mirada al abad, Wharton bajó la voz.

—Seguro, dos. Tal vez, tres.

—Me quedo más tranquilo —dijo Hugh, sarcástico—. Ahora, vete.

Con un gesto de asentimiento, Wharton echó a andar por el camino que Edlyn había tomado al huir de su flamante marido.

Hugh le gritó:

—Recuerda que es mi señora, el tesoro más valioso de mi corazón, y trátala en consecuencia.

Wharton alzó una mano para indicar que había oído.

Las monjas estaban en segunda fila, y Hugh oyó que una decía en tono plañidero:

—No pudimos arrojarles trigo.

Trigo para la fertilidad. Para el crecimiento. Para que un hijo de Hugh creciera en el vientre de Edlyn. Sí, quería la ceremonia del trigo, pero lady Corliss se llevó a las monjas al claustro, y ellas la siguieron dócilmente. Santo Dios cuando lady Corliss hablaba, incluso *él* le obedecía. Era una autócrata... y una mujer sagrada.

Los hombres de Hugh formaron fila en los últimos escalones, y Hugh avanzó hacia ellos. Eran su tropa personal, los hombres que había reunido a su alrededor a lo largo de años. Una docena de caballeros, veinte escuderos, y los correspondientes criados se habían quedado en la zona después de la batalla, ocultándose y ocultando las posesiones de Hugh, tal como les había indicado Wharton, para no revelar el paradero de su amo. Y ahora se habían reunido para la boda y contemplaban con solemnidad la escena que se desarrollaba ante sus ojos.

Mientras bajaba la escalera, Hugh vio que el barón Sadynton lo observaba con una mueca de satisfacción. Sin pensarlo, cambió de dirección, estrelló el puño contra la cara de Sadynton, e incluso antes de que éste hubiese caído, se acercó a sus hombres.

Éstos cerraron filas y caminaron con él hacia el campamento resucitado. Las acostumbradas felicitaciones por el matrimonio no resultaban pertinentes, teniendo en cuenta que la novia había abandonado al novio, y Hugh lo comprendió.

—Acercaos, muchachos —llamó, en voz alta—. Conversemos.

—Milord. —El escudero de Hugh, un joven escocés de trece años llamado Dewey, le tomó la mano y se la besó con fervor en gesto de respeto y alivio—. Temíamos por su vida, hasta que llegó Wharton y nos dio la noticia de su buena salud.

—Todavía no me había llegado la hora. —Hugh liberó su mano, y revolvió el cabello del muchacho. Se volvió y echó una mirada al grupo—. ¿Dónde está Morven?

Dewey suspiró y pateó el suelo. Hugh se llevó la mano a la frente.

—Era demasiado joven para semejante destino. ¿Y sir Ramsden?

Dewey hizo un pesaroso gesto negativo con la cabeza.

—Un curtido guerrero que hemos perdido.

Hugh era consciente del vacío que dejaría la muerte de sir Ramsden en su pequeño grupo. Nadie trabajaba mejor que él con los caballos, y había sido un compañero fiel durante muchos años.

El joven escudero Morven no había estado con ellos el tiempo suficiente para dejar una impresión, pero precisamente por eso Hugh lo lamentaba más. Sir Ramsden había vivido una vida plena y había muerto con la espada en la mano. Morven, en cambio, sólo había sido un muchacho de piernas flacas y brazos largos, y Hugh murmuró:

—Tendría que haber trabajado más con él.

Como Dewey lo oyó, se apresuró a replicar:

—Nada podría haberlo salvado, milord. Lo atacaron tres curtidos caballeros. Yo traté de llegar a su lado pero ya era tarde.

—¿Tres caballeros? —Hugh alargó el paso—. ¿Por qué se tomaron tanto trabajo? El chico no tenía nada que pudiesen robarle.

Sir Philip —que si bien era nuevo en la tropa de Hugh, era un guerrero experimentado— respondió:

—Lo atacaron porque él los embestía como una avispa insistente, manteniéndolos a raya e impidiendo que se acercaran a vos, que yacías inerte en el suelo.

Dewey se volvió hacia sir Philip con un siseo, pero el caballero alzó una mano haciéndolo callar.

—El señor tenía que saberlo. Si pensara que la muerte de Morven fue inútil, la lamentaría más que si sabe que murió por amor a lord Roxford.

Lord Roxford. Ése era él, pero sintió deseos de mirar alrededor, para ver a qué lord se refería el caballero. El tratamiento de conde aún era nuevo para él, y algunas veces todavía lo confundía.

—En realidad, sir Philip tiene razón. Saber

que el muchacho murió ayudando a nuestra causa, disminuye la pena que causa la muerte. —Sin embargo, aún recordaba los enormes ojos de Morven que lo seguían con adoración dondequiera que fuese, y se arrepintió de no haber dejado al chico con su madre. Claro que ahí no les esperaba otra cosa que pobreza y hambre, pero al menos Morven no estaría pudriéndose en la tierra—. ¿Lo sepultaron?

—Sí, milord. Yo mismo me ocupé de eso —respondió sir Philip.

Otro muchacho se acercó a ellos, y Hugh le preguntó:

—¿Cómo fue tu participación en la batalla, Wynkyn?

—Magnífica, milord.

Si bien hablaba con entusiasmo, su voz sonó débil, y Hugh miró a Dewey enarcando una ceja.

—Lo hice vomitar —respondió Dewey a la pregunta no pronunciada.

Hugh captó la mirada de fastidio que Wynkyn dirigió a Dewey y preguntó:

—¿Eso es todo? En mi primera batalla, el miedo me hizo sudar tanto que se me resbalaba la espada y estuve a punto de cortarme una pierna.

—Después de mi primera batalla, yo no pude dormir durante varias noches. —Sir Philip hizo una mueca y se apartó el cabello gris de la frente—. A toda hora oía los gritos de los heridos, y odiaba el crujido que hacían los cascos de los caballos cuando pisaban los cadáveres.

El consejero principal de Hugh, sir Lyndon, se

había acercado al jefe, y sonrió, haciendo gala de su considerable encanto.

—Ah, los ruidos de la batalla son dulces para mí.

—¿En serio? —Hugh se estremeció—. Todavía los odio.

Wynkyn palideció.

—¿Eso mejora con el tiempo? Me refiero a esas horribles sensaciones.

Acercándose al muchacho, Hugh le rodeó el cuello con el brazo y lo hizo tambalearse mientras le revolvía el cabello.

—Siempre es horrible aunque, de algún modo, uno se acostumbra. Salvo que sea una batalla muy sangrienta, claro. En ese caso, otra vez a uno se le revuelven las tripas.

Soltó a Wynkyn: el muchacho lo lograría. A su padre, el conde de Covney, le preocupaba que el aire soñador de Wynkyn quedara destruido ante la primera experiencia de combate, pero el muchacho lo había soportado bien, y Hugh pensaba mandarle al conde una carta para tranquilizarlo.

Olvidó a Wynkyn y contempló las erguidas paredes de tela de su tienda con intensa satisfacción. Había albergado el temor de que se perdiera cuando él desapareció del campo de batalla, pero ahí estaba. Conocía cuartos de palacio menos espaciosos que su tienda, y en las frecuentes ocasiones en que llovía y soplaba un viento frío, había celebrado allí reuniones de estrategia para toda la tropa. Tenía en su interior una mesa, taburetes de campamento, el catre de campaña y arcones llenos de mantas y ropa que podía servir a los escuderos en caso de emergencia, cosa que sucedía a menudo con los muchachos.

Sir Lyndon salió de debajo del techo de fieltro negro que protegía la entrada y sostuvo la puerta en gesto de invitación.

—¿Te gustaría descansar mientras aguardas el regreso de tu novia?

—No, tomaré una colación mientras me informas todo lo que sepas de la batalla pasada y me explicas los movimientos de nuestros enemigos.

Además de que necesitaba saberlo, no podría descansar hasta que Edlyn estuviese otra vez a su alcance.

Sir Lyndon ató la puerta de la carpa.

—Cuando desapareciste durante la batalla nos desanimamos, y me temo que no custodiamos tus posesiones como deberíamos. Después de la batalla, los merodeadores robaron muchas cosas tuyas, pero yo te ofrezco mi propio catre de campamento para que estés cómodo. Será mejor que el duro suelo.

—Te lo agradezco, sir Lyndon, pero ¿de qué serviría un catre angosto a un hombre recién casado? —Hugh aceptó la copa de cerveza que le ofrecía Dewey y la bebió de un trago, sin hacer caso de la ceja arqueada de sir Lyndon. Sabía que éste opinaba que un guerrero debía controlar mejor a su esposa. Pero aunque siempre había apreciado los consejos de sir Lyndon con respecto a la batalla y el sitio, recordaba el aspecto pálido y atribulado de la esposa de éste, y las sospechas que había despertado su muerte, y por eso desechó cualquier afirmación de su consejero relacionada con la paz familiar—. Dewey me preparará un amplio colchón con pieles y mantas en el suelo.

Sir Lyndon chasqueó los dedos, y Dewey se apresuró a obedecer.

Hugh se instaló en un taburete, a la sombra del alero de la tienda. Desde allí, podría presenciar el regreso de Edlyn. A su alrededor, los escuderos colocaron bancos de acuerdo con el rango de cada caballero y la confianza que le dispensara el jefe, y los caballeros se sentaron. Hubo un carraspeo generalizado y luego Hugh, conde de Roxford, pidió a sus hombres que relataran los hechos.

—Pelearon como demonios, sobre todo cuando creyeron que tú estabas muerto. —Sir Lyndon flexionó la mano, como evocando la tortura de sostener una espada demasiado tiempo—. En realidad, fue para bien porque los hombres de Montfort se dispersaron demasiado, y pudimos dividir el ejército y atrapar a los que no habían huido.

Hugh bebió de la copa que habían vuelto a llenar, y miró a sir Philip.

—¿Tomamos rehenes?

—Sí, y se los enviamos al príncipe para que hiciera justicia, tras despojarlos de armaduras y caballos. —Sir Philip sonrió, satisfecho con el botín—. Hemos distribuido equitativamente las riquezas, milord, y dejamos para usted lo que creímos que querría. Pero si decidieras algo diferente, te daremos lo que desees.

Hugh también sonrió. Sus años de caballero sin tierras le habían dado la capacidad de apreciar la tradición de despojar de sus pertenencias a los enemigos derrotados.

Fueron muchas las ocasiones en que se había comido el dinero que ganó vendiendo jaeces de caballeros a sus enemigos, después de un torneo o de una batalla. Esta vez, no se haría una oferta semejante. Los que luchaban por Simon de Montfort habían renunciado a sus derechos de propiedad. Y algunos, como el conde de Jagger, habían renunciado a su vida.

Hugh echó una mirada en dirección al bosque, que no estaba lejos de la tienda. ¿Dónde estaría ella? ¿Cuánto tiempo seguiría enfadada? Seguramente, no lo dejaría esperando demasiado tiempo; el sol se aproximaba rápidamente al nadir, y la noche en el bosque era una experiencia aterradora.

—Echamos de menos tu liderazgo en la batalla —dijo sir Lyndon—. Si no hubiese sido por la sabiduría con que planeaste previamente nuestras maniobras, nos habríamos visto en serias dificultades después de que te hirieron.

Hugh no respondió: el diluvio de cumplidos de sir Lyndon lo incomodaba. No le gustaba que la amistad de los dos hubiese cambiado, pasando de ser una amistad entre iguales a la relación entre superior y suplicante. Cuando el príncipe Eduardo despojó a Edmund Pembridge de su título y de su castillo y se los otorgó a Hugh, sir Lyndon empezó a considerar a Hugh como posible fuente de ganancias. A Hugh le resultaba desconcertante ser visto como una vaca lechera.

—¿Quién escapó a la batalla? —preguntó.

—Richard de Wiltshire y su banda de mercenarios. —Tras pronunciar ese nombre, sir Lyndon escupió—. El barón Giles de Cumberland. Y el clan Maxwell.

Quiso escupir de nuevo, pero supo que no era conveniente.

—El clan Maxwell —repitió Hugh.

Aunque no lo dijo, se alegraba de que hubiesen escapado.

—No logro entender qué hacían, luchando en suelo inglés —se atrevió a refunfuñar sir Lyndon.

Hugh replicó en el mismo tono:

—Son escoceses, ¿no es cierto? A los escoceses les encanta cómo los ingleses peleamos entre nosotros, porque siempre obtuvieron ganancias de nuestras guerras. ¿Por qué no tomarían partido los Maxwell? Si gana el príncipe y el rey es liberado, pueden retroceder, cruzar la frontera hacia Escocia y vivir del botín que hayan obtenido. Si gana de Montfort, podrán saquear los castillos de todos los lores ingleses leales.

—Tú te asociaste con ellos, ¿verdad?

—Cuando me capturaron en batalla, viví en Escocia casi un año —reconoció Hugh.

Dominado por la curiosidad, Dewey olvidó que un escudero jamás debe interrumpir.

—¿Alguien pagó rescate por vos, o es que huisteis?

—Ninguna de las dos cosas. —Hugh miró a la cara a los hombres mientras respondía—. Me dejaron ir.

Sir Philip lo miró fascinado, porque no había

estado con ellos el tiempo suficiente y nunca había oído la historia. Sir Lyndon, en cambio, evitó la mirada de Hugh. Éste había estado con los Maxwell antes de que ambos se conocieran, y daba la impresión de que sir Lyndon preferiría que Hugh lo olvidase... o que, por lo menos, dejara de hablar de ello.

Pero Dewey exigió una explicación:

—¿Los escoceses os dejaron ir? Pensé que eran unos bárbaros que quemaban a los cautivos cuando no podían obtener ganancia de ellos.

—Así son —admitió Hugh—. Si bien yo nunca vi que quemaran a nadie, sí comprobé que tomaban como esclavos a los cautivos por los que no se pagaba rescate.

Dewey se arrodilló junto a Hugh.

—¿A vos os esclavizaron?

—Me obligaban a mover la rueda del molino —respondió Hugh—. Estaba encadenado, y el capataz me decía que yo era mejor que un caballo y más estúpido que un buey.

—¿Lo consideraba estúpido?

Hugh comprendió que Dewey no se asombraba por la parte de la frase que decía que él era «mejor que un caballo», porque reconocía su fuerza.

—Sí, pensaba que yo era estúpido. Ése fue su primer error. El segundo fue quitarme las cadenas para que participara en sus campeonatos de lucha. Derroté a todos, y cuando el terrateniente me llevó a su castillo, el molinero tuvo que comprarse un buey.

A Dewey casi se le saltaron los ojos de las órbitas.

—¿Qué sucedió luego?

—Serví al lord escocés... Hamish Maxwell era su nombre... tan bien que me dejó ir. —Los hombres de Hugh removieron los pies y carraspearon, incómodos ante la idea de que hubiese tenido que servir a una criatura tan despreciable como un lord escocés. Pero a Hugh no le importaba. Dirigiéndose a Dewey, dijo—: Por eso, hoy sé hablar escocés, me gusta el *haggis*, ese plato típico que se prepara con cordero asado, y puedo cantar todas las canciones del clan del principio al fin. Es bueno conocer a los enemigos, Dewey... nunca lo olvides.

—Sí, milord.

—Bueno —dijo Hugh—, huelo carne asada y en estos últimos tiempos he comido bastante poco. ¿Me traerías algo de comer?

Dewey se levantó de un salto, avergonzado de que tuviesen que recordarle sus deberes.

—Como lo deseéis, milord. Hemos preparado un banquete de bodas para vos y la nueva señora.

Mientras el escudero desaparecía en dirección a las fogatas que ardían entre las tiendas, sir Lyndon dijo:

—Lástima que tu flamante esposa no esté aquí para compartirlo.

Hugh no hizo caso de su consejero y miró otra vez hacia el bosque. ¿Habría cometido un error al dejar que ella se marchara? ¿El orgullo la obligaría a quedarse en el bosque más tiempo del que resultaba prudente? Edlyn ya había demostrado que sobrevaloraba la prudencia de sus propias acciones.

En verdad, Hugh dependía de Wharton para que la vigilase.

—Entonces los rumores son ciertos. —Sir Philip se mesó la barba—. Viviste con los escoceses. ¿Son realmente tan bárbaros como dice la leyenda, o son simplemente soberbios luchadores?

Las palabras elegidas por sir Philip hicieron reír a Hugh.

—Simplemente soberbios luchadores —dijo—. Antes de entablar batalla con ellos, pide que el sacerdote te administre los últimos sacramentos y ruega no necesitarlos.

—Siempre lo hago, milord. Siempre lo hago.

Hugh observó a sir Philip. Era un hombre tranquilo, de cierta edad, y por eso no podía convertirse en el mejor guerrero de Hugh. Había perdido los rápidos reflejos de la juventud, y sólo le quedaba un ojo. Sin embargo, aún luchaba, y Hugh había aprendido a valorar sus ponderados mensajes, tanto antes como después de la batalla. Hugh necesitaba elevar a sir Philip en la jerarquía de sus caballeros pero, por el momento, sólo dijo:

—¿Adónde se ha retirado el enemigo?

Sir Philip abrió la boca, pero fue sir Lyndon el que se apresuró a responder primero:

—Los barones que en principio apoyaban a Simon de Montfort se dispersaron. El propio Montfort se encuentra en la zona de sus fortificaciones en Kenilworth. Casi todos los demás se han trasladado al Norte. Richard sigue estando cerca, sitiando el castillo Juxon.

—Le dije a Juxon que reforzara las defensas. Espero que me haya hecho caso —dijo Hugh, sin demasiado interés.

El conde de Juxon pertenecía a la clase de caballero que más le desagradaba. Cuando Juxon nació, ya poseía tierras y, por negligencia, las dejó hundirse en la ruina. Alardeaba en voz alta de que el príncipe lo protegería porque había permanecido leal a él y, sin embargo, enviaba menor número de caballeros que el estipulado, mientras se dedicaba a holgazanear en su gran salón, embarazando a sus criadas. No, no obtendría asistencia por parte de Hugh, que había tenido que esforzarse para conquistar sus ganancias.

—Ganancias fáciles. —Sir Lyndon restó importancia al castillo Juxon—. Richard es el mercenario más despiadado que yo he conocido y que tuve la desgracia de enfrentar, y el conde... es un tonto.

—Eso no lo discutiré.

Un movimiento en el linde del bosque hizo que Hugh se pusiera de pie. Wharton se acercaba corriendo, y no era hombre de correr a menos que hubiese una emergencia.

Haciendo a un lado a Lyndon, Hugh fue al encuentro de Wharton fuera del círculo de caballeros. Jadeando en grandes bocanadas, el pecho robusto resoplando como un fuelle, el criado dijo:

—Amo... amo... ellos la tienen.

El pánico desgarrado que revelaba la voz de Wharton heló a Hugh que, apretando los brazos del criado, le preguntó:

—¿Quién la tiene?

—Ladrones. Bandidos. Mercenarios. La tienen. La han secuestrado. Y van hacia el sur.

Hugh soltó a Wharton como si fuera una serpiente. ¿Secuestrada? ¿Edlyn había sido secuestrada? ¡Imposible! Esa mujer estaba bajo su protección, y él nunca había fracasado de manera tan rotunda.

—Amo.

Pero sí. El miedo estalló en su pecho, le cosquillearon los dedos y la cabeza le dio vueltas.

—Amo.

Y la ira... ¡por los clavos de Cristo, cuánto deseaba rugir, patear el suelo y lanzarse al ataque, al rescate de ella!

—Amo.

Hugh miró a Wharton.

—Puede cortarme el cuello por mi fracaso, si lo desea.

Al mirar el cuello desnudo de Wharton, Hugh recuperó el control. Bramar, patear el suelo, gritar sus sentimientos no serviría de nada. Todos sus hombres ya estaban de pie, observándolo a él y a su siervo, preparados para ir a la lucha ante una orden suya. Ya habían tenido que prepararse súbitamente para el ataque o para la defensa, y todos comprendían sin palabras lo que Hugh haría y cuál era su deber.

Con tanto aplomo como si jamás lo hubiesen sacudido las emociones, Hugh dijo:

—Entonces, vamos a rescatar a mi dama.

Se pusieron en movimiento. Alguien le dio a Wharton algo de beber y un taburete, mientras Dewey y Lyndon —por lo general, lo hacían Dewey y Wharton—, le alcanzaban a Hugh la cota, las armas, y lo preparaban para la batalla. Uno de ellos fue a buscar también el caballo de guerra, y la idea de acomodarse sobre la montura de ese animal enloquecido lo tranquilizó como nada podía hacerlo.

Pero cuando le llevaron el manso palafrén de viaje, descubrió que la cólera no había desaparecido. En voz tensa, controlada, preguntó:

—¿Qué queréis que haga con esto?

—No podéis montar un caballo de guerra para ir a donde vamos —respondió Wharton. Ya había recobrado el aliento pero fue conciso—: De todos modos, perdimos a vuestro Devlin durante la batalla.

—¿Ha muerto? —preguntó Hugh.

—Sí, amo.

Otro golpe contra los rebeldes. Devlin había sido su mejor caballo de guerra, y quiso atrapar a los gusanos que habían matado a esa magnífica bestia. Pero, como eso era imposible, descargaría su ira sobre los hombres que se habían atrevido a secuestrar a su esposa.

Su esposa. Apretó los puños. Edlyn.

En cuanto Dewey terminó de ajustar la espada a la cintura de Hugh, éste dijo:

—Seguidme, entonces porque voy a arrancar el corazón a esos renegados con mis propias manos, y sus cadáveres ensangrentados serán una advertencia para que ningún hombre secuestre jamás a ninguna mujer por temor a que sea *mi esposa*.

En el claro parpadeaba el fuego, esparciendo su brillo a pesar de la llovizna que había empezado a caer con la noche. Hugh se escabulló a través de la maleza baja, trepó sobre peñascos, con todos sus sentidos alerta, enfocando la vista en esa única luz que se veía en la densa oscuridad del bosque. Allí hallaría a su esposa, y sentía un hondo y opresivo temor por el destino de ella.

¿La encontraría violada por un infinito número de hombres que concedían menos valor a las mujeres que a las ovejas? ¿La encontraría golpeada, convertida en esclava por su inmensa impertinencia, y maltratada por un hombre de puño brutal?

¿La hallaría muerta?

Oía a sus hombres moverse alrededor, aunque les había advertido que se mantuvieran detrás hasta que él hubiese rescatado a Edlyn. Quería tener tiempo de ocultarla a las miradas de sus hombres... y si ya era demasiado tarde, quería tener la oportunidad de matar a todos y cada uno de los mercenarios responsables de su muerte.

El claro que tenía delante estaba desusadamente silencioso por ser un campamento de ocho hombres. Wharton era el que le había informado de esa cifra y, sin embargo, el silencio pendía sobre el bosque. En el aire quieto sonaba, cada tanto, un gemido, y Hugh oía a sus hombres murmurar en reacción a esos ruidos fantasmales. Ésos no eran los duendes. No era nada que él conociera, pero no le importaba. Lo único que le importaba era Edlyn.

Ya cerca del claro, Hugh apartó las malezas.

Enjugándose el sudor de la cara, inspeccionó la zona. Aunque no veía ninguna silueta cuidando el fuego, se notaba que había sido reavivado hacía poco pues, de lo contrario, la lluvia lo habría ahogado. El fuego y la falta de blancos visibles lo inquietaron todavía más. ¿Habrían apostado guardias? ¿Sabrían los mercenarios que estaban a punto de ser atacados? ¿Dónde estaría Edlyn?

¡Dulce Madre de Dios! ¿Dónde estaba Edlyn?

Su pánico creció, siniestro y candente. Él la había dejado ir. Había decidido darle tiempo a adaptarse a la idea de ser su esposa. Si llegaba a estar muerta, la culpa sería de él. De nadie más que de él.

Esos bultos que veía en la parte más alejada del claro debían de ser los hombres agazapados en la sombra, esperando, anticipándose a su ataque. Les daría lo que querían. Desenvainó la espada, haciendo resonar el acero. Con un rugido de furia, salió de un salto de la espesura, hacia la luz. Enarbolando en alto su arma, corrió hacia las sombras inmóviles. Detrás de él, oyó a sus hombres que, sorprendidos por la inesperada carga, manoteaban sus armas y salían tambaleándose de entre los arbustos. Nunca había hecho algo tan estúpido, tan poco planificado, pero hasta el momento tampoco había sido responsable por la muerte de su esposa. Nunca había perdido a una mujer a la que pretendía salvar.

Al llegar junto a las siluetas, blandió la espada y casi se sacó el brazo de lugar al tratar de retirarla.

Piedras. No eran más que piedras. La hoja de la espada había mellado un peñasco. La fuerza del golpe le repercutió hasta la muñeca, y oyó el chasquido que produjo el fino acero al fisurarse.

Maldijo, lanzando una larga retahíla de juramentos en francés y en inglés, y giró de cara hacia el fuego.

Sus hombres merodeaban por ahí, pero no había ningún enemigo que enfrentase la ira de Hugh. ¿Dónde estarían? ¿Y dónde estaría Edlyn?

—Amo, creo que se han retirado. —Wharton se le acercó, cuidando de quedar bien lejos del alcance de la espada—. Sería mejor que...

Una figura emergió de la sombra de los árboles y, todos los hombres a una, giraron sobre sí y enfrentaron a...

—¡Edlyn!

Hugh corrió hacia su esposa, la aferró, la atrajo hacia él. Sujetaba la espada en una mano y con la otra cuidaba a la mujer.

Edlyn permaneció en sus brazos sin apartarse, palmeándolo como si fuese él el que necesitaba tranquilizarse. Hugh la llevó hacia la luz del fuego y le examinó el rostro. Un largo arañazo estropeaba la perfección de la mejilla, y Hugh le pasó el pulgar.

—Me azotó una rama —explicó Edlyn.

—¿Estás... enferma? —Aunque era hombre de hablar claro, no podía hacer otra cosa que tartamudear—. ¿Acaso ellos te...?

—No.

Levantó la espada:

—Igual los mataré.

Edlyn se soltó, sin alterarse. Su túnica desgarrada tenía manchas oscuras en el borde, pero los lazos de los costados parecían intactos. Aferrándolo de la muñeca, le sacó la espada y se la entregó a Wharton.

—No mientras estés abrazándome, te lo ruego.

—¿Cómo escapasteis de sus...? —preguntó Wharton—. ¿Tuvisteis que herir a...?

Avergonzado, se interrumpió, y Hugh advirtió que incluso a este endurecido hombre de armas le costaba referirse a tan íntimos asuntos.

Edlyn trató de sonreírles a Wharton y a los otros hombres reunidos alrededor.

—Les provoqué descompostura —dijo.

—¿Qué?

El tono de Hugh fue tan estúpido como él se sentía.

—Los convencí de que soy una buena cocinera, cosa que es verdad, como saben. Sé hacer un estofado bastante bueno, y tengo mano liviana con el... —Notó algo en el semblante de Hugh que le advirtió que dejase de parlotear—. Me atraparon en el bosque y me llevaron con ellos. Me dijeron que habían estado esperando durante días a la mujer que querían, y los pobres estaban medio muertos de hambre.

—Los pobres —repitió Hugh.

—Les dije que yo era la herborista de la abadía, y no la dama que esperaban, pero no quisieron dejarme ir. Dijeron que tenían órdenes...

En el pecho de Hugh retumbó un gruñido, que se repitió en sus hombres.

—Bueno, no importa lo que dijeron. —Hablando lo más rápido que podía, añadió—: Los convencí de que cabalgarían mejor con el estómago lleno. Entonces, uno de ellos atrapó una familia de conejos mientras yo recogía hierbas y bayas, y cuando llegamos aquí y se persuadieron de que nadie los seguía, me permitieron cocinar.

Hugh trató de responder, pero como no podía pronunciar las palabras, siquiera, Wharton fue el que preguntó:

—¿Así fue como los descompusisteis?

—Sí, con corteza de saúco y raíces. En cantidades suficientes, provoca calambres en los intestinos, seguidos por incontrolables deposiciones.

Wharton miró alrededor, al bosque que los rodeaba.

—¿Queréis decir que esos pícaros están por ahí, acuclillados sobre troncos?

—¿Acaso no los oís gemir?

Sin poder creerlo, Wharton insistió:

—¿Por qué no vuelven por nosotros?

—Yo pensé que vendríais a rescatarme y, si no lo hacíais, yo habría vuelto con las primeras luces. No estaba segura de poder encontrar el camino en la oscuridad. —Se volvió hacia Hugh y lo reprendió—: Ya ves que no es necesario luchar en todas las oportunidades. A veces basta con una estratagema.

Hugh no podía creerlo. No podía creerlo. Había golpeado un montón de peñascos para rescatar a esta mujer... y ella ya se había salvado sola. ¡Había estado sumido en el temor, y ella estaba esperando a que él llegase! Ella sola los había derrotado.

Paseó la mirada a su alrededor, contemplando a sus hombres; todos miraban a Edlyn con expresión absolutamente incrédula. Miró a Wharton, que se rascaba la cabeza con una mano, y con la otra sujetaba la espada de Hugh. En tono bajo, controlado, Hugh dijo:

—Hombres, rodead a los canallas cuando vuelvan de la espesura y llevadlos ante el alguacil.

—Pero tenían hambre —dijo Edlyn, como si eso justificase la villanía de los sujetos.

—¿Los dejarías libre para que capturasen a otra pobre mujer y abusaran de ella como no lograron hacer contigo? —preguntó Hugh.

Edlyn vaciló.

—En tu lugar, yo no me preocuparía por el destino de esos hombres. —La acercó bruscamente hacia él—. Me preocuparía por tu destino... y por mi venganza.

En el borde del claro, el noble caballero montado sobre su caballo observaba.

Estaba furioso. Nada, *nada* había salido de acuerdo con los planes. La había observado a ella desde lejos. Se había preparado para apoderarse de ella cuando llegara el momento... y en cambio recibió un mensaje de sus hombres diciéndole que se había casado.

¡Y con su enemigo! ¡Con Hugh de Florisoun! Con el hombre que se atrevía a pensar que podía ocupar el lugar de sus superiores.

La había abandonado todo, todos sus ardides,

y había galopado a toda velocidad hacia la abadía; y al llegar oyó los rumores de que la novia había sido raptada.

Por sus propios hombres. Entonces se echó a reír, convencido de que el diablo mismo estaba de su lado.

Pero no. Edlyn lo había derrotado, como había hecho muchas veces. Ella sabía cómo se sentía. Esto era traición, nada menos.

Se cobraría venganza, y entonces la tendría... y Hugh de Florisoun sería arrojado al infierno en la punta de la espada de Edmund Pembridge.

9

Aunque Edlyn no conocía demasiado bien a Hugh de Florisoun, sabía que en ese momento estaba enfadado. La arrastró a través del bosque en la oscuridad, bajo la lluvia, sujetándola y apartando las ramas del rostro de ella, como si así pudiese curar el rasguño de la mejilla.

Y sin embargo, estaba tan rígido que Edlyn imaginaba que una ráfaga podría derribarlo. ¿Podría ella aplacar los ánimos? Con algunas palabras, dichas en tono normal, ¿sería capaz de disminuir el disgusto de él? Podía intentarlo:

—¿Estamos regresando a la abadía? —preguntó.

—Esta noche no regresarás a la abadía.

No había respondido a la pregunta de la mujer, que se refería a cómo viajarían, y con ello dio lugar a montones de nuevas preguntas. Pero el tono áspero la hizo vacilar, y entre tanto, él se detuvo y se llevó una mano a la boca. Ululó un búho, y si Edlyn no hubiese sentido la vibración del pecho de Hugh contra su hombro, jamás habría notado que el grito lo había lanzado él.

Hugh reanudó la marcha en dirección al claro. Edlyn oyó el tamborileo de los cascos de los caballos y sus resoplidos de saludo, y la voz de un joven junto a ellos:

—Milord, oí su llamada. ¿La habéis rescatado?

—Sí, la tengo. —El brazo de Hugh la apretó—. Los demás están rodeando a los mercenarios, y yo la llevaré al campamento.

Al campamento. Irían al campamento de él. Edlyn trató de alegrarse. Si esperaba lo suficiente, quizás Hugh respondiese todas sus preguntas a su modo indirecto.

El joven acercó un palafrén, y Hugh la soltó el tiempo suficiente para saltar sobre la montura.

—Milord, ¿queréis que le dé mi caballo a la señora? —preguntó el joven.

—Cabalgará conmigo —respondió Hugh en tono de enfado.

Edlyn, que conocía bien la forma de las monturas, trató de retroceder; pero Hugh se inclinó, la alzó tomándola de las axilas, y la colocó delante de él.

Edlyn no pudo contener una exclamación:

—Te dolerá la espalda.

La única respuesta fue una risa ahogada del muchacho.

No era una situación cómoda. Edlyn no sabía qué hacer con las piernas: ¿las pondría a horcajadas? ¿De lado?, y entonces Hugh la acomodó levantándola, y poniéndola como él quería. Quedó de costado, atravesada sobre el cuerpo de él, que la sujetaba para que la montura no la pellizcase.

La lluvia arreció. La oscuridad era tan densa que Edlyn parpadeó, y no hubo ninguna diferencia. Un brazo de Hugh le levantaba el trasero, y la mano la protegía de los empellones del rígido cuero. Con el otro brazo la sujetaba debajo de sus muslos. Quiso preguntar quién conducía al caballo, pero notó que el cuerpo de él se movía como si controlase al palafrén con las rodillas.

—¿Quién entrenó a este animal? —preguntó.

—Sir Ramsden. Él se ocupaba de mis caballos.

—¿Ya no lo hace?

—Ha muerto en la última batalla.

Lo breve de la respuesta la convenció de lo furioso que estaba con ella, y eso la llevó a la conclusión de que, si quería cambiarle el ánimo, tendría que preguntarle por la batalla. A los hombres les encantaba hablar de batallas. Podían relatar en detalle cada tajo de la espada y cada vuelo de una flecha. Y si no hablaban de una batalla pasada, se los podía inducir a comentar una futura, o incluso una leyenda acerca de una lucha.

Por desgracia, Edlyn ya lo había oído todo, y no tenía ganas de oír las historias de Hugh. Se había jurado no escuchar más relatos de batallas y, ahora que estaba casada con un guerrero —¡dulce Madre de Dios, otro guerrero!—, su decisión se reforzó.

Tenía que haber otra manera.

—¿Tu pobre caballo puede cargarnos a los dos?

Era una pregunta estúpida: era evidente que sí podía. Era estúpida.

Hugh no le hizo caso.

—El esfuerzo de sostenerme debe de hacerte doler el brazo. ¿No quieres que camine?

La detuvo antes de que intentara soltarse.

—Ahórrate el aliento —le dijo—. Lo necesitarás.

Eso no le gustó. ¿Qué querría decir? ¿Acaso pensaba golpearla? Hugh no parecía ser el tipo de hombre que golpea a una mujer por haber sido raptada y por causarle problemas pero, en realidad, ¿hasta qué punto lo conocía?

Cuando Robin se enfadaba porque ella se quejaba de sus hábitos amorosos, solía pegarle. El duque la había golpeado cuando sufría la frustración de ver que su virilidad no funcionaba. Ahora Hugh, su nuevo esposo, había hablado de venganza.

Entre los árboles brillaron unas luces. Cuando salieron del bosque, Edlyn vio que delante de ellos estaba la abadía. Él había dicho que no irían a la abadía, pero... hizo virar al palafrén hacia el establo.

Claro. Tenía que dejar el caballo bajo techo. El mozo del establo llegó corriendo y sujetó la cabeza del palafrén mientras Hugh ayudaba a bajar a Edlyn. Cuando los pies de ella tocaron el bloque de montar, Hugh mismo se apeó y la tomó de la mano. Le arrojó una moneda al muchacho, y arrastró a Edlyn por el cieno hacia un grupo de tiendas. Se agazapaban alrededor del fuego como gordas doncellas en torno de un estanque, y Edlyn recordó haberlas visto mientras huía hacia el bosque. Pero en aquel momento ella estaba tan perturbada que no les había prestado atención ni cayó en la cuenta de que allí se albergaban los hombres de Hugh.

Otro joven —el que cuidaba el fuego, supuso Edlyn— salió de las sombras al verlos acercarse.

—¡Mi señor, la habéis encontrado! ¿Está bien?

Hugh ignoró la pregunta.

—Pon una luz en mi tienda.

—Sí, mi señor.

El mozo se inclinó en rápida reverencia, y salió corriendo.

Tratando de tranquilizarlo, Edlyn gritó:

—No me lastimaron.

Si Hugh hubiese sido un oso, habría gruñido.

—Muy pronto se enterará de la historia.

Se dirigió hacia la tienda más grande, un monstruo de fieltro y cuerdas. El muchacho traspuso la entrada con una vela encendida, y salió a toda prisa, con las manos vacías, pero Hugh ni le dio las gracias. Edlyn tendría que ocuparse de sus modales... si él no le pegaba.

Edlyn se detuvo a sacarse los zapatos antes de entrar en la tienda, pero Hugh dijo:

—Es inútil que demores tu destino, mi señora. —Y la empujó dentro.

El gran recinto estaba impecable. Junto a las paredes se alineaban arcones. La vela encendida estaba sobre una mesa. En el suelo, un gran jergón hecho con pieles, en un rincón, con el borde vuelto hacia atrás a modo de invitación... y Edlyn apartó su atención.

Era evidente que alguien se había tomado grandes molestias para que el lugar estuviese limpio para el amo. Señalando las manchas de barro, dijo:

—Eso habrá que limpiarlo.

Hugh no miró.

—Esta noche, no. Esta noche, nadie entrará aquí.

Se volvió hacia ella, y entonces Edlyn vio su rostro por primera vez.

Estaba enfadado. Estaba muy enfadado.

—Aclaremos esto ahora mismo. Yo apresé a tu marido y lo envié a Londres para que lo ejecutasen. Es lamentable que yo fuese el jefe que estaba a cargo de eso, pero él estaba maduro para ser colgado. Edlyn, corrió riesgos que ningún caballero debería haber corrido.

—Lo sé.

Lo sabía. Robin se había creído invencible. Abrazaba el peligro de una manera muy similar a como hacía con las mujeres... indiscriminadamente y con gran apetito.

—Prácticamente cayó en mis redes.

—Te creo.

Hugh se le acercó tan rápidamente que no tuvo tiempo de retroceder.

—Entonces, ¿por qué huiste?

¿Lo entendería?

—Porque eres un guerrero, igual que él.

No entendió:

—No soy como él. No me parezco en nada a Robin de Jagger.

—Salvo que vives para combatir.

—No vivo para combatir.

—¿Qué harías si no pudieses luchar? ¿Si perdieses una pierna o un ojo, y no pudieras llegar otra vez cabalgando al campo de batalla?

Hugh se crispó.

—Eso no sucederá.

—Ahora mismo, después de haber recibido heridas tan graves, estás impaciente por volver a la batalla, ¿no es verdad? Te escuecen los dedos por blandir la espada. ¡Casi no puedes esperar a atacar esta noche misma a esos forajidos!

—Porque te atraparon a ti. —Le rodeó la barbilla con las manos y le levantó la cabeza—. No importa por qué huyas, ni quién te tenga prisionera. Yo siempre te rescataré, y siempre me vengaré de los que te hagan daño. Lamento haber apresado a tu marido, pero eso no tiene nada que ver contigo y conmigo, así que cuéntame por qué estás enfadada y déjame calmar tu ira, y así podremos seguir adelante con nuestro matrimonio.

Tenía razón: haber capturado a Robin no tenía nada que ver con ellos dos, y Edlyn no lo culpaba por la muerte de aquél.

Ella también tenía razón: Hugh no comprendía por qué ella se negaba a brindarle su amor.

—No estoy enfadada.

Hugh era muy grande, y le dirigió una ancha sonrisa.

—Por esta noche, dejaré pasar esa falsedad. Porque... yo sí lo estoy.

Se volvió hacia uno de los arcones, lo abrió con gesto brusco, sacó una brazada de diversas clases de prendas, y las puso sobre la mesa. Levantó la puerta de la tienda y salió fuera.

De pie en el medio de la tienda, Edlyn tembló y se retorció las manos. ¿La lastimaría? No podría soportar la humillación de ir a la abadía y pedir ayuda para vendarse sus propias heridas. ¿Habría algún modo de escapar de esta trampa?

Una ráfaga de aire fresco le advirtió que Hugh regresaba, y lo miró con expresión angustiada.

Estaba desnudo.

Grande y desnudo.

Dispuesto y desnudo.

No era su furia lo que debía temer sino su pasión.

Le dio vueltas la cabeza, y trató de hacerse a la idea. Pensar que había sentido temor, y ahora descubría que era como cualquier otro hombre: lo único que tenía en mente era una noche de bodas.

Bueno, no exactamente igual. Y no en mente. Aun así, Edlyn ya había estado casada: ¿por qué iba a importarle? Era simplemente un acto, acababa rápido y sólo le proporcionaba placer al hombre.

Contemplando a Hugh, su cuerpo se tensó. Seguramente él había estado bajo la lluvia, porque no tenía ningún rastro de barro. El cabello rubio estaba oscurecido por el agua, y en los costados de la cara, donde había barba de un día, también había humedad. Tenía gotas de agua en las finas salpicaduras de vello rubio que le cubrían las piernas y los brazos. Se juntaban en la punta de flecha formada por el vello que comenzaba en el pecho y corrían en arroyuelos hacia el ombligo, hasta...

¿A quién quería engañar? ¡Le encantaba esta parte del matrimonio! Era la única cosa que echaba de menos... y hacía tanto tiempo que la echaba de menos que ya no lo recordaba.

—Quítate la ropa.

No era un pedido: era una orden. La aspereza de la voz revelaba que seguía enfadado, y Edlyn no lo entendió.

—Mi escudero me ayudó a desvestirme. ¿Quieres que yo te ayude a ti?

Dio dos zancadas hacia delante, y Edlyn retrocedió.

—¡Pero estás furioso!

—Sí. —Como ella ya había perdido la toca, Hugh se dedicó a la túnica, pasando las mangas sobre los hombros y dejando caer la prenda al suelo—. Hoy, estuviste a punto de morir. —Dio un paso atrás, la contempló, y sonrió—. Estás totalmente empapada.

Edlyn se miró. La camisa de hilo blanco que ya, de por sí, era transparente, ahora estaba pegada a la piel y exhibía cada curva, cada hoyuelo. Los pezones, encogidos por el frío, se erguían hacia él como dos libertinos ruborosos que reclamaban atención. La tela se había metido entre los muslos, y el monte de vello castaño pugnaba por liberarse del encierro. Independiente de su voluntad, todo su cuerpo hablaba y, sin duda, Hugh comprendía todos sus mensajes.

—Tú no tuviste la culpa de que yo huyese.

Edlyn había maniobrado mejor en otras conversaciones, pero nunca bajo semejante presión.

—Yo te dejé ir. —Hugh estiró las manos y las ahuecó sobre los pechos de la mujer. Con los índices, frotó sus picos más altos, creando una dulce fricción—. Tienes frío.

—No.

Hugh rió: era la primera vez que Edlyn le oía emitir una manifestación de alegría tan común.

—Estás temblando, y tienes los labios morados.

Inclinándose, tomó el ruedo de la enagua. Rozándole la piel con las yemas de los dedos, alzó la prenda. Sus ojos ardían de intenso placer, sumado a esa extraña furia. Le gustaba hacerla sentir incómoda, le gustaba desnudarla, y Edlyn cerró los ojos para no ver la invasión.

Como si eso sirviera de algo... Adivinaba cada uno de sus movimientos. El contacto le avisaba cuándo resbalaba por sus muslos, las caderas, la cintura. Su mirada, tan física como la caricia, buscaba las partes desnudas y las gozaba, y Edlyn no supo si temblaba de frío o de pudor.

De repente, le sacó la camisa por la cabeza con las dos manos. Edlyn abrió bruscamente los ojos cuando Hugh aferró otra vez sus pechos.

—Míralos. Son hermosos, y son míos.

La posesividad de Hugh le hizo lanzar una risa ahogada.

—Eso dijiste.

Sorprendido, Hugh preguntó:

—¿Cuándo?

—Cuando estabas enfermo. Me aferraste y dijiste: «Mía.»

Echando la cabeza atrás, rió a carcajadas.

—¿Eso hice? ¿En serio? —Sobre la piel se le secaba el agua, evaporada por su calor—. Si querías escapar, tendrías que haberlo hecho en ese momento.

Se arrodilló delante de ella.

Edlyn trató de retroceder, pero Hugh la atrapó, rodeándole el trasero con un brazo. En tono tranquilizador, dijo:

—Sólo voy a quitarte las medias.

Las medias. Lo único que se interponía entre ella y...

—Creo que no voy a poder hacer esto.

—Sí, puedes.

Levantó la vista hacia ella, y Edlyn maldijo el estúpido impulso que la había hecho revelar su angustia cuando él estaba de rodillas a sus pies. Apretar las piernas no alivió su perturbación, ni tampoco mirar por encima de la cabeza de él. Estaba observándola, y seguramente vería cada uno de sus defectos. Después de todo, ya no tenía quince años.

Entonces, Hugh dijo lo mismo pero con un tono completamente diferente:

—Ya no tienes quince años, ¿verdad? No eres esa niña huesuda que acostumbraba seguirme. Ahora, eres una mujer.

Edlyn no respondió. No supo qué decir.

—Sí, vas a darme lo que yo quiero. Considéralo el pago de una deuda.

Lo dijo en el tono más práctico posible, y Edlyn se preguntó cómo hacer para que volviese al otro tono, al de adoración.

Hugh se apoyó sobre los talones. Con las manos detrás de ella, le separó las piernas y, antes de que Edlyn adivinase sus intenciones, la probó.

—¡Hugh! —chilló, como si estuviese apelando a un santo.

Trató de echarse atrás, pero él la sujetaba con fuerza, y aprovechó su frenético movimiento para separarle más las piernas.

—Sabes tal como recuerdo —dijo, mirando

hacia arriba, aunque no debía de tener el menor interés de mirarla a los ojos—. Esa noche que me diste el remedio de las hadas.

Eso la apabulló más aún, si era posible, que sus lascivas intenciones.

—¡Recuerdas...! ¿Qué es lo que recuerdas?

—Tu sabor.

La lengua lamió otra vez.

—¡No me saboreaste!

—Chupé alguna parte tuya. —Se hundió más en ella, utilizando los labios para abrirla y la lengua para atormentarla.

—Mis dedos.

Ahogó una exclamación cuando el placer la atrapó en sus garras.

Hugh no contestó. Había encontrado el punto de la carne de ella que le provocaba ganas de escapar y de acercarse, al mismo tiempo. Y cuando empezaron a temblarle las piernas, Hugh apartó la boca. Gracias a los santos, ya estaba satisfecho. Si no se hubiese detenido, ella se habría sumido en la vergüenza, derrumbándose sobre él, atrayéndolo hacia ella y suplicando. Le había concedido un respiro.

—Tus dedos.

Le llevó un momento recordar de qué estaba hablando.

Entonces, le tomó la mano y le chupó los dedos.

—Tal vez fue un sabor diferente pero, sin duda, eras tú. ¿Me ayudarías, explicándome por qué pensé que estábamos en un cobertizo?

Las piernas temblorosas estuvieron a punto de traicionarla, y endureció las rodillas.

—¿Un cobertizo?

—Yo estaba haciendo el amor, miré hacia arriba, y tú estabas sobre mí, proporcionándome un deleite...

La miró. Ella lo miró. Aunque tenía los recuerdos mezclados, de algún modo los había plantado en la cabeza de ella. Ahora recordaba: el calor, los olores, los movimientos, la excitación. Recordaba algo que jamás había sucedido.

—Me hiciste feliz —le dijo Hugh—. Me diste una muestra de ti misma y, con ese sabor tuyo, me mostraste lo que podía ser la vida. Me salvaste la vida, y estoy en deuda contigo por eso. Lady Edlyn... —las manos, que habían estado apoyadas en el dorso de los muslos, ya no lo estaban— yo siempre pago mis deudas.

Con el dedo la penetró por detrás. La lengua la azotaba por delante. Edlyn no quería ser la primera en dar un espectáculo al llegar al clímax, pero el dedo de Hugh salía y entraba, mientras su lengua, en contrapunto, tocaba y se retiraba.

No pudo soportarlo. Tenía que decírselo. Pero sólo atinó a balar:

—No puedo...

—Puedes.

Le separó más las piernas. El dedo se hundió en ella.

Demasiado íntimo. Demasiado vergonzoso. Demasiado bueno.

Edlyn se vio sacudida por espasmos, gritó, y él la apretó con su boca abierta, usando la lengua y los labios para prolongar la exquisita sensualidad.

Cuando agotó los estremecimientos y los gemidos de ella, retiró el dedo. Le besó los muslos, y la sujetó con una mano en cada glúteo. Acurrucó la cara contra el estómago de ella, y esperó, paciente, a que los temblores cesaran. Cuando acabaron, le preguntó:

—¿Puedes quedarte de pie sin ayuda?

No podía. En ese momento, no se creía capaz de volver a pararse sola sin ayuda, jamás. Pero el orgullo le hizo erguir la espalda. Apretó los dientes y asintió.

—Bien —susurró—. Odiaría fatigarte antes de que la noche empiece de verdad.

¿Qué podía responder a eso?

Con movimientos ágiles, le desató los calzones.

—He sido un tonto para ti, lady Edlyn. —La prenda mojada se le pegó a las piernas, y Hugh bajó la tela hasta las pantorrillas—. Sal.

Aunque Edlyn tuvo que apoyar una mano en el hombro de Hugh para no perder el equilibrio parada sobre una pierna, a él no le importó.

A diferencia del cuidado con que habían sido elegidos los calzones, Hugh los arrojó a un lado.

—Me salvaste la vida, te he pagado esa deuda, y continuaré haciéndolo todos nuestros días. Pero ninguna mujer me convierte en el hazmerreír de mis hombres y sale impune.

—No entiendo.

Poniéndose de pie, Hugh tomó un cuadrado de tela doblado que había sobre la mesa, lo desplegó, y lo colocó, retorcido, sobre la cabeza de ella.

—Sécala.

Una simple orden, pero Edlyn no quería levantar los brazos delante de él.

—Sécala —le repitió y, desplegando otro cuadrado, se dedicó a secarle el cuerpo.

Lo frotó con fuerza, pero sin una brizna de ardor, devolviéndole la circulación a la piel.

Esa actitud sensata le dio libertad a Edlyn para ocuparse de su cabello y, cuando ya lo había secado casi todo, Hugh le dio otra toalla.

—Y ahora, sécame a mí.

El cuerpo aún le vibraba con las consecuencias de la seducción, y si lo tocaba, todo volvería a empezar. Ese maldito bribón seguramente lo sabía.

—Ya estás seco.

—No del todo.

Edlyn no miró.

—Sécame —le dijo—. Eso demorará un poco más tu destino.

Otra vez se percibía en su voz una nota de advertencia; le apoyó la toalla en los pectorales. Sólo en los pectorales, pues si secaba más abajo se enredaría con la toalla de ella, se vería presa de la curiosidad, y vería lo que apenas había entrevisto.

Entonces, le secó el pecho y luego los brazos, con lentas pasadas de la tela.

—No te hice hacer el papel de tonto.

—Yo fui a rescatarte de los pillos que te habían secuestrado. Pensé que te habrían violado, o algo peor.

—Eso significa que tu imaginación te jugó una mala pasada —repuso, triunfal, por haberle devuelto la culpa que él pensaba depositar a sus pies.

Tomándola de las muñecas, la guió hacia abajo.

—¿Sabes qué se siente cuando los niños salen a jugar, y se entretienen y no vuelven a casa?

—Sí...

Tendría que ocuparse de la parte baja del vientre y de las caderas. Y podría demorarse secándole la parte superior de los muslos, pero era difícil lograrlo sin mirar. Ah, si pudiera concentrarse en la conversación...

—Empiezas a preocuparte, el sol está bajando, y te imaginas que pueden estar sucediéndole toda clase de cosas horribles.

—Sí.

Empezaba a captar adónde quería llegar y, a medida que comprendía las palabras, también comprendía la intención.

—Entonces ellos entran sucios, arañados, despreocupados, y tú estás tan feliz de que hayan vuelto sanos y salvos que quieres abrazarlos y pegarles, al mismo tiempo.

Edlyn proyectó el labio inferior hacia fuera. Hugh no quería que lo secara. Quería que lo acariciara y, tal vez, viéndola retorcerse, obtendría una parte de la venganza.

—Yo salí corriendo y arruiné mi mejor espada contra una piedra por tu culpa... y tú venciste sola a tus agresores.

Dentro de Edlyn se elevó un burbujeo de indignación. ¿Ese hombre quería que ella le prodigase caricias íntimas mientras él le hacía reproches? Lo rodeó y, con un movimiento tan veloz que él no logró evitarlo, empezó a secarle la espalda.

—¿Hubieses preferido que no hiciera nada?

—No. Oh, no, me enorgullece que pudieras pensar tan rápido.

Parecía sincero, y Edlyn se relajó lo suficiente para secarle el trasero. Primero de un lado, después, del otro, ambos cubiertos de fino vello rubio. Tenía un trasero bastante atractivo, con los glúteos cóncavos de un hombre muy activo.

—Pero, aunque estoy orgulloso de ti, me diste un susto mortal.

Se volvió de cara a ella, y Edlyn volvió a sufrir el impacto de verlo en toda su gloria. Era extraño que la parte de atrás no fuera tan amenazadora como la de adelante.

—Esto me ha acarreado burlas por parte de mis hombres, y por eso ahora me las pagarás.

—¿Pagar?

Las manos de Hugh se cerraron sobre los hombros de Edlyn, y acercó su cuerpo al de él. Estaba caliente y, claro, mojado en algunas partes, pero sus intenciones eran claras.

Realmente atemorizada, Edlyn barbotó:

—¿Vas a golpearme?

Hugh la miró, y percibió algo que iba mucho más allá del limitado tiempo de trato entre los dos.

—Nunca he azotado a una mujer. Hay mejores maneras de captar su atención.

Edlyn se relajó.

Hugh dibujó una sonrisa llena de dientes, que hubiese sido apropiada para un depredador, y Edlyn supo que se había relajado demasiado pronto.

—Sí, haces bien en preocuparte. —La hizo retroceder hasta el jergón de pieles que había en un rincón—. Tal vez pase mucho tiempo hasta que quede satisfecho con mi venganza.

Edlyn estaba en problemas. Estaban en grandes problemas. Preguntó en tono animoso:

—¿Te gustaría contarme los detalles de tu última batalla?

Hugh se limitó a seguir sonriendo.

10

—Los tenemos, amo. Son ocho canallas de buen tamaño, listos para ser colgados.

Hugh tomó a Wharton del brazo y, apartándolo de la tienda, lo acercó al fuego.

—¿Tuvisteis algún problema?

La aguda carcajada de Wharton hizo que los demás hombres, que estaban preparándose para acostarse, alzaran la vista.

—No, vuestra señora los dejó bien arreglados. Esos ladrones tenían tales calambres en las tripas que casi no podían tenerse en pie.

Alzando la vista hacia las estrellas, Hugh comprendió que las recompensas del lecho conyugal habían aliviado su indignación, y comentó con orgullo:

—Es una chica inteligente.

—Para ser una chica, sí. —Wharton desdeñó la ingeniosidad de la aludida—. Eso no habría sucedido si ella no hubiese escapado.

En la mente de Hugh asomó un atisbo de preocupación.

—¿Cuántas mujeres se casan con el verdugo de su difunto marido?

—Vos no fuisteis el ejecutor. Y, de todos modos, él lo merecía. Supongo que esta noche ya no necesitaréis de mis servicios.

Wharton empezó a sacudir sus mantas para dormir.

—No. Esta noche no necesitaré de tus servicios.

Echó una mirada a la tienda. Había dejado a Edlyn durmiendo, y ansiaba despertarla de nuevo. Por alguna razón, necesitaba dejar su impronta en ella, y necesitaba hacerlo esa noche.

Sin concentrarse demasiado en lo que decía, indicó:

—Haz que el alguacil cuelgue a los ladrones en cuanto nos hayamos marchado de Eastbury.

Wharton interrumpió la tarea de patear a los escuderos ya dormidos.

—¿No a primera hora de la mañana?

—Eso le provocaría pesar a mi señora. Esos canallas la han enternecido.

—¡Moveos, pícaros! —Con el pie, Wharton hizo sitio para sus mantas—. Es raro. Da la impresión de que la conocen más de lo que deberían conocerla unos simples ladrones.

La alarma vibró en la mente de Hugh.

—¿Por qué dices eso?

—Cuando dijimos que los colgarían por haber tratado de abusar de la señora, se humillaron. Aseguraron que jamás la habrían tocado.

—Pura cháchara —respondió Hugh con desdén.

—Yo pensé lo mismo. —Mientras se agachaba, Wharton se rascaba—. Pienso que habían estado vigilándola. Me pareció que era a ella a quien habían planeado raptar. No a cualquier mujer sino a Edlyn, condesa de Jagger.

El retumbar de voces masculinas despertó a Edlyn, pero le pesaban tanto los párpados que hubiese necesitado una rueda de molino para levantarlos. Se le ocurrió abrírselos con los dedos, pero eso significaría mover la mano, que no sabía bien dónde estaba.

Movió los dedos. Ah, tenía la mano debajo de la mejilla, cerca de los párpados. Muy cerca. Como siempre decía la abadesa...

Sin usar una rueda de molino ni los dedos, los ojos de Edlyn se abrieron de golpe. Lady Corliss. La abadía. Vio la tenue luz del sol que entraba por la puerta abierta de la tienda. Misa matinal. ¡Había faltado a todas!

El parloteo de los hombres se apagó. Una enorme silueta oscura se levantó de la mesa, desde donde llegaban las voces, atravesó el suelo de la tienda, y se arrodilló junto a ella.

—Estás despierta. —La voz de Hugh. El contacto, ya familiar, de Hugh en la mejilla—. Estaba empezando a preocuparme.

—¿Qué hora...? —empezó a preguntar con voz ronca.

Hugh chasqueó los dedos.

—Es media mañana. —Otra figura oscura se acercó a él, le entregó algo, y se retiró. Hugh le levantó la cabeza y le puso la copa en los labios.

Edlyn bebió con avidez y, cuando terminó, el esposo dijo—: Esta mañana estás ronca. Debe de ser de tanto gemir anoche.

Apoyándole la mano en el pecho, Edlyn lo empujó y él cayó sentado. Los que estaban sentados a la mesa rompieron a reír, y Hugh los imitó. Ya no le importaba si su tropa se reía de él: esa noche se había cobrado su venganza.

Edlyn habría preferido no disfrutar tanto.

—Vuelve a dormirte —le dijo Hugh—. Es una mañana neblinosa, y no se puede hacer mucho más que dormir.

—Tengo que regresar a la abadía.

Pero ¿cómo iba a vestirse con todos esos hombres ahí sentados?

—¿Por qué?

Aunque no lo dijo en tono hostil, esa simple pregunta no encajaba bien en los planes de Edlyn.

—Si me marcho contigo de aquí, necesito recoger mis pertenencias. —Luego, se le ocurrió que estaba dando demasiadas cosas por sentado—. Es decir... ¿me marcho contigo?

—Vendrás conmigo.

Le recogió el cabello con la mano y lo apartó del hombro, que luego cubrió con su mano.

Ese silencioso gesto posesivo inquietó a Edlyn que preguntó, impertinente:

—¿Puedo preguntar adónde?

—Al castillo Roxford. Voy a tomar posesión de las tierras de Roxford y también del título.

—Roxford.

En su mente relampagueó un rostro. Largo,

delgado, apuesto, inteligente, y... cruel. Edmund Pembridge, ahora antiguo conde de Roxford.

El amigo de Robin.

—¿Lo conoces?

—No.

No supo por qué había respondido que no. Quizá fuese la reacción instintiva de una mujer que se siente incómoda ante la admiración de un hombre.

—Me sorprende. Pensé que conocerías a un líder tan notorio de la rebelión.

¿Habría visto Hugh algo en su cara? ¿O sería simple lógica?

Fingió irritación.

—No los conocí a todos. —Apartando el hombro del contacto, se hundió entre las pieles y se esforzó por cambiar de tema—. ¿Por eso te casaste conmigo? ¿Para que administre tus nuevas posesiones?

En tono llano, le respondió:

—Es un plan sensato, ¿no te parece?

Lo era: Hugh jamás había tenido propiedades y Edlyn había administrado con éxito las de Robin. Y, por cierto, esa idea reducía la noche anterior a sus verdaderas dimensiones.

—Entonces tendré...

—Wharton ya ha recogido tus pertenencias de la abadía, y las ha traído aquí, en un saco.

Se entristeció al imaginar las zarpas de Wharton manoseando las patéticas y escasas pertenencias que había logrado reunir desde su llegada a la abadía. Pero como algunos objetos eran importantes, preguntó:

—¿Lo ha traído todo?

—Todo —le confirmó Hugh—. Aunque bien podría haberlo quemado.

Alarmada, Edlyn se incorporó.

—¡No! ¡Dime que no lo harás!

Los hombres que estaban a la mesa carraspearon, mientras Hugh se apresuraba a cubrirla. ¡Como si ella fuese tan estúpida de exhibirse ante ellos! Sostuvo delante de su cuerpo una manta delgada y miró a Hugh, ceñuda. Él le devolvió la mirada. Alzando la cabeza, ordenó:

—¡Fuera!

Por un instante, Edlyn se preguntó si se referiría a ella, pero los taburetes se tambalearon y los hombres salieron precipitadamente de la tienda, cerrando la puerta de tela tras ellos.

Por las aberturas de la puerta entraba suficiente luz para distinguir las facciones severas de Hugh.

—Explícame por qué no debería quemar esa patética pila de ropa gastada y mantas usadas —quiso saber.

¿Decírselo? Jamás.

—Esas cosas son *mías* —repuso con firmeza.

—Yo soy tu esposo —respondió él—. Ahora son mías. —Le deslizó el pulgar por el esternón—. Como tú, milady Roxford.

Tenía en el semblante una expresión que ella reconoció, porque la noche anterior la había visto a menudo hasta que la vela se consumió y quedaron en la oscuridad. Le atrapó la mano, que ya vagaba por el pecho.

—Me someto, obediente, a tus mandatos como debe hacer una esposa, y me desharé de casi todas mis posesiones anteriores, como lo exige milord. Sólo te pido que me permitas escoger dos cosas antes de quemar todo lo demás.

La mano de Hugh se volvió en la de ella, y le hizo cosquillas en la palma con los dedos.

—Hazlo.

—¿Que lo haga?

—Incítame. Encántame. Convénceme de hacer lo que pides.

Edlyn odiaba esa clase de juegos. Ya lo había hecho antes, depositando en ellos las más elevadas esperanzas. Había dado todo, empleado todas las tretas; finalmente, Robin la había elogiado y prometido hacer lo que ella pedía, para luego olvidarlo o concederle el favor a otra amante mejor. No, no aceptaría el desafío de Hugh.

—No soy una incitadora —refunfuñó.

—Ah, sí que lo eres.

Se inclinó sobre ella, haciéndola que se acercara otra vez.

Ella forcejeó para no caer con tanta facilidad como la noche anterior. Entonces, lo había hecho demasiado fácil porque él la había sorprendido. Hacía mucho que no tenía un amante. ¿O sería que él era demasiado bueno para resistirlo?

Su recompensa por resistirse fue un beso estampado en el hombro que antes él había acariciado.

—¿Ves cómo me incitas? —susurró—. Incluso después de la noche que hemos pasado, el sólo verte me excita.

Edlyn trató de poner una nota prosaica en la atmósfera de la tienda, que se caldeaba rápidamente.

—Pronto te acostumbrarás a mí.

—¿Sí? —Trató de arrancarle las mantas, pero ella las retuvo—. No tengo experiencia con esto. ¿Acaso todos los hombres se cansan de sus mujeres?

—Tarde o temprano, sí. —Las manos del hombre treparon por su espalda. Mientras los dedos se deslizaban entre su cabello, por la base del cráneo, Edlyn luchaba por conservar el sentido de la realidad—. Probablemente, más temprano.

Pero lo dijo con un suspiro, y permitió que él la tendiese sobre la almohada.

—Entonces, ya no son novios. —Le masajeó el cuero cabelludo—. Son marido y mujer.

—Y él es infiel.

—Yo no, milady. —Se inclinó sobre ella, con un codo a cada lado de su cabeza, y la hizo gozar con la lenta intoxicación de la relajación—. Yo pronuncié mi promesa hacia ti, y siempre cumplo mis promesas.

Con los ojos cerrados, la mujer rió sin fuerzas.

—¿No me crees?

Apartó las manos de ella —en castigo, supuso— y, por un instante, Edlyn deseó la caricia interrumpida. Pero entonces las manos volvieron, moviéndose alrededor de las orejas, entre las raíces del cabello.

—Un día, me pedirás perdón —le aseguró.

—Por todos los santos, espero que sí —musitó.

—Yo no soy Robin de Jagger.

—Lo sé.

—No te traicionaré con otra mujer.

No respondió, porque no le creía.

—No me parezco a él —insistió Hugh.

En un súbito ataque de furia, Edlyn se sentó, se libró bruscamente de las manos de él, y en el proceso se provocó a sí misma tirones de pelo.

—¡Oh, claro que te pareces! Eres igual que él. Un guerrero, que se abalanza a deshacer cualquier entuerto, a luchar contra cualquier enemigo. —Además, te desvistes con la misma rapidez, quiso agregar. Eso se lo reservó pero, de algún modo, Hugh se había desvestido mientras la acariciaba—. Y también terminarás igual que él.

—¡No me colgarán!

—Quizá no, pero igual estarás muerto. Ensartado en una espada o aplastado por una maza, o molido por los cascos del caballo de otro caballero. Me traerán tu cuerpo en una parihuela, y yo lloraré hasta enronquecer, y estaré sola otra vez.

Hugh rompió a reír. ¡Se reía!

—No me matarán. Mejores hombres lo han intentando más de una vez, y no lo han logrado... ¿por qué lo lograrían ahora?

Ese patán estúpido osaba reírse de su rabia y de su miedo.

Ya había oído antes estos alardes, y otra vez intentó razonar con algo que no servía para razonar: el cerebro de un hombre.

—A medida que transcurre el tiempo, tienes más posibilidades de que te maten.

—A medida que transcurre el tiempo, mi destreza en la lucha es mayor.

—Incluso la suerte conspira contra ti. —Hugh seguía mostrándole una sonrisa condescendiente, como diciendo: «lo sé». Trató de apartarle la mano, pero ella le golpeó los nudillos. Ella quería pelear. Él quería hacer el amor. Y aunque él ganaría, ella lo desafiaría—. Me quieres. Está bien, puedes tenerme. Te calentaré la cama, dirigiré tu casa, y nunca sabrás qué es lo que estás perdiéndote.

Eso lo hizo detenerse. Se acercó, y le escudriñó el rostro como si ella fuese a contarle un secreto.

—¿Qué es lo que estaré perdiéndome?

—No te brindaré nada de mi... de mi afecto genuino. —No tenía sentido hablar de amor, pues aún no lo llevaba en su corazón. No llevaba a ningún hombre en su corazón—. No lloraré por un hombre que busca pelea cuando se podría hacer la paz con una sonrisa.

Hugh seguía sin entender, y Edlyn adivinó la causa. Lo único que quería de ella era su eficiencia y su cuerpo, y con eso quedaría satisfecho. Pues bien: le daría ambas cosas en generosas dosis, y se reservaría lo más importante para ella y para sus hijos.

Entonces la abrazó, con el rostro iluminado por la comprensión:

—¿Quieres decir que no me darás lo que le diste a Robin?

—Ah. —Le habló al aire—. Éste es un hombre inteligente.

—Eso es lo que tú crees, mi señora. Eso es lo que tú crees.

Apartó las mantas de encima de ella, y la hizo

tenderse. Puso las manos a cada lado de las caderas y se abatió sobre ella, la espada lista para el combate.

Edlyn lo aferró por la espalda y le dejó la marca de sus uñas. Estaba lista para él. Ni la locura de la noche anterior había sido capaz de extinguir su excitación.

Tal vez no amara a este hombre pero, por cierto, lo deseaba, y eso era suficiente.

—No ganarás esta batalla —prometió.

—Yo gano todas las batallas —replicó, los ojos pardos ardiendo de convicción.

Rodeándole las caderas con las piernas, Edlyn se abrió a él, resuelta a tragárselo, a dejarlo indefenso.

Sin necesidad de guiarse, Hugh dio en el blanco.

Edlyn se arqueó hacia atrás, atrapada de inmediato por el frenesí del orgasmo. Hugh se irguió como una ballena hendiendo una ola. Le sujetó las caderas con las rodillas. La penetró más a fondo. Y aunque ella no podía recibir más, él se hizo lugar en lo más profundo de ella. Su útero le dio la bienvenida con oleadas de exigencia y placer.

Nada de delicadezas. Nada más que un deseo instantáneo, seguido por un alivio igualmente instantáneo.

Hugh murmuró:

—No te tomé, tú me poseíste.

Si él lo admitía era porque ella estaba ganando. ¡Ganando! Otro orgasmo la engulló, y la hizo gritar con su ardor y su ferocidad.

Hugh la acosó, empujando una y otra vez. La entrada al castillo había caído, el enemigo estaba dentro, pero no la había derrotado, y lo sabía. Sus manos se movieron sobre ella; le pellizcó los pezones; después, deslizó la mano más abajo de la cintura y metió el pulgar entre su cuerpo y el de ella.

A causa de eso, Edlyn quedó fuera del jergón. Empujó con las manos hasta quedar sentada ella también. Su trasero estaba apoyado sobre los muslos de él, y él la aferraba de la cintura para elevarla hacia su nivel. Con los pies firmemente plantados en el suelo, la mujer empleó las piernas para moverse y, esta vez, él gimió alto y profundo, como una bestia que cae en las garras de la muerte. Ella impuso el ritmo obligándolo a seguirla y, cuando Hugh la maldijo, Edlyn echó la cabeza atrás y estalló en carcajadas.

Hugh hizo que se tumbaran los dos y la puso debajo de él. Edlyn no podía apartarlo. Le temblaban los muslos por el esfuerzo hecho... ¿o sería el vibrante flujo de vida que circulaba entre ellos lo que la había debilitado?

—Eres mía. —Hizo subir las piernas de ella más alto en su espalda, e inició el asalto final—. Mía. Mía.

Para Edlyn fue como un cántico.

—Mía.

Como magia.

—Mía.

Edlyn atrapó el mechón de pelo que le colgaba entre los hombros y tiró de él hasta que lo obligó a abrir los ojos y a mirarla en la cara. Con acento feroz, atrapada en las exigencias de él, en las exigencias del cuerpo de él, dijo:

—Mío —y lo atrajo hacia ella para poder sellarle los labios con los suyos.

No era nada más que posesión, y él lo reconoció. Liberó su boca y, lanzando un grito, se entregó a ella. Edlyn sintió, a través de la piel, cómo se encogían y estiraban los músculos de Hugh. Vio que los labios se le retraían mostrando los dientes, y vio el tormento de placer impreso en cada rasgo. Al acabar, lo oyó cantar su nombre:

—Edlyn. Edlyn.

Se derrumbaron, exhaustos. Esta unión y todo lo que se habían dicho pedía reflexión, pero a Edlyn no le quedaban energías ni ganas. Lo único que quería era dejarse llevar.

Cuando Hugh se movió de encima de ella, se quejó con un suave gemido.

—Te aplastaré —susurró Hugh, y la cubrió con las pieles.

No había piel que pudiera reemplazarlo, y Edlyn esperó que volviera a entibiarla. Como no lo hizo, entreabrió apenas los ojos y vio que estaba vistiéndose.

Qué lástima: le gustaba más desnudo.

Hugh la sorprendió espiándolo y, mientras se ajustaba el cinturón, se arrodilló junto al jergón:

—¿Lo ves? Eres una incitadora. —Sumergiéndose bajo las mantas, le besó el pecho, el ombligo, la barbilla—. Puedes quedarte con tus dos pertenencias antes de que yo queme el resto de esas... cosas.

Edlyn comprendió que no asignaba mucho valor a los efectos que ella había acumulado en la abadía, y no la sorprendía.

En voz más suave, la animó:

—¿Hay alguna otra cosa que pueda hacer por ti?

«Dejar de luchar.»

—No, salvo que puedas traer a mis hijos de vuelta de su peregrinaje —musitó.

—Pronto estarán de regreso, ¿no es así? —preguntó Hugh—. No importa, los esperaremos.

Era extraño que no se le hubiese ocurrido que Hugh *no* esperaría.

—Ya sé, pero... los quiero ya.

Lo dijo gimiendo como una niña, esperando que él se riera.

Sin embargo, él la arropó acomodándole las mantas alrededor de los hombros.

—Tú duerme. Yo me ocuparé de todo. —En un susurro, agregó—: Y ganaré nuestra batalla, milady. De eso no tengas dudas.

La sensación de reposo de Edlyn se esfumó.

—Eso no será hasta el día en que valores la paz tanto como valoras el entrechocar de armas.

—Luchar por una buena causa es algo noble —insistió.

—Hay más de una manera de ganar una batalla, milord. Ya verás. —Sonrió—. Te lo demostraré.

—Ah.

Edlyn revolvió dentro del saco que contenía sus cosas, y sacó dos de los más preciados recuerdos. Hundió la cara en esos harapos y aspiró su olor. Luego, los dobló con cuidado y los puso en un rincón.

Además, necesitaba algo con qué cubrir su cuerpo desnudo. Algo que no fuese esa túnica que había encontrado tirada sobre un taburete. Hugh le había hecho prometer que no sacaría nada más del saco, pero tampoco quería que anduviese vagando desnuda. Tras tan sensata deducción, se vistió con la túnica marrón que había usado todos los días en el dispensario.

Ya estaba vestida y lista para... ¿qué? Había pasado medio día, y desayunó con pan y cerveza que había sobre la mesa. Después, se puso de pie, indecisa. ¿Debía irse? ¿Quedarse? Si se quedaba, ¿se reirían de ella los hombres de Hugh, y le harían bromas por levantarse tan tarde? Lo que era peor, ¿la mirarían mal, pensando que la viuda de Robin no era digna de su jefe?

¿Y qué diría cuando llegase a la abadía? El vestido de novia, que había sido bello, estaba estirado y tenía una mancha en el ruedo. Peor aún, ¿qué dirían las monjas? ¿Cómo explicaría Edlyn las manchas de hierba sobre las calzas blancas y las manchas de barro en los zapatos? Las monjas le habían prestado esas prendas con espíritu caritativo, y ella se las devolvería convertidas en harapos. La sermonearían. Incluso podrían echarla, y con razón. La fabricación de tela y la confección de prendas ocupaban los momentos libres de todos los días de una mujer, y ella había arruinado algunos de los mejores ejemplos de su habilidad en su escapada nocturna por el bosque.

Hugh tal vez hubiese satisfecho sus ansias de venganza durante la noche, pero ella no podría pagar a las monjas con la misma moneda el daño que había hecho, y no poseía otra. Igual que antes, estaba sumida en la pobreza.

—Mi señora.

La voz áspera de Wharton del lado de afuera de la tienda la sobresaltó. Edlyn supuso superado el miedo que sentía por él pero, al parecer, el recuerdo de sus primeras amenazas perduraba y, quizás el rapto del que fuera víctima el día anterior había reavivado esos recuerdos.

—Mi señora. —Ya parecía un poco impaciente—. Os he traído algo para que os vistáis.

Sacudiéndose el temor, Edlyn caminó con vivacidad hasta la puerta de la tienda y la abrió. Detrás de Wharton, vio el campamento vacío.

El hombre contempló con disgusto su atavío.

—Creí que habíais prometido conservar sólo dos cosas del saco.

—¡Tengo que vestirme!

—Si así se puede llamar. —A sus pies había un saco de lana, muy similar al primero, y Wharton se lo arrojó—. Aquí tiene, con los cumplidos del amo. —Se comportó con bastante galantería, pero lo arruinó al agregar—: Convendrá que os quitéis esa horrible túnica y me entreguéis ese saco antes de que regrese el amo, pues de lo contrario él hará lo que yo le aconsejé: que os mantenga desnuda y preñada.

—¿Tú le dijiste eso?

—Por lo que he visto, sería el único modo de mantener a una mujer como vos libre de dificultades. —Se volvió, murmurando—: No hacía una hora que os habíais casado, y ya os hicisteis robar.

—No fue mi culpa —gritó ella a las espaldas de él.

Wharton se encogió de hombros.

—¡Yo me libré de eso!

Wharton hizo con la boca un ruido que hubiese sido más apropiado para el trasero.

—Qué infantil —dijo Edlyn, con su voz más maternal, pero Wharton se limitó a burlarse.

De atrás de una tienda asomó una cabeza, y Edlyn supo que quedaban algunos de los escuderos. Pero ¿adónde habrían ido los caballeros?

No importaba. Seguía sintiendo esa oscura vergüenza, y se metió dentro. Volcó sobre la mesa el contenido del saco, y exhaló una exclamación: colores como de gemas relucían bajo la débil luz. De algún modo, Wharton se había apoderado de varias prendas. Prendas encantadoras. Túnicas de fina lana. Delgados calzones. Camisas, todas tan finas como la que había manchado la noche pasada. Y zapatos. Zapatos de todos los tamaños.

Retrocedió como si esa ropa fuese una serpiente.

—Wharton —murmuró, y luego, más fuerte—: ¡Wharton!

Salió corriendo, buscando al sirviente de Hugh.

Lo encontró acuclillado junto al fuego, zurciendo un agujero en una basta media negra de hombre.

Acercándose a zancadas, lo aferró por la pechera del sobreveste.

—¿De dónde sacaste esa ropa?

—¿Por qué lo preguntáis, mi señora?

Le hizo una mueca: había estado esperándola. Sabía cuál era la sospecha de Edlyn.

—¿Le robaste estas prendas a mis *monjas*?

El sirviente se puso una mano en el pecho, en ademán de inocencia.

—¿Robar a las monjas? ¡Qué idea espantosa!

Edlyn se inclinó, hasta que su cara quedó al mismo nivel que la de Wharton.

—¿De dónde sacaste esta ropa?

Wharton se levantó, sin apartar los ojos de los de ella.

—Mi amo me dio un monedero lleno de monedas, y me dijo que le comprase un guardarropas.

—Ah. —¿Qué otra cosa podía decir? —Oh. Bueno... ¿las monjas *quisieron* venderte la ropa?

—Lady Corliss las instó a abrir sus baúles, y el oro las convenció.

Edlyn retrocedió, tambaleante.

—Ah.

—Se apreciaría recibir las gracias.

—Claro —murmuró—. Gracias.

—No a mí. —Parecía disgustado—. A mi amo.

Aliviada de poder interrumpir el contacto visual, Edlyn miró en torno.

—¿Dónde está?

—Vestíos para complacerlo. Ése es el agradecimiento que él desea.

Le pareció razonable.

—Pero ¿dónde está?

—Volverá.

Comprendió que no sacaría nada de esa conversación y, además, le parecía oír a esa ropa llamándola. Volvió a la tienda arrastrando los pies y tratando de disimular la ansiedad. A fin de cuentas, ya *había* usado ropa fina. Había sido esposa de un duque y de un conde. Y, sin embargo, ¡cuánto había echado de menos las sedas, las lanas finas, los colores brillantes! Era asombroso el placer que le proporcionaba la ropa nueva. Necesitaría consultar a lady Corliss acerca de su excesiva vanidad.

Cuando salió de la puerta, llevaba puesto el vestido verde a rayas que las monjas no le habían permitido usar el día de su boda. Le gustaba, fuera o no símbolo de virtud liviana. Se recogió el cabello en una redecilla, en la nuca. Había poseído varias antes de ser desalojada del castillo de Robin, y echaba de menos la comodidad que ofrecían para recoger el cabello. Ahora tenía tres, como así también varias clases de tocas de todas formas y tamaños.

Wharton y el tímido doncel que la había espiado, estaban sentados al sol, en taburetes de campamento, y al parecer el mayor estaba enseñándole al joven el arte de zurcir calzones.

Edlyn estuvo de acuerdo: le agradaba que el hombre fuera capaz de cuidar de sí mismo.

Aunque pareció que no la habían visto, Wharton preguntó sin alzar la vista:

—¿Adónde vais?

El ruedo demasiado largo la hizo tambalearse.

—Voy al dispensario.

—¿Para qué?

Le arrojó el saco con sus viejas pertenencias a los pies, y le mostró el otro, donde él le había traído la ropa nueva.

—Necesito recoger algunas hierbas para el viaje, y dar instrucciones a cualquiera que vaya a ocupar mi... —Disgustada, exclamó—: Oh, ¿por qué estoy dándote explicaciones?

—Porque el amo me dijo que os vigilase, y que os impidiera meteros en problemas. Por eso no pude irme con los hombres. —Subió la voz—. Estoy haciendo de niñera de la esposa del amo.

—Ah. —No cabía duda de que hubiese preferido irse a caballo con los hombres. Miró al muchacho—. ¿Tú también estás aquí para vigilarme?

El jovenzuelo se puso de pie.

—No, mi señora. Estoy aquí para que no entren ladrones en las tiendas.

Era más alto y delgado de lo que Edlyn había creído, y le sonrió, divertida. Esa misma apariencia tendrían sus hijos unos años después.

—¿Cuál es tu nombre? —le preguntó.

—Wynkyn de Covney.

—Estás muy lejos de tu patria —comentó la mujer.

El rostro del muchacho se crispó en esa mueca dolorosa que los jóvenes hacían pasar por sonrisa.

—No, mi señora, ésta es mi patria.

Una punzada de dolor la asaltó, y echó una mirada a las tiendas.

—Supongo que será también la mía.

Percibiendo el reproche, Wynkyn se apresuró a aclarar:

—Los hombres son bondadosos, mi señora, y el señor tiene lo mejor de todo.

Wharton levantó el tubo negro de tela que cosía.

—Y si sois amable conmigo, os enseñaré a zurcir calzones, mi señora.

—Te agradezco, Wharton, pero ya sé hacerlo. —Wharton hizo ademán de alcanzarle la prenda, pero ella saltó hacia atrás—. Confío por completo en su habilidad.

Se volvió rápidamente hacia la abadía, y Wharton le gritó:

—Es de su esposo.

—Tú sabes cómo le gusta —dijo, también gritando, y sonriendo por la grosería con que él le respondió.

Se aproximó al dispensario con aprensión, sintiéndose ya ajena al lugar donde había sido pobre, casta, y donde trató de resignarse. Estaban todas las ventanas y la puerta abiertas de par en par, y oyó a alguien farfullando. Golpeó en el alféizar, y los murmullos cesaron.

—¿Sí?

La voz fuerte e impaciente identificó de inmediato al que hablaba.

Edlyn traspuso el umbral. Sintió el pesado y desagradable olor del carbón mojado y vio las cajas y las hierbas esparcidas sobre las mesas.

—Lady Neville, ¿qué estáis haciendo?

La condesa viuda sacó la cabeza de adentro del horno y le dirigió una mirada de fastidio.

—Estoy tratando de encender el fuego; ¿qué parece que estuviera haciendo?

—¿Se ha consumido? —Edlyn se acercó y espió por la portezuela—. ¿Por qué no le ordenáis a la criada que lo haga?

—Porque cuando se consumía, vos solíais encenderlo, y yo pensé: ¿será tan difícil?

La evidente exasperación de lady Neville hizo reír a Edlyn.

—A mí me llevó meses aprender, y creedme que si hubiese tenido una criada le habría dado la tarea a ella. Aprendí que lo más importante es no dejarlo apagar jamás. —Espiando dentro de la leñera, sacó las cenizas, y estrujó un puñado de yesca—. La madera podrida es mejor como yesca. —le explicó—. Nunca pude encender con ninguna otra cosa.

Tomó el eslabón de las manos flojas de lady Neville, y lo frotó contra el pedernal hasta arrancarle una chispa, luego otra y, por fin, encendió la mecha. Sopló con cuidado la llama y la alimentó con trozos de madera hasta que comenzó a arder.

Lady Neville le arrebató el eslabón y el pedernal y los puso sobre la mesa.

—Lo demás puedo hacerlo yo —le espetó.

—Lo sé —le aseguró Edlyn.

Se miraron, hasta que lady Neville cedió y estalló en carcajadas.

—Se supone que, como vos os marcháis, debo hacerme cargo del dispensario. ¿Por qué creéis que la abadesa habrá decidido eso?

—Seguramente, por la misma razón que decidió que yo tenía que estar en el dispensario. No tengo paciencia con hombres como el barón Sadynton, con sus falsas enfermedades y sus quejas menudas, y no lo oculto.

—Debe de ser por eso —admitió lady Neville—. Ayer, después de vuestra boda, se encontró con un puñetazo.

Apabullada y sorprendida, Edlyn le preguntó:

—¿Vos lo golpeasteis?

—Yo no. —Lady Neville sonrió—. Fue vuestro marido quien tuvo ese honor. Yo no hice otra cosa que expresar en voz alta mi opinión de que deberían dejarlo tirado en la tierra del patio, y que le sangrase la nariz hasta que se le secara la cabeza.

Edlyn contempló, admirada, a la alta aristócrata que parecía un gato al que le hubiesen ofrecido un ratón gordo.

—Vos siempre me habéis caído bien.

Sarcástica, mordaz, lady Neville no tenía facilidad para trabar amistad, y esa confidencia la hizo ponerse rígida. Pero luego, percibiendo la sinceridad de Edlyn, se aflojó.

—Y vos a mí. Pero después de mi comentario, mi señora la abadesa me pidió que fuese a su oficina, y me asignó esta tarea.

Con burlona sinceridad, Edlyn dijo:

—Estoy segura de que los pacientes se sentirán aliviados.

Lady Neville se mordió el labio para contener una mueca.

—Tenéis razón, estoy segura, pero ya estoy en edad de decir lo que quiero, y ningún barón va a impedírmelo. —Echó unas ramas más al fuego, y se irguió—. Sé que no queríais casaros con ese hombre, pero es lo mejor para vos y para vuestros hijos.

Edlyn parpadeó. ¿Acaso todos, tanto hombres como mujeres, se creían con derecho a expresar sus opiniones acerca de los asuntos de ella?

—Supongo que os he ofendido pero, sin pacientes que fastidiar, tengo que arreglármelas con vos. —No hizo caso de la carcajada repentina de Edlyn—. Cuando os hayáis ido de aquí, recordadme de vez en cuando y dadle un revolcón extra a su marido en mi nombre.

—Cuando vuestro marido murió, vos no teníais por qué tomar los votos —comentó Edlyn.

—No he tenido hijos. No tenía herencia, y tampoco deseos de vivir con parientes compasivos, haciendo de niñera de sus chiquillos malcriados. Lady Corliss me recibió sin dote, y le estoy agradecida. Me convertiré en una buena monja, aunque me lleve el resto de mis días. —Suspiró, viendo el lío de cajas y de hierbas dispersos por el cuarto—. Y así será.

El orgullo había llevado a lady Neville hasta allí, y eso era algo que Edlyn comprendía.

—No puedo ayudaros a que os convirtáis en una buena monja, pero puedo enseñaros las hierbas y su uso. Luego, me llevaré una cantidad suficiente para que me duren hasta llegar a mi hogar.

Lady Neville se reanimó.

—Ése sí que es un intercambio justo.

El resto de la tarde, Edlyn le explicó las tareas y los remedios. Al mismo tiempo, descubrió otro motivo por el cual lady Corliss había elegido a lady Neville para ocupar el lugar de Edlyn. Tal vez no fuese diestra para encender rápidamente el fuego, pero conocía muchas hierbas, y comprendió rápidamente el uso de las demás. Al final, Edlyn se enderezó y se frotó la espalda dolorida.

Lady Neville la examinó con mirada chispeante.

—Mi barbijo os queda bien.

Edlyn se tocó la banda de hilo amarillo que pasaba bajo la barbilla y se sujetaba en la coronilla.

—¿Es vuestra?

—Lo fue, pero cuando ese hombre vino ofreciendo oro a cambio de ropas para vos, se lo di con gusto. Estará mejor en vos, cautivando a vuestro marido, que pudriéndose en mi baúl.

Edlyn no pudo contener el estremecimiento que le causó la evocación de Hugh haciéndole el amor.

—¿Creéis que lo provocaré? No tenía idea de que una toca pudiese hacerlo.

—Para un hombre como vuestro esposo, una toca es un desafío. Blandirá todas sus armas, derrotará vuestro tocado, y conquistará el camino a vuestro cabello descubierto en un remolino de triunfo. —Lady Neville alineó las cajas de hierbas contra la pared, para evitar la mirada de Edlyn—. Conozco esas cosas. Mi esposo era un pedazo de tonto, cabeza dura, caballero como el vuestro.

—¿Lo echáis de menos? —preguntó Edlyn.

—Todas las noches —respondió la dama.

Edlyn descorchó una botella de arcilla y olfateó el contenido.

—Yo no echo de menos a Robin.

—No me sorprende —dijo lady Neville sin rodeos.

Edlyn se dio la vuelta y la miró.

—Caramba, mi querida, ¿acaso creéis que sólo vos conocíais sus hazañas? Ese hombre no podía pasar ante el agujero de un árbol sin fornicar con él. Ha tenido bastardos desde un extremo al otro de Inglaterra, y había muchachas estúpidas formando fila para tener la oportunidad de meterse en su cama. —Con una sonrisa torcida, dijo—: Yo lo conocí.

—¿En serio?

¿Y ella también se habría acostado con él?

—No me metí en su cama, pero si no hubiese sido por mi Neville, lo habría hecho. ¡Y eso que yo sabía! Conocía su reputación; él despreciaba a todas las mujeres que estaban embobadas con él. Su encanto, su masculinidad, sus facciones apuestas... ¡Bah! —se mofó lady Neville—. Una mujer madura como yo tiene que saber. Pero cuando lo conocí...

—Lo sé. —Las remembranzas de lady Neville le habían provocado dolor de estómago—. ¿Quién mejor que yo? Cuando se acercó a mí, hacía poco que yo era viuda, virgen, vivía lejos de todas las personas que me amaban, y estaba a la defensiva. Toda la vida me habían golpeado, y no confiaba en nadie. —Sacudió la cabeza al recordarlo—. Caí en su cama la primera noche.

Lady Neville buscó una silla con la vista y, como no pudo hallarla, se trepó a la mesa.

—Al menos, *con vos* se casó.

—Yo había heredado tierras.

—¡Eso no tiene nada que ver! —La digna dama tenía los pies colgando y los balanceó—. Había herederas por todo el país, esperando depositar su corazón... y sus riquezas, a los pies de él.

Edlyn midió con la vista la distancia del suelo a la

mesa. Y aunque lady Neville era más alta, también era más vieja. Seguramente, ella también podría sentarse en la mesa. Apoyó las manos, saltó... y erró.

—Vos sois blanda —observó lady Neville—. Ése es el resultado cuando no tenéis que manipular a los pacientes, seguramente.

Exasperada, Edlyn se secó las palmas en la falda.

—Entonces, pronto también vos os ablandaréis.

—Dios lo permita. —Lady Neville puso una mano en el codo de Edlyn—. Venid, os ayudaré.

Esa vez, lo logró. La alta mesa le proporcionó una visión diferente del dispensario que creía conocer tan bien. ¿También habría más de un punto de vista de su matrimonio?

—Es cierto que Robin podría haber elegido entre muchas mujeres —concedió Edlyn—. Después del nacimiento de nuestro hijo, ya casi no acudía a mí más que para pedir dinero, pero al comienzo creo que me amaba.

—Creo que siempre os amó todo lo que su inmadurez le permitía amar.

—Tenía muchos dones.

—Y los desperdició.

—Sí. Siempre iba en pos de algo mejor que lo que tenía en su hogar. Cuando los hombres del príncipe fueron a echarnos del castillo, yo estaba harta de esperar. Mi amor por él era una llama, que se apagó por falta de cuidado.

Edlyn creyó haberlo dicho bien, pero lady Neville lanzó un grito consternado y saltó tan rápido de la mesa que Edlyn temió haberla ofendido.

—El fuego. —Lady Neville puso la mano en el horno—. ¡Me olvidé del fuego!

—Debe de estar bien —la tranquilizó Edlyn.

—Está tibio —repuso la dama con esperanzas. Se arrodilló y miró dentro—. Hay brasas.

—Poned unas ramas y soplad con suavidad. Ya veréis que eso avivará las llamas.

Lady Neville inclinó la cabeza y miró a la joven.

—Del mismo modo, poned unas ramas en el fuego de vuestros sentimientos hacia lord Hugh, y veréis si no estallan en llamas.

Edlyn hizo una mueca. Ella había empezado con esa tontería, y ahora lady Neville la volvía contra ella.

Al verle la expresión, lady Neville rió.

—No olvidéis que debéis soplar con suavidad —se burló—. Lo que aviva las llamas es soplar.

—Sois mala —afuera sonaron voces y Edlyn saltó de la mesa—. No me extraña que lady Corliss quiera que trabajéis sola.

Pero no pudo contener una sonrisa cuando abría la puerta.

Dos chicos ataviados con hábitos de monje en miniatura se arrojaron sobre ella.

—¡Mamá —canturrearon—, estamos de vuelta!

11

Hugh quiso correr a salvarla, pero Edlyn, debajo de los dos niños retozones, demostraba estar encantada. Los abrazaba, les revolvía el cabello, los besaba, les negaba los besos cuando protestaba; en general, se comportaba como si estuviese encantada de ver a sus hijos, y él esperaba que algún día reaccionara del mismo modo con él.

Entonces, Parkin empezó a hacer preguntas.

—¿Es verdad que vamos a tomar posesión de un castillo? ¿Vamos a ir con Hugh y sus guerreros?

—Sí —respondió la madre—. Eso es porque...

El niño no esperó la respuesta sino que se precipitó a una nueva serie de preguntas:

—¿Vamos a entrar en batalla? ¿Yo podré luchar? ¿Y Allyn? ¿Podemos usar espada?

Acercándolo a ella, Edlyn le tapó la boca.

—Más tarde hablaremos de eso —respondió, frunciendo el entrecejo.

Hugh avanzó de modo que su sombra cayese sobre ella, y ella levantó la vista, sobresaltada. Le tendió la mano, y Edlyn la miró sin aceptar la ayuda.

¿Qué le pasaba ahora a esta mujer tonta? Le había llevado los niños, como ella quería. Se estiró hacia ella, le aferró la muñeca y la hizo ponerse de pie. Le sonrió.

Ella no respondió a la sonrisa.

No eran muchas las mujeres que podían tener un aspecto peligroso, y Edlyn lo tenía en ese momento. Hugh no lo había notado antes pero, a la luz oblicua del sol poniente, en su rostro sobresalían toda clase de extraños ángulos, proyectándose sin relación entre sí. La barbilla era ancha, y tenía la costumbre de adelantarla, como desafiando la superioridad de él. Los pómulos se elevaban en un ángulo tan pronunciado que estiraban el rabillo de los ojos, dándole esa extraña mirada de bruja... que en ese momento dirigía a él como si fuera uno de sus hijos y pudiese regañarlo.

Parkin se puso de pie de un salto y añadió unos toques finales a la irritación de su madre.

—¿En serio vamos a entrenarnos para ser caballeros?

—No —le replicó Edlyn, y Hugh se sintió culpable al recordar la decisión de ella de que sus hijos fuesen hombres de paz.

—Pero, mamá, Hugh lo dijo —se quejó Parkin.

Edlyn dirigió a Parkin esa mirada severa, y dijo:

—No es Hugh quien está a cargo de ustedes, sino yo.

Allyn se levantó del suelo y le empujó el brazo con la cabeza hasta lograr que lo abrazara. Ya, a los ocho años, la coronilla del niño le llegaba al hombro. Con su voz tranquila, preguntó:

—¿Es cierto que te casaste con Hugh mientras nosotros no estábamos?

Apabullada, Edlyn no hizo otra cosa que mirarlo fijo.

Hugh respondió por ella:

—Así es, lo hizo, aunque no quería.

Allyn clavó en Hugh su mirada pensativa.

—¿Por qué no?

—Quería esperaros a vosotros. —Edlyn disparó a Hugh una mirada de advertencia que él no entendió, y a continuación dirigió a Allyn una cálida sonrisa—. Pero, como no podíamos aguardar más, nos casamos ayer.

Celoso de su hermano, Parkin forcejeó para acercarse al otro lado de su madre. No era tan alto como Allyn pero Hugh ya había visto gemelos así. No eran demasiado parecidos físicamente y tampoco en personalidad, pero no cabía duda de que tenían un mismo padre.

—¿Por qué no podían esperar más? —preguntó Parkin.

—A veces, las personas tienen que hacer cosas que no quieren hacer —explicó Hugh—. Cuando sean mayores, lo descubrirán.

—Oh. —Por primera vez desde que Hugh había conocido a Parkin, el chico se calmó y pareció asumir el peso de los años—. Sé lo que significa hacer cosas que uno no quiere hacer.

«Por ejemplo, tener que abandonar el castillo de tu padre», pensó Hugh que podía decir el muchacho.

Edlyn fue a ver a qué se debía el alboroto del patio, llevando con ella a sus hijos. Cuando salió de la protección de la cerca del dispensario, vio algo que la distrajo:

—Miren, niños, ahí está sir Gregory, el que los llevó de peregrinaje. Vamos a darle las gracias.

Los niños gruñeron, y a Hugh se le ocurrió que sir Gregory debía de estar haciendo lo mismo. Cuando lo encontró avanzando trabajosamente por la ruta, con los dos niños a la rastra, le había dado un patético agradecimiento por el ofrecimiento de llevarlos a caballo a la abadía.

Aun así, el monje le sonrió con valentía a Edlyn cuando lo abrazó y le dijo:

—Espero que no le hayan causado demasiados problemas.

—En absoluto, lady Edlyn —dijo sir Gregory, crispándose por la mentira—. Son unos muchachos ejemplares, y han hecho honor a su apellido.

—¿No le parece que ya están listos para iniciar el noviciado?

Parkin exclamó:

—¡Mamá, no, mamá!

Edlyn le dio un tirón de pelo.

—Tal vez dentro de unos años. —Sir Gregory se volvió en dirección al monasterio—. Ahora no, pero pronto.

Edlyn pareció frustrada, los niños, aliviados, y Hugh tuvo que pellizcarse para no reír. Por desgracia, aun sin verlo supo que estaba contento, y se encaminó al campamento a toda velocidad.

Hugh la alcanzó sin dificultad.

—¿No vas a darme las gracias?

—¿Por la ropa? Gracias.

Siguió caminando, con los niños a los lados.

—Por ir a buscar a tus hijos —dijo Hugh.

Edlyn lo miró, y aminoró el paso a desgana:

—¿Tú fuiste a buscarlos?

—¿Dónde crees que he estado todo el día?

—No lo sabía. Tu sirviente, que es tan parco, no me lo dijo.

—Nos encontró en una encrucijada. —Parkin contribuyó con alegría—. Si no, nos habría llevado dos días más, porque sir Gregory camina muy despacio.

—Tal vez estaba cansado —aventuró Edlyn.

—¿Por qué?

Los niños no podían comprender la energía que hacía falta para estar con ellos, y Hugh y Edlyn compartieron una sonrisa. De inmediato, Edlyn se borró la sonrisa del rostro como si, con esa diversión mutua, de algún modo se hubiese traicionado.

Hugh se acercó a ella y le dio un suave empujón con el brazo.

—Es difícil estar mucho tiempo enfadada conmigo, ¿no es cierto?

—Tu encanto está sobrevalorado. —En la voz de Edlyn ya no se percibía la vehemencia—. Pero mis hijos no se entrenarán para ser caballeros.

—Ya veremos. —Hugh sabía tan bien como ella usar frases irritantes—. Por ahora, vendrán con nosotros.

—¡No se me ocurriría dejarlos!

Hugh se sintió confundido.

—Jamás sugerí nada semejante. Es que pensé que querías dejarlos bajo la protección de los monjes y, para eso, deberían quedarse aquí.

—Todavía no —respondió, firme—. Aún no son lo bastante mayores para separarse de mí.

—Ya han pasado la edad en que la mayoría de los muchachos abandonan a sus madres —dijo Hugh, convencido de que hablaba guiándose por una lógica irrefutable.

—La mayoría de los muchachos... —Se interrumpió y observó la frenética actividad que se desplegaba en torno de las tiendas—. ¿Qué está pasando?

—Estamos levantando campamento.

—¿Por qué?

«Porque quiero alejarte de este lugar, y tenerte para mí.»

—Ya he holgazaneado demasiado aquí —respondió Hugh.

—Eso no tiene sentido. —Aunque trataba de parecer razonable, Edlyn pareció exasperada—. ¡Es de noche! ¿Hasta dónde podremos llegar antes de tener que acampar nuevamente?

Hugh sonrió:

—Yo avanzo rápido.

—¡Cuando tienes que cargar con dos niños, no!

—Oh, mamá. —Parkin se estremeció de humillación—. No somos niños. Podemos seguirles el paso.

El fastidio de Allyn, si bien más tranquilo, también fue intenso.

—Nadie tendrá que demorarse por nosotros, mamá.

Hugh echó a Edlyn una mirada autosuficiente.

—Si alguien no sigue el paso, ése eres tú.

Hugh tuvo que reconocer que Edlyn no dijo que sus hijos podrían estar sobreestimando su resistencia. Pero sí lo miró, ceñuda. Luego, alzó la vista y, al ver que Wharton estaba supervisando cómo desarmaban la tienda de Hugh, se recogió las faldas y corrió.

—¡Espera! ¿Dónde está el contenido de la tienda?

Wharton señaló con el pulgar a los caballos de carga y a los carros:

—Allí.

—Dejé dos mantas sobre la mesa.

—¿Se refiere a esos dos trapos? —El ceño de Wharton sería capaz de agriar la leche—. Los metí en el saco de los retazos.

—¡Ésas fueron las dos cosas que separé de mis pertenencias!

—Ese saco está en ese carro. —Reanudando sus tareas, Wharton dijo en voz lo bastante alta para que todos lo oyesen—: ¡Mujeres!

Por curiosidad, Hugh se quedó donde estaba mientras Edlyn trepaba al carro y empezaba a revolver su contenido. ¿Cuáles serían los trozos de tela que había defendido con tanta decisión? ¿Qué recuerdos albergaban? Edlyn se bajó de un salto agitando unos desteñidos harapos, uno en cada mano, y los hijos se abalanzaron hacia ella gritando. Cada uno se apoderó de uno de los restos de una manta, y se la llevaron a hurtadillas a la cara. Luego, Parkin metió el suyo bajo el sobreveste, y Allyn lo frotó con la mano. Edlyn los observaba con esa clase de sonrisa que tienen las madres cuando han sacrificado mucho y la recompensa es generosa.

—¿Qué es? —le preguntó Hugh.

—Son las mantas que hicieron para ellos cuando nacieron. En esas mantas se los envolvió, se los transportó. Durmieron con ellas todas las noches de su vida, salvo durante el peregrinaje, y son las únicas cosas que logré rescatar del castillo Jagger cuando nos echaron.

Hugh había sabido de cosas así, pero su mente de guerrero poco podía comprender.

—¿Les guardaste sus mantas infantiles?

—Es su vínculo con su vida anterior. El único lazo con su primera infancia. Les brinda seguridad.

—Son demasiado grandes para esas cosas.

Volviendo la cabeza, Edlyn lo miró con una comprensión que lo hizo estremecerse.

—Tú también eres demasiado grande para succionar pero, cuando estuviste enfermo, te aseguro que lo disfrutaste.

Se alejó antes de que la conmoción de Hugh disminuyera lo suficiente para que exclamase:

—No es lo mismo, en absoluto.

Edlyn hizo un gesto burlón con la mano, y Hugh supo que había perdido. Los niños conservarían las mantas.

—Esta noche no os cruzaré. —El campesino de rostro curtido enfrentó, irritado, a toda la tropa de Hugh—. ¿Estáis loco? Es hora de dormir, no de viajar.

Edlyn estuvo en un todo de acuerdo con él, pero vio que Hugh no aceptaba la observación del anciano. Por alguna razón, Hugh quería alejarse de la abadía, y quería hacerlo cuanto antes. Sin embargo, al encontrarse con el río Avon, hinchado por los desbordes de primavera, no tenía más alternativa que utilizar la barca para trasladar hombres y caballos. El barquero no quería saber nada, y Edlyn siguió la conversación en ese burdo inglés lo más atentamente que pudo.

—El amo desea cruzar ya.

Sin duda, Wharton esperaba que el barquero comprendiese la sensatez de alejar a este caballero y a sus acompañantes de esa lamentable choza de barro y ramas.

El raquítico y malhumorado barquero no parecía preocupado por el caballero y sus hombres, ni por la posibilidad de que se desquitasen con sus posesiones. Imitando a Wharton, repuso:

—El amo tendrá que esperar.

—Hay tiempo antes de que oscurezca del todo para que nos cruce, y más le valdrá hacerlo.

Tan alto en su montura, Hugh empleó su voz más profunda y autoritaria en esa sutil amenaza.

El forúnculo que el barquero tenía en la mejilla se puso púrpura.

—Claro, *vosotros* cruzaréis con luz, y *yo* tendré que volver a oscuras, y aun de día las corrientes del río son bastante traicioneras. No lo haría aunque el mismo príncipe viniese a rogármelo.

A juicio de Edlyn, parte del problema consistía en que a Hugh no le gustaba que un simple campesino viejo lo desafiara ante su nueva esposa y sus hombres. Los desafíos eran para caballeros y nobles. Los campesinos hacían lo que se les decía... con excepción de éste. Como no estaba acostumbrada a montar, Edlyn se había apeado para aflojar los calambres de las piernas. Mientras se quitaba los guantes de montar, se aceró a hurtadillas. No le gustaba el tono que iba cobrando el enfrentamiento.

Wharton sacó una moneda del ruedo de su sobreveste.

—Si lo haces ya, hay un chelín de más para ti.

—¡No! —El barquero se fue anadeando hacia su choza—. Instalaos, y os llevaré por la mañana.

Edlyn descubrió el momento exacto en que Hugh perdió la paciencia. Desmontó, con una ondulación de la capa, se encaminó hacia el barquero, lo hizo volverse aferrándolo del brazo, y le dirigió su más feroz expresión de hostilidad.

—Nos llevarás *ahora*.

El barquero giró la cara hacia Hugh.

—Os llevaré por la mañana... si me siento dispuesto.

Hugh manoteó en busca del cuchillo, y Edlyn corrió. Aferrándole el brazo, murmuró, en normando:

—¿Serías capaz de matar a un viejo por esto?

En el mismo idioma, Hugh respondió:

—No, pero sin duda lo habré asustado un poco.

El viejo demostró su astucia respondiendo en su burdo inglés:

—No podéis asustarme. He tenido a raya a hombres más grandes que vos.

—Estoy segura de que sí —intervino Edlyn, entre esos dos empecinados imbéciles.

Hugh trató de apartarla.

—Mujer, ocúpate de tus labores y déjame manejar esto.

Edlyn aprovechó el ímpetu de Hugh y su propio peso para girarlo de cara hacia ella.

—¿Cómo? ¿Haciéndole daño? Él no cederá y, por la mañana, tendremos las balsas, toda la luz que queramos, y no habrá quien nos cruce. ¡Por todos los santos, Hugh, hay cosas que pueden manejarse sin violencia!

Si su perra más dócil lo hubiese mordido, Hugh no habría quedado más atónito. Edlyn le dio la espalda, y enlazó el brazo en el del anciano. Hablando lentamente, trabándosele la lengua en las extrañas palabras inglesas, le dijo:

—Vamos. Con la caída de la noche, me he enfriado, y tú tienes un fuego encendido. ¿Te molestaría que una simple mujer se calentara allí?

—En absoluto. —El barquero, que olía a estiércol y no llegaba más allá del hombro de la mujer, le palmeó la mano y dirigió una mirada de superioridad sobre el hombro a los atónitos y horrorizados guerreros—. Hace muchas noches que no tengo la compañía de una dama hermosa sentada junto a mi fuego.

—Eso no puedo creerlo. —Le sonrió, sin hacer caso del aliento fétido que la bañó—. Un hombre tan encantador como tú...

Aunque sólo fuera para fastidiar a Hugh, el anciano participó de ese tono de bromas.

—¿Qué está haciendo mamá? —oyó que Allyn preguntaba, desde el carro donde había viajado.

—Un embrollo —le replicó Hugh.

Al oírlo, Edlyn amplió la sonrisa que le dirigía al barquero.

—Sí, en mis tiempos fui apuesto pero, desde que perdí a mi última esposa, las mujeres sólo vienen para subir a la barca.

—Claro, para subir a la barca. —Edlyn le guiñó el ojo y dio al comentario una entonación pícara, haciendo que el viejo casi se desmayara de placer—. ¿Cuál es su nombre, si me permite preguntarlo?

—Soy Almund, mi señora. —Levantó la mano para acomodarse un mechón, pero tuvo que conformarse con palpar su cabeza calva—. A vuestro servicio.

Con un floreo, le indicó un sitio en el tronco. Hacía tanto que estaba allí, que había gastado la corteza, y Edlyn se sentó sin hacer caso de hombres, caballos, carros, de sus hijos ni su flamante marido, todos alineados en el camino, esperando que se les prestara atención. En ese momento, ella no podía dársela, la necesitaba toda para Almund. Tendiendo las manos hacia el tenue fuego, dijo:

—Almund, he notado que tienes un forúnculo en la mejilla.

El anciano se lo tocó.

—Sí.

—Debe de dolerte.

—Lo he intentado todo. Maté a un sapo con luna nueva, y dormí toda la noche con él sobre el maldito divieso, y lo único que logré con ese sapo fue que empeorase.

Edlyn tocó el saquillo que llevaba atado a la cintura.

—Soy una herborista de cierto renombre. Si me lo permites, tendría un gran placer en probar con uno de mis emplastos para hacer salir el veneno.

—Si no resultó el sapo, ¿por qué servirá su emplasto? —preguntó Almund.

—No le hará mal probar.

Almund pensaba negarse, pero Hugh eligió ese momento para aparecer junto al fuego.

—Mujer, vuelve a tu palafrén.

—No puede —replicó Almund—. Tiene que prepararme una cataplasma.

Gimiendo, Hugh abrió los brazos y los alzó a los cielos, donde la estrella vespertina se veía alta sobre el horizonte.

—Que Dios me dé paciencia.

El anciano lanzó unas maliciosas carcajadas de pajarraco, y Edlyn dijo, con acritud:

—Rogué a Dios liberación, y me entregó a ti, Hugh de Roxford, así que ten cuidado con lo que pides. —Se puso de pie y preguntó—: ¿Traemos hidromiel?

—¿También vas a beber con él? —preguntó el esposo.

—Cálmate —lo regañó—. Con la hidromiel, tengo una buena base para preparar el emplasto, y el resto de mis hierbas están en el mismo carro que los niños. Caballeros, ¿tendrán la gentileza de disculparme?

Se alejó, y Hugh clavó la vista en su espalda, con expresión ceñuda.

Almund se acuclilló y atizó el fuego.

—Mujeres. No podemos vivir con ellas, no podemos lograr que hagan una maldita cosa con cierto sentido.

Era la primera cosa sensata que le oía decir al barquero.

—Acabamos de casarnos —barbotó, sin poder contenerse.

—Lo imaginé. La miráis como a un país extranjero que tuvieseis que conquistar.

—Oh, ya la he conquistado. —Hugh recordó el aspecto que tenía dormida, cuando le había hecho el amor hasta hacerla olvidar—. ¿Cuántas veces tendré que conquistarla para que siga así?

—¿Para qué queréis eso? Tiene esa clase de belleza que está en lo más hondo. Miradla. Como quiere asegurarse de que yo siga vivo, se interpone ante vuestro cuchillo. Y como quiere cerciorarse de que vos obtendréis lo que deseáis, ofrece curarme el divieso. —Hizo un gesto de reconocimiento—. Supongo que os cruzaré cuando salga la luna.

Todo el orgullo masculino de Hugh hirvió de indignación al oír al viejo.

—¿Sabe que ella está manipulándolo y no se opone?

—¿Para qué? A mí me curará el forúnculo, vos os saldréis con la vuestra, y ella se convencerá de que ha traído la paz a esta contienda. Y será cierto, que Dios bendiga su alma.

Hugh se quedó mirando al anciano con muda

admiración. Almund veía más allá que él y, contra la opinión de Edlyn, se consideraba a sí mismo una persona lúcida.

—Sentaos, estáis dándome calambres en el cuello.

Acuclillándose, Hugh sintió que algo le molestaba. Refunfuñando, sacudió un pie hasta que cayeron granos de trigo de su pantalón, y se incrustaron en la tierra, a su alrededor.

—Ella vivía en la abadía, y allí nos hicieron la clásica despedida cuando partimos, a últimas horas de esta tarde. Tañeron las campanas, golpearon ollas, y nos arrojaron trigo.

El anciano no pareció tan sorprendido como Hugh mismo.

—Es lo que se debe hacer después de una boda.

—La boda fue ayer. Ése era el momento oportuno para hacerlo, pero yo la dejé irse, y la raptaron, y... —¿Por qué estaba confesándole sus fracasos a este hombre?—. En lugar de arrojarnos trigo ayer, lo hicieron hoy, cuando nos íbamos de la abadía. Creo que lo hicieron porque la quieren a ella. —Sombrío, Hugh recordó el círculo de caras despectivas que la habían juzgado por promiscuidad, por culpa del engaño de él—. Antes de la boda, no la habían tratado bien.

—Apuesto a que fue por vuestra culpa.

¿Cómo lo sabría el viejo bribón? ¿Y por qué Hugh sentía esa punzada de culpa por sus actos? Sabía que había hecho lo correcto. Edlyn necesitaba un esposo, y nadie más que Hugh le debía una reparación. Como se había negado a aceptar su ayuda, tuvo que obligarla. Así debía ser. El hombre adoptaba las decisiones, la mujer las respetaba.

Si Edlyn no le hubiese dicho que jamás se daría a él por completo... Hugh jamás rechazaba un desafío, ni se permitía dudas, pero... nunca había enfrentado a una mujer que no estuviese dispuesta a entregarse a él en cuerpo y alma. Lo peor era que nunca había imaginado que pudiera importarle.

Se frotó un músculo tenso del pecho. Era un desafío y nada más. Lo único que le importaba era el desafío.

—Si el trigo se le mete entre la ropa, eso significa que su siembra va a ser temprana y frecuente.

Alarmado, Hugh clavó la vista en el viejo y controló las ganas de levantarse el sobreveste y fijarse si tenía granos.

—Si se le quedó a ella, significa que ya está en estado. —Pensó un momento, y luego negó con la cabeza, haciendo ondular unos pocos cabellos en la coronilla calva—. No, ella no tiene ese resplandor.

—¿No?

—Ella no concebirá hasta que os haya aceptado como esposo en su corazón.

Hugh se aposentó con cuidado, se sacó las botas y los calcetines, tratando de no conceder demasiada importancia a las afirmaciones del viejo.

—¿Cómo lo sabes?

—Cuando os volváis un poco más sabio, también sabréis algunas cosas.

Eso no podía discutírselo.

Sólo ese día había empezado a comprender cuántas cosas ignoraba.

—¿Adónde vais con tanta prisa? —le preguntó el barquero.

La opresión que Hugh sentía en el pecho se aflojó de inmediato, y respondió, orgulloso:

—A nuestro nuevo hogar. El castillo Roxford.

—Acaban de cederos las tierras, ¿no? —El viejo se limpió la nariz en la larga manga de su camisa—. También supongo que habéis trabajado duro para lograrlo.

Nadie sabía cuán duro, salvo Wharton, quizá, y tal vez sir Lyndon, pero ni siquiera ellos comprendían el deseo que carcomía las entrañas de Hugh al pensar en el castillo, su castillo, y la tierra, su tierra.

—Aquí está.

La voz leve, musical de Edlyn irrumpió en sus ensueños, y Hugh la miró.

Una esposa. Su esposa.

Quería tenerla ahí, en su hogar, como un símbolo de todo lo que él había logrado. No necesitaba ese afecto que ella le negaba, siempre que tuviese su cuerpo para mantener su castillo y sus tierras.

Entonces, sin querer, la imagen involuntaria de su cuerpo desnudo se deslizó en la mente de Hugh, y comprendió que no sólo la necesitaba por sus habilidades domésticas. La quería por placer... para el placer propio y el de ella.

En cuanto Edlyn empezó a aplicarle la cataplasma hirviente, el barquero empezó a maldecir, y la sarta de groseras blasfemias en inglés, capaz de hacer sonrojar a una mujer que había vivido en una abadía, no se interrumpió. Edlyn no se inmutó, quizá porque no las entendía. Hugh volcó el trigo que había dentro de los calcetines y se limpió los pies mientras escuchaba y sonreía. Pese a la conversación que habían mantenido, seguía deseando fastidiar al viejo. A fin de cuentas, lo había desafiado delante de sus hombres.

Tuvo la satisfacción de oírlo aullar de dolor cuando Edlyn punzó el forúnculo, y de verlo ir de un lado a otro mientras ella le daba ungüentos y le enseñaba a usarlos. Por último, le palmeó la calva y le aseguró que el divieso habría drenado por completo y se sentiría mejor por la mañana, y así, sus admiradoras secretas podrían derramar su amor sobre él.

—No tengo más admiradora secreta que vos, mi señora, y eso me basta. —El viejo se tocó la venda de la mejilla—. Pero esto me palpita tanto que, de todos modos, esta noche no podré dormir, y la luna está saliendo. Podría cruzarlos en la barca ahora.

Edlyn lanzó a Hugh una mirada triunfal, y le dijo al anciano:

—Eres generoso.

Fastidiado, Hugh se puso los calcetines y las botas, y les gritó a sus hombres. Hicieron falta tres viajes para cruzar todo. Primero pasó la mayoría de los caballeros y, con ellos, los hijos de Edlyn, todavía despiertos, y tan activos que se decidió dejarlos retozar en la otra orilla, mientras la barca hacía los viajes que faltaban. Se los puso al cuidado de Wynkyn, y Hugh lo compadeció. Parkin y Allyn eran capaces de agotar la disciplina de un hombre, y pensó que, una vez instalados en el castillo de Roxford, él se ocuparía de eso.

En segundo lugar, pasó la mitad de sus posesiones, custodiadas por Wharton y los escuderos, que se movían de un sitio a otro bajo la dirección de Almund, para mantener el equilibrio de la barca.

Por último, pasaron Edlyn, Hugh, los caballeros que quedaban, y el resto de la carga. Mientras se balanceaban sobre el río, que brillaba a la luz de la luna, Almund llamó a Hugh aparte.

—En parte, la razón por la que accedí a cruzar a mi señora esta noche se debe a ese canalla.

La mente de Hugh se trasladó a la posesión de su castillo:

—¿Edmund Pembridge?

—¿Quién es Edmund Pembridge?

—El anterior conde de Roxford —respondió Hugh.

—Ah, él. No, él no, aunque he oído que también es un maldito canalla. No, me refiero al que ha tomado posesión del castillo Juxon.

El pulso de Hugh se aceleró.

—¿Richard de Wiltshire se apoderó de él?

—Sí y, por lo que cuentan, jamás ha vivido un bribón más grande.

—No pienso discutírtelo —dijo Hugh—. Ese hombre no tiene honor.

—¿Honor? —El anciano rió de tal modo que lo atacó la tos. Aferrando la pértiga, se apoyó hasta que recuperó el aliento— No es más que un ladrón que habla con elegancia y entretiene a los viajeros mientras los despoja de sus chucherías y les quita hasta la última moneda.

Hugh frunció el entrecejo.

—Es un caballero, un hijo menor que fue arrojado al mundo a buscar fortuna. Claro que no es una perspectiva agradable, pero sí frecuente. La mayoría de los hombres no se vuelcan de inmediato al robo.

—Es bueno para eso.

—Sí, ha practicado mucho.

Hugh había conocido a Richard de Wiltshire y lo despreciaba con todo su corazón, cosa que no hacía más que divertir a Richard.

La reputación de éste como maestro de la juerga había atraído a una tropa de caballeros descontentos, que se hacían mercenarios. Luchaban para cualquiera que les pagase. No tenían nada que perder y todo por ganar, y ahora habían ganado un castillo. Cuando terminase la rebelión, el rey se reorganizaría y recuperaría sus tierras pero, hasta entonces, Richard y su banda se reirían, retozarían y beberían hasta agotar las bodegas del castillo.

—Pocos de los que pasaron por aquí han escapado con sus ropas elegantes o su oro. No me agrada la idea de que mi señora, o cualquier otra dama, caiga en sus manos, no sé si me entendéis.

El anciano lanzó a Edlyn una mirada significativa, y Hugh prometió:

—La mantendré a salvo de él.

12

Para Hugh, el empuje de la corriente contra la barca fue como la mano de Dios. Almund se aferró a la pértiga, pero el palo se le escapó de las manos. La barca se bamboleó y después, lenta pero inexorablemente, se ladeó. Hugh intentó aferrarse a la baranda, pero la madera podrida se rompió cuando se inclinó sobre ella, y cayó al agua dando un grito.

—¡Hugh!

Oyó la exclamación de Edlyn antes de que el agua se cerrara sobre su cabeza.

Se debatió por salir a la superficie, pero algo que flotaba lo golpeó, hundiéndolo. La segunda vez, subió y se mantuvo, y vio que la barca se partía en el agua.

—Edlyn —bramó, pedaleando en el agua, y mirando, desesperado, a su alrededor.

—Hugh.

Su voz le llegó desde la orilla: estaba trepando, ayudada por sus caballeros.

—¡Hugh!

Edlyn señalaba algo a la izquierda de Hugh, y él vio un montón de cosas que flotaban.

¿Acaso esperaba que él las recuperase? Con semejante corriente, sería afortunado si se salvaba él. El río lo atrapó en un remolino, y vio un cuerpo delgado que flotaba cerca de él.

—Hugh, es Almund.

Oyó a Edlyn al mismo tiempo que reconocía la figura laxa del viejo; empezó a nadar hacia él.

—Tienes que salvarlo —gritó la esposa.

Claro que lo salvaría, pensó Hugh, irritado. ¿Acaso lo consideraba incapaz de gestos compasivos si ella no se lo decía? Llegó junto a Almund, lo rodeó con los brazos y lo arrastró hacia la orilla. Las traicioneras corrientes los hicieron girar en círculos varias veces y, en una ocasión, un baúl flotó tras Hugh y le dio tal golpe en la cabeza que casi lo desmayó.

Pero había algo que lo impulsaba a persistir: la gratitud de Edlyn. Cuando llevara al viejo hasta la ribera, ella reconocería en él al héroe que era, y ése sería el primer paso para la conquista de su cariño. Su verdadero cariño.

Aunque muchas manos se tendieron hacia él cuando se aproximó a la orilla, las desechó y plantó los pies en el suelo de la orilla. Jadeando, arrastró a Almund tras él, lo levantó, lo cargó sobre los hombros, y lo llevó hasta un lugar blando en la hierba. Lo depositó con cuidado y se enderezó, esperando su recompensa.

Tal como esperaba, Edlyn se acercó corriendo. Él le abrió los brazos... y ella pasó de largo y se arrodilló junto a Almund.

—¿Respira? —Hizo rodar al viejo—. ¡Ayúdalo a expulsar el agua!

Hugh se apresuró a bajar los brazos, esperando que nadie hubiese advertido su desdichado reclamo de atención por parte de Edlyn.

—Es un viejo pajarraco endurecido. —De él se escurrían gotas de agua hasta que Wharton le alcanzó una toalla de hilo del cargamento que ya estaba en la orilla—. Sobrevivirá.

Edlyn presionó la espalda de Almund hasta hacerlo vomitar el agua del río.

—Si no es así, será por tu culpa —le reprochó—. Si no hubieses tenido tanta prisa por cruzar el río de noche, esto jamás habría sucedido.

A través de la niebla de su propia ira, Hugh oyó que Wharton decía:

—¡No le habléis al amo de ese modo! ¡No os corresponde cuestionar sus órdenes!

—¡Si alguien las cuestionara, de vez en cuando, tal vez pensaría un poco antes de darlas! —replicó Edlyn, enfurecida como Hugh nunca la había oído.

En cierto modo, la indignación de Wharton y la cólera de Edlyn tranquilizaron a Hugh. En efecto, había adoptado una decisión estúpida, y debía prestar atención a Edlyn. Así debía ser: una esposa reclamaba el derecho de educar a su marido y, sin duda, Edlyn había asumido su papel matrimonial.

—No volverá a ocurrir —dijo, sumiso, y toda discusión cesó.

Mirando en torno, vio que sus hombres estaban boquiabiertos.

—¿Y bien? —Chasqueó los dedos—. ¿Habéis recuperado todo del río?

Los escuderos se precipitaron hacia la ribera. Dando un grito, Parkin y Allyn fueron con ellos, y Wynkyn los siguió. Hugh se dirigió al seco sir Lyndon.

—¿Todos se salvaron del río?

Sir Lyndon abrió la boca, pero no fue su voz la que respondió.

—Eso espero. —Un desconocido estaba de pie en la sombra, al borde del camino que se alejaba del embarcadero—. Eso hará que el rescate por vosotros sea más lucrativo.

Hugh giró sobre sí, sorprendido y alarmado. Una fila de espadas brillaba a la luz de la luna, apuntándolo a él.

—¿Quién se atreve a amenazar al comandante del príncipe en el Oeste? —gritó sir Lyndon.

Wharton gruñó, y Hugh sintió un agudo espasmo de exasperación: ¡qué estupidez de parte de sir Lyndon identificarlo así ante el enemigo!

Una cálida risotada de parte del extraño confirmó los temores de Hugh.

—¿El comandante del príncipe? ¿He capturado al comandante del príncipe?

A Hugh se le hundió el corazón al reconocer esa voz.

—El propio Hugh de Florisoun. —Richard de Wiltshire salió a la luz de la luna e hizo un floreo con la espada—. ¡Eres tú, Hugh! Hace ya muchos años tuve el honor de conocerte, y te admiro a ti y a tu encumbrado honor tanto como siempre. —La voz se tornó suave y cruel—. O sea... nada.

—¿Han capturado a todos?

Sentado en el calabozo del castillo de Juxon, rodeado por sus hombres, Hugh los interrogaba con vivacidad, como si pudiese verlos... aunque no podía. Fuera brillaba el sol, pero en esa celda húmeda y abominable del subsuelo no podía penetrar ni el menor rayo de luz.

—Tienen todo y a todos —respondió sir Lyndon, hosco y desanimado—. Mi tienda. Mi armadura. Mi caballo de guerra.

—Mi esposa.

A Hugh no le agradó que sir Lyndon se lamentara por la pérdida de sus pertenencias cuando la pureza de Edlyn y su propia vida estaban en peligro.

—Tu esposa —admitió Lyndon, en un tono tan falto de énfasis que a Hugh le quedó claro que no comprendía la magnitud de su pérdida.

Ah, si Richard de Wiltshire no los hubiese atacado cuando aún estaban confundidos por el hundimiento de la balsa...

—No atraparon a todos los criados —dijo Wharton.

—Bueno, esperaré que sitien el castillo y nos rescaten enseguida —replicó sir Lyndon.

—Cierra el pico, Lyndon. —Hugh escuchó el atónito silencio con una sensación gratificante—. Te has entregado, y eso no me gusta. ¿Qué clase de caballero se entrega sólo porque enfrenta una perspectiva abrumadora?

—Un caballero sensato —respondió Lyndon, a la defensiva.

Ese encierro le había mostrado a Hugh un aspecto desconocido de su caballero principal, y no le agradaba. No le gustaba que Lyndon hubiese aceptado tan fácilmente la derrota, sobre todo teniendo en cuenta que él mismo había fracasado al no poner una custodia. No le agradaba la actitud de Lyndon hacia las mujeres, ni la falta de respeto que le manifestaba a su esposa.

Los hombres removieron los pies y tosieron, intentando ponerse cómodos entre ratas y restos dejados por otros prisioneros, y Hugh deseó haber iniciado el viaje con ropa seca, porque la humedad del calabozo le calaba los huesos y lo sacudían los temblores.

—¿Dónde está Wynkyn?

Nadie respondió.

—Tenía órdenes de vigilar a los hijos de Edlyn. ¿Habrá podido salvarlos de la captura?

—No he visto a esos mocosos en ninguna parte de la fila de prisioneros —dijo Wharton, pensativo—. De haber podido, milady los habría retenido consigo.

—Habría sido mejor que no le dijese a Richard que es tu esposa —opinó Lyndon.

Por desgracia, eso era cierto. Richard de Wiltshire había ordenado a Hugh que se despojase de todas las armas, mientras él se dirigía sin vacilaciones hacia la única mujer de la compañía, la tocaba bajo la barbilla, y le preguntaba a quién pertenecía.

Hugh no olvidaría la breve y altanera respuesta:

—Soy la esposa de Hugh, conde de Roxford, señor caballero, pero no pertenezco a nadie.

—Ahora sí. —Richard había enlazado su brazo al de ella, sonriéndole con expresión malévola—. Ahora sí.

Si Edlyn había entendido el significado, no dio señal alguna. Se limitó a indicar a los hombres de Richard que alzaran a Almund y lo pusieran sobre un carro para poder llevarlo a una recámara y, tras un gesto de asentimiento por parte de Richard, se apresuraron a obedecerle.

Hugh hundió la cabeza entre las rodillas y ahogó un gemido. Todo el desprecio que había volcado sobre Richard en encuentros anteriores volvió para perseguirlo. ¿A qué vilezas sometería a Edlyn, sólo para vengarse de Hugh?

La diminuta puerta crujió, y una luz parpadeante cortó el recinto con puñaladas de agonía. Los hombres se pusieron de pie casi al unísono, protegiéndose los ojos acostumbrados a la oscuridad, pero Hugh se quedó sentado, apoyado contra la pared. Un hombre armado asomó la cabeza por la abertura y dijo:

—Mi amo quiere a Hugh de Roxford, y lo quiere ya.

Los hombres de Hugh se volvieron a mirarlo, y éste aguardó unos instantes para demostrar indiferencia antes de levantarse.

El hombre armado retrocedió, blandiendo la espada con mano diestra, y dijo:

—Tengo órdenes de mataros si hacéis algo fuera de lugar, y me encantaría matar a un conde; por eso, os ruego que tratéis de atacarnos a mí o a mis hombres.

Hugh alzó las manos para demostrar su indefensión, y se inclinó para salir del calabozo. Al erguirse, dirigió la vista a lo largo del angosto y breve corredor que llevaba hacia la escalera, y a la docena de hombres que estaban apostados a intervalos con espadas, mazas y picas, todos apuntados hacia él.

Fue un frío consuelo saber que Richard respetaba su destreza de luchador.

Los hombres armados lo flanquearon y se encaminaron hacia las bodegas situadas en el piso bajo, sin ventanas. Por allí circulaban criados que perforaban barriles de vino. Al pasar Hugh y sus guardianes, todos ellos retrocedieron.

Subieron por una escalera de caracol, avanzando hacia la luz, el calor y el ruido. Hugh olió carne asándose, pan, y el intenso olor picante de la cerveza derramada, y el estómago le gruñó ruidosamente. El jefe de los custodios echó a reír.

—Si complace al amo —le dijo—, tal vez os deje comer con los perros.

Hugh esperó hasta entrar en el gran salón para contestar.

—Los perros serán mejor compañía que la presente.

El hombre armado se detuvo en seco, giró sobre sí y enarboló la espada.

—¡Alto! —La voz de Richard sonó por encima del bullicio—. ¡No matarás a este hombre mientras viva de mi caridad!

Hugh se permitió una sonrisa amarga cuando el guardia bajó la espada. De una cosa estaba seguro: el respeto de Richard por el juego limpio.

En ese inmenso salón, las mesas mal desbastadas estaban dispuestas en forma de U, y los comensales estaban sentados en la parte exterior, para comodidad de los servidores. Como de costumbre, el fondo de la U estaba sobre una plataforma elevada donde comían los nobles, y ahí vio a Richard, en el lugar de honor... con Edlyn a su lado.

Hugh se abalanzó hacia la cabecera de la mesa.

Las espadas de todo el salón echaron chispas al salir de sus vainas.

En un silencio estremecido en que un desafío se topó con otro, todos esperaron a ver qué sucedería a continuación.

—Por los santos, los hombres sois unos niños.

La voz de Edlyn rompió la tensión, mientras ella, con graciosos movimientos, abandonaba su lugar junto a Richard. Éste la aferró del brazo, y ella lo miró.

—Tengo que saludar a mi esposo y acompañarlo a su lugar en la mesa.

Richard la miró, ceñudo y, cuando ella le sonrió, se ablandó.

—Vaya, pues.

Hugh rechinó los dientes viendo la cabeza de cuervo del perverso Richard de Wiltshire sometiéndose al encanto de Edlyn, *su* condesa de Roxford.

El sol se derramaba por las angostas troneras que se recortaban en los macizos muros de piedra. Caía sobre cabezas oscuras, cabezas claras, cabezas de caballeros y de criados con la misma gracia. En el atestado recinto vibraban la vocinglería y la rivalidad masculinas, y Hugh esperó que alguno de esos hombres extendiera una mano para pellizcar el trasero o acariciar el pecho de Edlyn al pasar. Y se preparó para saltar como un lobo en su defensa.

Nadie lo hizo. La mayoría, volvió la mirada. Algunos respondieron a las sonrisas de la mujer. Otros, se ruborizaron intensamente y hundieron la cara en los jarros de cuerno. Y Hugh se preguntó qué habría hecho esa mujer para domar a esa banda de cortadores de gargantas.

Llegó junto a él antes de que tuviera tiempo de pensarlo. Le tendió los brazos para abrazarlo, pero luego se detuvo en seco y frunció la nariz.

—¿Qué te ha pasado?

Hugh miró la mugre que lo cubría.

—El río y el calabozo son una combinación fatal, mi señora.

—Es muy cierto. —Agitó la mano libre hacia él y luego se volvió hacia los agresivos hombres armados, con sus espadas listas—. ¿Cómo soportan estar tan cerca?

El guardia armado clavó la vista en ella, luego en Hugh.

—Yo no he notado nada raro.

Edlyn lanzó una carcajada despreocupada, que sonaba muy diferente de su risa normal.

—Señor mío, sois muy diplomático. —Tomando la manga de Hugh con dos dedos como si fuese una babosa repugnante, dijo—: Retrocede, que yo te llevaré ante Richard.

—¿Richard? —refunfuñó Hugh—. ¿Llamas a ese tunante por su nombre de pila?

Dándole un leve tirón, Edlyn lo hizo avanzar.

—Lo llamo como él desea. Hago todo lo que él desee. Le conté de mi habilidad para contar cuentos, y esta noche quiere oír uno.

Hugh no percibió la carga de significado de su voz, pues lo único que oyó fue, «Hago todo lo que él desee», y dijo entre dientes:

—Si él quiere usar de tu lengua para entretenerse en privado, ¿también te precipitarás a hacerlo?

Los caballeros y alabarderos sentados a la mesa rieron al oírlo, hasta que Edlyn le dio una bofetada. Una sola, fuerte, que le cruzó la cara.

Una vez más, se hizo silencio, en esta ocasión, asombrado y expectante, y todos esperaron a ver adónde lo conducía la ira.

No lo condujo a ningún lado. Se quedó perplejo. Atónito. Ella lo había golpeado. Edlyn lo había golpeado, y él estaba dispuesto a jurar que esa mujer no habría golpeado jamás a nadie, mientras viviese.

Entonces, ¿por qué...?

—Odio a los estúpidos —dijo.

Estúpido. Había sido estúpido. Ella estaba tratando de comunicarle algo, y él había permitido que los celos lo distrajesen.

Abatiendo la cabeza en gesto de disculpa, se esforzó por recordar el giro de la conversación, y tras exhalar el aliento, dijo:

—¿Vas a contarles una historia?

Dentro de la mujer se aflojó la tensión, y eso le indicó a Hugh que tenía un mensaje que transmitirle, si él estaba dispuesto a escuchar.

—Richard quiere que lo entretenga con uno de mis famosos cuentos de antaño, y yo le he asegurado que los fascinaré de tal modo a él y a sus hombres, que quedarán cautivados —le lanzó una mirada significativa—, e indefensos.

Richard saltó sobre la mesa y se acercó hacia ellos antes de que Hugh pudiese responder. Tomó la mano de la mujer y la besó.

—¿Estás conspirando para escapar, mi señora?

Edlyn paseó la mirada en torno del gran salón, lleno de criminales, ladrones y mercenarios sedientos de sangre:

—¿Escapar? Ni mi señor es lo bastante fuerte para combatir él solo contra todo este ejército.

—Me alegra que lo comprendas. —Dirigiéndose a Hugh, Richard le dio una palmada en el hombro—. ¡Amigo mío! Bienvenido a mi castillo.

Hugh no supo cómo responder, y tampoco le gustó. Si respondía de modo civilizado, Richard estaría complacido porque sería un reconocimiento tácito de sus posesiones ilegales. Pero si lo hacía de modo agresivo, pondría en peligro a Edlyn y a sus propios hombres.

Richard comprendió el conflicto de Hugh y se alegró. Sus dientes blancos y brillantes relampaguearon, destacados por la barba renegrida que le cubría el rostro, y el odio de Hugh se renovó. Alzándose el ruedo del sobreveste, ahora húmedo y sucio, dijo:

—Tu bienvenida es algo que siempre recordaré.

—La próxima vez —le dijo Richard— vístete un poco mejor.

Edlyn se interpuso tan velozmente entre ellos que Hugh ni siquiera tuvo tiempo de levantar el puño.

—Muchachos. ¡Recordad que ésta es una comida civilizada!

La única satisfacción de Hugh al contener su ira fue ver la expresión de Richard al ser tratado con ese tono severo y maternal que Edlyn usaba con tanta eficacia.

—Acostúmbrate a él —le aconsejó Hugh.

Dejando ver un atisbo de rebelión infantil, Richard se volvió hacia Edlyn con una encantadora sonrisa.

—Haré como ordenes, milady. Incluso, haré sacar la basura del calabozo.

—Si mantuvierais más limpios los calabozos, no tendríais que preocuparos por la basura. —Con un chasquear de dedos, aplastó las pretensiones del hombre—. Y ahora, comportaos con educación.

Hugh descubrió un nuevo chichón morado en la frente de Richard, junto al flequillo. ¿Así era como Edlyn le había enseñado respeto? ¿Qué habría hecho Richard para merecer semejante trato? Los dos hombres intercambiaron miradas hostiles, cada uno deseando que el otro rompiese los lazos con que ella los contenía, y atacase.

Entonces advirtieron que Edlyn se había alejado. Se precipitaron tras ella compitiendo por su atención, pero ella los ignoró hasta que llegó a la cabecera de la mesa. Ahí esperó, en actitud regia e indiferente, mientras los dos forcejeaban por apartar el banco. Edlyn se sentó, luego los dos hombres, uno a cada lado de la única dama noble presente en el salón.

Podrían haber quedado encerrados en el silencio, si no fuera porque Edlyn se apartó de Hugh:

—Apestas más que Almund en su peor momento. —Se volvió hacia Richard—. No voy a comer al lado de él mientras huela así.

Richard se asomó tras ella, sonriendo:

—Ya oíste a la dama. Muévete.

Hugh no pudo comprender la impertinencia de su mujer.

—¿Quieres que te deje aquí, a la mesa, con este ladrón?

Edlyn agitó la mano:

—Sólo pretendo que te alejes un poco para que el olor no sea tan intenso.

¿Qué estaba haciendo? ¿Estaría loca? Hugh se quedó mirándola, y ella lo empujó:

—Ve.

El semblante de Richard resplandeció, y sus hombres se mofaron cuando Hugh empujó hacia atrás su parte del banco y se levantó lentamente.

—Oh, deja de poner esa cara de perro apaleado —lo regañó la mujer. Ella también se levantó, y se alejó de la mesa junto con él—. A los caballeros no les molestará que te sientes con ellos. —Bajó la voz—. Y mientras los entretengo con la historia, quiero que les robes las armas y nos saques de aquí.

El alivio y la indignación se mezclaron en el pecho de Hugh. El alivio de saber que Edlyn tenía motivos para alejarlo. La indignación de que lo hubiese humillado. Que pensaba aprovechar. Indignación... bueno, la indignación fue mayor que el alivio.

—¿Quieres que los haga salir de aquí? ¿Con una espada? No todo puede resolverse por medio de la violencia.

Aunque la ironía la irritó, no hizo más que pellizcarlo, al tiempo que le indicaba un banco en el extremo opuesto a la cabecera de la mesa.

—¿Parkin? ¿Allyn? —preguntó Hugh.

Bajando la voz, Edlyn le dijo:

—No fueron capturados.

Se tranquilizó. Era más difícil rescatar mujeres y niños y, cuantas menos preocupaciones tuviese, mejor.

Viendo la ansiedad que, por un instante, crispó las facciones de la mujer, supo que ella no lo consideraba así, y le tocó la mano.

Edlyn se la oprimió un momento y luego retrocedió.

—Almund está recuperado y recorre el castillo. Él liberará al resto de tus hombres.

—Ésa es una ayuda —dijo Hugh para darle ánimos, al tiempo que se sentaba.

Edlyn asintió, sonrió, y volvió a la cabecera de la mesa.

Sin embargo, había mentido. Un hombre viejo y marchito no tenía posibilidades contra los guardias del calabozo.

Con todo, Hugh debía admitir que a Edlyn se le había ocurrido un plan. Si bien no era muy bueno, era un plan. Por desgracia, se articulaba en la habilidad narrativa de la esposa, y observando a esa ruda banda de mercenarios que constituían la tropa de Richard, no tuvo mucha confianza en la disposición de ellos a escuchar.

Su vecino, el caballero más enclenque que jamás había visto, se volvió hacia él y, bañándolo en una oleada de aliento agrio, dijo:

—Estupenda mujercita tenéis, mi señor. —Contempló con lujuria el dulce balanceo de las caderas de Edlyn, que se alejaba caminando—. Después, todos gozaremos un bocado de eso.

Hugh se levantó en silencio, aferró al lascivo sujeto por el cuello, y lo levantó del banco. El caballero pataleó y trató de zafarse, pero Hugh era mucho más alto y apretaba cada vez más fuerte mientras el otro forcejeaba.

Todos los hombres de Richard se levantaron al mismo tiempo, de un salto, y se lanzaron hacia Hugh. Éste hizo girar al ofensor en círculo. Los pies ya laxos, calzados con botas, voltearon a media docena de guerreros, que trataron de incorporarse. Lanzaron puñetazos al aire. Se golpearon entre ellos por error, y luego adrede. En los oídos de Hugh resonaron gritos de rabia y de dolor... los suyos propios, los ajenos... no lo sabía ni le importaba. Cayó sobre un montón de cuerpos que se debatían. Quería matar a esa chusma. Hizo crujir sus nudillos contra varias caras. Esquivó algunos golpes. Otros, se estrellaron contra su cara y su estómago.

En algún momento, la batalla se desplazó. Oyó

bramidos de ira y vio cuerpos que eran alzados y revoleados... lejos de él. Se puso de pie con dificultad, y descubrió que estaba de espaldas a alguien que luchaba frenéticamente.

Estaban ganando. ¡Ganando!

De pronto, lo que gritaba el hombre que estaba a sus espaldas cobró sentido.

—¡Os mataré, asnos! ¡Él es mío!

Giró sobre sus talones, y Richard hizo lo mismo. Se miraron: eran enemigos y se despreciaban mutuamente.

Iguales en lucha.

Entonces Richard, que tenía los labios destrozados, sonrió:

—Además —dijo—, nos rendirá un gran rescate... o una gran diversión.

Los caballeros refunfuñaron y se enjugaron la sangre del rostro. En ese momento, no les interesaba el rescate. Si se los dejaba librados a su impulso, habrían aporreado a Hugh hasta matarlo pero, como estaban preparados para obedecer a Richard, se contuvieron.

Los criados sacaron a la rastra a varios guerreros inconscientes y, cuando el que había empezado la pelea se removió, lo patearon hasta someterlo y se lo llevaron alzado, aunque Hugh no supo adónde.

Hugh se limpió la sangre de la cara, e hizo una mueca cuando sus dedos tocaron una zona hinchada. Edlyn tendría que revisarlo. Edlyn... se acercaba a ellos a grandes pasos, con el saco de hierbas en la mano.

No se la veía contenta.

Prudente, Hugh dio un paso atrás y señaló a Richard:

—Ocúpate de él primero.

—Lo haré —respondió—. Tú mereces sufrir un poco más.

Richard aceptó dócilmente sus atenciones, al tiempo que se dirigía a sus caballeros:

—Las ovejas no son tan estúpidas como vosotros. ¡Pensad! El conde de Roxford es el comandante del rey. El príncipe querrá recuperarlo. Simon de Montfort querrá colgarlo. Podríamos ganar con él tanto dinero como en un año de lucha.

Hizo una mueca y se apartó, intentando evitar la mano súbitamente dura de Edlyn que le aplicaba ungüento en la nariz.

—¿Y conmigo, qué pensáis hacer? —preguntó ella.

Richard pareció sobresaltarse.

—Jamás pensasteis qué pasaría más allá de esta noche, ¿verdad? —Edlyn le apretó la oreja y se la retorció—. Sólo soy una cosa que podríais usar para igualar los tantos con mi señor, Hugh.

—¡Ay! —gritó Richard—. ¡Ay! ¡Ay! —su voz se convirtió en un agudo chillido mientras él se deslizaba debajo del banco, en un intento por escapar a la crueldad de Edlyn.

Hugh nunca la había visto tan magnífica. Encendida por la llama de la furia, inspiraba adoración, como la diosa de una religión antigua.

Hacía años que Richard necesitaba ese tipo de disciplina, y Hugh echó a reír, burlón, cuando lo oyó quejarse.

Fue un error.

Edlyn soltó a Richard y giró hacia Hugh.

—Si esto te parece divertido, espera a que limpie tus heridas.

—Yo estoy bien. —A Hugh le dolía la mandíbula y la herida cicatrizada hacía poco se hacía notar como la campana de una iglesia, pero lo peor eran los latidos en el ojo. Se lo cubrió con la mano ahuecada—. ¡Estoy bien!

Edlyn le apartó la mano y observó el gran hematoma.

—Pon la cabeza en un cubo de agua. Eso bajará la hinchazón.

Volvió a la cabecera de la mesa, y nadie se interpuso en su camino.

—Si hacéis eso, os ahogaréis —dijo Richard, desde donde estaba, debajo del banco.

Hugh fijó la vista en su enemigo, rebajado por la mano de una dama:

—Y vos queríais poseerla.

—Ella se irá con vos. —Richard rió entre dientes y se levantó con esfuerzo—. No debe de ser fácil vivir con esta mujer. —Se rascó la barbilla—. Sobre todo si...

Dejó perder la frase, pero en su semblante apareció una expresión de tan canallesco deleite que Hugh se crispó. ¿Qué se traería ahora Richard entre manos?

Contemplando con aire especulativo, primero a Hugh, después a Edlyn, Richard ocupó su sitio junto a ella a la cabecera de la mesa. Hugh se preparó para el desastre pero, aunque observó atentamente, no vio nada impropio en el comportamiento de Richard. Comían de la misma bandeja, pero no se tocaban. Hablaban pero en ningún momento se sonrieron. A juzgar por la frialdad que se demostraban, podrían haber estado desdichadamente casados durante años y, a su pesar, Hugh sintió compasión por Richard de Wiltshire.

En mitad de la comida, que consistía en un venado cazado ilegalmente en el bosque del rey, Edlyn se puso de pie y sacó un laúd de debajo de la mesa. Todos los ojos se posaron en ella mientras se dirigía al centro del gran salón y pulsaba una nota. Se apagaron todas las conversaciones, y a Hugh le pareció que los ladrones esperaban, nerviosos, el próximo movimiento de Edlyn.

Pulsó otra vez, y tocó una secuencia de notas dramáticas.

—A pedido de mi anfitrión, contaré el cuento de Fulk Fitzwarin, el proscrito.

«¡Ese cuento no! —quiso gritar Hugh—. Cualquiera menos ése.» No le convenía que Richard y sus hombres fuesen estimulados a luchar contra la autoridad del rey.

Pero cuando empezó a oírse la dulce voz relatando esa historia, los hombres de Richard se inclinaron hacia delante, dispuestos a escuchar el cuento del proscrito, tan semejante a ellos.

Al parecer, Edlyn sabía lo que estaba haciendo.

Moviéndose lentamente, procurando no llamar la atención, Hugh se deslizó hacia las sombras, preparado para arrebatar cualquier arma que pudiese y robar las demás. Aunque Edlyn estuviese irritada con él, necesitaba que la salvara del destino que la esperaba.

Sin prisa, acompañándose con ocasionales tañidos del laúd, con un sentido innato del drama, Edlyn desarrolló la historia de Fulk Fitzwarin y su increíble lucha contra el malvado rey John. Contó cómo había perdido sus derechos de nacimiento a causa de una traición.

Hugh sacaba una espada tras otra de sus vainas y las apoyaba en el suelo junto a cada uno de los fascinados caballeros.

Edlyn contaba cómo Fulk mantenía siempre las reglas más elevadas, y jamás robaba a nadie que no fuese el rey.

Hugh tomó un cuchillo de trinchar de una de las fuentes de carne.

Edlyn contó que Fulk se casó con la encantadora y graciosa lady Matilda, para salvarla de las intenciones lascivas del rey John.

Hugh encontró un escudo apoyado en la pared, y ocultó detrás el montón de armas. Luego, empuñó la espada y la daga que había elegido para sí mismo. Atacaría en el momento propicio... pero antes quería escuchar lo del rescate de sir Ardulf: era la parte que más le gustaba del relato.

Los hombres que rodeaban a Hugh se olvidaron de comer, de rascarse, de pedorrear. No hacían otra cosa que contemplar fijamente a Edlyn, que pulsaba las cuerdas de sus corazones. Se rieron cuando describió cómo Fulk usó la tela más fina del rey para fabricar atuendos para los comerciantes, y luego envió a sus hombres a agradecer al rey por su generosidad. Contuvieron el aliento cuando relató el audaz rescate del hermano de Fulk. Gritaron cuando dos de sus fieles seguidores fueron abatidos por las flechas del rey.

Escucharon tan atentamente el relato de Edlyn que se sintieron transportados en el tiempo y el espacio, y creyeron caminar con los zapatos del noble Fulk Fitzwarin.

Y cuando terminó, le tributaron el homenaje debido a su talento, en perplejo y admirado silencio.

Hugh también se lo brindó, hasta que Edlyn lo miró a los ojos y él despertó del hechizo con un sobresalto.

Miró la espada que apretaba en la mano.

Incluso era su espada.

Se la había quitado al escurridizo sinvergüenza que se la había robado... y había olvidado usarla. Edlyn había empleado su voz, su talento y su inteligencia para inmovilizar a los ladrones, y lo había logrado hasta tal punto que Hugh podría haberles cortado el cuello a todos y haberlos dejado morir con una sonrisa en los labios. El problema fue que lo había subyugado también a él.

Nunca en su vida se había sentido tan estúpido. Por todos los santos, nunca en su vida había *sido* tan estúpido.

Oyó un trémulo suspiro que provenía de la cabecera de la mesa. Richard de Wiltshire estaba recuperándose.

Tanto Hugh como Edlyn prestaron atención a su anfitrión y vieron que se enjugaba los ojos con el borde del mantel mugriento. Los otros, sorbiéndose y carraspeando, alzaron sus copas en silencioso homenaje.

Richard se puso de pie y bajó la cabeza humildemente.

—Milady, sin duda habéis cumplido la promesa de entretenernos de la manera más noble. Pongo mi mano, mi corazón y mis posesiones a vuestros pies.

Edlyn le dedicó una reverencia.

—Buen señor, os agradezco el elogio a mis fútiles esfuerzos.

—No hay nada que no esté dispuesto a hacer para ceder a los deseos de vuestro corazón y ese deseo, creo, es de... libertad. —Se crispó un poco al decirlo, pero cuando vio que Hugh quedaba boquiabierto, abrumado, su voz cobró fuerza—. Sí, libertad para vos, para vuestros hombres y posesiones. —Sus hombres lo interrumpieron con gritos de protesta, pero él los cortó golpeando de plano con la espada, obligándolos a callar—. Vuestras posesiones —repitió—. Y vuestro esposo. —Su mirada se posó en la espada que blandía Hugh, y le sonrió con picardía—. Sí, que vuestro esposo sepa que le debe la libertad y la vida a su esposa.

13

Horrorizada, Edlyn esperaba que Hugh rechazara el ofrecimiento de Richard. Percibía cómo trabajaba en él el orgullo, y también que Richard estaba seguro de que iba a desafiarlo.

Eso no tenía relación alguna con su talento para relatar historias sino con dos hombres deseosos de resolver un antiguo rencor.

Pero sus hijos estaban perdidos en algún lugar de la inhóspita región que rodeaba al castillo Juxon, y Hugh se había dejado embriagar por el relato de la leyenda. Carraspeó adrede, y Hugh apartó de Richard su mirada furiosa, y vio cómo Edlyn dibujaba con los labios:

—Agradécele.

Hugh apretó los labios:

—Aceptamos agradecidos, Richard de Wiltshire.

Se inclinó como si fuera a hacer una reverencia, pero en lugar de eso recogió del suelo la vaina de una espada.

Richard retrocedió, súbitamente alarmado, pero como Hugh no hizo ningún movimiento hostil, esbozó una sonrisa burlona.

—No podríais haber llegado a ser comandante del príncipe si fueses estúpido, ¿no?

Hugh miró a Edlyn. Como un niño, aún sabiendo que debía guardar las apariencias, apeló a la simpatía de ella.

Ella comprendía su desagrado: cuando Richard sonreía así, ella misma deseaba insultarlo.

Con la vista clavada en Richard, sin expresión, Hugh se sujetó la vaina a la cintura.

—¡Eh! —exclamó el caballero sentado junto a Hugh, señalando—. Ésas son *mi* vaina y *mi* espada. ¡Las robé honestamente!

Se abalanzó hacia Hugh, intentando arrebatárselas.

Descargando en el hombre lo que hubiese querido hacer con Richard, Hugh lo golpeó hasta atontarlo.

Aunque los gruñidos y gritos de la pelea atacaron los oídos de Edlyn, fingió no advertirla.

Mientras tanto, Richard gritaba órdenes a sus hombres hasta que logró que se pusieran en movimiento, lentamente, y llevasen las mercancías que habían robado a la compañía de Hugh. Lo que había sido empacado ahora estaba amontonado junto con objetos robados a otros viajeros, y Edlyn gimió por lo bajo al pensar en el trabajo que suponía volver a cargar los carros.

Satisfecho por haber sido obedecido, Richard se acercó a Edlyn.

—Mi señora —le tomó la mano y se la besó—. Si llegarais a necesitar algo, cualquier cosa, enviadme un mensaje y acudiré de inmediato.

Le besó la palma, y le pasó la lengua.

La mujer sacó la mano de un tirón y le dio una bofetada.

Richard ni se inmutó. Se limitó a exhibir su habitual sonrisa jactanciosa, y señaló a Hugh, que seguía peleando.

—Es una pena que él os haya encontrado antes. Seríais una magnífica proscrita.

—Lo dudo. —Se acarició la palma dolorida, sorprendida de sí misma: jamás en su vida había golpeado a nadie... y ahora, en el término de una tarde, había abofeteado a dos hombres. Bueno, se lo merecían—. Mis hijos no estarían de acuerdo.

Richard alzó las cejas.

—¿Tenéis hijos? Espero que no estén en mi calabozo.

—Están en alguna parte del bosque —respondió.

El proscrito no era estúpido: captó su ansiedad y, por primera vez desde que se conocían, desapareció del rostro del hombre todo rastro de humor.

—Enviaré a mis hombres.

Mientras daba órdenes, Hugh se acercó a ella, le tomó la mano, la observó, y lanzó a Richard una mirada ceñuda. Edlyn no entendía cómo, en medio de la refriega, había visto que Richard se la besaba, y ahora se la frotaba entre las suyas como si quisiera borrar ese beso.

Al contacto de su esposo, Edlyn se aflojó. En realidad, era una tontería pensar que si la abrazaba era porque ella seguía gustándole. Lo más probable era que no: cuando ella terminó el relato sobre Fulk, se lo veía apesadumbrado, y ella sabía cómo pensaban los hombres. Seguramente, la culparía por haber captado su interés hasta el punto de hacerle olvidar su deber. Sin embargo, el calor de la piel de Hugh le decía que con él estaría a salvo, y reclinándose contra su pecho, apoyó en él la frente.

Hugh le rodeó el cuello con su mano grande y la apretó contra sí, haciéndole girar la cabeza para que se apoyara en él y para poder envolverla en sus brazos. Su voz le retumbó en el oído:

—No volveré a dudar de tu talento para contar historias.

Al notar un matiz de ironía dirigida contra sí mismo, Edlyn levantó la cabeza. Lo habían golpeado en el rostro, tenía los labios partidos, un bulto en la mejilla. Tenía un ojo tan hinchado que casi no podía abrirlo, pero con el otro le hizo un guiño. Edlyn dejó de aferrarle la cintura con los dedos y subiéndolos por el pecho, por el cuello, tocó con suavidad cada uno de los lugares lastimados.

Hugh le atrapó la mano y le besó las yemas de los dedos.

Este beso no guardaba semejanza alguna con el de Richard. Era diferente de cualquier cosa que ella hubiese experimentado. Era una chispa generada sólo por dos puntos de contacto, como pedernal y acero. Luego, el cuerpo de él se apretó más contra el suyo y la unión fue más que una chispa: fue un montón de leña en llamas, un bosque incendiado por un rayo.

—Si no consigo tenerte pronto a solas conmigo...

Junto a ellos, Richard carraspeó. Los sorprendió enlazados como dos amantes ilícitos, y Edlyn se apresuró a apartarse, aunque luego deseó no haberlo hecho. A fin de cuentas, estaban casados, aunque no hacía mucho. No habían tenido tiempo de sentirse cómodos en la mutua compañía.

—Mi señora.

Richard le tomó la misma mano que Hugh había besado.

Edlyn la apretó en un puño.

Richard levantó ese puño y se lo presentó a Hugh para que lo viese.

—¿Creéis que será un mensaje?

Hugh alzó un puño grande, magullado, ensangrentado, y dijo:

—Un mensaje al que haríais bien en prestar atención.

—Observemos las reglas de la cortesía durante el tiempo que nos resta estar juntos. —Richard apoyó el puño de la mujer en su brazo—. Iremos a liberar a los hombres de vuestro marido del calabozo.

—Ve con nuestro anfitrión, querida esposa —dijo Hugh—. Yo te seguiré.

Edlyn comprendió que hubiese sido una tontería poner objeciones. Todavía era posible que Richard cambiase de idea y los mantuviese a todos prisioneros. Pero los hombres podían defenderse solos.

—Preferiría ir a buscar a mis hijos.

—Mis hombres los encontrarán —le dijo Richard—. Si vuestros hijos se parecen en algo a vos, es probable que ya hayan pensado en asaltar el castillo para liberaros.

—¡Que santa María no lo permita! —exclamó, aunque lo creía posible.

Conduciéndola hacia la escalera, Richard dijo:

—Venid vos también, lord Roxford.

—No me lo perdería.

Cuando los soldados de Richard abrieron el calabozo, una ráfaga de aire fétido azotó a Edlyn.

—Venid —dijo Richard, cordial—. Es hora de que os libere de mi hospitalidad.

Uno por uno, con desconfianza, los hombres de Hugh fueron saliendo, parpadeando.

Wharton se abalanzó hacia su amo.

—¡Ah, cómo está su cara! —Poniéndose de puntillas, examinó a Hugh—. ¿Cómo quedó el otro?

Solícito, sir Lyndon preguntó:

—Esos canallas os han azotado, ¿no es así, mi señor?

Edlyn sintió, bajo su mano, que Richard se sobresaltaba, y lo aferró, advirtiéndole:

—No tenemos tiempo para otra refriega. —Señalando las magulladuras de Richard, le dijo a Lyndon—: Si alguien fue golpeado, parece que Richard de Wiltshire se llevó su parte.

Sir Lyndon miró con intención la mano de la mujer apoyada en el brazo de Richard y trató de hablar de nuevo, pero Almund emergió del calabozo arrastrándose sobre las rodillas.

Edlyn lanzó una exclamación de horror y se precipitó hacia él.

—¿Qué está haciendo él aquí? —preguntó Richard—. La última vez que lo vi estaba arriba, gimiendo, quejándose de que moriría con los pulmones destrozados por la tos.

El guardia encargado de la prisión, dijo:

—Ese hombre trató de romperme la cabeza con un hacha de batalla.

—¿En serio? —Richard miró a Edlyn con aire comprensivo—. Hazaña considerable para alguien tan enfermo.

—Y lo habría hecho.

Almund dejó que Edlyn lo apoyase contra la pared.

—Sí, pero cayó hacia delante cuando la levantó —dijo el hombre armado.

Todos rieron. Todos, menos sir Lyndon, que tenía una expresión hosca, ofendida.

—El viejo barquero dijo que lady Roxford conspiró para que él nos rescatase. Tenía que ser mujer para pensar un plan tan estúpido.

—Está libre, ¿no? —replicó Wharton con acritud.

Edlyn advirtió que sir Lyndon no le caía bien a Wharton. Claro que a ella tampoco, ¿y eso de qué servía?

—El plan de milady Roxford ha funcionado bien para todos vosotros —respondió Richard—. Colocaos contra la pared. ¡En fila!

Los hombres de Hugh miraron a su jefe, y él hizo una señal de asentimiento.

Frotándose las manos, Richard anunció:

—Quiero que todos sepáis que os dejo marchar, y quiero que sepáis por qué. Es vuestra señora la que ganó vuestra libertad. Sólo ella me convenció de devolveros vuestras pertenencias y de dejaros seguir vuestro camino.

Los hombres de Hugh no dijeron nada. Miraron a Edlyn de arriba abajo, luego a Richard, y Edlyn se crispó pensando en lo que debían de sospechar.

Richard también lo comprendió, y dejó salvado el honor de ella al añadir:

—Ella conquistó la libertad de todos con su talento para contar cuentos.

—¿Contar cuentos? —resopló sir Lyndon con desdén—. Hasta ahora, nunca había oído que a *eso* se le llamara así.

Richard y Hugh casi chocaron en su afán por atacarlo, pero como el primero estaba más cerca, llegó antes. El cuchillo apareció en su mano con tal velocidad que seguramente lo tenía en la manga; lo apretó contra la garganta de sir Lyndon.

—Eres un insolente con tus superiores.

—¿Superiores? —repuso sir Lyndon—. Ella no es más que una mujer y una...

Richard cortó un trozo de carne de la manzana de Adán de sir Lyndon.

—Además, eres un estúpido. —La sangre manó formando un siniestro chorro escarlata—. Pero, gracias a Dios, no eres mi hombre, y no me corresponde matarte. —Miró a Hugh—. ¿Puedo cortarle el cuello, mi señor?

—Hugh.

Edlyn lo empujó y, cuando el esposo la miró, le dijo que no con la cabeza.

—No —accedió Hugh, a desgana—. Mi esposa desea perdonarle la vida. —Alzó la voz—. Pero podéis dejarlo en el calabozo hasta que las ratas hayan devorado su lengua desdeñosa.

—Si alguien más desea insultar a milady Roxford, os aseguro que lo tomaré a mal. —Richard abandonó a sir Lyndon a sus guardias, y éstos lo metieron otra vez por la puerta del calabozo—. Como este villano de mala entraña ha consumido toda mi compasión, os diré esto una sola vez: lady Edlyn nos contó con tanta habilidad la historia de Fulk Fitzwarin que nos atrapó en su embrujo, y como recompensa por su bondad, yo os libero. ¡A todos! —Hizo un ademán extravagante, aún con el cuchillo en la mano, y los hombres de Hugh se encogieron—. Con vuestras pertenencias. Por eso, agradeced a vuestra señora, y salid de mi castillo.

Le dieron las gracias. Le agradecieron mientras se dirigían, en fila, hacia la muralla exterior. Le agradecieron mientras llenaban los carros con sus pertenencias, ahora revueltas. Le agradecieron hasta que Richard le hizo una mueca a Hugh. Incluso le agradecieron después de que Richard los dejó para controlar la distribución de los bienes.

De pie con Hugh, en los escalones del castillo, Edlyn escudriñó el puente levadizo abierto.

—Sé lo que estás pensando —dijo Hugh.

—No he dicho una palabra.

Era cierto. Tenía cosas más importantes en qué pensar.

—¡Wharton! Ese baúl es mío —gritó Hugh a su criado, al ver que los caballeros arrojaban objetos a medio empacar en los carros.

Wharton le indicó con un gesto que había oído, y se dirigió hacia el carro de Hugh.

Volviéndose hacia la mujer, Hugh dijo:

—Pero yo puedo oír lo que piensas.

—Lo dudo.

Los hombres se ajetreaban y gritaban, al tiempo que sacaban los caballos de los establos y se peleaban por las monturas: hombres imbéciles.

—Estás pensando que te fallé. Que no puedes confiar en mí.

—En absoluto —dijo, cortante.

—Juré que te protegería, y lo haré. Juro que...

Edlyn se volvió hacia él con expresión feroz:

—¿Podrías dejar de parlotear?

Hugh se paralizó.

—Estoy pensando en mis hijos. Nada más. Mis hijos. Quiero recuperar a mis hijos, y los quiero ahora. Por lo tanto, si quieres preocuparte por algo, preocúpate por eso.

—Tus hijos. Sí. —Esbozó una media sonrisa—. Fui a buscarlos una vez. Puedo volver a hacerlo.

Hugh se apoderó de su caballo de viaje, encontró su montura y ya estaba a mitad de camino del portón cuando Richard lo alcanzó. Hablaron entre sí, y luego Hugh salió con su caballo.

Richard se acercó a Edlyn con el entrecejo fruncido.

—Dice que va a buscar a vuestros hijos.

—Ruego que sea verdad.

—Yo también quería ir a buscarlos.

Edlyn repuso con suavidad:

—No me parece prudente.

—Eso fue lo que dijo Hugh. Aunque ahora lo correcto sería que lo llamase lord Roxford, ¿no? Dijo que era preferible que me quedase aquí, por si estallaban peleas. —Richard se balanceó sobre los talones—. Tiene razón, maldita sea.

Si no hubiese estado tan preocupada, esa rivalidad de niños habría hecho reír a Edlyn.

—Claro que, si se le pregunta a él, siempre dirá que tiene razón —dijo Richard—. ¿Cómo lo soportáis?

La lealtad la obligó a guardar silencio.

Este hombre sí le leía los pensamientos.

—Sí, es irritante —prosiguió Richard—. Por ese motivo no puedo estar con él sin tratar de sacudir esa actitud imperiosa.

—Por eso nos deja libres. —Era muy fácil entender cómo funcionaba la mente de un hombre—. No os interesaba el relato. Lo único que queríais era que Hugh supiera que me debía su libertad.

—Me gustó el relato. Además, lo obligará a ser agradecido —repuso, guiñándole un ojo.

—Sois un hombre. —La exasperación la volvió perspicaz—. ¿Realmente pensáis eso?

El hombre se miró los zapatos y movió los pies.

—Oh, está bien. No creo que sea necesario que respondáis.

—Sé que vuestro señor es un hombre justo. —Habló con vehemencia, mirándola a los ojos—. Tal vez lo irrite saber que os debe su libertad, pero nunca esgrimirá eso contra vos. Simplemente, hará todo lo que pueda por retribuiros. Ya lo veréis. Encontrará a vuestros hijos.

—Lo sé —dijo Edlyn con suavidad—. Lo sé.

Mezclándose en la barahúnda de cuerpos y objetos que había junto a la muralla, Edlyn se dispuso a organizar y a empacar. Richard obligó a sus hombres a ceder los objetos grandes: caballos, monturas, tiendas, armaduras. Pero Hugh jamás recobraría las pertenencias que había guardado en los baúles.

Mientras intentaba meter todo en el carro de Hugh, Edlyn oyó un grito. Hugh cruzaba el puente a caballo, y sólo se veía una figura aferrada a él. Edlyn dejó todo y cruzó el patio a toda prisa. Wynkyn se aferraba al cinturón de Hugh, y ella se asustó más por la palidez del joven que por la ausencia de sus hijos.

Antes de detenerse, siquiera, Hugh gritó:

—Están los dos bien. Vienen detrás, con los proscritos.

—Gracias a los santos. —Ninguna plegaria podía ser más sincera, aunque ahora veía los signos de dolor en el semblante del paje y en el modo en que apoyaba su brazo en la rodilla—. ¿Qué ha ocurrido?

—Se rompió la clavícula al caerse de un árbol. Estaban reconociendo el terreno para asaltar el castillo —respondió Hugh.

A espaldas de Edlyn, Richard ahogó una carcajada y pidió una camilla. Cuando la vio aparecer, a Edlyn le pareció bien: era una manta extendida entre dos varas, similar a las parihuelas que utilizaban las monjas en la enfermería.

—En nuestra tarea cotidiana, tenemos montones de heridos —explicó Richard—. Y estamos trasladándolos continuamente.

—Ayudadme a bajarlo —ordenó Edlyn, y los dos hombres manipularon a Wynkyn acostándolo en el suelo, junto a la camilla.

Hugh y Richard sujetaron a Wynkyn mientras Edlyn lo examinaba y después, con tiras de venda, empujaba el hueso para colocarlo en su lugar. Wynkyn gritó y luego su semblante se transformó, dando paso a una expresión de asombro:

—¡Ya no me duele tanto! —dijo.

—Siempre pasa así. —Edlyn esparció consuelda sobre la capa externa de piel, y luego vendó el hueso y el brazo del muchacho para inmovilizarlos—. Pero no puede irse esta noche.

Aún evidentemente fastidiado, Hugh admitió:

—Por supuesto que no. Tendremos que quedarnos hasta la mañana.

Richard contuvo unas risotadas burlonas, cosa que Edlyn apreció.

—Si aceptáis mi hospitalidad unas horas más —dijo—, mis hombres y yo os alojaremos con gusto.

Edlyn quería ver cómo reaccionaba Hugh: ¿aceptaría el ofrecimiento con la misma gracia con la que Richard lo hacía? Pero en ese momento otros jinetes cruzaron el puente, y oyó gritar:

—¡Mamá, mamá!

Recogiéndose las faldas, corrió hacia los niños, encaramados entre dos de los hombres de Richard, mientras éste y Hugh la observaban.

—Lo que yo quiero, lo robo —dijo el anfitrión—. Pero aun cuando la robase a ella, no la tendría.

¡Richard iba a hablar! ¡Hugh tembló por anticipado: su adversario le diría qué había pasado durante las largas horas que él estuvo preso en el calabozo!

Aguardó, conteniendo el aliento, y Richard frunció el entrecejo.

—Oh, es absurdo que estéis a la expectativa: ya sabéis que a ella sólo le importáis vos. —Se frotó el chichón de la frente como recordando el modo en que se lo había hecho—. Esta noche, estaréis a salvo aquí, lo mismo que ella; aunque ya ha manifestado su opinión con respecto al estado del solar, de modo que no creo que quiera dormir aquí.

Hugh alzó las cejas.

—Juxon era un cerdo —dijo Richard sin rodeos—. Esta propiedad merecía algo mejor que un hombre que se limitaba a alimentar su estómago, a pulsar su arma como si fuese un instrumento musical, y dejaba que todo lo demás se fuera al diablo.

Al recordar la mugre reinante en el gran salón, Hugh preguntó:

—¿Queréis decir que estaba así antes de que vos llegarais?

—Estaba peor. Hemos trabajado mucho. —Richard lo tomó del codo y lo hizo volverse hacia el castillo—. ¿Veis esa piedra suelta que hay en el muro del piso alto? La pusimos nosotros. Al parecer, como Juxon quería tener una ventana, sencillamente echó abajo una parte de la pared del gran salón.

—¡No!

A Hugh le costaba creer que un hombre pudiera ser tan estúpido.

—Sí —le confirmó Richard—. Fue bueno para nosotros cuando lo sitiamos. En cuanto logramos transponer la entrada, madera podrida que no representó el menor inconveniente—, apoyamos unas escalas contra el castillo y lo tomamos a través de la ventana.

La idiotez de esa conducta sacudió a Hugh, pues, a su juicio, valía la pena conservar un castillo, incluso uno pequeño como ése.

—No se merecía este lugar.

—Ninguno de ellos merece nada. —Richard retrajo los labios exhibiendo los dientes en una horrible parodia de su habitual sonrisa—. Los hijos mayores dilapidan la herencia mientras nosotros, los menores, pasamos necesidades.

Hugh no respondió. No aprobaba las ideas de Richard. ¿Cómo podría aprobarlas? Y, sin embargo, comprendía muy bien su cólera.

Richard le sacudió el brazo.

—Cuando esta rebelión acabe, no tengo dudas de que saldrán triunfantes los reales. El rey será liberado y enviará a alguien, probablemente a ti mismo, para quitarnos este castillo. Se lo devolverá a Juxon y, en veinte años, este lugar será una ruina.

Era verdad y Hugh lo sabía.

—Milord Roxford, a ti el príncipe te escucha. Háblale. —Volvió a sacudirlo—. Podría haber peores moradores que mis hombres y yo, y nosotros podríamos jurar lealtad al rey y jamás vacilar.

—El príncipe jamás le concedería la propiedad a una banda de delincuentes —repuso Hugh—. No confiaría en que vos cumplieseis su voluntad.

—Vos confiáis en mí. —Richard sonrió, esta vez con auténtica alegría—. Confiáis lo suficiente para que vuestros hombres y vuestras pertenencias queden aquí hasta mañana.

Hugh volvió a mirar el agujero en el muro, para no tener que aceptar las palabras de Richard.

—Hablad con el príncipe —insistió—. Es todo lo que os pido.

Wynkyn dormía profundamente en el suelo, junto al hogar del gran salón del castillo Juxon, aunque de vez en cuando lanzaba algún gemido de dolor. Edlyn le rodeó el cuello con un trapo y observó su rostro, cuya tersura era notable incluso en la penumbra de la noche. Allyn y Parkin dormían a ambos lados del muchacho. Era su nuevo héroe, y no soportaban la idea de separarse de él.

Para ella también era un héroe: había protegido y cuidado a sus hijos, y siempre tendría un lugar junto a ella.

Alrededor del hogar, formando círculos concéntricos, varios hombres roncaban y se retorcían. Los que estaban más cerca del calor eran los heridos o enfermos. Más lejos estaban los sanos, los jóvenes, los vigorosos. Por alguna razón, no eran muchos los hombres de Richard que se encontraban en esas condiciones. Esa misma noche, cuando Edlyn pidió a los enfermos que formaran fila para que ella los atendiese, un número de hombres cada vez mayor se quejó de dolor de cabeza, de pecho o de articulaciones... todos inexplicables, por supuesto.

Y aunque tendría que haberlos considerado bribones, truhanes, hombres malvados que hacían presa de los viajeros indefensos y los despojaban de sus bienes materiales, más bien le recordaban a sus hijos. Esos ojos patéticos, esos quejidos contenidos, esas molestias inventadas que sólo a ella le confiarían... Y al margen de lo que les suministrase, una hierba, un trago de vino caliente o, sencillamente, la mano fresca sobre la frente, se proclamaban curados y le agradecían con regalos.

Le obsequiaron rollos de tela, sortijas, y una montura de dama. Todo había sido robado a infortunados viajeros, pero era igualmente inapreciable y entregado con la más sincera y tímida gratitud. Ella lo aceptaba todo con una sonrisa de agradecimiento. Entendía muy bien la situación que sufrían. No tenían mujeres que los cuidasen. Se habían separado de sus madres y hermanas para cometer pillaje. No tenían espacio en la sociedad y por eso se habían buscado uno. Edlyn temía que eso mismo sucediera a sus hijos sin tierras... si ella permitía que fuesen entrenados como caballeros

Hugh y Richard, unidos por el disgusto ante una conducta tan poco varonil, se habían reunido en el extremo más apartado del salón, y Edlyn habría dado cualquier cosa por saber cuál era el tema que hacía tan animada su conversación. Probablemente, política. Lanzó un resoplido de desdén. Para los hombres, tales temas eran más importantes que la salud de sus caballeros.

También que la propia salud, porque Hugh

aún exhibía en el rostro las señales de la batalla, y en ningún momento le pidió que lo curase.

Pero a esa hora ya estaban todos acostados: Hugh en el solar; Richard, en un rincón del salón. Edlyn también tenía que estar en la cama. Tendría que ir al solar, que tenía la puerta rota, la cama mohosa, y meterse en ella junto a su esposo y dormir. Lo que sucedía era que estaba demasiado cansada para hacer el amor, y Hugh era un esposo muy reciente para no querer hacerlo.

—Mi señora.

Era una voz ronca, trémula que la llamaba, y Edlyn pasó por encima de los muchachos y se acercó a Almund. El viejo barquero la preocupaba; su galante intento de rescatarla no había hecho más que empeorar su estado.

—¿En qué puedo ayudarte?

Le apoyó una mano en la frente demasiado caliente.

—Sólo quería deciros que mañana no iré con vosotros.

—¿A qué te refieres?

A pesar de los muchos trapos que Edlyn le había puesto encima, temblaba. La miel que le había hecho tragar, poco había servido para aliviarle la tos.

—Estoy demasiado enfermo para seguir, y tendré que quedarme aquí.

Edlyn paseó la vista alrededor, miró los juncos ya podridos y esparcidos por el suelo, el agujero del muro tapado con tablas, los perros que peleaban por restos de comida, y el gato que saltaba por encima de los cuerpos, con un ratón en la boca.

El anciano afirmó:

—Éste es un buen castillo. Nunca había estado antes en uno.

Edlyn cerró los ojos. Si este castillo le gustaba, ¿qué le parecería su propia choza?

—Además, sir Richard se me acercó y me dijo que, si quería quedarme, sería bienvenido.

—¿De veras? —preguntó, sorprendida.

—Parecía muy preocupado por este viejo.

—Me pregunto por qué.

—Ah, mi señora, yo, que he estado por aquí muchos años, sé que sir Richard no es tan malo como dicen. Tiene buen corazón... lo que sucede es que lo oculta bien.

Era curioso pero, cuando Richard no la exasperaba, Edlyn opinaba de una manera muy similar.

—Estos bandidos tienen conocimientos suficientes para darme los remedios, y usted misma sabe que no estoy en condiciones de viajar.

No sólo lo sabía sino que estaba preocupada por ello. Creía que, con la gracia de Dios, sobreviviría, siempre y cuando hiciera reposo y alguien lo atendiese. Pero esa alegre resignación le sacó un peso de encima.

—Quizá sea lo mejor —admitió la mujer.

La mano huesuda del anciano tomó la de ella con fuerza sorprendente.

—Sí, y si alguna vez me necesita, bastará que lo piense; yo lo sabré, y acudiré en su rescate.

Los ojos brillantes de Almund parecían sombríos, sin fondo, y de vez en cuando captaban la llama anaranjada del fuego en apagado reflejo.

Ahí, en el silencio de la noche, Edlyn imaginó que el anciano era capaz de leerle el pensamiento.

—Si alguna vez te necesito, pensaré en ti.

Mientras Edlyn atravesaba el gran salón en dirección al solar, se dijo que no lo necesitaría porque estaba casada. Casada con un gran guerrero que se creía invencible.

Era obvio que ella atraía a esa clase de hombres.

Al llegar a la puerta, vaciló. La cámara estaba a oscuras y la única luz que aliviaba la penumbra era la del fuego lejano.

—¿Edlyn? —La voz de Hugh indicaba que estaba completamente despierto—. Entra.

Aún no se había dormido; estaba esperándola. Un rato antes le había dicho que la deseaba.

Hombres. ¿Quién creería que había estado aplicando ungüentos, acariciando frentes y orando por la recuperación de los heridos? Seguramente Hugh supondría que eran los duendes los que habían acudido a ocuparse de todo eso. Era dudoso que valorase su labor y su habilidad para cualquier cosa que no tuviese que ver con el dormitorio.

Cuando la mano del hombre le aferró la muñeca, se sobresaltó.

—Está oscuro, ¿verdad? —La condujo hacia la cama—. Ten cuidado con el peldaño. ¿Terminaste de atender a los hombres?

—Sí.

Hugh la alzó y la sentó sobre el colchón.

—Este lugar huele mal. Si el príncipe le concede a Richard el derecho de conservar el castillo, necesitará a una esposa para arreglar las cosas.

Mientras Hugh le quitaba los zapatos y la acostaba en la cama, Edlyn murmuró palabras de asentimiento. Hugh se acurrucó junto a ella. La almohada era un simple saco relleno de plumas de ganso que, sin duda, había muerto de vejez. El temor de Edlyn era que las mantas hirvieran de gusanos. El cuarto estaba frío y húmedo, y se dispuso para el beso de Hugh como una verdadera mártir. Pero lo que ocurrió fue que se oyó un siseo de acero cerca de su cabeza, cuando Hugh sacó la espada de la vaina.

—¿Quién anda ahí?

Se incorporó en el colchón.

—Mi señor, no me hagas daño. —A la luz difusa, se veía a un hombre con los brazos levantados—. Soy sir Lyndon, he venido a abogar por mi causa.

—¿Cómo te dejaron salir del calabozo? —preguntó Hugh, haciendo estremecerse a Edlyn por la frialdad de su tono.

—Querían echarme del castillo. —Sir Lyndon avanzó unos pasos, y Hugh se interpuso entre él y su esposa—. Pero me oculté y vine aquí, a verte. Por favor, mi señor, no me eches. He estado contigo durante años, luchando a tu lado; no puedes despreciarme por una palabra levemente desafortunada.

—¿Levemente? ¿Calumniar a mi esposa te parece leve?

Parecían dos siluetas que bloqueaban la luz de la entrada, que se movían sobre un pie y sobre otro y, con su actitud demostraban quién era el suplicante y quién el que ejercía la autoridad.

—No, no fue eso lo que quise decir —tartamudeó sir Lyndon, y Edlyn estaba segura de que estaba sudando—. Fue el ardor de la batalla y la vergüenza por la derrota lo que me impulsó a ser desconsiderado en mis afirmaciones. Jamás hablaría mal de la mujer que has elegido como esposa.

Hugh no respondió.

Sir Lyndon intentó engatusarlo, volver a ser el alegre compañero.

—Hemos pasado buenos momentos, Hugh. —Y luego, con más desesperación—: Te he salvado la vida más de una vez.

—Igual que yo a ti. ¿Acaso no estamos iguales?

—Es bueno tener a alguien que te cuide la espalda, y en quien puedas confiar.

Hugh se mostró duro, inconmovible, implacable y Edlyn no pudo soportarlo:

—Hugh —susurró—, deja que se quede.

Pensó que ninguno de los dos la había oído.

Pero Hugh volvió la cabeza hacia ella:

—¿Aceptarías la compasión de manos de milady?

Sir Lyndon volvió la cabeza de lado, y Edlyn vio cómo se pasaba la lengua por los labios. Hugh lo había colocado en la situación más difícil posible, y eso no era lo que ella pretendía. Hubiese sido preferible no interferir, dejarlo en manos de su esposo. Pero ¿Hugh no comprendía hasta qué punto sir Lyndon podría quedar resentido contra ella?

Lentamente, como si cada palabra le doliese, sir Lyndon respondió:

—Aceptaré la compasión de tu esposa.

—Entonces, está bien. Puedes continuar con nosotros el trayecto hacia el castillo Roxford, pero ahora mi caballero jefe será sir Philip.

Sir Lyndon se abalanzó hacia Hugh.

—¡Pero me prometiste...!

—Sé lo que prometí, y se lo prometí a un hombre que considero altamente digno. —Dejó caer la mano sobre el hombro del otro—. Cuando hayas demostrado que se puede confiar en ti otra vez, te recompensaré con justicia.

Sir Lyndon aspiró de manera audible, y Edlyn no pudo entender cómo Hugh no percibía su ira.

—¿Cuánto tiempo durará esta prueba? —preguntó sir Lyndon en voz estrangulada.

—No mucho. Como has dicho, fuiste mi fiel camarada durante años. —Sacudió a sir Lyndon y luego lo soltó—. No será mucho tiempo. Ya verás.

—Te doy las gracias. No volveré a decepcionarte.

Sir Lyndon salió del cuarto, y a Edlyn le pareció que en medio de la silueta oscura ardía una llama.

—Eso resultó bien.

La voz de Hugh sonó alegre mientras introducía la daga en su vaina, bajo la almohada de la mujer, y se metía en la cama.

—¿Te parece?

—Volvió al redil y, además, sabe que te debe respeto por ser mi señora.

—No quiero ser motivo de discordia entre tú y tus caballeros, en los cuales confías.

—No lo eres. —Hugh la acercó hasta apoyarla contra él; su calor ahuyentó el frío de los trapos que la rodeaban, y Edlyn trató de acercarse más aún—. Hacía tiempo que sentía inquietud con respecto a sir Lyndon, y su insolencia no ha hecho más que fortalecerla.

—¿Hace mucho tiempo que sois amigos?

—Sí, muchos años. Nos conocimos en el circuito de torneos, y compartimos aventuras; desde entonces, recorremos juntos los caminos. En aquella época, él era más alegre, hasta que resultó evidente que...

Ese titubeo despertó la curiosidad de la mujer:

—¿Qué fue lo que resultó evidente?

—Al principio, no comprendía que yo era el caballero más poderoso. Algunos, con menos tacto que yo...

Edlyn ahogó una carcajada en el pecho de él.

—... manifestaron con claridad, por medio de palabras y de hechos, que lo consideraban un caballero a mi servicio.

—¿No lo es?

—¡En aquel tiempo, no! ¿Cómo podía estar a mi servicio si yo no tenía un orinal, siquiera, ni una ventana por donde arrojar la orina?

—Pero tú siempre estuviste convencido de que serías lord, y él, de que no podría.

El silencio de Hugh confirmó la falta de ambiciones de sir Lyndon.

—Así que, se convirtió de compañero en suplicante —continuó Edlyn.

—Creo que no está del todo perdido. Siempre fue un hombre de honor.

Un hombre de honor, que fue amargándose

con el correr de los años, al ver que la estrella de Hugh brillaba cada vez más, mientras que la de él se debilitaba y esfumaba, pensó Edlyn. Pero se reservó esos pensamientos cuando los dedos de Hugh le alzaron la barbilla y su cabeza se inclinó hacia ella. Se preparó para un beso, pero no hubo más que el roce de unos labios con otros.

Como Hugh no hizo ningún otro movimiento, le preguntó:

—¿Vamos a...?

—¡No! —La negación fue tan inmediata y vigorosa que, quizá, significara que él no la deseaba. Pero luego agregó, con más moderación—: Estás cansada.

—Bueno, sí, pero...

¿Cuándo le había importado a un hombre el estado de una mujer? Hasta donde ella sabía, lo único que necesitaba una mujer para complacer a un hombre era estar presente.

—Lo lamento. —Le tocó levemente la cabeza—. Sé que me deseas, pero has estado trabajando todo el día. Al menos por esta noche, tendrás que renunciar a tus deseos.

Un soldado era capaz de dormir en cualquier lugar y a cualquier hora, y eso hizo Hugh, dejando a Edlyn despierta, y sin saber si reírse o maldecir.

14

Era grande. Más de lo que Hugh hubiese imaginado jamás, aún en sus sueños más alocados. El castillo de Roxford se extendía a través del campo lozano y verde, como un borrón gigante de piedra hostil. En el foso seco se erguían agudas estacas que apuntaban al cielo. El puente levadizo, cuando estaba bajo, admitía a diez hombres caminando uno junto a otro. La casa del guardia de la entrada se acurrucaba alrededor del puente como una loba custodiando a un cachorro vulnerable. Sus almènas mordían el cielo con dientes grises, y no había centímetro cuadrado de los muros exteriores que no hubiese sido construido teniendo en cuenta la defensa.

Era la mejor posesión que había entregado el príncipe.

—Me pregunto si aquí habrá alguna cama de plumas por algún lado.

Hugh giró la cabeza y miró a Edlyn. ¿Cama de plumas? ¿Cómo podía contemplar ese castillo imponente y preocuparse por una cama de plumas?

La mujer se frotó la espalda.

—Estoy cansada de dormir en el suelo estas últimas noches. Entiendo que hayas querido alejarte del castillo Juxon, pero me gustaría pasar una noche bajo techo, tapándome con mantas limpias. —Echó una mirada a Hugh—. ¿No enviarás a tu heraldo para pedir que nos den acceso?

¿Su heraldo? ¿Tenía que hacerlo? Durante años, había tomado posesión de tantos castillos que estaba convencido de que lo más fácil era anunciarse personalmente y entrar. Lo que quería era pelear por su propiedad, pues sólo así la haría realmente suya.

Edlyn se cansó de esperar y le dijo a Dewey:

—Sube y anuncia que Hugh, conde de Roxford, ha llegado a tomar posesión de su nueva heredad. —Dewey vaciló, miró a Hugh, pero la mujer insistió—: De prisa. De prisa, muchacho.

Hugh hizo un gesto indicándole que le daba permiso, y el escudero avanzó. Vociferó el mensaje hacia la cima del muro, y la voz se le quebró en la mitad.

Chirriaron las cadenas del puente a medida que se enrollaban en la rueda dentada, y el portón de madera se apoyó en el borde opuesto de la fosa con ruido sordo. Del interior no llegó ningún sonido.

—¿Qué les pasará? —preguntó Edlyn.

Hugh miró a sus hombres. Wharton, veterano de tantas campañas que era imposible contarlas, se encogió de hombros. Lo había visto todo, y no opinaba. Sir Lyndon estaba entre los otros caballeros experimentados, que observaban el castillo con ojos entornados. Los escuderos y los pajes los imitaban, incluso Wynkyn, que caminaba junto al caballo pues cabalgando le dolía el hombro. Parkin y Allyn lo acompañaban y, al igual que su madre, parecían inquietos por el silencio con que se los recibía.

—Están asustados. —Indicando a sus hombres con un gesto que mantuviesen las posiciones, Hugh espoleó a su caballo y se adelantó—. Y tienen motivos.

Avanzó hacia la entrada, esperando una trampa. A fin de cuentas, ésta había sido la posesión del anterior conde de Roxford. La familia de Edmund Pembridge la conservaba desde que Guillermo conquistara Inglaterra y, en su interior, todo llevaba su sello. Si uno de los hombres armados de Pembridge fuese más leal a su antiguo señor que al rey, una flecha casual podría acabar con el problema... al menos por el momento.

Hugh cruzó el puente levadizo sin incidentes. Los muros de la entrada lo envolvieron. Habían sido levantados como un corredor de la muerte para los atacantes que, de algún modo, hubiesen traspuesto el foso y destrozado el puente. En las paredes había ranuras para flechas desde donde los combatientes podían liquidar al enemigo y permanecer a salvo. El techo estaba salpicado de agujeros de muerte por los que se podía verter alquitrán hirviente.

A Hugh le pareció bien.

Y, sin embargo, se le crispaba la nuca y deseó ver a alguien, a cualquiera que, desde dentro, hiciera un gesto de paz.

Entonces, entró en el patio exterior. En esa

gran zona abierta entre los muros internos y los externos había huertas, numerosos jardines, y muchos edificios, demasiados para que él supiera qué uso tenían. Pero nada se movió. Nada, excepto...

Tras él oyó ruido de cascos en el puente. Edlyn emergió del corredor y miró alrededor:

—¿Dónde estarán todos?

—No sé, y no quiero que estés aquí.

El tono severo no la impresionó en lo más mínimo.

—No esperarás un ataque, ¿no?

—No lo sé y, hasta que lo sepa con certeza, quiero que te quedes en lugar seguro.

—Mira.

Edlyn señaló una de las construcciones externas y, al darse la vuelta, Hugh sacó la espada.

—Vi a alguien espiando desde detrás de la puerta. No saben qué les espera.

—Ya somos varios —farfulló Hugh.

Jamás había tomado posesión de un castillo para sí, y su propia tensión y su incertidumbre lo asombraban.

—Si hubiesen tenido intenciones de atacar, ya lo habrían hecho —dijo Edlyn, decidida. Volviéndose hacia la casilla de entrada, hizo una seña por el corredor y gritó—: Vengan. Nadie les hará daño.

Aunque a desgana, Hugh sonrió: podía comprender cómo se sentirían sus hombres al ver que una mujer les aseguraba que estaban a salvo.

Ahora que ella se lo había señalado, vio movimientos furtivos de los sirvientes que querían echar un vistazo a su nuevo señor. Con más confianza, avanzó hacia la segunda entrada. Otra casa de guardia protegía un segundo pasillo, mucho más pequeño, que trasponía el panel interno. Tuvo que inclinarse casi hasta el cuello del caballo para pasar y, cuando pudo enderezarse, estuvo a punto de soltar las riendas.

Nada lo había preparado para la grandeza del patio interior: años de atentos cuidados habían creado un verde paisaje de jardines, establos y arboleda y, en el centro, elevándose con sus torretas y sus torres en cada esquina, se alzaba el castillo. Jamás había visto uno como ése, tan grande y alto, suavizado por las colgaduras verdes de la hiedra que llegaba hasta las piedras más altas, y aún así, imponente en su majestad. Oyó junto a él un suspiro trémulo.

—El príncipe debe de quererte mucho. —Edlyn estiró el cuello como un patán que visita una catedral—. Es aún más magnífico que George's Cross.

Hugh trató de dejar a un lado su embeleso y enfrentar los problemas reales.

—La defensa debe de ser un problema.

—¿Defensa? —Edlyn lo miró fijo—. ¿Estás tomando posesión de esta propiedad noble y te preocupas por la defensa?

—Si no fuese mía, no tendría que preocuparme, ¿no es cierto? —preguntó con frialdad—. Si bien no hay entrada por la planta baja, la escalera que sube a la planta alta parece bastante sólida.

Edlyn apoyó la cabeza en las manos.

—Debe de haber un modo de aislarla del edificio. —Hugh observó un poco más el castillo—.

Además, hay ventanas pero no muchas, y están altas. El mayor problema es el tamaño. ¿Dónde podría concentrar la defensa?

—No lo sé. —Edlyn adoptó un tono diplomático—. ¿Por qué no se lo preguntamos *a ellos?*

Un hombre y una mujer de rica vestimenta habían aparecido en el rellano de la planta alta, y contemplaban a Hugh y a Edlyn y a la corriente de hombres y carros que iban desalojando la casilla de guardia del interior. La mujer inclinó la cabeza, y el hombre, en cambio, la tomó de la mano y, tras murmurarle una palabra, la condujo escaleras abajo.

—¿Quiénes son?

Hugh debió de transmitirle la hostilidad a su caballo a través de las riendas, porque el animal empezó a bailotear, levantando una nubecilla de polvo con los cascos.

Edlyn se inclinó y le palmeó el cuello hasta calmarlo.

—Sospecho que son el mayordomo y su esposa. Han venido a saludarnos y a entregar el castillo.

Se quitó los guantes de montar y se apeó, pero Hugh no. Éstos habían sido servidores de Pembridge, administradores de esa gran propiedad, supervisores tanto de la casa como de los campos.

Tendrían que marcharse.

No cabía duda de que ambos lo sabían. A medida que se acercaban, la mujer contenía las lágrimas y el hombre tensaba la mandíbula. No eran jóvenes: estaban en edad de tener nietos, y probablemente los tuviesen. Los nietos también tendrían que irse. Hasta el último vestigio de Pembridge debería ser borrado de modo que Hugh pudiese volver a empezar con su propia gente, con gente que sólo le fuese leal a él.

—Mi señor. —La voz del hombre temblaba—. Soy Burdett, mayordomo de Roxford, y os doy la bienvenida en nombre de los habitantes del castillo.

—Burdett. —En la voz de Hugh el apellido retumbó, y Edlyn se sobresaltó. Su indiscreta esposa hizo ademán de adelantarse, pero él interpuso el caballo entre ella y el mayordomo y le bloqueó el paso—. ¡Burdett! —volvió a vociferar—. Has retenido esta heredad para el traidor Edmund Pembridge, y por ese acto de traición, yo te expulso de mis tierras.

—¿Qué? —exclamó Edlyn, indignada.

Hugh no le hizo caso.

—Salid. Reunid a vuestra familia y salid sin llevaros nada más que lo puesto, y agradeced que no os cuelgo del árbol más alto.

Burdett palideció, y su esposa se echó a llorar desconsoladamente.

Edlyn repitió:

—¿Qué?

En esta ocasión, alzó tanto la voz que las cabezas giraron. La esposa contuvo las lágrimas, y Burdett estiró el cuello para ver.

—¿Te has vuelto loco? —Edlyn aferró el estribo de Hugh—. ¡No puedes echar a estas personas!

—Puedo. —Hugh hizo retroceder al caballo—. Lo he hecho.

Edlyn se colgó del estribo.

—Se morirán de hambre... o algo peor.

—Sirvieron a un hombre que fue desleal a nuestro rey y a nuestro príncipe.

—Cumplieron sus juramentos hacia él. ¿Por eso deben morir?

A Hugh le costaba creer que su esposa lo enfrentase delante de sus hombres y —miró alrededor—, de los más valientes servidores del castillo. Tuvo ganas de inclinarse y darle una palmada en los dedos para hacerla soltar el estribo, pero eso no concordaba con la digna imagen de un hombre que encarnaba la justicia del rey. En lo que consideró un tono razonable, dijo:

—No estoy sentenciándolos a muerte. Si así fuese, creo que ya estarían balanceándose. Sencillamente los...

—Los echas al mundo sólo con lo puesto, y sin posibilidad de ganarse la vida. Morirán, o se convertirán en delincuentes. —Bajó la voz—. Como son viejos, no serán buenos como proscritos y entonces morirán.

—Ése no es mi problema.

Trató de hacer retroceder otra vez al caballo, pero Edlyn lo siguió:

—Mira a tu alrededor, Hugh. Este castillo es perfecto. Ha sido bien mantenido y eso se debe, seguramente, a que Burdett y su esposa han trabajado para lograrlo. El que hizo ese trabajo no fue Pembridge... lo único que él hizo fue elegir al mayordomo y, al parecer, lo eligió bien. Burdett y su esposa están orgullosos del castillo Roxford, más allá de lo acostumbrado, y merecen una oportunidad de probarte que son dignos de confianza.

—No es posible.

Dio un tirón a las riendas e hizo girar al caballo. Edlyn tuvo que soltar el estribo, y curvó los dedos y se los tocó como si la hubiese lastimado. Aún así, lo siguió, con el semblante encendido de furia.

—No me digas que no es posible. Tú eres el amo y, para ti, todo es posible.

También enfadado, Hugh le replicó:

—El príncipe espera que se haga una inmediata demostración de justicia.

—Estás ahí montado en tu caballo, en toda tu gloria, y gozas de tu poder de decisión. —Lo miraba como si fuese una alimaña desusadamente grande—. En todos tus años de lucha nunca has pensado en otra cosa que no fuese la victoria. Pero el mundo está lleno de caballeros que jamás pensaron en otra cosa que la victoria y, precisamente por eso, perdieron una pierna o un ojo, y se vieron obligados a mendigar en las calles. Los cementerios están llenos de mayordomos que sirvieron con fidelidad a sus amos, y que fueron abandonados por ellos. ¿Eso es justicia?

—¿Qué quieres? ¿Acaso quieres que cambie el modo en que suceden las cosas en este mundo? —Olvidó la presencia de sus hombres y de los sirvientes que miraban. Olvidó todo lo que no fuese Edlyn y sus ideas simplistas—. Y ya que estoy, podría hacer que el sol saliera por Occidente, y que las mareas fuesen diarias.

—¡Quiero justicia!

—¡Es el príncipe quien decide lo que es justicia!

—El príncipe. —Lo pronunció en el mismo tono que un sacerdote usaría para mencionar a Satán—. A mí me ha tocado la justicia del príncipe. Me he encontrado tirada en la tierra, fuera de mi casa, y odié al intruso que me echó. He tenido que cuidar de mis hijos en lugares inhóspitos, temiendo por su vida. Temí tener que convertirme en proscrita o prostituta, para alimentarlos en el trayecto a la abadía. He suplicado para que me diesen un mendrugo y me he humillado por una manta. He sentido la justicia del príncipe, y no me pareció justa.

Hugh no supo qué decir. No supo qué pensar, sólo que había sido más estúpido de lo imaginable. Edlyn se comportaba de manera obstinada e irritante porque había enfrentado la misma situación de prueba en que ahora quedaban el mayordomo y su esposa. Si bien podía dejar de lado su compasión femenina, como había hecho con los proscritos que la secuestraron, esto era algo personal.

Y, sin embargo, el príncipe esperaba que Hugh cumpliese con su deber hasta las últimas consecuencias.

Contempló el rostro resuelto y furioso de Edlyn.

El príncipe estaba lejos, luchando, y ella estaba allí, y tenía la capacidad de convertir su vida en un infierno para siempre.

Desmontó lentamente, dándole tiempo a la mujer para recapacitar en su insolencia. Avanzó hacia ella con pasos medidos.

Edlyn no retrocedió, y se limitó a mirarlo, ceñuda, con esos ojos de bruja.

Hugh le tomó la mano. La observó: tenía una uña rota, y la piel de los pliegues de los dedos había quedado desgarrada cuando él le arrebató el estribo. Edlyn no había gritado ni trató de hacerlo sentirse culpable para salirse con la suya. Lo que hizo fue irritarlo e intentar que sintiera compasión. Pero no lo logró. No le importaban Burdett y su esposa, aunque sí le importaba su propio bienestar. Y... bueno... le importaba Edlyn. Qué extraño descubrir lo poco que valoraba la adoración que caballeros y escuderos derramaban sobre él, y cuánto deseaba que Edlyn tuviese buena opinión de él. Quería que lo adorase como lo hacían todos, pero a Edlyn no le interesaban sus habilidades para la batalla, y eso era lo único que él sabía.

—Se hará como tú desees, mi señora. —Lo dijo en voz baja—. Te concederé que el mayordomo Burdett y su esposa administren mi propiedad.

En el semblante rebelde apareció una sonrisa, y Edlyn saltó para abrazarlo, pero él la detuvo aferrándola de los brazos.

—Pero, señora, si llegaran a traicionarnos, me cobraré con tu pellejo.

Aunque él la mantenía apartada, Edlyn seguía sonriendo.

—No soy tonta, Hugh. Sé leer y llevar libros de cuentas. Si han estado estafando, lo sabré de inmediato, y entonces podrás echarlos. Y si tratasen de estafarnos a nosotros —endureció el mentón—, sólo lo harán una vez.

Hugh le creyó, y se sintió un poco mejor. Ah, si pudiera ocultarle esto al príncipe...

—Buenas gentes —anunció—. Me rindo al ruego de compasión de mi esposa, y permitiré que el mayordomo Burdett y su esposa se queden, hasta que demuestren ser dignos de confianza.

La esposa se aflojó en los brazos de Burdett. Éste intentó hablar, pero fue imposible oírlo en medio de los vivas de los sirvientes.

—Los estiman —dijo Edlyn—. Ésa es buena señal.

La esposa de Burdett se apartó del esposo, corrió hacia Hugh y se arrojó a sus pies.

—¡Mi señor! ¡Mi señor! Os doy las gracias. —Agarró la bota y la besó—. Que Dios bendiga vuestra generosidad. Rogaré por vuestro cuerpo y vuestra alma todos los días. Jamás os traicionaremos. Nunca.

15

—Neda te besó la bota.

—Sí.

—Eso es *asqueroso*.

Hugh se detuvo y lo pensó.

—A mí me agradó.

—Me imagino.

Era evidente que la idea repugnaba a Edlyn y divertía a Hugh.

Ya hacía horas que él y Edlyn seguían al mayordomo y a la esposa sonriendo, asintiendo, y todo ese tiempo Edlyn bullía de indignación. Hugh no tuvo inconveniente en que así fuera: después de la escena que le había hecho afuera, se lo merecía. Pero al final, ya no pudo contenerse y su ira había estallado.

También se merecía eso, y Hugh se burló cruelmente de ella:

—Estás enfadada porque no besó tu bota.

—¡Yo no quería que besara mi bota!

—Mi señora.

Neda se detuvo al notar que se habían quedado atrás.

Hugh le lanzó una mirada severa pero, al ver

que la mujer se encogía, sonrió. Aunque no quería mostrar su fastidio por haber tenido que ceder a las exigencias de Edlyn, se sintió impulsado a aguijonearla.

Burdett corrió hacia ellos.

—Señor, señora, ¿hay algún problema?

Esa pareja tendría que aprender a no intervenir, hasta que Hugh hubiese tomado completa revancha.

—Pensé que mi señora había dicho algo.

La voz de Neda tembló de preocupación, y Edlyn le palmeó la mano:

—Nada importante. Te ruego que continúes con la recorrida.

El mayordomo y su esposa se miraron con aire desdichado, y luego el hombre hizo un gesto a Neda y ésta mantuvo abierta la puerta siguiente.

—Ésta es la bodega.

Burdett los invitó a pasar con un ademán. Como todo, el salón para servir bebidas estaba en perfecto orden. Al otro lado del corredor estaba la despensa, con todos los utensilios necesarios para cortar los alimentos.

Cuando salían, Hugh detuvo a Edlyn y la hizo volverse de cara a él.

—Aunque no hayas querido que te besara la bota, yo vi tu expresión: estabas celosa.

—No lo estaba.

La aguda barbilla se proyectó hacia fuera, la piel de los pómulos se tensó y las cejas se convirtieron en una especie de tajos castaños que atravesaban la frente. No era una mujer bonita, pero con esos ángulos desafiaba a un hombre del mismo modo en que esas armazones de tablas que se usaban para practicar con la lanza desafiaban al escudero novato.

Y Hugh se sintió desafiado, pero él no era ningún novato. Sabía cómo la penetraría con su lanza. Se habían visto obligados al celibato desde que salieron de los terrenos de la abadía, y él no se preocupó porque estaba demasiado atareado.

Pero ya no lo estaba.

—¡Podría haberme dado las gracias! —protestó Edlyn.

El resentimiento que manifestaba sorprendió a Hugh:

—¿Por qué?

—¿Cómo, por qué? Por haberte convencido de que los dejaras quedarse.

Eso no tenía sentido para él.

—No fue tu decisión.

—Lo sé, pero si yo no hubiese insistido, los habrías echado sin dinero, sin nada.

—¿Insistido? —Nada podía mellar su buen humor, y le pasó el brazo por los hombros—. Me rogaste.

Edlyn se apartó de él.

—Sí, eso sé hacerlo bien.

Hugh se quedó parpadeando, a espaldas de ella. ¿Qué habría querido decir?

Se esforzó por recordar. La única ocasión en que la oyó rogar fue en la cama. Se frotó el mentón. ¿Qué había querido decir? La observó caminar delante de él con ese balanceo que tanto lo atraía. Lo más probable *era* que se refiriese a eso. Sabía que a él le gustaba, por eso caminaba así, y por eso le había hablado de hacer el amor.

Lo que no comprendía era por qué había hablado con tanta amargura.

Sin duda, sería cosa de mujeres. Seguramente recordaría lo bueno que había sido en la noche de bodas. Los santos eran testigos de que él sí lo recordaba.

Sobre todo cuando ella caminaba de esa manera. Además, se había quitado la capa. Pretextó que tenía calor aun sin ella, pero él sabía que no era cierto. Lo más probable era que quisiese mostrarle cómo le quedaba el vestido de viaje que él le había comprado. Lo usaba para él, para que supiera que la poseía del mismo modo que el vestido, y que todo lo que ella tenía. Y a eso Hugh le daba importancia. Estaba convencido de que era conveniente tener una mujer que dependiese de él en todo. Había visto demasiados matrimonios en los que la mujer poseía tierras, estaba emparentada con hombres importantes, y en los que el marido nunca estaba seguro de que permanecería con él si llegaba a tener dificultades.

Edlyn dependía de él para todo, y en ese momento le enviaba señales evidentes de que lo deseaba. Así debían ser las cosas.

Neda se había adelantado pero, al ver que el amo se quedaba atrás, se apresuró a regresar junto a él:

—Debe de estar fatigado después del viaje.

Hugh no entendió. ¿Fatigado? ¡Pero si en los

viajes se sentía mejor que nunca! Lo había hecho toda su vida.

—Debí de haberlo sabido desde el principio —prosiguió Neda, chasqueando la lengua—. Mi señora también está cayéndose de cansancio.

Si el mayordomo y la esposa iban a quedarse en sus actuales puestos, Hugh tendría que sacarles esa espantosa costumbre de interrumpir cuando Edlyn estaba provocándolo.

—Seguidme y os mostraré vuestra recámara.

Por otra parte, quizá Burdett y Neda tuviesen ciertas ideas inteligentes.

El que habló a continuación fue Burdett.

—Hemos hecho trabajar a nuestros criados con vuestro escudero, Dewey, creo que se llama, y vuestras pertenencias ya han sido trasladadas al solar, mi señor. Os pido disculpas por cualquier cosa que falte. Por supuesto, haremos todo lo posible por encontrarlas pero Wharton, vuestro criado, nos contó del incidente en el camino y, al parecer, la mayoría de las cosas fueron empacadas desordenadamente. Neda se ocupará de eso por la mañana.

—Sí. —Eso no le importaba a Hugh por el momento. Edlyn había encendido una llama en él, y ansiaba dejar que ésta lo consumiera—. ¿Hay puerta en el solar?

Burdett dio señales de no entender.

—Sí, mi señor, la... la hay. —Con la intención de adelantarse a cualquier otra pregunta extraña, agregó—: Es espacioso, como ya verá, con un hogar, muchos tapices elegantes que impiden las corrientes de aire, y ventanas de cristal de las que estamos particularmente orgullosos.

—¿Hay cama? —preguntó Hugh.

El semblante del mayordomo se iluminó de comprensión, e intercambió con la esposa una sonrisa cómplice.

—Una enorme, mi señor, que ya ha sido ventilada y está lista para ocupar.

Con paso elástico, Hugh subió tras Edlyn la escalera espiral hacia el piso que estaba sobre el gran salón.

En el largo y amplio rellano había una sola puerta grande de madera. Neda la abrió de par en par y preguntó:

—El señor y su señora, ¿querrán comer a solas, en el solar?

—No —respondió Edlyn.

—Sí —dijo Hugh.

Neda inclinó la cabeza hacia Hugh.

—Se hará como el señor ordene.

Edlyn murmuró, mientras entraba en la estancia:

—Lamento haber intercedido por ella.

Hugh no replicó: estaba demasiado entretenido mirando.

Burdett se había quedado corto en la descripción del solar. Era tan grande como cualquier gran salón. Sobre lustrosas mesas de madera había tazas y jarras de oro. Las ventanas en forma de diamante chispeaban, aun cuando las salpicara la lluvia, como en ese momento. La abertura del hogar parecía bostezar en el muro como la boca de un dragón, emitiendo calor y luz. La cama... ¡ah, la cama!

Se erguía sobre una plataforma con grandes postes que apuntaban al cielo raso, cada uno rematado con un águila. Las cortinas de la cama eran de una tela roja gruesa y pesada, que protegería de las brisas invernales, y estaban apartadas revelando pieles de todos los colores y grosores, extendidas sobre el colchón.

Hugh observó las pieles y se imaginó a Edlyn allí tendida, con las pieles sobre su cuerpo.

Al parecer, Edlyn no estaba pensando en lo mismo. Lo observaba todo con la boca abierta.

—Qué habitación magnífica.

La admiración de ella dio alas a Hugh para decir:

—Edmund Pembridge adoptó una mala decisión cuando apoyó a Simon de Montfort.

Creyó oír que Burdett decía: «Pobre tonto», pero cuando se dio la vuelta para mirar, Burdett estaba dirigiéndose a su esposa.

—Dejemos a nuestros nuevos señores con sus cosas, y busquemos lugares para su séquito.

Edlyn dio un paso adelante.

—¿Dónde estarán mis hijos?

—No han querido alejarse del joven Wynkyn, y están durmiendo con los escuderos y los pajes en el gran salón —respondió Neda—. Yo los vigilaré, mi señora, y me ocuparé en persona de su seguridad.

—Están donde deben —dijo Hugh—. Junto con otros muchachos nobles, dedicados a la digna tarea de luchar.

Edlyn no respondió. Seguramente creía haberlo provocado bastante por ese día, y a Hugh le pareció bien.

Pero sí le respondió a Neda:

—Si usted pudiese vigilarlos un poco y traérmelos en caso de que pidan venir conmigo, le quedaría muy agradecida. Por lo general, los cambios los ponen... ansiosos.

Neda adoptó una expresión sorprendida.

—No he visto ningún signo de eso, mi señora. Simplemente, están excitados de encontrarse aquí, y de tener que cuidar al joven Wynkyn, y se toman muy en serio su tarea.

—Bien... —Edlyn apretó los labios— bien. Bueno, me alegro.

Burdett y Neda salieron retrocediendo y haciendo reverencias. Antes de cerrar la puerta, la mujer dijo:

—Milady, si necesitara una doncella, llámeme y yo la serviré.

—No necesitará una doncella. —La puerta ya estaba cerrada, pero a Hugh no le importó. Avanzó hacia Edlyn—. Yo mismo me ocuparé de sus necesidades.

Como si ella no supiera de qué estaba hablando, como si no hubiese estado tentándolo adrede, lo miró asustada. Luego, suspiró de manera audible.

—Hugh, estoy dolorida de cabalgar.

—Te montaré con cuidado.

Edlyn no se resistió mientras él le quitaba la toca y la redecilla, y le pasaba la túnica por sobre la cabeza.

—¿Querrás que te ruegue para que... ?

—¿Hagamos el amor? —él terminó la pregunta, clavando la vista en la zona más oscura de la tela, donde los pezones la levantaban. Descubrió que estaba violenta y súbitamente excitado, como si su cuerpo hubiese estado reservándose para este momento—. Si quieres, puedes hacerlo, pero no es necesario. Te daré lo que quieres, y más también.

Los pechos de la mujer subían y bajaban a ritmo veloz, y las mejillas se le tiñeron de púrpura. ¿Estaría solamente enfadada, o ella también estaba excitada? La alzó por la cintura, y Edlyn se quedó rígida, con los puños cerrados y los dedos de los pies flexionados. Tenía esa expresión terca que parecía decir: «Eres hombre, por lo tanto, un bribón», y Hugh no supo qué había hecho esta vez para merecerla.

Más todavía, se preguntó qué podría hacer para borrarla, reemplazándola por el suave resplandor de la pasión.

Nunca le había rogado a nadie por nada en toda su vida, pero estaba desesperado:

—Edlyn —susurró—. Te lo ruego... por favor.

Casi no podía creerlo, pero resultó. ¡Resultó! Edlyn le apoyó las manos en los hombros y lo miró fijo, con expresión suspicaz. Hugh no supo qué fue lo que vio: angustia, tal vez, o quizá su miembro tratando de escapársele de los pantalones, lo cierto fue que dijo: «Sí», y le rodeó la cintura con las piernas.

—Dios. —La arrojó sobre la cama, se levantó el sobreveste, y se bajó los calzones hasta los tobillos. Edlyn forcejeó para quitarse la camisa, pero él necesitaba poseerla *en ese mismo instante*. Saltó sobre ella. Sencillamente, se abalanzó sobre ella sin la menor finura, como un muchacho con su primera mujer. Le apartó la camisa, las piernas de la mujer se separaron, y él contempló—. Dios. —Era la plegaria de un pecador que contemplase el cielo—. ¿Puedes recibir esto? —le preguntó, desesperado, mientras se hundía entre sus piernas, sondeando la entrada—. Mi cielo, ¿no te haré daño?

—No. —Lo colocó en el lugar justo—. Dámelo.

Igual que antes, la penetró con cuidado. Ella era prieta, lo envolvía, y su cuerpo debía de estar diciéndole que sí, porque estaba húmeda y muy, muy caliente. Tuvo la sensación de que se le incendiaba el vello púbico.

Entonces, Edlyn dio un pequeño corcoveo, recibiéndolo por entero, y Hugh ya no pudo sentir nada. O, más bien, sintió todo. Se zambulló y se meció, sujetándole los muslos para que estuviese abierta del todo a él.

De lo profundo de la garganta de Edlyn brotaron gemidos, como el arrullo de una paloma que ha encontrado el deleite. El olor de la mujer fue como un lujo que lo elevó por encima de la austeridad de su vida anterior, hacia el mundo de los sentidos. Frenando el fuego de Edlyn como si fuese un bello animal salvaje, le murmuró al oído:

—Más.

Ya no podían hacer nada más. Él no sabía nada, más allá de esas embestidas e impulsos.

Pero tuvo la impresión de que su cuerpo oía algo que le decía el de ella. Supo que con Edlyn había algo más que meros movimientos. Si lograba entenderlo, si lograba sujetarla lo bastante apretada, darle suficiente placer, podría conquistarla. Podría poseerla.

Metiendo la mano entre los dos, encontró los labios que la protegían del placer excesivo y los abrió, de manera que cada embestida frotase contra ella su hueso púbico.

La reacción de Edlyn fue un frenético forcejeo. Gritó su nombre, con la voz quebrada por un sollozo. Se apretó contra él.

Aún así, Hugh pidió:

—Más.

El cuerpo del hombre, a su vez, reaccionó como si estuviese librando la más grande batalla de su vida. El corazón amenazaba salírsele del pecho. Los pulmones estallaban por el esfuerzo. El placer le hacía temblar las piernas. Quiso desmayarse. Quiso continuar.

Quiso.

—Eres... mía.

Se hundió en ella.

—Eres... mía.

Le chupó el cuello.

—Eres... mía.

Frotó su pecho contra el de ella hasta que los pezones se endurecieron.

Hugh se sentía latir, y aguardaba, sabiendo que no podía aguardar, dándole tanto de sí mismo que creyó no volver a recuperarlo jamás.

Entonces, el calor estalló como si hubiese estado metido dentro de un horno. Debajo de él, Edlyn se levantó dando un grito. Le clavó las uñas. Lo chupó, pero no con la boca.

Y el mismo calor lo tragó. Estalló en llamas, derramando la vida en ella a tanta profundidad que se fundieron, y se quemaron como si fuesen uno solo.

Sin embargo, Hugh no pudo relajarse y gozar del momento. Tenía que decírselo ahora, tenía que oírselo decir, admitirlo.

Soltándose de las piernas de ella, la sujetó del cabello. Le sostuvo la cabeza para poder mirarla a los ojos.

—Eres mía.

—No.

Ese solo monosílabo apagó su fuego como un balde de agua helada. ¿Cómo se atrevía a decir que no? ¿Después de la experiencia más fabulosa de su vida, ella se atrevía a decir que no? ¿Acaso no sabía con quién estaba tratando?

Se separó de ella con tal brusquedad que la mitad de las pieles que había en la cama cayeron al suelo. Él también aterrizó en el suelo, sobre los pies. Tiró de la manta sobre la que estaba Edlyn, dejándola tendida debajo de él, que se erguía en toda su furia.

—¿No? Después de lo que acabamos de hacer, ¿puedes decir que no?

Los ojos de Edlyn tenían expresión de agotamiento. Los gruesos labios estaban hinchados como si se los hubiese mordido para contener las exclamaciones de placer antes de rendirse a ellas. Su cabello se extendía sobre la cama. Era la imagen misma de la sensualidad exhausta. Aún así, seguía diciendo:

—No.

Necesitaba poseerla otra vez. Ahora lo comprendía. No tenía que haberla dejado con semejante brusquedad. Si se hubiese quedado dentro de ella, si hubiese seguido haciéndole el amor, ella habría dicho que sí. Sabía que lo admitiría cuando la hubiese poseído suficientes veces... y gracias a los santos, el cuerpo de Hugh estaba dispuesto.

Edlyn se incorporó sobre los codos y se apartó el cabello de la frente.

—Te dije que no te lo daría todo. Confórmate con lo que conseguiste. —Observó la cara del hombre, vio algo que la fastidió, y se echó otra vez el cabello hacia atrás, como exasperada—. Nunca tendría que haberte dicho lo que te negaría, y así, jamás lo sabrías.

¿No lo sabría? La miró fijo. Quizá no. Al principio, no. Al principio, se habría sentido satisfecho con la danza de los cuerpos que ella tan bien ejecutaba. Era la primera vez que él estaba casado, y lo más probable era que jamás hubiese estado enamorado. ¿Cómo podía uno echar de menos lo que jamás había tenido?

Sin embargo, tendría que saberlo. Por más que ella pensara lo contrario, él no era estúpido, y tenía recuerdos de Edlyn...

—Tú estabas en ese cobertizo, ¿no?

Edlyn saltó de la cama con tal rapidez que arrastró consigo el resto de las pieles.

—¿Qué?

Moviéndose con torpeza, recogió su túnica y la sostuvo delante de sí como si tuviese miedo de levantar los brazos, y pasársela por la cabeza.

Esa reacción lo convenció de que aquellos vagos recuerdos respondían a la realidad, y se acercó a Edlyn a grandes pasos.

—Estabas en el cobertizo. Estabas espiándome, y me viste copular con aquella mujer.

—Se llamaba Avina —se le escapó a Edlyn, y luego se sonrojó violentamente.

—Ahora lo recuerdo. —Fragmentos de recuerdos ascendieron a la superficie de su mente. Esos fragmentos sacaron a luz pensamientos completos, asombrosos, tan empapados de lujuria y de magia, que casi no pudo contener la excitación—. Yo estaba enfermo, y recuerdo haber oído tu voz. Evocabas viejos tiempos. Mencionaste a Avina, y dijiste que nos habías espiado...

Edlyn trató de escabullirse hacia la puerta, pero Hugh se le adelantó e interpuso el brazo atravesado sobre la madera como una barrera viviente que le impedía escapar.

—Dijiste que me amabas.

Edlyn corrió en dirección contraria, hacia la ventana, como si esa abertura situada a tanta altura sobre el patio le ofreciera una salida.

—Estabas soñando.

Hugh la siguió:

—No estaba soñando.

En ese momento, trató de ponerse la túnica, pero él la detuvo exactamente del modo que temía: la atrapó con los brazos levantados y la cabeza tapada.

Con cuidado, Hugh la destapó y la miró a la cara, pero dejándola atrapada.

—Te oí. Me dijiste que, cuando eras una muchacha, me amabas.

—Estabas enfermo.

—Estaba peor que enfermo. Estaba moribundo. —Como Edlyn apretó con fuerza los labios para no contestar, la sacudió—. ¿No es verdad?

—No lo sé. —Le brotaron lágrimas de los ojos, aunque Hugh no supo si eran de ira o de congoja—. No soy Dios.

—*Yo* lo sé. Vi el otro lado, y una sola cosa me trajo de regreso. —Le acarició los brazos que tenía levantados sobre la cabeza—. Tú, Edlyn. Eras tú.

La mujer se echó a temblar.

—Ya ves que no puedo resistirme a ti. —Hugh seguía sonriendo, pero ahora con ternura, como expresando simpatía por la incomodidad de ella—. Tampoco tú puedes resistirte a mí.

Inclinó la cara hacia ella, y Edlyn se deslizó hacia abajo y se sentó en el suelo, dejándolo con la túnica en las manos.

—Sí que puedo.

Trató de alejarse arrastrándose, pero Hugh la sujetó por la espalda de la enagua, y la acercó hasta rodearle la cintura con los brazos y alzarla.

—Pediste una cama de plumas —le dijo—, ¿por qué no la disfrutamos, ahora?

¿Le daría otra vez todo lo que él quería? ¿Se derrumbaría como cualquier hembra endeble, anhelante, que creía necesitar de un hombre para completar su vida?

Ella no era así. No lo sería, y menos sabiendo que él no necesitaba una mujer para completar su vida. Sabiendo que ella no era más que una herramienta útil que él poseía.

La tenía sujeta con la entrepierna contra el trasero de ella, como si fuese un lobo jadeando por su compañera, y así fue hasta la cama.

Edlyn gritó:

—¡No lo haré! —Y trató de escapar antes de que él la hiciera tenderse.

Hugh le apoyó la rodilla en la espalda y la aplastó boca abajo.

—Yo digo que lo harás.

Con la expresión de máximo odio que pudo, Edlyn exclamó:

—Pedazo de... *marido*.

—Haré que te guste.

No se reía. No estaba enfadado. Parecía tan sereno y resuelto como Edlyn lo imaginaba cuando tenía que enfrentar un sitio. Antes le había jurado que ganaría esa batalla entre los dos, y ahora parecía haber elegido armas.

Claro que no resultaría. No podía permitirlo pues, si lo hacía, cuando el príncipe lo convocase otra vez a la guerra, Edlyn reviviría el dolor.

—No lo haré.

Se retorció, tratando de eludirlo, pero Hugh aprovechó el movimiento para ponerla de espaldas. Apoyándole una mano sobre la barriga, la retuvo y se movió eludiendo los puntapiés. Uno aterrizó dolorosamente cerca de la ingle, y él lo atrapó justo a tiempo.

—Nuestros hijos no nacidos —la reprendió.

Le aferró la muñeca, y la estiró hacia la cabecera.

—¿Qué...?

Utilizando una de sus propias ligas, le ató la muñeca a uno de los postes.

—¡Qué...!

Con la otra mano, hizo ademán de lanzarle un golpe a la cabeza, pero Hugh la atrapó y la ató junto a la otra.

Edlyn se miró las muñecas, atadas firmemente al poste de la cama, y se esforzó por entender. Le habían contado de hombres que hacían cosas semejantes. Era una de esas cosas que las mujeres comentaban en susurros... de maridos que las ataban y les propinaban castigos insoportables. Pero ¿Hugh?

Giró y lo miró: Hugh no iba a hacerle daño.

Entonces, lo miró con más cuidado. Sentado en cuclillas, observaba su labor con la satisfacción de un buen artesano.

No, Hugh no la lastimaría. Habría alguna clase de tormento, pero no sería doloroso.

Deslizó las manos bajo la enagua de la esposa, y tocó el borde del calzón.

—Y ahora —dijo—, empecemos.

—¿Empecemos qué?

—Primero, hablaremos de ese cobertizo, y de por qué me seguiste.

16

—Tendré que hacerte hacer una nueva enagua.

Hugh deslizó los dedos por la barriga de Edlyn, y supo que eso le gustaba. Le dijo que lo sentía como un fino chorro de agua y cuando lo hacía bien, el estómago se hundía. Hugh lo contempló, satisfecho.

—¿Por qué?

Edlyn hablaba con voz adormilada, como si no hubiese pasado toda la tarde y la noche en la cama, y esa tibia soñolencia lo impulsó a inclinarse hacia ella y besarla. Edlyn le frotó los hombros —hacía mucho que le había soltado las manos—, y él se estiró con placer. Le gustaba que lo tocara, pero también le gustaba hacerle el amor cuando estaba atada. Había resultado una experiencia muy esclarecedora, muy gozosa, aunque Edlyn se mostró más intratable que lo habitual.

—Porque corté la otra.

—Tengo más. Para ser más precisa, tengo varias.

—Ah, las que te compré en la abadía.

—No.

Aún no le había dicho que lo amaba. Ni siquiera había admitido que lo amaba cuando los dos vivían en George's Cross. Sin embargo, envuelto en la pasión de la noche, Hugh se había resignado. El esfuerzo por convencerla era casi tan placentero como oírselo decir.

Edlyn se estiró y subió las mantas.

—Tengo hambre.

—Yo también.

Hugh frotó las piernas contra las de ella. Ella lo había amado cuando era una muchacha, eso era lógico. Todas las muchachas de la aldea estaban locas por él, y más de una dama noble lo había llevado a su cama. Y seguramente debía de seguir amándolo, porque él no había cambiado mucho. Al contrario, su cuerpo era más fuerte, y las mujeres solían decirle que las cicatrices de la cara le conferían personalidad.

Seguía viviendo con el propósito de ganar, y aunque su objetivo hubiese pasado de una fortuna a una mujer... bueno, eso era lo que les pasaba a los hombres.

Pensando otra vez en las enaguas, se puso ceñudo.

—¿Cómo que no?

—Creo que no traje más enaguas de las monjas, pero sí varias de los hombres de Richard.

Hugh se incorporó, y su alegría cayó junto con las mantas.

—¿De los hombres de *Richard*? ¿De Richard de Wiltshire?

Edlyn emitió una blanda queja y trató de recuperar las pieles, pero él se lo impidió poniéndole una mano en el brazo.

—¿Cómo que los hombres de Richard te regalaron enaguas?

Lo miró como si hubiese perdido el juicio, y luego se echó a reír y le tocó la mejilla.

—No tienes motivos para ponerte celoso. No fueron sólo enaguas. Me dieron de todo. Abanicos, guantes, sortijas, y una encantadora bola de juguete de oro, con una campanilla dentro. No sé a quién se la habrán robado, pero debe de haber sido alguien muy rico.

De una fuente desconocida brotó una emoción que lo hizo preguntar con brusquedad:

—¿*Por qué* te hicieron regalos?

—Aseguraban que fue en agradecimiento por el cuento, pero yo creo que, en parte, es porque les hablé como a hombres normales y no como a proscritos. —Se sentó, levantó las rodillas y las enlazó con los brazos—. Ah, y además, a los enfermos les di tónicos, y palmadas en las mejillas, y les prometí orar por ellos.

Hugh no necesitó pensarlo, siquiera:

—Quiero que lo devuelvas todo.

—¿Qué?

A Hugh no le agradó el modo en que lo miraba, como si él se estuviese comportando de manera irracional cuando, en realidad, ciertos pillastres le habían usurpado sus responsabilidades. Se levantó de un salto y se dirigió hacia el arcón:

—Quiero que lo envíes todo de vuelta. Todo lo que te regalaron.

—¡No puedo hacer eso! —Se la veía insegura, como si no entendiera los motivos del esposo—. Se ofenderían.

—¿Que se ofenderían? Son una banda de ladrones.

Abrió el baúl y buscó entre la ropa.

—Hugh. —Edlyn lanzó un fuerte suspiro—. Sé que lo que tengo es robado, y tal vez eso lo convierta en impuro, pero las pobres mujeres que perdieron sus posesiones jamás las recuperarán. Algunas de esas cosas han estado metidas en baúles durante años. ¡Los lienzos estaban amarillentos en los dobleces, y ellos tuvieron que quitar el polvo a los zapatos!

Hugh se vistió lo más rápido que pudo. No quería hablar de ello.

—Envíalo... de... vuelta.

—Te diré lo que haré. —Trataba de engatusarlo, de hacerlo ver el sentido de la situación—. Enviaré donaciones a la abadía y, así, lavaré el pecado de poseer elementos robados.

Hugh se negaba a dejarse convencer. De no tener nada, dos días atrás, Edlyn había pasado a tener más de lo que podía desear.

Él no tenía intenciones de que fuese así. Quería una esposa indisolublemente ligada a él, una mujer para la cual los progresos de él fuesen progresos para ella. Cuando Edlyn reapareció en su vida, Hugh se dijo que ella sería esa mujer.

Apoyó la bota en el suelo, metió el pie dentro, aferró los bordes, y tiró hacia arriba.

Tal vez había sido un tonto al no pensar que Edlyn había sobrevivido —no, medrado—, en condiciones que hubiesen abatido a la mayoría de las mujeres. No prestó atención a la competencia, la valentía, la tenacidad de la mujer. Se convenció a sí mismo de que Edlyn había logrado ingresar a la abadía por la gracia de Dios, que Dios había guiado a Wharton para que lo llevase a él allí, y que la unión de ellos dos obedecía a un plan divino. Y Dios no le daría una mujer inapropiada.

Puso la otra bota en el suelo y metió con fuerza el pie por la boca.

¿O acaso Dios era capaz de darle una mujer inapropiada?

No le acertó a la boca de la bota, porque la suela resbaló y la caña cayó de costado.

—¿Te has hecho daño?

Edlyn se acercó a él, arrastrando una manta de lana.

Hugh la miró. En cada una de sus mejillas brillaba un hoyuelo como un rizo en la crema batida. La pierna derecha asomaba por la abertura de la manta, y la pantorrilla se flexionaba en un ángulo que le recordó el modo en que ella se había aferrado a sus caderas cuando él...

¡Justo lo que necesitaba en ese momento! ¡Otra erección!

Levantó una mano en un gesto destinado a detenerla, y dijo en tono ofendido:

—Puedo ponerme la bota yo solo.

Edlyn apretó los labios de ese modo que a él tanto lo exasperaba, y le dijo:

—Creo que me vestiré.

Como si eso sirviera de algo...

Sujetó el borde de la bota, lo retuvo y, esta vez, pudo calzársela.

El problema con Edlyn era que *él* quería darle todo. Quería ser él quien le brindase placer. No quería que ella prodigara sus sonrisas a otros hombres. Sin duda, no le agradaba saber que ella, con su encanto, podía despojar a un proscrito del botín. Pues, si podía sobrevivir por sí sola, ¿para qué lo necesitaría a él?

—¿Vas a ponerte eso? —le preguntó Edlyn.

Lo dijo como si sólo tuviese una moderada curiosidad, pero entonces Hugh advirtió que estaba ahí, inmóvil, sujetando la capa y mirándola fijamente.

—Va sobre los hombros —le dijo, con buena voluntad. Ya completamente vestida, estaba ante él con los pies separados, los brazos en jarras—. Entonces, ¿tendré que insultar a mis amigos devolviéndoles sus regalos?

La capa revoloteó cuando se la puso sobre los hombros.

—Consérvalos. —Caminó hacia la puerta, decidido a ignorarla, pero después volvió—. Sólo quisiera saber una cosa. —Levantó el índice—. ¿Realmente me amabas cuando eras joven?

Con expresión rebelde, Edlyn posó la vista en ese dedo, luego en la cara de él, y una breve sonrisa le curvó los labios.

—Sí. Sí, así era.

—Entonces, bien puedes aprender a amarme otra vez.

—¿Estáis conforme con la cocina, mi señora? —preguntó Neda con voz trémula.

—Sí, sí, es maravillosa. Una de las mejores que he visto. —Con expresión de fastidio, Edlyn paseó la vista por la cocina con su gran fosa para encender el fuego, sus utensilios limpios, su experto cocinero—. Lo que pasa es que había olvidado lo imbéciles y empecinados que son los hombres.

El cocinero, hombre corpulento, robusto, puso expresión de horror, y Neda dijo:

—Eso es algo difícil de olvidar. ¿Está refiriéndose a un hombre... en particular?

La sutil pausa ayudó a Edlyn a captar el disgusto del cocinero y, haciendo un esfuerzo, le sonrió.

—No cabe duda de que la cocina es el hogar de un artista.

El hombre suspiró, aliviado, y Edlyn le dijo a Neda:

—Estaba hablando de maridos, en particular.

—El cocinero está asando un buey para celebrar vuestra llegada. —Neda empujó a Edlyn poniéndole una mano en la espalda—. ¿Queréis dar vuestra aprobación al menú?

A Edlyn no le importaba. Hasta el momento, la comida había sido excelente, pero como los que trabajaban en ella habían formado una fila para que los inspeccionara, reconoció la necesidad que tenían de que la nueva condesa los saludara y les diera su aprobación. Ya había hecho antes esto, pero nunca bajo la guía de una experta como la esposa del mayordomo.

Saludó a cada uno de los mozos encargados de

hacer girar las espitas, aprendió los nombres y, cuando salieron al patio en dirección al establo de las vacas, Neda le comentó:

—Los habéis conquistado para siempre, mi señora. Os servirán con placer.

—De eso se trata —dijo Edlyn, impaciente, pero volvió al único tema que ocupaba su mente—. He vivido en una abadía. Durante un año, casi no vi hombres, y los que vi eran monjes.

Neda le acomodó mejor la capa, porque llovía.

—Entiendo vuestra dificultad. Al no ver otra cosa que monjes durante un año, es posible olvidar cómo son en realidad los hombres: por todos los santos, jamás conocí a un monje al que pudiese considerar un hombre normal.

—¿Normal? —A Edlyn no le gustó la palabra—. Son normales.

Neda se apresuró a aclarar:

—¡Son sagrados! Son grandes hombres. Prestan un servicio maravilloso. Pero... —Abrió la puerta del cobertizo y la moza de la lechería se acercó a ellas—. Te saludo, Judith, ésta es nuestra nueva señora, que ha venido a inspeccionar nuestras vacas lecheras.

Edlyn no tenía interés en inspeccionar las vacas. Lo que quería era conocer la opinión de Neda con respecto a los monjes. Sin embargo, tuvo que pasar la mano por la piel de cada animal, y examinar cada uno de los limpios cubos de madera.

Pero, en cuanto salieron de la lechería, se detuvo y le preguntó a Neda:

—Pero ¿qué?

—No quisiera ofenderos, mi señora. Me imagino que debe de haber muchos monjes que vos estimáis. Tengo un tío que es monje, y también un hermano, y los adoro.

—¿Pero? —insistió Edlyn.

—Los he perdido a ambos. Aunque no están muertos, han tenido que sufrir para unirse a Dios. Son buenos monjes, como deben ser, y no les ha quedado espacio para interesarse por mí. —Neda dejó vagar la mirada por el patio. La lluvia caía desde el techo de paja del cobertizo y salpicaba los pies a ambas, y retrocedió hasta tocar la pared con la espalda—. Por egoísta que parezca, recuerdo lo unidos que éramos con mi hermano cuando niños y, en ocasiones, desearía tenerlo de vuelta.

—Si tu hermano se hubiese convertido en caballero, tampoco lo tendrías contigo. Lo más probable es que estuviese muerto.

—Si ésa fuera la voluntad de Dios. —Neda metió las manos en las mangas—. Pero quizás estuviese vivo y, a veces, vendría a visitarme y me abrazaría como solía hacerlo. Además, seguramente se habría casado y, aunque hubiese muerto, yo tendría a sus hijos que, al crecer, serían como él.

En medio del patio, unos niños campesinos jugaban en un charco de lodo, y no parecían mayores que los hijos de Edlyn. Más aún, si ella no les hubiese prohibido expresamente a Allyn y Parkin que jugaran afuera, habría pensado que *eran* sus hijos. Uno de ellos recogió una vara y desafió al otro. Luchaban, usando los palos como espadas, concentrados y revoltosos como cualquier niño.

Edlyn se llevó la mano al corazón. No quería que sus hijos fuesen caballeros. Quería que fueran monjes, que estuviesen a salvo. Pero ¿lo quería por el bien de ellos o por el propio? ¿Lo deseaba para no tener que sufrir el tormento de saber que estaban en batalla y que, quizá, jamás volviesen a su lado?

Si era cierto lo que decía Neda, llegaría el día en que ese ímpetu infantil tendría que ser sofocado. Todo el amor de ellos estaría dedicado a Dios, y ella jamás volvería a ver el rostro de Allyn iluminarse al verla, ni sentir el empellón de la cabeza de Parkin que, a su manera sin palabras, le pedía un abrazo.

—Tenemos que seguir, mi señora. A este ritmo, jamás terminaremos, y los criados que dejemos de lado creerán que es un desaire cuando los que ya hemos visitado alardeen de ello. —Neda precedía la marcha entre promontorios cubiertos de hierba y charcos de lodo—. En cuanto a los hombres con los que nos casamos, por cierto que son unos imbéciles. En lo que se refiere a su esposo... bueno.

Si Neda iba a hablar mal de Hugh, Edlyn se llevaría bien con ella.

—¿Qué pasa con mi esposo?

—Nada, claro. Simplemente ha hecho lo que haría cualquier hombre. —Neda dio unos pasos más, y dijo por fin—: Pero ¿alguna *mujer* habría sido capaz de echar al mayordomo y a su esposa, viendo que la propiedad exhibe tales signos de cuidado, sin averiguar, primero, a quién eran leales?

Edlyn no demoró en estar de acuerdo:

—¡Lo mismo pienso yo!

—Burdett me advirtió que podía suceder. Yo le dije que no necesariamente. Si el nuevo señor era inteligente, y él había averiguado sobre vuestro esposo, nuestro señor, y todas las versiones lo daban como un hombre prudente, entonces nos retendría o, por lo menos, nos daría una posibilidad.

Edlyn la instó a continuar.

—¿Qué te dijo Burdett?

Neda se detuvo en medio del patio.

—Burdett se rió de mí. ¡De mí! Hace treinta años que estamos casados, y él me dijo que yo era una tonta. ¿Qué hay de tonto en conservar a los expertos que contribuyen a ganar dinero para uno, pregunto yo?

—Eso fue lo que yo traté de decirle a Hugh.

—Y él no os hizo caso, ¿verdad? Para estos hombres, la lógica no significa nada. Lo único que importa es ese embrollado nudo de lealtades. ¡Y dicen que nosotras somos las irracionales!

Neda cada vez le caía mejor a Edlyn.

—Tuve que apelar a una treta femenina para convencerlo de que os retuviese.

—Oh, milady —Neda aferró la mano de la señora—, os estoy agradecida por eso. No sé qué habríamos hecho si vos no nos hubieseis ayudado. Besé la bota de él, pero sé muy bien quién fue el verdadero responsable. ¡Os juro que jamás os fallaremos!

—Sé que así será. —Retribuyó con firmeza el apretón de Neda—. Sin embargo, a Hugh le preocupa que vosotros podáis conservar cierta lealtad hacia... Edmund Pembridge.

En realidad, pensando en lo que Hugh opinaba de Pembridge, Edlyn temía por su propia seguridad si llegaba a descubrir que ella lo conocía. ¿Por qué le habría mentido cuando Hugh le preguntó si Pembridge había sido visita frecuente en el hogar de Robin? Hubiese sido fácil decir que sí. Pero, entonces, Hugh la habría interrogado con respecto a ese hombre, y ella habría tenido que admitir que Pembridge había sido el mejor amigo de Robin.

Su mejor amigo, y el amante de Edlyn, si ella lo hubiese permitido. Hasta el presente, rechazaba para sus adentros el recuerdo de la admiración de Pembridge. Ese individuo había compuesto poemas en homenaje a su belleza, cantado a la gracia de Edlyn y, lo peor de todo, elogiado la firme devoción hacia su marido si bien, al mismo tiempo, con su mirada ridiculizaba ese elogio.

Llegó a la conclusión de que Pembridge vivía sumido en emociones contradictorias. Amaba a Robin, la amaba a ella. Veneraba su fidelidad de esposa, y se burlaba cada vez que Robin tenía otra amante. Esperaba que Edlyn cayese en sus brazos y, al mismo tiempo, ella sabía que, si traicionaba a Robin, Pembridge la despreciaría.

—Pembridge. —Neda lo pronunció con desdén, y Edlyn sintió una punzada de culpa—. Siempre en pos de su propio beneficio. Sin pensar nunca en lo que le pasaría a su gente si él apoyaba a Simon de Montfort. Y perdió.

—Simon de Montfort todavía no ha perdido.

Fue como si un dolor de muelas perturbara la concentración de Edlyn una y otra vez, sabiendo que sólo disfrutaban de una tregua pasajera de la rebelión.

—Según los rumores, el apoyo con que contaba entre los barones ha disminuido —dijo Neda, con aire conocedor.

—De todos modos, a la larga tendrá que ser derrotado —dijo Edlyn.

Para eso, Hugh tendría que volver a la batalla, y Edlyn quedaría sola para afligirse y llorar una vez más.

Pero ella se había jurado no amar a Hugh. Se había jurado que jamás volvería a ver sus ojos ensombrecidos por los malos presentimientos cuando se mirase al espejo. Y todavía no había quebrado su propio juramento.

¿No?

Neda dijo con vivacidad:

—Pero Pembridge ya ha perdido este fuerte, y esa pérdida debe de enfurecerlo. Esta propiedad era su fuente básica de ingresos, y yo tenía la esperanza de que nos protegiese con un poco más de sabiduría.

La curiosidad impulsó a Edlyn a preguntar:

—¿No se casó el año pasado?

—No. Decía que no quería casarse, aunque se daba el gusto donde quería.

—Tenía el deber de casarse para continuar la descendencia.

—Era hombre de un solo propósito. Él quería

a una, y a ninguna otra, y yo creo que esa que él quería era inaccesible. Aún así... —Neda arrastró a Edlyn hacia la protección de la herrería abierta—, la última vez que vino aseguró que traería a su dama casada en el término del año.

¿Acaso Pembridge habría estado observándola en la abadía, esperando a que acabase el período de duelo?

Qué estupidez. No era hombre de creer que ninguna mujer valiese tanto como para tomarse ese trabajo. Edlyn contuvo el leve temblor de sus manos.

—¿Dónde está ahora?

—Supongo que siguiendo a Montfort.

Edlyn suspiró, aliviada. No le agradaba la idea de que Pembridge estuviese en el bosque, rumiando, lamentando su derrota. Lamentando haberla perdido a ella.

Neda añadió:

—Salvo que haya recobrado la sensatez y acudido al príncipe a prometerle su eterna lealtad.

—Es demasiado tarde para eso. —Edlyn rogó que así fuese—. Hugh tiene la posesión de este castillo y del título de Pembridge, y el príncipe no puede ser tan tonto para cambiar de idea porque, en ese caso, enfrentaría la rebelión de Hugh.

La boca de Neda esbozó una mueca que le formó un hoyuelo en la mejilla, inadvertido hasta entonces.

—Por lo que sé de vuestro señor, ésa sería una verdadera tontería. No, Pembridge ha perdido Roxford, como merece, y mi esposo no vacilará en jurarle lealtad a lord Hugh.

—Así se lo diré a mi señor. Se alegrará de saberlo. —Al tomar conciencia, gimió—. Oh, Neda, tendremos que organizar una ceremonia para que los vasallos juren lealtad a Hugh.

—Puedo hacerlo.

La fácil aceptación de Neda sorprendió a Edlyn. Todos los lores conocían la importancia de la ceremonia de fidelidad. Todos los vasallos, todos los siervos acudían ante el señor ofreciéndole regalos y juraban ante un sacerdote y ante testigos que lo apoyarían y obedecerían. Después de eso, cualquier traición sería castigada con la condena y la muerte.

A Hugh le preocupaba que Burdett no le fuese fiel pues, aunque el príncipe había ordenado a los súbditos que se sometiesen a Hugh, había quienes tomaban con más seriedad sus propios juramentos que las órdenes del príncipe. Y no tenía modo de saber si Burdett era uno de ésos.

Hablando con lentitud y seriedad, Edlyn dijo:

—Para honrar esta ceremonia tan importante el castillo deberá estar limpio y habrá un copioso banquete, que conquiste la reverencia y la gratitud de los vasallos hacia nosotros. ¿Puedes organizar esa ceremonia para toda la propiedad?

—Es mi deber, mi señora.

Edlyn tomó impulso para discutir pero Neda se mantuvo imperturbable, como si hubiese organizado cientos de esas ceremonias. Era probable que fuese así. Edlyn exhaló un prolongado suspiro. La promesa de Neda le quitaba de encima otra ansiedad, y la dejaba libre para concentrarse en su nueva posición de señora... y de esposa.

—¿Qué día será más conveniente?

—Tendrá que estar presente el primer magistrado de la aldea, igual que el comisario. ¿El señor tiene otras propiedades que desearía incluir?

—No. No tiene otras. —Aunque, con la ambición de Hugh—. Todavía no.

—Entonces... ¿Os parece bien dentro de cuatro días?

—Cuatro días.

Bastarían para preparar comida para cien personas hambrientas que acudirían a contemplar a su nuevo señor y a su nueva señora.

Ni siquiera así Neda pareció preocupada.

—Echaos atrás, mi señora. —Chasqueó la lengua, disgustada, señalando un tallo verde que se enroscaba en torno de los soportes de la herrería—. Esta enredadera provoca erupciones, y es una plaga.

—Qué porquería.

Edlyn se apartó. Buscando hierbas, más de una vez había sufrido los efectos de esa planta.

Neda hizo un ademán hacia el castillo.

—Trepa por los muros del castillo hasta las almenas, y se enraíza entre las piedras. Yo la combato constantemente. Lo que hacemos es arrancarla y quemarla.

—Ten cuidado —le advirtió Edlyn—. Incluso el humo es tóxico, forma ampollas en la piel y lastima los ojos.

—Por eso, procuraré hacerlo antes de la ceremonia. —Neda sonrió—. No vamos a envenenar a nuestros invitados antes de que juren fidelidad.

17

—Luego, iremos a la tienda del herrero.

—Sí, quiero conocer al hombre que herrará mi caballo —dijo Hugh con entusiasmo, aunque ni en sus más locas fantasías hubiese imaginado que seguiría al mayordomo y que sería seguido, a su vez, por una docena de caballeros curiosos.

Hasta ese momento, había inspeccionado campos lodosos, chozas de aldea, cobertizos de almacenamiento, con la lluvia corriéndole sin cesar por el cuello. ¿Ésa era la vida de un lord?

Caminó lentamente, hasta que sir Lyndon lo alcanzó.

—Esto es capaz de agotar rápidamente a un caballero diligente.

No era más que una agudeza, una frase breve con intenciones de aligerar el disgusto de sir Lyndon, pero no resultó. Las comisuras de la boca del caballero se alzaron un instante, y dijo, con aire remoto:

—Sí, mi señor, es verdad.

Hugh siguió caminando, pensando en alguna otra cosa que decir, pero sir Lyndon estaba enfurruñado como una mujer. No, como un niño, porque él jamás había visto a Edlyn comportarse de manera tan perversa.

—¡Oh, deja en paz al nuevo señor, mula vieja! —vociferó una voz de mujer.

Hugh miró y la vio de pie en la puerta de una choza, con el busto generoso apenas cubierto por una tenue camisa.

La mujer señaló a Burdett.

—Ése quiere un trago de mi cerveza. —Le sonrió a Hugh, revelando la falta de varias piezas dentales—. ¿No es verdad, mi señor?

—Cerveza.

Hugh oyó a Wharton exhalar la palabra como si fuese la plegaria de un moribundo. Era indudable que Wharton estaba aburrido, y todos los hombres de Hugh tenían expresiones similares. El único que conservaba un semblante cortés era Lyndon, y Hugh estaba impaciente por librarse de él. Hugh adoptó una decisión que Burdett no aprobaría.

—Sí —dijo—. Quiero un jarro de cerveza para humedecerme la garganta.

Como Hugh había imaginado, Burdett se escandalizó.

—Pero, mi señor, aún no hemos terminado con la inspección de la aldea, y después de...

—Cerveza. —Hugh se encaminó hacia la cervecería, chapoteando sobre el barro del color del carbón que, según Burdett, era tan fértil—. Ya.

Para Hugh, la ráfaga de aire tibio que salió de la choza olía a paraíso. Hacía muchas lunas que no acudía a una cervecería y, pellizcando a la cervecera por la primera de las papadas, le dijo:

—Tráenos un jarro a cada uno.

—Sí, mi señor.

La mujer se apresuró a cumplir, sacudiendo su enorme humanidad, al tiempo que los hombres se acomodaban en torno de la mesa, frente al fuego, se aflojaban y suspiraban. Dejaron la cabecera para Hugh, que se sentó a horcajadas en un taburete, y señaló al otro extremo:

—Siéntate, Burdett.

El mayordomo encontró un taburete. Todavía no se sentía a gusto entre estos caballeros y escuderos.

Rodeando con el brazo a la cervecera mientras ella iba depositando un puñado de jarros sobre la mesa, Wharton le preguntó:

—¿Cuál es tu nombre, preciosa?

La cervecera soltó las asas y le dio una palmada en los dedos.

—No te lo diré. Me reservo para nuestro amo.

—¿Para lord Hugh? —Wharton estalló en carcajadas—. Tendrás que esperar un buen tiempo a lord Hugh, bonita. Está recién casado, y toda la noche de ayer, mientras él y su mujer se revolcaban sobre el colchón, se sacudían las vigas del techo.

Los hombres se sacudieron con roncas carcajadas, y la mujer se irguió, con los brazos en jarras, observando a Hugh:

—Mi señor, ¿él dice la verdad?

Hugh arrastró uno de los jarros de cuerno a través de la basta mesa de madera.

—Estoy recién casado —admitió.

—En ese caso —repuso la mujer, abrazando a Wharton—, mi nombre es Ethelburgha.

Los hombres ya rugían de risa, y Burdett se unió a ellos.

—En la aldea la llamamos Ethelburgha, la fácil.

Ethelburgha hizo un gesto de advertencia hacia Burdett:

—No cuentes todos mis secretos.

—No es ningún secreto. —Burdett aceptó el jarro que le pasaba sir Philip. Esperó a que todos tuviesen uno, y luego se levantó—: Propongo un brindis. Por Hugh, conde de Roxford, con mi eterna gratitud.

Hugh puso la mano en el brazo de Wharton para impedirle que se levantara a proponer un segundo brindis. Quería saber lo que pensaba su mayordomo, y estaba decidido a averiguarlo enseguida.

—¿Gratitud? Te ruego me expliques por qué.

—Por permitirme seguir siendo mayordomo del castillo de Roxford. —Burdett bajó el jarro y habló con sinceridad—: Mi señor, os estoy realmente agradecido.

—Pero ¿eres leal? —preguntó el señor.

—¿A vos, mi señor? Podéis estar seguro.

—¿Por qué debería confiar en ti? —lo desafió—. ¿Acaso no has jurado lealtad a Pembridge? ¿No has sentido un dolor pasajero por la pérdida que él sufrió?

Burdett bajó la vista. Eligiendo con cuidado las palabras, dijo:

—El anterior conde fue mi amo muchos años, y le he servido bien y lealmente. Por lo tanto, jamás hablaría mal de él. —Dirigió la vista hacia Hugh, bajo la mirada atenta de los caballeros—.

Sin embargo, Pembridge no tuvo escrúpulos en sacrificar a Roxford y mi compromiso verdadero es con el castillo de Roxford. Aquí fueron mayordomos mi padre y, antes, mi abuelo. Si el príncipe Edward me hubiese ordenado seguir fiel a Pembridge, así lo habría hecho. Pero como el príncipe me ordenó que depositara mi fidelidad en usted, así lo haré.

A Hugh le agradó la sinceridad del tono de Burdett. Le gustó que se sintiera ligado a Roxford por sobre todo, pero...

—Eso no me dejaría a mí muy bien parado en caso de que yo le fallase en alguna forma a Roxford.

—No os conozco muy bien, mi señor, pero no me parecéis hombre capaz de descuidar lo que es fuente de vuestro título y de vuestra nobleza, por culpa de la ambición y de la codicia.

—Cuando el príncipe me convoque, acudiré —respondió Hugh.

—Ése es vuestro deber, mi señor. —Burdett apoyó los nudillos sobre la mesa—. Quizá yo sea una exótica reliquia, pero creo que el deber está por encima de la ambición, y la lealtad por encima de la codicia. En síntesis, si Edmund Pembridge hubiese cumplido sus juramentos al rey Henry y al príncipe Edward, yo no estaría aquí, ahora, bebiendo con vos. Os habría rechazado cuando quisisteis entrar, y jamás hubieseis tomado Roxford estando yo con vida.

—Bien dicho —concedió Hugh.

Soltó el brazo de Wharton, que empujó a un

lado a Ethelburgha y, levantándose, se unió a Burdett.

—¡Yo me uno a tu brindis por lord Hugh, y por que su herencia perdure mucho tiempo! —En tono más personal dijo a su amo—: Es una alegría haber vivido para ver este día.

Los demás también se pusieron de pie y entrechocaron sus jarros y, mientras bebían, Hugh se ruborizó como una doncella en su noche de bodas, ante la andanada de buenos deseos. Por suerte, la penumbra y el humo lo ocultaban pues, de lo contrario, además se habrían burlado de él como si fuese una doncella.

—Os agradezco, mis buenos hombres. —Hugh, a su vez, alzó su jarro—. Jamás lo habría logrado de no ser por el indoblegable apoyo de todos vosotros.

Tuvo buen cuidado de no demostrar más favor a sir Lyndon, y todos aceptaron el reconocimiento con igual gracia. Volvieron a chocar los jarros y a beber. Y llegó el momento de llenar otra vez los jarros.

Aún de pie, Wharton alzó su jarro:

—¡Por el castillo de Roxford, que sea siempre próspero y la piedra de toque de nuestra buena suerte!

Bebieron, y Dewey soltó un eructo tan fuerte que hizo reír a Ethelburgha.

Sir Philip alzó su jarro:

—¡Por nuestro rey, para que pueda escapar de Simon de Montfort y volver a reinar!

Algunas cabezas se volvieron hacia Burdett para comprobar si bebía.

—¡Por el rey! —dijo él, junto con los demás.

Bebieron de nuevo, y Ethelburgha les sirvió una tercera ronda.

Sin sentarse aún, sir Philip dijo:

—¡Y por el príncipe Edward! ¡Que pueda triunfar sobre los enemigos del rey con la ayuda de lord Hugh, y que todos salgamos indemnes de las batallas!

—¡Por el príncipe!

Ya la mayoría de los hombres se habían sentado, pero Burdett logró permanecer de pie. Levantando su jarro, brindó:

—Por lady Edlyn. ¡Que su vientre sea fértil, que esté siempre lleno, y que conserve para siempre la gracia y la compasión!

Los hombres de Hugh lanzaron vivas, y Hugh levantó su jarro uniéndose al brindis.

Luego, lo depositó con un golpe sobre la mesa.

—¿Acaso todas las mujeres son así de imprudentes?

Las risas y la camaradería se interrumpieron, y los caballeros se miraron entre sí, confundidos.

El único que tomó en serio la pregunta, y que ya estaba acalorado por la bebida, fue Burdett. Se sentó y dijo:

—No sé cuán imprudente es lady Edlyn, mi señor, pero según mi experiencia, por lo general las mujeres son... difíciles.

Sir Philip asintió.

—Mi esposa era más que difícil: era imposible.

Resoplando por la nariz, Wharton dijo:

—Mis esposas han sido casi unos casos perdidos. Hablaban, hablaban, hablaban, hasta cuando estábamos fornicando, y se quejaban de que era muy breve, o muy largo, o que no lo hacíamos con bastante frecuencia.

Captó las expresiones de asombro en todas las caras vueltas hacia él, y se concentró en su cerveza.

Ethelburgha le palmeó la cabeza y le llenó el jarro.

—Mi padre solía decir que jamás se habría casado si no fuera porque se cansó de su propia mano. —Todas las cabezas se volvieron hacia Dewey, cuya piel rubicunda se puso roja—. ¡Bueno, eso fue lo que dijo!

Hugh dijo:

—Edlyn estaba enfadada porque Neda me besó la bota.

—¿A quién quería que se la besara... a ella? —Wharton lanzó una breve carcajada, y vio la respuesta en el rostro de Hugh—: ¡No, estaba bromeando!

Burdett rezongó:

—¡Mujeres! Siempre metiéndose en los asuntos de los hombres.

—Tratando de atribuirse el mérito de la generosidad del señor —dijo sir Lyndon en tono agrio.

—Pero vos no habríais aceptado que ellos se quedaran si lady Edlyn no os lo hubiese rogado —dijo Dewey. Todos se volvieron hacia él, y enrojeció más aún—. ¡Bueno, no los habríais aceptado!

—La decisión no fue de ella —dijo Wharton.

—No os preocupéis, mi señor. —Burdett vio cómo Ethelburgha llenaba otra vez las jarras y las dejaba sobre la mesa, y entonces él vertió cerveza en todos los jarros, hasta donde podía llegar—. Mi esposa aclarará las cosas con la señora. Me dijo que lo haría.

Con expresión triste, Hugh alzó la vista del remolino de cerveza en su jarro.

—¿Cómo?

—Bueno... —Burdett se removió muy incómodo—. Mi esposa es una mujer orgullosa. Cuando os besó a vos la bota, yo me sorprendí. Me pregunté si... ehhh... me pregunté... o sea, creo que lo hizo por... mí.

Nadie rió. Más bien, parecieron horrorizados por los sentimientos que expresaban esas frases entrecortadas.

Burdett aceleró su discurso, con la lengua ya un tanto torpe.

—Su demostración pública de gratitud sería completada por una demostración privada, mucho más cálida y sincera a lady Edlyn y yo ruego que eso alivie la irritación de la señora y, por consiguiente, vuestro fastidio, mi señor.

—¡Eso no es justo! —protestó Wharton.

—Ah, olvidémoslo. —Sir Philip hizo girar su jarro—. Las mujeres no tienen poder. Aunque ninguna de ellas tenga el buen sentido de un hombre, no es fácil.

—¿Para qué querría una mujer el poder? —inquirió sir Lyndon, y respondió su propia pregunta—: Para malbaratarlo.

Sentado en el banco, Wharton señaló con el dedo el pequeño salón, con expresión ceñuda.

—Una mujer no sabría qué hacer con el poder. La mayoría, no saben qué hacer con una olla. Yo siempre digo: cuando dejamos que una mujer nos gobierne, no hace otra cosa que embrollarlo todo. Tendríamos que empezar a tratarlas como se merecen, dándoles un buen golpe de vez en cuando, con la vara de...

Hugh oyó el golpe sordo antes de comprender cuál era el problema.

Wharton salió proyectado hacia arriba, giró sobre sus pies y cayó de espaldas, exhalando todo el aliento en un quejido.

En el lugar de Wharton apareció Ethelburgha, bullendo de indignación, como un erizo ante una manada de lobos.

—Ustedes son una banda de asnos y adulones.

—¡Ethelburgha! —Burdett se levantó, tambaleante.

Ethelburgha lo señaló y, como si el dedo fuese un arma cargada, el hombre volvió a sentarse.

La mujer dijo:

—Cada vez que sus ejércitos marchan a través de la aldea y me queman la cervecería, desearía que los hombres supieran lo que sabe cualquier mujer. Lo sensato es la paz en toda época y en todo lugar, y no ese eterno reñir. Si alguno de ustedes tuviese el cerebro que tiene incluso una niña recién nacida, correría a agradecerle a su mujer por enseñarle todo lo que sabe sobre la bondad.

Dewey murmuró algo y a Hugh le pareció que era una respetuosa coincidencia.

—Lo que pide la señora es reconocimiento hacia su prudencia, pero los hombres están demasiado cegados por el orgullo para concedérselo.

Sir Philip estaba tan ahogado por la indignación que casi no podía hablar.

—No puedes hablarle así al conde.

—Supongo que sí puede. —Hugh se levantó y se envolvió los hombros en la capa—. ¿Qué debería hacer: matar a la cervecera de la aldea por su insolencia en mi primer día aquí?

—Algunos hombres lo harían —dijo Ethelburgha.

—Jugaste bien tu opción —dijo Hugh, yendo hacia la puerta—. Sea cual fuere tu opinión sobre mí, no soy tan burro.

—Entonces, agradecedle a la señora por hacer lo que vos deseabais cuando se casó con vos, es decir que os brindara su experiencia en el manejo de propiedades.

Hugh giró bruscamente la cabeza y se detuvo antes de salir:

—¿Cómo supiste eso?

Burdett dijo, con la mano sobre los ojos:

—Ethelburgha lo sabe todo.

—No todo, pero sé quién es la señora y lo que fue para mi antiguo amo —replicó Ethelburgha.

Hugh la oyó y siguió caminando, y la mujer lo siguió. En cuanto salió por la puerta, Hugh aferró el brazo carnoso. La muchacha trató de soltarse, pero Hugh apretó la grasa que se balanceaba en ese brazo:

—Mi esposa no conocía a tu antiguo amo.

Ethelburgha caminó de costado cuando Hugh

la apartó de la cervecería para que sus hombres no los oyesen.

La mujer no dejaba de hablar:

—Nadie conocía al amo, pero tenía un modo de acosar a una mujer que provocaba carne de gallina.

Hugh no le creyó. Le había preguntado a Edlyn si conocía a Pembridge y ella lo había negado. Y, sin embargo, recordó el modo en que había apartado la vista cuando le hizo la pregunta, y por eso insistió:

—¿De dónde sacaste que acosaba a mi esposa?

—Acostumbraba a ir al castillo de Jagger y cuando volvía tenía esa expresión enloquecida. —Ethelburgha se soltó de un tirón y se frotó el brazo—. Y todas las doncellas de cabello castaño y ojos verdes temblaban y se ocultaban.

—¡Eso no demuestra que la conducta de mi esposa haya sido reprobable!

—No fue mi intención ser chismosa, mi señor. —Los ojos de Ethelburgha se fijaron en él, y lo empujó por el pecho con su dedo regordete—. Yo no dije que ella hubiese pecado. Si así hubiese sido, yo no se lo habría contado. Fue un trovador vagabundo el que me lo contó, mi señor. Dijo que en el pueblo del castillo de Jagger todos comentaban la virtud de la dama a pesar de los adulterios del esposo, y cuando le dije que no me importaba lo que decía la gente que vivía tan lejos, él se rió y dijo que sería conveniente que me preocupara, pues era mi propio señor el que andaba tras ella.

—¿Por qué no me lo habrá dicho? —preguntó Hugh, casi para sí.

—Porque no es para enorgullecerse que a una la acose Edmund Pembridge. —Bajó la voz—. Os lo digo porque Burdett no quiso escucharme. Dice que no soy más que una mujer, y que me dedique a revolver mis ollas y que deje las ideas para los hombres, pero yo os lo advierto, mi señor, Pembridge nunca desiste de perseguir algo que quiere. Mientras él viva yo temo por Roxford, y vos deberíais temer por vuestra señora.

La mujer parecía sincera, y Hugh creyó en sus palabras.

Entonces, levantó la voz:

—Un poco de agradecimiento público no le vendría mal a mi señora. Haced la prueba, mi señor, y veréis.

Hugh alzó la vista y vio que sus hombres salían a los tumbos de la cervecería. Ethelburgha no quería que ellos se enterasen de este escándalo.

Él tampoco. Alzando la voz igual que la mujer, dijo:

—Tal vez lo haga.

—Tratad de brindarle la misma lealtad que reserváis al rey.

La expresión de Hugh se volvió tormentosa, y se encaminó a zancadas hacia el castillo.

—¡O más! —gritó Ethelburgha.

Hizo como que no la oía.

Hugh y Edlyn se encontraron al pie de la escalinata que subía al castillo. En ese momento eran sólo dos personas mojadas, desdichadas que, por casualidad, estaban casadas, y que se miraban sin saber qué decirse. Tras ellos estaban Burdett y Neda, Wharton, Dewey, sir Philip, sir Lyndon, y todos los hombres del séquito de Hugh, que contemplaban a la pareja con un interés acrecentado por las recientes revelaciones.

Edlyn quería hablar, pero se le ocurrió que debía permitir que lo hiciera primero Hugh, en señal de respeto.

Hugh quiso hablar, pero no sabía qué decirle a una esposa con la que estaba peleando o haciendo el amor desde el día de la boda.

Por fin, impulsados por el viento del oeste, la lluvia que arreciaba y la fuerte sensación de que alguien tenía que hacer algo, dio un paso atrás, hizo una leve reverencia, y señaló los escalones.

Edlyn esbozó una leve sonrisa, y lo precedió.

—¡Mamá, mamá!

Los gritos de los niños la hicieron darse la vuelta.

—¡Peleé contra Allyn con una espada y le gané!

Un niño cubierto de barro —¿sería Parkin?— bailoteaba en un charco, al costado de la escalera.

—¡No es cierto! —exclamó Allyn, igualmente embarrado, pateando el agua hacia su hermano—. Lo dejé ganar.

Edlyn se quedó inmóvil. Los dos diablillos que habían peleado en el barro con palos eran sus hijos. ¡Los suyos!

—¿Ah, sí? —dijo Parkin.

—Sí —respondió Allyn.

—Mentiroso.

—Acusador.

—¡Niños! —Tal vez Edlyn no supiera qué decirle a Hugh, pero sí sabía qué decir a sus hijos—. Basta ya.

—Pero...

—Él dijo...

—Ni una palabra más.

Empezó a descender la escalera, pero Hugh se quedó donde estaba, y no se movió.

—¿Te molestaría que yo me ocupara de esto? —le preguntó.

La voz profunda la sobresaltó, y la idea que le presentaba, más aún. Desde que nacieron los niños, ella había sido la única responsable por la conducta y la disciplina de ellos, y ahora este hombre, su marido, acababa de ofrecerle ayuda.

—He entrenado a muchos pajes y escuderos en mi vida. —Interpretó la vacilación de Edlyn como algo más que sorpresa, como desconfianza hacia él—. No les haré daño, pero terminaré con todo este alboroto, y los haré lavarse sin que tú te molestes.

Al observar a Hugh, Edlyn no lo vio como su esposo, su amante o su enemigo, sino como el caballero capaz de doblegar a sus hijos cuando ella no podía. Permitir que regañase e instruyera a sus hijos sería más que un gesto de confianza: sería un alivio. De repente, tomó una decisión:

—Con mis bendiciones.

Los niños se habían quedado silenciosos, y la miraron con los ojos muy abiertos, como si los hubiese traicionado. Estaba bien que lo comprendiesen: ese cambio de fortuna que recibieron con tanto entusiasmo iba acompañado de límites a sus expectativas de libertad.

Hugh les ordenó:

—¡Quitaos esa ropa! ¡Bañaos bajo la lluvia! ¡Y lavad vuestra ropa en el abrevadero de los caballos!

Los niños empezaron a enfurruñarse y luego se echaron a llorar.

—Mi señora. —Neda tomó a Edlyn del codo—. Entremos.

Edlyn no puso objeciones. Apartó la mirada de sus llorosos muchachos que protestaban con la boca muy abierta, sin sentir otra cosa que satisfacción, y trepó las escaleras hacia el castillo. Hugh no los maltrataría, y sí les enseñaría.

Con ayuda de Neda se puso ropa seca, cerciorándose de que ninguna prenda proviniera de los hombres de Richard, y cuando Hugh entró, ella estaba sentada junto al fuego en el gran salón, hilando con un huso, mientras los criados se apresuraban a colocar las bandejas para la cena.

Se levantó de inmediato de la silla.

—Agradezco a los santos que hayas vuelto, mi señor. —Le sacó la capa mojada y se la entregó a la doncella que apareció junto a ella—. Me salvaste de una condena que odio. Mis habilidades para hilar no han aumentado durante mi estada en la abadía.

—Deja el hilado para las doncellas —le respondió, evidentemente sorprendido por el tono casual de ella. Mirando a su alrededor, a las criadas que se escabullían, agregó—: Hay muchas.

—Tal vez lo haga.

Le sonrió, resuelta a no preguntarle qué había hecho con sus hijos.

Pero Hugh no esperó, y se lo dijo:

—Están limpios, secándose, y vendrán a pedirte perdón por haber salido sin tu permiso, y por reñir.

—Te lo agradezco. —Nunca lo había dicho con tanta sinceridad. Le había sacado un peso de encima, uno que ella jamás había esperado compartir, y le estaba agradecida—. Si así lo deseas, milord, puedes usar la ropa seca que me tomé la libertad de dejarte en el solar.

A medida que el fuego iba secándolo, el vapor se elevaba de las ropas de Hugh.

—Todavía no. Primero, tenemos que hablar con respecto a tus hijos... —La miró de soslayo, casi avergonzado, pero completamente decidido—. Nuestros hijos.

Como Edlyn se había mostrado dispuesta a compartir a sus hijos, ahora Hugh aceptaba la responsabilidad, llamándolos propios. Ese lazo entre ellos, el lazo de la paternidad, contribuía a demoler la sensación de impotencia que Edlyn había sentido desde que se casaron. Expresó su curiosidad:

—Sería fácil para ti imponer tu voluntad con respecto a Allyn y Parkin, pero no lo haces. ¿A qué se debe?

Hugh la miró como si lo hubiese calificado de autoritario, y dijo en tono horrorizado:

—Tú eres su madre, y yo he llegado más tarde a ocupar mi papel de padre. Me someto a tu experiencia, que es mayor.

Claro que *era* autoritario, pero no lo impulsaban la crueldad ni la maldad, y había cambiado sin advertirlo.

—Yo ya había estado casada, mientras que tú asumiste más tarde el papel de esposo y, sin embargo, me obligaste a casarme contigo, como si yo fuese una niña que necesitara una guía. —Le pareció detectar un movimiento en Hugh... ¿podía ser que estuviese inquieto?—. En aquel momento, yo pensé que realmente lo creías así.

La miró a los ojos.

—Si tuviese que volver a hacerlo, haría todo igual. Aunque, tal vez, lo hiciera por motivos diferentes.

—¿De todos modos me obligarías a casarme?

—No tenía tiempo de cortejarte, Edlyn, y como tú dijiste, creí que evidenciabas una notable falta de inteligencia por no querer casarte conmigo.

La mujer tuvo ganas de reír, pero se contuvo porque vio que él hablaba en serio.

—Sin embargo, has probado tu elevado criterio más de una vez, y por lo tanto tengo que deducir que tu vacilación no fue otra cosa que la precaución natural de la mujer cuando enfrenta un cambio importante.

¡Era capaz de irritarla aunque estuviese elogiándola!

—¿Acaso no crees posible que fuera, como te dije, el deseo sincero de evitar la pena que acarrea el matrimonio con un guerrero?

—Eso no tiene sentido, y tú eres una mujer sensata.

Otro elogio, otra irritación. ¿Acaso no entendía que algunos sentimientos no tenían nada que ver con la razón?

Vio que se había puesto solemne, que era sincero.

Claro que no lo entendía. Vivía en su mundo masculino como la encarnación del éxito, y en ese mundo las emociones no tenían cabida. Por más que Edlyn hablase durante una semana, hasta que no experimentase el dolor de ver en peligro a alguien que amaba, jamás lo entendería.

Reconociendo la derrota, se dejó caer sobre un banco y le indicó el sitio junto a ella.

—Dime lo que piensas con respecto a nuestros hijos.

En cambio, Hugh arrastró un taburete y lo colocó enfrente de ella. Se sentó y le tomó las manos. De inmediato, el ritmo de las tareas en el gran salón disminuyó, y todas las criadas encontraron algún pretexto para demorarse cerca de ellos.

La voz de Neda los llamó al orden:

—¡A vuestras tareas!

Se dispersaron, y Hugh habló:

—No estoy muy de acuerdo con tu plan de poner a los chicos en el monasterio. —La mujer trató de interrumpirlo, pero él se lo impidió—: Déjame terminar. Aunque sé que tienes tus razones, veo el fuego y el ánimo de Robin en los dos muchachos. Parkin es un salvaje, y necesita entrenamiento para controlar ese salvajismo. Allyn es de tipo reflexivo, pero tiene un temperamento que también debe aprender a contener. Me temo que, si los colocas en el monasterio, el fuego y el ánimo de su padre se extinguirán para siempre. La herencia de su padre se extinguiría, sin duda, y sé que tú amaste demasiado a Robin para permitir que eso suceda.

Edlyn entendió lo que le decía y, cuando habló, lo hizo a pesar de un nudo en el pecho.

—Tú quieres que sean entrenados para que se conviertan en caballeros.

—Es lo justo y lo correcto.

Edlyn ya no sabía qué era justo y correcto. Ya había adoptado la decisión de que se hicieran monjes, aunque Allyn y Parkin detestaban esa perspectiva. Y si bien antes había rechazado el consejo de Hugh en ese aspecto, el sincero horror que él manifestó por ese destino, incluso para los hijos de un enemigo, la había hecho pensar. Y hasta los propios monjes parecían dudar de que los niños fuesen aptos para la vida contemplativa.

Al verla indecisa, Hugh se puso ansioso:

—Deja que se establezcan aquí —dijo—, y que reconozcan este lugar como su hogar. Entonces, cuando sepan que estaremos esperándolos a su regreso, los enviaremos para que sean adoptados.

Hugh no comprendía que lo que él proponía era imposible y, eligiendo las palabras con cuidado, dijo:

—A los hijos de los nobles se los envía a hogares ajenos para que los eduquen y entrenen otros hombres por una única razón: para fortalecer los lazos entre esas dos familias. Cuando un caballero ha adoptado a un muchacho, es casi como un padrino. Las familias se hacen más próximas, la influencia de ambas se convierte en una.

—Eso es cierto.

—Allyn y Parkin son hijos de un traidor al rey.

Cuando Hugh advirtió que Edlyn estaba abordando el tema con actitud razonable, su impaciencia no conoció límites y añadió:

Le das demasiada importancia al hecho de que sean hijos de un traidor. Gracias a mi posición, podemos lograr que cualquiera en el reino adopte a nuestros hijos.

Edlyn sintió que la cabeza le daba vueltas y se esforzó por desechar antiguos prejuicios y temores paralizantes, y por actuar como una mujer madura.

—No dudo de que puedes utilizar tu influencia para colocar a Allyn pero ¿quién apadrinaría a Parkin? ¿Quién se encargaría de mi revoltoso muchacho?

—No porque sea de carácter fuerte...

—No es por eso... —Tomó aliento. Sabía que tenía que confiárselo, pero tenía que vencer años de reticencia—. Quizás acepten al hijo de un traidor, pero ¿al bastardo de un traidor?

Hugh se quedó mirándola. Reaccionó como si, de pronto, estuviese hablando en un idioma diferente, o como si ella hubiese cambiado las reglas que gobernaban al mundo.

—¿Un bastardo?

—Parkin no es mi verdadero hijo. Es hijo de mi... del conde de Jagger y de mi doncella.

Captó el momento exacto en que Hugh comprendía, y no pudo soportar su expresión suspicaz.

—Un bastardo, hijo de una plebeya —dijo.

—Robin se aburrió de esperar a que yo pariese, como dijo con tanta elegancia, y como, de todos modos, ella dormía al lado de la cama nuestra, él...

Hacía mucho que no sentía un dolor semejante: lo creía olvidado. Pero la reacción de Hugh lo revivió.

Le soltó las manos y se levantó. Dio la vuelta alrededor de ella y, mientras caminaba, el agua le goteaba del borde del sobreveste.

Edlyn entendió que necesitara moverse. En ese momento, ella misma habría dado cualquier cosa por tener el huso, por tener algo en qué ocupar las manos y los ojos, bajo la mirada de Hugh. Pero el huso estaba al otro lado del hogar, y no estaba en condiciones de levantarse.

No le gustaba nada que Hugh la compadeciera, aunque la mujer que ella era en la actualidad también compadecía a la muchacha que había sido. La esposa de Robin, con los tobillos hinchados y el vientre distendido, y un compañero que la encontraba repulsiva. Era muy joven y había sentido mucha gratitud de que Robin se casara con ella, pero la gratitud se esfumó cuando oyó los gruñidos de placer de él mezclados con los gritos virginales de dolor de su doncella. La vergüenza y la culpa de su doncella hicieron que viese a Robin bajo una nueva luz, y entonces había comenzado la lenta muerte de su amor por él.

En síntesis, Edlyn era una pobre, extraña criatura cuando se casó con Robin, pero aún así merecía al menos que su esposo saliera del dormitorio para aliviar su ingle enfebrecida. Se crispó recordando aquella antigua angustia, pero siguió hablando:

—Por eso supe desde el principio que el niño era de Robin. Cuando la madre de Parkin murió al dar a luz, Allyn sólo tenía cuatro meses.

—No son mellizos.

Hugh se debatía por absorber la realidad.

—Yo tenía leche, y Allyn no estaba bien. Todos los días temía que no despertara del sueño. Yo no dejaba de recordar cuánto había sufrido ella en el parto, y no podía condenar a Parkin sintiendo que la muerte merodeaba tan cerca de mi propio hijo. —Levantó la vista hacia su esposo, que había dejado de pasearse y la observaba—. Pues eso habría ocurrido si se lo hubiese dado a las otras mujeres para que lo criasen.

—¿Parkin es el único bastardo que ha tenido Robin?

La mujer rió:

—Por Dios, no. Esparció su simiente por doquier, como un granjero echando la semilla al viento. Pero, hasta donde sé, todas las otras madres viven.

—¿Los muchachos lo saben? ¿Parkin...?

—Por supuesto. ¿Imaginas, acaso, que algún habitante del castillo de Jagger habría guardado silencio? —El asombro de Hugh se había esfumado, y Edlyn le había explicado todo lo posible, lo más rápido posible—. Por eso Parkin me demanda atención, y por eso Allyn se lo permite. Los chismosos le han contado a Parkin que, en realidad, no es mío, y eso le preocupa. Allyn es más seguro, y quiere a su hermano.

—Tratas a uno igual que al otro, y gracias a eso

no alimentarán un odio mutuo, como pasa con esas dos monjas, lady Blanche y su hermana Adda. —Hugh se apartó el cabello mojado de la frente—. No me extraña que tu confianza sea tan endeble.

—Confío en ti —le respondió de inmediato—. ¿Acaso no atiendo tus consejos con respecto a mis hijos?

Hugh volvió a sentarse enfrente de ella.

—Sí, me entregas a tus hijos pero no tu alma.

¿Lo hacía? ¿Era cierto eso? ¿Qué clase de madre era capaz de confiar a un hombre el bienestar de sus hijos pero no su propia felicidad? ¿O acaso confiaba en él y su actitud defensiva no era más que un frágil baluarte, y ansiaba que él lo derribase?

—Edlyn, puedes decirme cualquier cosa, yo comprenderé.

A Edlyn le sonó extrañamente conmovedor, como si él conociera sus secretos.

Hugh susurró:

—¿Qué debo hacer para demostrarte que jamás abusaré de tu amor cuando me lo entregues?

—Yo... tú...

Miró alrededor, buscando escape.

Hugh también miró alrededor, y vio una docena de caras que los espiaban.

—¡Si no tienen nada que hacer, yo les daré algo para hacer! —rugió, y se pareció tanto a sir David de Radcliffe, que Edlyn rió entre dientes. Hugh agregó, fastidiado—: Ya lo han logrado, ¿no? Te han distraído.

Neda estaba ceñuda, las criadas huían, y Edlyn intentó fingir que no sabía lo que Hugh pretendía:

un cometido que cumplir, un modo de ganar su confianza. No reparó en que había demostrado ser fuerte y honrado, dos cosas que ella apreciaba por encima de todo. Dijo con voz débil:

—Nuestros hijos. Tenemos que decidir el destino de nuestros hijos.

Hugh suspiró, pero se avino a abordar el tema como ella quería.

—Es verdad que tengo influencia entre los nobles. Pero, más que eso, tengo amigos. He salvado vidas, y han salvado la mía. He bebido con barones, duques y condes. He aceptado hospitalidad y he ofrecido la mía. Ése es uno de los motivos por los que el príncipe pensó en mí cuando el castillo de Roxford quedó libre de ser reclamado. Los amigos que tengo en la corte le recordaron mis méritos. —Señaló la mesa principal, donde Wynkyn llenaba las copas e inspeccionaba las fuentes—. Mi paje es hijo del conde de Covney, y yo lo recibí en adopción. En el peor de los casos, puedo entregarle a Parkin a Covney, y estar seguro de que será criado de manera apropiada y, en cuanto a Allyn, no será el primer hijo de un traidor que progresa y se hace de un nombre propio. —Observó a Edlyn—. ¿Eso te satisface?

¿Que si la satisfacía? No, no la satisfacía. Cuando pensaba en ello, la cabeza le daba vueltas, y la sangre abandonaba su cara. Se había prometido que esto no sucedería jamás. No quería que sus hijos se convirtieran en caballeros, y se le destrozara el corazón cuando se los trajesen de vuelta sobre unas parihuelas.

Sin embargo, sin saberlo, Neda tuvo una respuesta para eso. Si resultaban buenos monjes, llegaría un momento en que se entregarían a Dios, y Edlyn los perdería. ¿Y cómo podría brindárselos a Dios y después pedirles que no se dedicaran a Él?

—Sí —dijo, sin darse tiempo a cambiar de opinión—. Eso me parece aceptable.

Mientras hablaba, se le aclaró la vista, y vio la enorme sonrisa que le dirigió Hugh:

—¡Ésa es mi dama! —le palmeó el hombro igual que si fuese uno de sus caballeros, y tuvo que sujetarla para que no se cayera—. ¡Edlyn, perdóname!

A Edlyn le dolió el hombro, pero no pudo menos que echarse a reír.

—¿No te he hecho daño?

Negó con la cabeza.

—En absoluto. Pero ahora veo por qué entiendes tan bien la mentalidad de los muchachos. Tú no eres más que un muchacho crecido.

—Bien. —Le sonrió con aire significativo—. A veces. —Antes de que Edlyn pudiese replicar, le puso las manos en los brazos y la hizo volverse—. Aquí están nuestros hijos, para disculparse por haberte hecho enfadar.

Con semejante presentación, Allyn y Parkin no tenían más remedio que cumplir. Edlyn observó a los niños que estaban de pie ante ella, secos y limpios, farfullando sus disculpas. Se parecían mucho a Robin, y eso la asustaba. Pero, con el ejemplo de Hugh, podrían aprender qué significaban la coherencia, la integridad, y todas las virtudes de un caballero. Se relajó, segura de que había hecho lo correcto.

—He decidido... —Se interrumpió, y tomó una mano de Allyn y una de Parkin—. Ambos hemos decidido que deberíais entrenaros como caballeros. ¿Os gustaría eso?

Parkin se puso a saltar.

—¿Entrenarnos ahora? ¿Con espada? ¿Puedo usar armadura? ¿Cuándo empezamos?

Allyn, más tranquilo pero con el rostro resplandeciente como una piedra recién pulida, repetía:

—¡Oh, mamá, oh, mamá!

—Si queréis ser caballeros, primero tendréis que ser pajes —dijo Hugh. Chasqueó los dedos y Wynkyn, con el brazo todavía en cabestrillo, y Dewey, corpulento y severo, se materializaron detrás de los niños—. Llevadlos, y que aprendan a servir correctamente la mesa.

—¿La mesa? —repitió Parkin, absolutamente horrorizado—. ¿Por qué tenemos que servir la mesa?

—Porque ésa es la tarea de los pajes —dijo Allyn—. Y cuando seamos escuderos, tendremos que lustrar la armadura. *Tú* quieres ser caballero porque estás convencido de que es más fácil que ser monje.

—No.

—Sí.

—No se discute delante de los superiores. —Dewey les dio un pescozón a cada uno y, mientras ellos se frotaban la cabeza, dijo—: Venid conmigo, yo os diré lo que tenéis que hacer.

Hugh y Edlyn los vieron irse guiados por los otros dos.

—Son muy buenos muchachos —le aseguró Hugh—. Se asentarán y aprenderán sus responsabilidades.

—Lo sé.

Hugh lanzó un audible suspiro y, en voz más baja, como para impresionarla con su sinceridad, dijo:

—Recorriendo la propiedad, esta mañana, pude ver que yo también tengo mucho que aprender. —Restregó los pies en las esterillas—. No basta con que apoye el trasero y espere a que una doncella me traiga cerveza.

Por el olor, Edlyn pensó que ya había tenido bastante cerveza ese día, y no parecía haberlo afectado mal, salvo que parecía inquieto

—Hugh, con gusto te permito que uses el retrete.

—¡No necesito vaciar mis tripas!

Como parecía tan indignado, Edlyn murmuró una disculpa.

—Al menos, no mucho.

La mujer sonrió.

—Estoy tratando de... quiero decir, quisiera agradecerte por... —tartamudeó Hugh.

Al verlo tan inseguro, Edlyn se puso seria.

—Te agradezco por ayudarme a tomar la... decisión correcta con respecto al castillo Roxford.

—¡Más alto! —apuntó alguien, y Edlyn miró en torno.

Otra vez, todos los criados se habían detenido

para escuchar, pero en esta ocasión Hugh no los ahuyentó.

—Sin tu graciosa guía —vociferó, tan fuerte que Edlyn se encogió—, yo habría cometido el grave error de echar al mayordomo y a su esposa, y es con gran alegría que te lo agradezco y te animo a que continúes brindándome tu sabiduría y tu experiencia.

—Oh, Hugh. —Edlyn parpadeó para contener las lágrimas y, en un impulso, se inclinó adelante y lo besó—. Eres demasiado bueno.

Iba a apartarse, pero él la retuvo.

—No lo suficiente. Todavía no. Pero lo seré, y pronto tú me lo darás todo.

Ella lo abrazó, y los criados vivaron en voz baja y luego se apresuraron a reanudar sus tareas, como si temiesen que Hugh les gritara de nuevo.

No lo haría. Ahora no. Se sentía demasiado ensoberbecido.

—¿Edlyn?

Y sensible. De algún modo, por alguna razón, había percibido el temblor que sacudió a su esposa hasta el alma. La muchacha que se había enamorado de Hugh había estado sepultada, y Edlyn la creía muerta. Pero, al parecer, sólo estaba presa dentro de los muros aislantes que ella erigió para protegerse del dolor de la experiencia. Ese día, había caído uno de esos muros; ¿caería otro?

—¿Edlyn? —repitió, en tono ansioso, el cuerpo expectante.

Edlyn se echó atrás como para poder verle el rostro. Entregarle su corazón en custodia, sería el riesgo más grande de su vida pues, si él le fallaba, ella se marchitaría. Pero si no le entregaba el corazón, ¿no le pasaría lo mismo?

—Hugh. —Le encerró la cara entre las manos—. Hugh.

—¡Mi señor! —El grito de Wharton atrajo un coro de chistidos, pero él insistió—. Mi señor, ha llegado un mensajero del príncipe. —Los ojos le brillaron de impaciencia—. Trae novedades de la guerra. ¡Pronto estaremos luchando otra vez!

18

Había estado a punto de cometer un grave error.

Edlyn se movía en medio del ajetreo reinante en el gran salón, dirigiendo la tarea de empacar.

Había estado a punto de declararle su amor a Hugh.

Atravesando con la mirada el enorme recinto abovedado, observó a su esposo. Estaba sentado a la mesa, sobre la plataforma, dirigiendo a sus hombres, tomando notas, escuchando al mensajero y, en líneas generales, haciendo todo lo concerniente al comandante de las tropas reales en el oeste.

Casi le había entregado su amor a Hugh, y eso habría sido peor, porque lo otro no eran más que palabras, pero el amor en sí formaba parte de su propia alma.

La asaltó un ramalazo de dolor, y se aferró a una columna.

No le había dado su amor.

—Partiremos mañana —lo oyó decir—. La lluvia ha cesado y ha salido el sol.

¿Brillaba el sol? Edlyn no lo había notado.

Hugh continuó:

—Es obvio que Dios favorece nuestra causa.

Esa absurda tontería le valió un resoplido de desdén por parte de su esposa. Ella ya había oído eso antes: era lo mismo que había dicho Robin antes de partir a su última batalla.

Pero a Hugh no le importaba lo que ella pensara. Hugh avanzaba en el cumplimiento de su deber, sin fijarse si ella estaba muriéndose por dentro.

Aunque eso le sucedería si lo amaba.

—Edlyn.

La llamó desde el otro extremo del salón, y Edlyn tuvo que reunir coraje antes de mirarlo. Para darse tiempo, le indicó a una criada:

— Antes de poner las alfombras en los baúles, ventílalas bien para que no se enmohezcan.

—Sí, mi señora.

La doncella, interrumpida en mitad de la tarea de ventilar las alfombras, se limitó a hacer una reverencia, con semblante inexpresivo.

Seguramente se convenció de que la señora estaba loca, pero a Edlyn no le importó. Le había demostrado a Hugh su indiferencia haciéndolo esperar antes de responderle.

—¿Edlyn?

Le puso las manos sobre los hombros, haciéndola respingar.

—Ven a conocer al mensajero del príncipe. Es un antiguo amigo mío. —La empujó hacia delante, en dirección a la plataforma—. Ralph Perrett, de Hardwell.

Ralph Perrett, individuo de aspecto conciliador, se puso de pie e hizo una reverencia antes de que ella llegara junto a él.

Lo odió, detestó esa cortesía que manaba de él. Ese murmullo cortés, agradeciéndole su hospitalidad. Ese brillo inofensivo y de admiración en su mirada.

¿A quién creería estar engañando? Ella sabía lo que era: el bufón del príncipe.

A una indicación de la señora, Ralph Perrett volvió a sentarse, y una mano demasiado firme para gusto de ella la obligó a sentarse junto a Hugh.

—Me ha traído información acerca de los movimientos de tropas en el campo. El príncipe Edward y los barones en marcha retienen el valle Severn. Simon de Montfort y sus huestes han retrocedido hacia Gales del Sur. Su hijo está trayendo fuerzas desde el sudeste. —Los ojos de Hugh brillaron—. Pronto nos encontraremos con los barones rebeldes y los derrotaremos por completo.

—Con la bendición de Dios —dijo Perrett.

—Otra vez —murmuró la mujer, y dio un salto cuando Hugh le propinó un codazo.

Si bien Edlyn sabía que estaba comportándose como lo habían hecho antes sus hijos, estaba harta de ser madura. Estaba cansada de adaptarse, de pensar que comprendía la situación, de actuar en consecuencia y que, después, todo quedara vuelto patas arriba. Estaba harta.

—Ya está todo arreglado —dijo Hugh—. Esta noche no tengo nada que hacer, más que disfrutar del banquete y del calor del fuego del hogar.

Cuando resultó evidente que Edlyn no respondería, Perrett dijo:

—Sí, es cierto. Llegará el otoño antes de que usted pueda disfrutar de otra clase de fuego que la débil flama del campamento.

—Tengo que ocuparme de la comida.

Edlyn trató de levantarse. Hugh la empujó por el hombro, haciéndola sentarse.

—Está haciéndolo Neda. Esta lluvia ha sido una maldición para los rebeldes, y una bendición para mí, porque me dio ocasión de curarme de las heridas que recibí en Eastbury.

—Oí decir que os habían matado. —Perrett dejó que Allyn volviese a llenar su copa de vino caliente con especias—. ¡Los rumores volaban!

Hugh esbozó una sonrisa amarga, y aceptó la copa que le ofrecía Dewey.

—De Montfort debe de haber creído que tuvo un golpe de suerte.

—¿Cómo es que Simon de Montfort tiene un golpe de suerte, y si a ti te va bien en la batalla, es por la gracia de Dios? —preguntó Edlyn.

Hugh metió la copa bajo la nariz de su esposa.

—Bebe.

¡Como si tuviese otra alternativa! En su afán por taparle la boca e impedir que siguiera hablando, casi le volcó el líquido por el pecho. Bueno, si no le gustaba, podía dejarla irse.

—¡Está caliente! —se quejó, cuando al fin pudo respirar.

—Y va a ponerse peor —le advirtió Hugh por lo bajo. A Perrett, le dijo—: Mi propia esposa querida me curó aquella herida. Yo lo consideré como una señal de que debía casarme con ella.

—Una señal de Dios, por supuesto —quiso saber Perrett.

Edlyn estuvo a punto de reír. Si Perrett seguía siendo tan divertido, le sería difícil detestarlo.

—Por supuesto.

Seguramente Hugh notó que ella contenía una carcajada, porque aflojó el apretón.

—¿Cuánto tiempo estarás ausente?

Edlyn esperaba una respuesta, alguna respuesta concreta que le resultara verosímil. Imaginó que Hugh decía: «Las tropas de Montfort están destruidas. Lo único que tendré que hacer es perseguirlos hasta el mar.»

Casi podía oírlo decir: «Volveré antes de la luna nueva. No trates de asumir toda la responsabilidad de Roxford sobre ti. Deja algo para mí.»

Mejor que eso... «No podría estar lejos de ti. Si lo hiciera, fallaría en mis pasos y mis ojos no verían con claridad. No, Perrett, tú tendrás que volver junto al príncipe Edward y decírselo. Dile que sólo quiero quedarme con mi esposa, que me ha robado el corazón.»

Lo que dijo, en cambio, fue:

—Primero, tendremos que encontrar al enemigo. Quizá nos topemos con el príncipe y luchemos con él. Esa batalla sólo durará un día, pero tenemos que matar o capturar a de Montfort y a su hijo. Tendremos que perseguirlos cuando emprendan la retirada, y entablar con ellos otra batalla.

Fue evidente que disfrutaba de esa perspectiva. Le brillaban los ojos, y la sonrisa, que tan rara vez le prodigaba a ella, perduró.

Wharton golpeó la mesa con una hogaza de pan.

—Entonces, el rey quedará libre y tendremos que ir a la corte. —Se estremeció—. Odio la corte.

«Me lo imagino», pensó Edlyn. Allí nadie podía estar más fuera de lugar que el criado de Hugh.

—Simon de Montfort ha perdido el apoyo entre los barones —dijo Perrett.

—Entonces, estaré de regreso antes de que caiga la primera nevada.

Hugh se reclinó, exhalando un suspiro que sonaba a decepción.

Edlyn se levantó del banco con tal velocidad que la mano de Hugh se cerró en el aire cuando quiso sujetarla.

—Edlyn —gritó—. ¡Vuelve ahora mismo!

Edlyn no quería llorar. Quería golpear algo. Quería esconderse. Quería... quería... llorar. Ningún instinto le indicó adónde ir. No hacía tanto tiempo que vivía en Roxford como para buscar refugio a ciegas. Corrió hacia las escaleras que conducían fuera y, al oír los pasos de Hugh tras ella, cambió de dirección y subió corriendo hacia el solar. Podría aprovechar la barra de la puerta para impedir la entrada de Hugh, lo mismo que mantenía a los intrusos apartados de la intimidad marital; además, ¿cuánta fuerza haría para tratar de entrar? Lo que en realidad deseaba era trazar la estrategia de la batalla con Ralph Perrett, la comadreja del rey.

Corrió escaleras arriba y, empujando la puerta con todas sus fuerzas, la cerró. Fue a tomar la barra, pero en ese momento Hugh empujó la puerta y ella se cayó.

Él no advirtió, siquiera, que había caído sentada entre las esterillas de junco. Sencillamente, se le acercó a zancadas y se irguió ante ella:

—¿Qué crees que estabas haciendo allá abajo? Quebraste todas las reglas de la hospitalidad.

—Ah, hospitalidad. —Se echó hacia atrás—. Ése no merece mi hospitalidad.

—Es un invitado. Nuestro primer invitado. —Se alejó—. ¡Y amigo mío!

Edlyn se levantó, frotándose el trasero dolorido, preguntándose qué decir. Las reglas de la hospitalidad eran indiscutibles. Como escaseaban las posadas y, las que había estaban infestadas de alimañas, además de sujetos como Richard de Wiltshire vagando por los caminos, los dueños de los castillos siempre abrían sus alacenas y ofrecían sitio para dormir a los viajeros fatigados. Ella conocía las reglas. Había vivido durante toda su vida respetándolas, incluso las había disfrutado. Pero mostrar cortesía hacia Ralph Perrett era más de lo que podía soportar.

—¿Y bien?

Hugh golpeó el suelo con el pie. Por primera vez, Edlyn comprendió por qué se irritaba tanto cuando ella lo trataba como a uno de sus hijos.

—No me sentí inclinada a darle la bienvenida a Ralph Perrett.

—¿Por qué?

«Porque vino a llevarte.»

Ese pensamiento estalló en su mente, dejándola helada como una tormenta invernal, pero lo apartó.

—¿Por qué estás tan nerviosa? —preguntó Hugh—. Ya te dije que yo no golpeo a las mujeres, aunque esta noche has puesto a prueba esa resolución. Y ahora, vuelve abajo y...

—No lo haré. —Se acercó al fuego y extendió las manos para calentárselas—. Baja tú y preséntale mis disculpas a tu amigo. Dile que me levantaré para despedirlo. A él, a ti, y... ¿te llevarás a mis hijos?

¿Sus hijos? Hugh lo sintió como un latigazo en los nudillos. ¿Cómo que sus hijos? Esa misma mañana habían sido los hijos de ambos.

—No llevaría a una batalla a dos niños sin entrenar. ¡Si no saben cómo trinchar un asado, mucho menos ensartar a un caballero!

—Gracias por eso, al menos.

El tono de Edlyn, que empezó siendo un agudo chillido de ira y congoja, había bajado. Para los oídos sonaba mejor y, sin embargo, Hugh sospechó que no era mejor, ni para él ni para ella.

—Esto se debe a que voy a la lucha por el rey, ¿no es cierto?

—Tu profundidad de comprensión me asombra.

Aunque hasta entonces nadie se había atrevido a burlarse de él, supo reconocer la ironía.

—¿Acaso creíste que no acudiría cuando el príncipe me llamara?

—Oh, no. Siempre supe que irías.

—Entonces, ¿por qué estás enfadada?

—No estoy enfadada.

En realidad, no lo parecía, pero algo malo pasaba, y Hugh sabía de qué se trataba.

—El rey es mi señor, al que le he jurado fidelidad, y necesita ayuda de todos los genuinos lores ingleses. ¡No puedo abandonarlo!

—El deber te llama. Yo no te impediré acudir.

Sin embargo, lo hacía. Hugh percibía que estaba conteniendo algún poderoso sentimiento y, cuando evocó ese instante de la mañana, cuando creyó que ella se brindaría a él, se sintió mal. ¿Acaso todo había sido una fantasía?

—Me dijiste que ya no te importaba cuando él murió. Dijiste que él había matado tu amor.

—¿Quién?

—Robin. De eso se trata, ¿no es verdad?

—¡No!

—Yo capturé a tu esposo, a tu verdadero amor, lo hice ejecutar, y tú creíste que podías desviarme de mi deber hacia el rey prometiéndome...

—Amor. La palabra es amor.

Hugh se aprestó para la acción.

—Prometiéndome amor.

—Eso no es verdad.

—¿Cuál es la verdad?

—En otro tiempo amé a Robin. Ese amor, murió. Cuando él murió, ese amor ya no existía. Eso no tiene nada que ver con esto.

—Entonces, ¿por qué te comportas así? Un hombre inferior a mí se sentiría culpable por dejarte para cumplir con su deber.

—Y tú no eres un hombre inferior.

Estaba ironizando, y a Hugh no le gustó.

Edlyn trató de hablar, y no le salían las palabras, hasta que, al fin, dijo:

—Podrían matarte.

Como ella habló en tono práctico, él intentó hacer lo mismo.

—Ya hemos hablado de esto. No me matarán.

La fachada sensible de la mujer se quebró.

—Robin también dijo eso.

—Yo... no... soy... Robin.

—He conocido a las viudas de otros hombres que se marchaban a la batalla con esa idea.

—Entonces, *sí* se trata de Robin. La sombra de Robin empaña nuestro matrimonio.

—¡No!

—¿Qué otro motivo puedes tener para querer que yo me quede mientras los hombres se lanzan a la batalla? —Viéndola encolerizada, retorciéndose las manos, Hugh se atrevió a mencionar algo que jamás habría dicho antes de esa mañana—. ¿Acaso dices —preguntó, cauteloso—, que no quieres que me vaya porque le temes a Pembridge?

—¿Pembridge?

—Sí, Pembridge. Lo conociste cuando vivías con Robin, ¿verdad?

Edlyn abrió tanto los ojos que el blanco de alrededor brilló, y su expresión horrorizada lo dijo todo: le había mentido. Cuando Hugh se lo preguntó, había negado conocer a Pembridge. ¿Qué estaría ocultando?

—Lo conocí —admitió.

El dolor de la traición casi lo hizo tambalearse.

—¿He estado equivocado desde el principio? ¿Se trata de él?

—¡No! —Se levantó de un salto, temblando ostensiblemente—. No te lo dije porque él... no me gustaba la manera en que él... le tengo miedo a Edmund Pembridge.

—¿Miedo?

—Jamás me hizo daño, pero me parece un hombre cruel.

Hugh pensaba lo mismo.

—Siempre le fui fiel a Robin.

—Pero ¿querías serlo?

—Nunca quise a Pembridge.

El temblor aumentó.

—¿Y qué pasa conmigo? —El disgusto y la pena de Hugh se acrecentaban minuto a minuto—. ¿A mí sí me quieres?

Los ojos de la mujer chispearon, y se dispuso a responder. Pero Hugh no había hecho la pregunta apropiada.

—No, espera... ¿me *amas*?

—Yo... tú...

Dio la impresión de estar debatiéndose con una gran emoción que pesaba en su mente, y que tornaba lánguido el verde de sus ojos.

Hugh quiso que dijera que sí. Diría que sí, lo sabía.

—Yo... no.

Hugh dejó escapar el aliento.

—Bueno. Si es así, está bien.

—No. —Lo repitió... por si él no lo había oído la primera vez—. No te amo. Pero soy tu verdadera y leal esposa, milord, y te juro que nunca te traicionaré.

Lo miró sin vacilación ni miedo, y Hugh recordó lo que le había dicho Ethelburgha: que ninguna mujer se jactaría de la persecución amorosa de Edmund Pembridge. Recordando a ese hombre y sus solapadas costumbres, Hugh esperaba que fuese cierto. Dijo, suspirando:

—Gracias por eso, al menos.

Hugh bajó la escalera hacia el gran salón con pasos vacilantes. Ya no sabía qué creer. No podía despreciar a Edlyn por mucho que lo deseara. Había demostrado ser capaz, inteligente y bondadosa, y él la quería. Por los santos, la deseaba.

Estuvo a punto de dar media vuelta y subir de nuevo cuando vio a Wharton, sir Lyndon, sir Philip y Ralph Perrett sentados en torno a la mesa, esperándolo. Debería ser un consejo de guerra; pero, por las expresiones que tenían, supo que sería un sermón, y que estaría dirigido a él.

Wharton preguntó con acritud:

—¿Lo dejará irse?

Apoyando las manos sobre la mesa, Hugh se sentó.

—Está sobreexcitada —dijo sir Philip, con evidente desaprobación.

—Esa mujer necesita disciplina —comentó sir Lyndon, cortante.

Perrett, por su parte, dijo en tono conciliador:

—Lo he visto muchas veces. Cuando la esposa se entera de que el marido va a la batalla, tiene que llorar.

Hugh se mordió la lengua. La mayor parte de su vida había sido el mejor en todo: en cabalgar, en combate, como comandante. Ese día había demostrado su ignorancia varias veces con las estúpidas preguntas que le había planteado a Burdett. Y aunque éste había ocultado su asombro y respondido con paciencia, a Hugh le fastidiaba su propia torpeza.

Y ahora estos hombres, sus compañeros, le daban consejos con respecto a cómo tratar a su esposa. ¡Como si él fuese un muchacho inexperto con su primera mujer! Verse reducido al papel de alumno lo irritó y lo humilló, y casi no pudo contener su impaciencia.

Lo peor era que él mismo había dado lugar a eso con sus comentarios en la cervecería, esa misma tarde. Y esa noche prestaría atención a las opiniones de estos hombres, sí, salvo que recordase las palabras de Ethelburgha y su justa indignación. Ella había hablado con desprecio de sir Philip, de sir Lyndon, de Wharton, que todavía llevaba un chichón sobre un ojo, producto de ese desprecio, y le había aconsejado algo bien diferente. Al poner en práctica ese consejo, había estado a punto de obtener los resultados deseados. Edlyn casi le había dicho que lo amaba. Casi.

Tal vez las mujeres conocieran sus deseos mejor de lo que los hombres conocían sus necesidades.

—Entonces, me dejarás a cargo a mí —concluyó sir Lyndon.

—¿Qué?

Hugh se había perdido algo; observó a sir Lyndon entornando los ojos.

—Me dejarás a cargo del castillo de Roxford mientras vas a la batalla —repitió sir Lyndon, obediente—. Es lo único sensato. Soy el caballero que más tiempo ha estado contigo, y alguien tiene que quedarse para evitar una traición.

—¿De parte de quién? —preguntó Wharton.

Sir Lyndon giró hacia el lugar donde estaban trabajando el mayordomo y su esposa.

—Ehem.

Wharton no parecía albergar ninguna sospecha hacia Burdett y Neda, y Hugh lo advirtió. Y, a lo largo de los años, Wharton había demostrado un acertado criterio como juez de caracteres.

Más aún: jamás le había agradado sir Lyndon.

A Hugh todavía le escocía saber que Edlyn le había mentido con respecto a Pembridge, y se inclinó hacia Wharton:

—¿Te agrada lady Edlyn?

Wharton se echó atrás, ofendido:

—¿Que si me agrada?

Hugh se corrigió:

—¿Confías en ella?

—Ah. —Wharton asintió—: Sí, confío en ella.

Hugh también. Tal vez fuese un tonto, pero confiaba en ella. Le había dicho que no amaba a Pembridge, y él le creía.

—Dejaré a mi esposa a cargo.

Sir Lyndon estuvo a punto de caer al suelo.

—A tu...

—A mi esposa. Por eso me casé con ella.

—Acaba de subir llorando porque la dejas. Es una pequeña estúpida...

Sin duda, alguien debió de haberlo pateado bajo la mesa, porque sir Lyndon dio un salto y luego se controló.

—Tiene mucha experiencia dirigiendo el castillo en ausencia del marido.

Wharton le ofreció cerveza y Hugh la rechazó: necesitaba mantenerse lúcido.

Superada la primera impresión sir Lyndon apeló a la lógica... a lo que él creía lógico.

—Ya hace un tiempo que conozco a tu esposa, milord, y veo que la desbordan las emociones. Está siempre parloteando o riendo fuerte. No tiene dignidad. ¿Qué clase de control podría ejercer sobre los sirvientes? ¿Sobre los guardias armados? —Inclinándose hacia delante, apretó su mano sobre el brazo de Hugh—. Hugh, aquí hace falta un hombre. ¡Un hombre como yo!

—Claro que necesito dejar a un hombre aquí. —El gesto de sir Lyndon no había impresionado a Hugh, como tampoco el uso de su nombre de pila—. Sir Philip cumplirá esa misión.

—¿Yo, mi señor?

Ahora era sir Philip el que no podía quedarse sentado.

Sir Lyndon lo miró como si tuviese un escarabajo a modo de condecoración.

—¡Pero si es un viejo caballero tuerto!

—Ah. —Sir Philip se acarició el bigote—. Ahora entiendo. En síntesis, sir Lyndon, es por eso por lo que mi señor me prefirió a mí y no a usted. Usted tiene un puesto junto a él en el fragor de la batalla, mientras yo desempeño mi deber en el hogar.

—¿Eso lo ofende? —le preguntó Hugh.

—Es un poco raro que a uno lo dejen, después de tantos años de combatir —respondió sir Philip—. Pero no puedo discutir el razonamiento ni el cometido.

Sir Lyndon perdió el control: poniéndose de pie, cerniéndose sobre todos ellos, apuntó con el dedo a Hugh.

—Yo iba a ser el comandante en tu castillo. ¡Tú me lo prometiste!

—Te necesito en la batalla.

—Merezco... —se interrumpió, y la palabra quedó suspendida.

—No tienes experiencia en cuestiones domésticas. —Si bien no había satisfecho las expectativas de sir Lyndon, a medida que éste hablaba, Hugh estaba cada vez más convencido de su propia prudencia—. Deberías imitarme, aprender de las personas con experiencia.

—¿De quién? —le espetó sir Lyndon.

—De Lady Edlyn —respondió Hugh.

En la frente de sir Lyndon se hinchó y palpitó una vena, al compás de su agitación, y Hugh creyó que saltaría sobre la mesa y lo estrangularía.

Pero, en realidad, hizo varias inspiraciones profundas y se derrumbó en su asiento. Bajó la barbilla, y pareció que le hablaba a su regazo, y no a su jefe:

—Entonces, déjame aquí para aprender.

—Sir Philip... —empezó a decir Hugh.

—Sir Philip también es un guerrero. No sabe nada de la administración de un castillo, y menos de uno tan grande. Yo me pondría bajo su dirección, aprendería al mismo tiempo que él, y te daría más pruebas de ser digno de confianza. —Levantó la vista, con una sonrisa persuasiva, que hizo recordar a Hugh al joven guerrero alegre e impetuoso que había conocido—. Y como tú mismo dices, mi señor, sir Philip es un hombre viejo. No creo que vaya a poner objeciones a que haya alguien para cumplir sus órdenes.

Aunque Hugh no había pensado en dejarlos a ambos, se sentiría mejor sabiendo que había dos mentes, dos corazones, dedicados a proteger a Edlyn y su hogar.

Se controlarían mutuamente y, al saber que el otro observaba, cada uno se esforzaría por obedecer a Edlyn como si siempre hubiese sido la señora de ambos.

Sir Lyndon percibió que Hugh estaba ablandándose.

—Además, quisiera señalar que nadie ha vuelto a ver a Edmund Pembridge desde la batalla del otoño pasado, mi señor.

Hugh se sobresaltó, sorprendido:

—Está con Simon de Montfort.

Sir Lyndon sacudió la cabeza.

—Entonces, estará con el hijo de Montfort.

Sir Lyndon exhibió una sonrisa lúgubre.

—No está con ninguno de los dos, ni está muerto, mi señor. Se dice que pasó el invierno recluido en su castillo en Cornwall y que, al llegar la primavera, emprendió la marcha contra sus enemigos. Quizá convenga fortificar mejor el que fuera su antiguo hogar para evitar su irrupción.

¿Acaso Hugh pensaba que Edlyn era tonta? Le habría declarado su amor, su cariño, su necesidad, cualquier cosa, si así lo hiciera quedarse junto a ella, pero nada lograría que se quedara. Aunque lo inundase de amor, lo tentara con su cuerpo, derramara besos sobre todo el cuerpo de él, de todos modos se marcharía a cumplir con su deber.

El deber. Le revolvía el estómago. Ella misma había cumplido a menudo con su deber, y lo había hecho bien, ¿y qué había logrado con eso? Una cama vacía.

Claro que habría quienes opinaran que no tenía por qué estar vacía. La noche anterior Hugh había dormido en otro lado, pero porque ella había cerrado la puerta para impedirle entrar. Él se había puesto furioso, a juzgar por sus golpes y sus gritos, y Edlyn se limitó a cubrirse con las mantas e ignorarlo, hasta que, en un momento dado, él se fue. Ni siquiera quemó la puerta, como ella esperaba. Sencillamente... se fue.

Se fue.

Se destapó la cabeza y se incorporó. La luz matinal resplandecía a través del cristal, y Edlyn la contempló, incrédula.

Si no bajaba, Hugh se iría sin su amor.

Salió de la cama completamente vestida y corrió hacia la puerta. Se acordó de algo, corrió hacia el baúl y sacó una enagua de hilo blanco. Con las manos temblorosas por la prisa, volvió a la puerta, y sacó la barra de sus soportes. Sus pies descalzos no hicieron ruido mientras bajaba la escalera, y el frío de la piedra no le hizo mella. Lo único que le importaba era que debía encontrar a Hugh antes de que partiese. Deslizándose sobre los juncos, corrió hacia el gran salón y lo encontró desolado.

Eso significaba que todos los sirvientes habían bajado a despedir a los guerreros. Se uniría a ellos.

La puerta al exterior estaba abierta y, desde el rellano, vio que había una multitud de sirvientes, tal como esperaba. Pero, en lugar de mirar hacia fuera para saludar, caminaban en dirección a ella como si ya hubiesen cumplido con el rito de la despedida.

Mirando hacia los portones, vio que ya no quedaban tropas de caballeros en el recinto.

—¿Milady? —Neda estaba en el último escalón, y la miraba—. Se han marchado.

Atontada por la sorpresa, Edlyn se quedó mirando a la mujer. ¿Que se habían ido? ¿Había dejado que Hugh se marchara, tal vez a la muerte, sin una palabra de despedida?

Sin duda, parte de su angustia debió de manifestarse en su cara, porque Neda dijo:

—Si quiere, sé de un lugar desde donde puede verlo alejarse.

Edlyn corrió escaleras abajo, Neda la tomó del brazo y traspusieron juntas la puerta que daba al muro exterior, para luego subir la escalera hasta la cima de las almenas. Sobre el ancho pasadizo que coronaba el muro, todos los guardias armados se inclinaban hacia fuera y observaban algo que sucedía a lo lejos.

Edlyn se precipitó hacia una abertura en la piedra y también miró:

—¡Allá están!

Estaban lo bastante cerca para distinguir a cada uno de los caballeros y a Hugh, que se destacaba entre los demás. De todos modos, no miraban hacia atrás. Todos miraban hacia delante, alejándose de ese hogar que los había albergado tan poco tiempo, hacia la lucha que tan bien conocían.

—Hugh —susurró Edlyn. Luego gritó—: ¡Hugh! ¡Hugh! —Se trepó a una tronera entre dos altos merlones de piedra—. ¡Hugh!

Era imposible que la oyese, pero de pronto giró la cabeza y contempló el castillo como si quisiera grabarse la imagen en su mente.

Desesperada, Edlyn agitó las enaguas que aún aferraba.

—Hugh. ¡Hugh!

La mirada de Hugh, atraída por el revuelo de la tela blanca, subió hasta ella. Se detuvo, clavando la vista, e hizo girar al caballo. Entonces, Edlyn vio brillar sus dientes y vio que le respondía el saludo.

Los caballeros que lo rodeaban captaron la escena con una mirada, y siguieron su camino. Sólo Wharton se quedó junto a Hugh y, aun desde tan lejos, Edlyn percibió el fastidio de su expresión.

No le importó: Hugh sonreía y agitaba la mano, y ella siguió haciendo señas con la enagua blanca cuando él ya se había ido.

A sus espaldas, Neda dijo:

—Ya ha entrado en el bosque y se ha perdido de vista, milady.

—Sí.

Era verdad. Ella lo sabía, pero no se atrevía a

enfrentar el vacío del castillo que tenía detrás. Claro que estaba lleno de gente. Tenía muchas responsabilidades de qué ocuparse, y sus hijos necesitaban que restableciera la disciplina, ahora que Hugh se había marchado. Sin embargo, la conciencia de que no vería ni la sombra de Hugh, no oiría su voz ni tendría ocasión de tocarlo, añadía a sus obligaciones un peso que las hacía casi insoportables.

Dios querido, lo amaba.

Había jurado no hacerlo. Robin la había herido tanto que, sinceramente, creyó agotada su capacidad de amar. Pero Hugh había resucitado un viejo amor, erigiendo otro sobre él, y ahora todo —su pasado, su presente, su futuro— estaba saturado por el deseo de estar con él. Lo amaba. Amaba a un guerrero.

—Ya debería bajar.

Edlyn sintió que alguien daba un tirón a su túnica, y vio que Neda la sujetaba por el ruedo, como si temiera que su señora se cayese.

—Le ha indicado a su lord su deseo de hacer una tregua.

—¿Una tregua?

—Bandera blanca —aclaró Neda con dulzura—. Estoy segura de que él entendió.

¿Bandera blanca? Edlyn miró alrededor. Ah, la enagua que tenía en la mano. La había agitado, y Hugh pensó que ella le declaraba su sumisión. Pues, no era así. Aunque amara a ese hombre, estaba muy lejos de la sumisión.

De pie sobre una colina, Hugh extendía la vista a través del prado que el sol poniente teñía de dorado. Ahí, por la mañana, encontraría un ejército de rebeldes que luchaban por la causa de Simon de Montfort, y los derrotaría.

La brisa le hacía revolotear el cabello y le refrescaba las mejillas, y en el cielo no se veían señales de lluvia. Sí, sería un buen día para la batalla. No demasiado cálido para que se asaran dentro de las armaduras, y lo bastante seco para que los caballos pisaran terreno firme.

Sin embargo, los ejércitos estaban a sólo ocho días de marcha de Roxford, y eso lo inquietaba. Con el terreno en esas condiciones y con ese clima, un hombre solo, cambiando de monta, podría llegar a Roxford en dos días. Era demasiado cerca. Tras la batalla, habría fugitivos, hombres que se hubiesen quedado con caballos y armaduras, y buscaran otro botín. Lo peor era que las fuerzas de Simon de Montfort y de su hijo podían ir sin dificultades en esa dirección. Entonces, Edlyn quedaría sitiada.

Edlyn. Inspiró una bocanada de aire fresco y recordó la imagen de la bandera blanca que ella hacía flamear desde las almenas. Sólo Edlyn era capaz de manifestar su derrota cuando él no podía gozar de la recompensa. Lo había dejado con una comezón que no podría rascarse y fortalecido su decisión de volver a ella para someterla.

Tal vez Edmund Pembridge había sitiado el corazón de Edlyn, pero era Hugh de Florisoun quien lo había conquistado.

¡Ah, si hubiesen tenido tiempo para llevar a cabo

la ceremonia de lealtad...! Si hubiese podido tomar en su mano la de cada caballero y cada siervo, y mirarlos a los ojos mientras juraban obedecerlo y servirlo como su amo, Hugh no estaría tan inquieto.

¿Dónde estaría Edmund Pembridge? Hugh lo creía en el ejército de Simon de Montfort o con su hijo. Enterarse de que Pembridge había desaparecido en la campiña inglesa impulsaba a Hugh a cuidarse las espaldas... y le daba ganas de pedirle a Edlyn que también se cuidara de la traición.

Pues, a decir verdad, ¿hasta qué punto conocía a los hombres que había dejado cuidando a Edlyn?

Oh, claro que Burdett había declarado transferir su lealtad a Hugh de buena gana, pero ¿lo haría, en verdad? Había sido hombre de Pembridge durante años; ¿seguiría siéndolo?

Tampoco conocía demasiado a sir Philip. Era hombre reservado, poco dado a las confidencias, y si bien Hugh confiaba en él, se preguntaba hasta qué punto podía confiar en cualquier hombre en relación con Edlyn.

Se convenció de que ése era el motivo de que dejara también a sir Lyndon en el castillo Roxford. Ah, si éste hubiese cumplido la promesa hecha durante los primeros años que estuvieron juntos... Si hubiese reconocido sus errores y dejado atrás el resentimiento... El ofrecimiento de quedarse bajo las órdenes de otro era un comienzo. Pero en ese momento, en vísperas de la batalla, a Hugh se le ocurrió que si sir Lyndon quería cometer tropelías, estaba en situación inmejorable.

Los temores que lo acosaban no hicieron más

que fortalecer su decisión: tenía que derrotar a las fuerzas rebeldes.

Le escocían las manos por el deseo de blandir la espada, y extendiendo la vista al otro lado de la colina de enfrente, podía ver las tiendas del enemigo alineadas en coloridas filas. Ante cada tienda ondeaba una bandera con el símbolo de su propietario, bordado con seda de brillantes colores. Leones, grifos y águilas echaban atrás la cabeza, y uno de ellos atrapó la mirada de Hugh.

Un ciervo sobre fondo negro y rojo demostraba una sola cosa: ahí estaban los Maxwell.

—Milord. —Junto a él estaba Dewey—. Sir Herbert quiere saber dónde situar a sus arqueros.

Sin apartar la vista de las tiendas, Hugh dijo:

—Ya se lo dije.

—Ya lo sé, milord, pero creo que está nervioso.

Lanzando un suspiro, Hugh se dio la vuelta y se encaminó hacia la tienda de sir Herbert. Era buen caballero y uno de los barones que habían permanecido fieles, pero tenía la tendencia a angustiarse en vísperas de la batalla, y Hugh sabía que valía la pena tranquilizarlo.

Luego, volvió a su puesto en la colina. El sol se había puesto mientras calmaba los temores de sir Herbert, y ya no podía ver más que las fogatas en el campamento enemigo.

Había muchas llamas y muchos caballeros acuclillados alrededor. No sería una lucha fácil, claro que no, pero estaba ansioso por librarla.

Sin embargo, en ese sentido Edlyn tenía razón: a Hugh le gustaba pelear. ¿A qué hombre no? El olor del caballo de pelea entre sus muslos, el espectáculo de algún caballero cargando contra él, el entrechocar de armas alrededor... ah, le revolucionaba la sangre. Ninguna mujer podía entenderlo.

Con todo, un hombre inteligente haría lo posible por asegurar la victoria, y no era obligatorio que todas sus acciones tuvieran que ver con el asesinato.

Volvió la vista hacia el sitio donde sabía que aguardaban los Maxwell.

—Milord, tengo un grupo de infantes que jamás han estado en batalla hasta ahora, y están enloquecidos de miedo —dijo la voz de Wharton desde la oscuridad—. ¿Podría venir a infundirles temor a la deserción antes de que huyan?

—Ahora voy —respondió Hugh.

Siempre era así la noche previa a la batalla. Cada uno alzaba la vista hacia las estrellas y pensaba que tal vez no volviese a verlas. Todos temían terminar como mendigos sin una pierna en las calles, recordando a los transeúntes de una antigua batalla y suplicando un penique. Todos temían haber visto a su esposa por última vez.

Edlyn...

Hugh calmó con facilidad a los soldados. Eran buenos hombres pero les faltaba entrenamiento, y cuando les mostró unos trucos con la pica y la lanza, dejaron de parlotear y se pusieron a practicar. Dejó a Wharton supervisando el entrenamiento, y atravesó el campamento saludando a sus caballeros, hablando con sus lores, tranquilizando a todos con la idea de que el comandante del rey estaba ahí, y conocía su deber.

Pero, al mismo tiempo, su mente volvió al campamento que estaba al otro lado.

Los Maxwell.

Había vivido en su frío y tosco castillo de Escocia durante casi un año. Le habían enseñado escocés, y también técnicas de rastreo. Él, a su vez, les enseñó inglés, y tácticas de pelea. Había bebido la cerveza de ellos y aprendido sus canciones y, sin embargo, al día siguiente los enfrentaría en el campo de batalla y los mataría.

Eso no era ninguna novedad, formaba parte de la vida de un caballero. ¿Por qué, entonces, pensaba que podría haber una manera mejor?

No pudo dejar de recordar a Edlyn que, capturada por los bandidos, les había suministrado hierbas venenosas. A Edlyn atrapada en el castillo de Richard, cantando para lograr su libertad. Tal vez ella no entendía de luchas, pero sabía cómo inclinar la balanza en su favor.

Y aunque a Hugh no le agradaran esos trucos femeninos, la visión de esa bandera blanca lo perseguía. Tenía que derrotar a ese ejército para que sus hombres pudiesen rescatar al rey y devolverlo al trono. Él tenía que regresar al hogar, por Edlyn.

Oyó la ronca voz de Wharton que lo llamaba, y se desvió. Dewey habló cerca de Wharton, y Hugh se alejó otra vez. Se acercó sigilosamente a la carreta de provisiones y, mientras el guardia chismorreaba con sus ayudantes, él cargó un barril de cerveza sobre los hombros y se perdió en la noche.

19

—No puedes mandar un mensajero a milord para informarle de nuestro dilema.

Estaban encendidas las antorchas, y Edlyn hilaba en su huso.

Neda estaba junto a ella y observaba la labor, murmurando disgustada al ver que el hilo se hacía alternadamente más grueso y más fino.

Sin hacer caso de la crítica, Edlyn dijo:

—Lo distraería de la batalla, y no puedo permitirlo.

—¡Pero, mi señora, nuestra situación es de urgencia!

Burdett se paseaba por la recámara de Edlyn, sin hacer caso de las indicaciones que su esposa daba a la señora en voz baja.

La inquietud de Burdett se hacía cada día mayor desde que Pembridge y sus hombres habían aparecido a las puertas del castillo Roxford. Edlyn había descubierto que, si bien el mayordomo era diestro en todo lo demás, estaba poco preparado para las destrezas de la pelea. Neda hacía frente a la perturbación del sitio mucho mejor que su esposo y, en ese momento, miraba alternativamente a Burdett y a Edlyn con evidente preocupación, mientras enrollaba su pulcro hilo en una colorida bola.

—Pembridge conoce muy bien este castillo —decía Burdett—. Conoce todas sus debilidades, sus puntos vulnerables. Traspuso el muro exterior por medio de una horrible treta, y entró tan rápido que los aldeanos quedaron en su poder.

Ese tema hería a Edlyn en lo vivo. El deber del señor y la señora era proteger a su pueblo, pero ella no había tenido forma de dar refugio a los aldeanos. Pembridge había irrumpido por las puertas externas antes de que tuvieran tiempo de cerrarlas y, mientras reunían a los trabajadores del castillo, atacó a través de una puerta oculta y ocupó el recinto exterior. Ahora, todos los días, desde el pasadizo que coronaba el muro, Edlyn veía cómo Pembridge usaba a los aldeanos en el trabajo y, a la noche, oía los gritos de las mujeres que los caballeros usaban para divertirse.

No era de extrañar que los aldeanos estuviesen tan bien dispuestos al cambio de amo. ¿Qué pensarían ahora, que sufrían a manos de Pembridge?

Burdett no hacía caso de la negativa de Edlyn.

—La pérdida de sir Philip como comandante ha debilitado en gran medida nuestras defensas.

La indiscreción de Burdett casi hizo gemir a Edlyn. Echando un vistazo a su cama, vio que sir Philip, apoyado en las almohadas, enrojecido por la fiebre, estaba irritado por el comentario desconsiderado del mayordomo.

—¿Debilitado? ¿Debilitado? —Apartando las

mantas, alzó la pierna vendada ayudándose con las manos—. Todavía puedo dar órdenes.

—¡Pero no podéis encabezar la lucha! —Por tratarse de un mayordomo, la falta de tacto de Burdett era llamativa—. No podéis caminar con un solo pie, con la piel quemada, y las hierbas que os ha dado mi señora para aliviar el dolor han...

Edlyn lo interrumpió:

—Sir Philip conoce bien sus limitaciones, pero los hombres todavía confían en él. —Con gusto, abandonó el huso y apuntó con un dedo al mayordomo, que estaba por hablar de nuevo, haciéndolo callar—. Y todavía tenemos a sir Lyndon.

—No estoy tan mal para no saber lo que está sucediendo —estalló sir Philip.

Edlyn se acercó a él.

—Para ser sincera, no sé qué haría sin vos. —Volvió a taparlo, y le sonrió—. Aunque no podáis caminar, vuestra experiencia en la batalla me ha resultado invalorable.

—Maldito Pembridge. —Aunque sir Philip parecía tranquilo, Edlyn no dudó de la sinceridad de la maldición—. Hizo pasar a sus hombres por esa puerta, y yo ni sabía de su existencia.

—¿Cómo podíais saberlo? —lo consoló la señora.

—Él podría habérmelo informado —repuso, mirando colérico a Burdett.

Éste se defendió con vehemencia:

—Lo habría hecho si hubiese tenido la mínima sospecha de que una fuerza de ataque se agazapaba en el bosque, esperando a que lord Hugh se fuera.

—Sir Philip lo sabe —trató de tranquilizarlo Neda.

—¡Es casi una traición! —gritó sir Philip.

—Burdett es digno de confianza —dijo Edlyn.

—¡Esa puerta fue sellada hace años! —replicó Burdett, también gritando.

—¿Y cuándo fue reabierta? —rugió sir Philip.

—¡Lo ignoro! —Burdett se golpeó el pecho—. Pero yo no soy ningún traidor a su señora. Si lo fuese, ¿no habría sido más simple abrir las puertas y dejar entrar libremente a Pembridge y a todos sus hombres? Quizá seáis vos quien lo hizo, y fue entonces cuando os hirieron.

Sir Philip se incorporó por primera vez en tres días.

—¿Acaso estás diciendo que soy tan estúpido que no podría abrir la puerta sin resultar herido?

—¡Basta! —los cortó Edlyn—. Yo dirigiré la defensa sin ninguno de vosotros si no dejáis de insultaros.

Los dos se calmaron.

—Pembridge ha hecho cosas típicas de su conducta —dijo Edlyn—. Incluso acechó, esperando la oportunidad. Lo que yo hubiese querido es que no la encontrase aquí.

Las espesas cejas grises del caballero se alzaron, en gesto de curiosidad.

—¿Lo conocéis, mi señora?

¿Qué sentido tenía seguir negándolo?

—Sí, lo conozco. Era amigo de mi esposo. Amigo de Robin de Jagger. —Neda y Burdett intercambiaron miradas asustadas, pero Edlyn no quería preguntas. En el mismo tono que usaba para controlar a sus hijos, dijo—: Burdett, te llamé aquí para que ayudes a sir Philip a preparar la defensa. —El caballero adoptó una expresión petulante, hasta que Edlyn le dijo—: Y no lo habría hecho si creyese que Burdett es un traidor. ¡Al menos, concededme el crédito de tener sensatez para eso!

Los dos hombres se miraron, ceñudos, y luego adoptaron una expresión culposa.

—Al parecer, mi señor esposo, y mi señor caballero han olvidado con quien están hablando. —Neda les había propinado un pescozón verbal—. Desde que está aquí, lady Edlyn ha demostrado una sensatez poco común, y vosotros habéis demostrado lo contrario por desdeñar así su criterio.

Burdett parecía a punto de abofetear a su esposa pero, antes de que pudiese darle su merecido, sir Philip preguntó:

—¿Dónde está sir Lyndon? ¿No debería de estar aquí para celebrar consejo con nosotros?

—He mandado a buscarlo —dijo Edlyn—. Pero no ha venido.

El silencio de sir Philip fue elocuente, y Burdett se volvió hacia la ventana.

Por fin, el caballero dijo:

—Siempre me ha tratado con cortesía.

—Ojalá hubiese sido así con mi señora —dijo Neda.

Edlyn recogió el huso y reanudó la tarea de hilar.

—Nunca ha sido grosero conmigo.

—No se trata de lo que dice sino de cómo lo dice —replicó Neda.

Era precisamente eso lo que hacía tan difícil la situación de Edlyn. ¿Cómo podía quejarse de un hombre que, no sólo hablaba bien, sino que llegaba al extravagante refinamiento de hacerla crisparse, incómoda? ¿Qué podía decir? «¿Que era demasiado cortés?» Se alegraba de que no hubiese acudido a la reunión, pues eso la libraba de la irritante sensación de ser objeto de una burla incomprensible.

—Tendremos que arreglárnoslas sin sir Lyndon. Seguramente habrá visto algo que requería su atención —dijo—. Pembridge retiene el recinto exterior, y nosotros no tenemos modo de recuperarlo. Pero la muralla interna es fuerte, la casilla de guardia inexpugnable, el castillo está provisto, y hay reserva de agua fresca. Podríamos aguantar hasta el invierno y no cabe duda de que, para entonces, mi señor Hugh habrá regresado.

—Sí —admitió Burdett—. Por desgracia, no sé qué otros trucos viles habrá preparado Pembridge.

—Es cierto, mi señor —dijo sir Philip—. Además, tengo órdenes de lord Hugh de hacerle saber de inmediato si sospechaba cualquier amenaza hacia vos.

—Hacia el castillo Roxford —lo corrigió la señora.

—También eso tuvo en cuenta —admitió el caballero—. Pero se refirió a vos, y yo debo obedecer.

Edlyn irguió los hombros y no respondió.

—¡Mi señora, tenéis que pensar en vuestros hijos! —dijo Burdett.

¿Pensar en sus hijos? No pensaba en otra cosa.

—¿Realmente cree que lord Hugh vendría si lo mandáramos llamar? —No pudo contener el sarcasmo—. Ha jurado rescatar al rey de los rebeldes, y si le hacemos saber que han puesto sitio al castillo, lo único que lograríamos será distraerlo de su deber. No dejará de cumplirlo, pero se preocupará por Roxford y puede ser que esa preocupación añada peso a su espada cuando tenga que usarla. No, Allyn y Parkin sólo sacarán provecho de la vida de Hugh, no de su muerte. De modo que hasta que me parezca inminente que Pembridge nos derrote —y no creo que tal posibilidad sea inmediata—, dejaremos que Hugh siga en la ignorancia.

Sir Philip dijo:

—Mi señora, en una situación normal, estaría de acuerdo en no distraer a un hombre de la batalla, pero lord Hugh no es un caballero normal. Tiene la fuerza y el coraje de diez hombres, y la derrota es una palabra que no entra en su vocabulario.

—¿Diríais que muerte sí es una palabra que entre en su vocabulario? —preguntó Edlyn.

El que respondió fue Burdett, decidido a unirse a sir Philip para convencerla.

—No, jamás, mi señora.

—Y sin embargo, yo vi a la muerte posar su mano sobre él. —Era una imagen que perseguía a Edlyn desde que Hugh se había marchado para la batalla, aunque no se lo dijo a estos hombres—. No siempre saldrá invicto. Todo caballero tiene un número definido de años para combatir, y Hugh ya ha sufrido una herida que estuvo a punto de matarlo.

Burdett y sir Philip intercambiaron una mirada que expresaba a todas luces su congoja. Asumieron una tácita decisión masculina, y sir Philip fue el que respondió, en un tono que pretendía tranquilizar:

—Todo caballero tiene cierto tiempo para buscar fortuna, y si es lo bastante hábil y afortunado, puede lograrla. Lord Hugh la logró, y ahora se abre una nueva vida ante él.

—Por eso se casó conmigo —se apresuró a señalar Edlyn—. Porque tengo experiencia con esta vida y puedo ayudarlo.

—Sí, ésa es una de las razones aunque... y perdone mi atrevimiento, me parece que no es la principal. —Sir Philip sonrió por primera vez desde que la flecha alquitranada le había perforado el pie—. Con todo, su experiencia no se relaciona con la lucha y, con el debido respeto, le señalo que la mía sí. No me gusta ese Pembridge y su conocimiento del castillo. No me gustan su confianza ni el modo en que exige rendición y, otra vez, perdóneme, Burdett, me temo que entre nosotros hay un conspirador. Por favor, mi señora, permitidme enviar un mensajero a lord Hugh.

—Aunque hayan hecho daño —insistió Edlyn, obstinada—, no creo que estemos en peligro. No, sir Philip, no enviéis ningún mensajero. Estamos a salvo, os lo aseguro.

En silencio, los dos hombres observaron cómo

ella y Neda recogían los husos, los ovillos de lana terminados, y se marchaban.

Cuando se perdió el ruido de sus pasos, Burdett le dijo a sir Philip:

—Quisiera que le enviarais un mensaje al señor, pese a los deseos de mi señora.

Sir Philip miró largamente a Burdett, pensando qué responder. Y al fin, dijo:

—Le mandé un mensajero el día del ataque, y otro ayer. Ruego que uno de los dos llegue.

Alternadamente asombrado y contento, por fin Burdett logró decir:

—Que Dios los ayude. Que Dios les dé velocidad.

Al pie de la colina, al otro lado del prado, con pasos silenciosos, Hugh entró en el campamento enemigo.

Era un tonto, lo sabía. Pero quería visitar una vez a los Maxwell antes de tener que matarlos a todos.

Logró recorrer todo el trayecto hasta la tienda de los Maxwell antes de que unas manos rudas lo aferrasen desde atrás.

—Di a qué vienes, muchacho, o te irá mal.

Hugh sonrió y se aflojó: conocía esa voz. Moviéndose con cuidado para no sobresaltar al que lo había apresado, apoyó el barril en el suelo. A continuación, sujetó los nudillos del hombre, los hizo girar, y se soltó.

—Diré a qué vengo cuando tú puedas derrotarme arrojando piedras sin hacer trampa, muchacho.

Malcom Maxwell se quedó mudo de sorpresa por un momento, y luego vociferó:

—¡Hugh! Hugh, mi viejo amigo, ¿cómo estás?

Hugh soltó los dedos del corpulento individuo, y lo tomó de los hombros. En el escocés aprendido mientras hacía girar la muela del molino, dijo:

—¡Me alegro de verte, Malcom! Aunque, con esta luz, no hay mucho que ver.

—¡Entra, pues! Ven a la luz, donde podamos... —Malcom se interrumpió y empujó a Hugh por el pecho con todas sus fuerzas. Y mientras éste se tambaleaba, le dijo—: Espera. Nos informaron que eras el comandante de las tropas del príncipe inglés.

Hugh se enderezó.

—Sí, así es. ¿Acaso creíste que eso me impediría demostrar la mejor hospitalidad del presente en el sur de Inglaterra?

Malcom mantuvo un silencio suspicaz.

Hugh lanzó un puntapié que dio en el barril, y el apagado sonido de su rico contenido fue elocuente prueba de sus intenciones.

—He traído un barril de cerveza inglesa robada, para demostrar que no he olvidado lo que me enseñasteis.

Malcom rugió de risa.

—Aprendiste bien... por ser inglés. Sí, es la noche previa a la batalla, y será mejor que bebamos juntos ahora, antes de que yo te separe la cabeza del cuerpo.

—Sí, o que yo te enseñe lo que es el debido

respeto hacia un lord inglés. —Metió los pulgares en el cinturón—. Ahora soy lord, ¿sabes, tú?

Abriendo la solapa de la tienda, Malcom ejecutó una profunda reverencia:

—Entra en nuestra humilde morada, lord inglés, y déjanos que te demostremos el asombro escocés por todo lo inglés.

Hugh sabía que era nulo pues, de lo contrario, no estarían allí. Parpadeando a la luz de las velas, tuvo la impresión de haber entrado en una tienda llena de corpulentos, hostiles sujetos hasta que otra áspera voz escocesa dijo:

—Malcom, ¿ya capturaste a uno de los ingleses del rey?

—Mejor aún, Hamish. —Malcom empujó a Hugh de modo que le diese la luz—. Vino a rendirse cuando supo que estábamos aquí.

El anuncio de Malcom fue seguido por unos instantes de atónito silencio, hasta que el jefe mismo, Hamish Maxwell, se incorporó de un salto y se adelantó:

—¡Hugh! ¡Me alegro de verte, muchacho!

Los otros miembros del clan, los que habían estado durante la estadía de Hugh en Escocia, también se adelantaron imitando a su jefe. Angus, Armstrong, Charles y Sinclair y otros que reconocía pero cuyos nombres no recordaba, lo rodearon y le palmearon la espalda. Los otros, demasiado jóvenes para recordarlo o que habían estado ausentes, se levantaron y observaron la escena con mal disimulado asombro.

Pasando de mano en mano, Hugh recibió pellizcos, palmadas y puñetazos que devolvió con entusiasmo. Había olvidado lo mucho que disfrutaba de la compañía de estos hombres, por más toscos que fuesen. Jamás habían fingido falsa amistad, ni quebrado juramentos hechos hacía mucho tiempo. Entre ellos estaría a salvo hasta el día siguiente, cuando se encontraran en el campo de batalla y, como había dicho Malcom, trataran de separar cabezas de cuerpos.

Mientras lo pensaba, acudió a su mente la voz de Edlyn: Tiene que haber una forma mejor.

—Os he traído cerveza... —Hugh alzó el barril por encima de su cabeza—, y quisiera saber si tenéis algo que ofrecer a cambio.

Los hombres se tranquilizaron, y Hamish miró el barril:

—Es un atrevido el invitado que trae un regalo con la esperanza de recibir otro a cambio.

—Ah, pero la mayoría de tus invitados no han pasado doce años sin el buen sabor del haggis escocés —respondió Hugh.

En la tienda resonaron locas risotadas masculinas, y Hugh se vio sentado en un taburete. Alguien se apoderó del barril. Le pusieron en una mano un bizcocho de avena, y en la otra un plato de madera con haggis humeante. Les aseguró que eso bastaba para hacer saltar lágrimas a un escocés por adopción.

Usaron un grifo, «que llevamos con nosotros por casualidad, muchacho», para servir la cerveza y, antes de beber una sola gota, los escoceses brindaron con él. Luego, Hugh comió y brindó con ellos. Luego, brindaron entre sí y Hugh, limpiándose el líquido marrón del labio superior, dijo:

—Tengo ganas de cantar una canción que hace muchos años que no oigo.

En voz entusiasta, resonante, empezó a cantar la canción que había oído tantas veces siendo huésped de los Maxwell. En ella se hacía referencia al coraje, a la fuerza de los Maxwell... y del tamaño de su espada de dos filos.

Los Maxwell, tomados por sorpresa, farfullaron unos instantes, para luego unirse a él. Una canción trajo otra, y escoceses de otros clanes entraron en la tienda. Ellos también cantaron sus canciones y bebieron cerveza hasta dejar seco el barril. A partir de ese momento, aparecieron diferentes barriles, la mayoría con misteriosas marcas inglesas, que fueron sacados de sus escondites y abiertos.

Hugh había olvidado la camaradería de una velada escocesa, donde cada uno bebía lo más que podía, decía lo suyo, y cada competencia traía aparejada otra. Cuando Hugh se encontró en el suelo, bajo una pila de malolientes escoceses, demostró la verdad de aquel refrán según el cual el gato de abajo es el que siempre gana.

Esa noche, tarde, la reunión se disolvió entre risas y gritos, y el propio Hamish Maxwell posó la mano sobre el hombro de Hugh para indicarle el camino de salida del campamento. Malcom caminaba junto a Hugh, del otro lado, seguramente para asegurarse de que regresara al campamento del rey y no se quedara remoloneando y causara problemas.

Pero Hugh no tenía intenciones de atacar físicamente al ejército rebelde. Oh, no, tenía un plan diferente, y Hamish Maxwell lo sabía. Dejando de lado la jovialidad, le preguntó:

—Dime, muchacho, en realidad, ¿por qué viniste a vernos esta noche?

—Ya casi es de día —repuso Hugh—. ¿Ves? La estrella de la mañana está baja sobre el horizonte, y dentro de poco saldrá el sol.

—Es cierto —admitió Hamish—. Y entonces, te separaré la cabeza de los hombros.

—Lo intentarás —lo corrigió Hugh. Se estiró bien, con la esperanza de aliviar el dolor de sus músculos doloridos después de la noche pasada—. Pienso que, para cualquier escocés, es una buena causa unirse a Simon de Montfort y su hijo, y a todos los barones que luchan contra el príncipe inglés. Para un escocés, es una buena oportunidad de incursionar en pueblos ingleses, de saquear las granjas. Me imagino que llenarán sus cofres con mercaderías y con oro.

—¿Y qué si es así? —preguntó Malcom.

—Es lo que esperaría un inglés —respondió Hugh—. Todos nosotros sabemos que a los escoceses les gusta luchar, sobre todo si pueden sacar beneficio y si no es en su tierra. Pero me pregunto —hizo crujir los nudillos, y el ruido resonó como una lanza quebrándose en el silencio que precedía a la madrugada—, si esta vez los escoceses serán lo bastante astutos para huir con el botín.

—Los escoceses siempre escapan con el botín.

Toda cordialidad había desaparecido de la voz de Malcom. Pero en la de Hamish todavía se percibía sólo una nota curiosa.

—¿Por qué no lo lograríamos?

—La rebelión ya está casi acabada. Simon de Montfort está en retirada, y hay una larga marcha desde aquí hasta la frontera.

—Juramos apoyarlo —arguyó Malcom.

—¿A De Montfort? —Hugh rió—. ¿Un inglés? ¿Desde cuándo un escocés le jura algo a un inglés y cumple?

—Se sabe que los escoceses cumplimos nuestra palabra.

Malcom ya se mostraba francamente hostil.

—Sí, a otros escoceses, y a sus hermanos por adopción, como me han demostrado esta noche. —Hugh le dio a Malcom una palmada en la espalda—. Pero ¿a los ingleses, que más de una vez han jurado fraternidad a los escoceses, para después cortarles el cuello?

Por un momento, ni Hamish ni Malcom respondieron. Luego, el primer preguntó:

—¿Crees que van a cortarnos el cuello?

—A los perdedores siempre se les corta el cuello. Sobre todo... si son extranjeros y están lejos de su patria.

El silencio se cargó de reflexiones. A Hugh se le ocurrió que, en cierto modo, Hamish y Malcom estaban comunicándose sin hablar, y no se sorprendió cuando éste le dijo:

—Es larga la marcha desde aquí hasta la frontera.

—Y hay una larga caminata desde aquí hasta tu campamento, Hugh —agregó Hamish. Empujó a Hugh hacia delante—. De modo que, date prisa pues de lo contrario mañana lucharás con los ojos medio cerrados.

—Me voy. —Hugh abrió los brazos y enlazó a los dos hombres en un repentino abrazo—. Hasta que volvamos a encontrarnos.

Los soltó y corrió colina abajo hacia el valle, de regreso a su propio campamento. El vigía lo detuvo y, cuando respondió, Wharton en persona se acercó corriendo a él.

—¿Dónde habéis estado? —lo regañó—. Hemos rastreado todo el campamento para encontraros.

—He estado preparándome para la batalla de hoy. —Hugh se tambaleó ante el súbito ataque de fatiga, sumado al exceso de cerveza—. Y quiero acostarme ya.

Lo hizo y, cuando se levantó, Wharton se acercó a él y, en un tono muy extraño, le informó que los mercenarios escoceses de Montfort habían recogido sus petates y se habían marchado.

Ese día sería fácil derrotar a los rebeldes.

Desde el linde del bosque que rodeaba el castillo de Roxford, Almund observaba, consternado, la actividad. Mientras reconstruía la balsa con troncos robados a los bosques del rey, había oído rumores y había acudido de inmediato. Después de todo, cualquier dato relacionado con la dulce lady

Edlyn merecía su atención, y se alegraba de haber prestado oídos.

Era evidente que la casilla de guardia exterior había sido invadida. Desde distintos puntos del recinto se elevaban espirales de humo negro. Olía a quemado, y en el foso había algunos cadáveres de mujeres campesinas de la aldea. Peor aún, esos demonios que querían desposeer a su señora cargaban cubos de alquitrán y grandes rocas adentro, y se oían golpes y carcajadas masculinas.

Fuera quien fuese, estaba seguro de su victoria.

Almund se dio la vuelta y corrió a buscar ayuda.

—Están huyendo, amo. —A poca distancia del caballo de Hugh, Wharton comentó así la victoria en esa batalla—. No se detendrán hasta llegar al mar.

Hugh de Florisoun, conde de Roxford, se quitó el casco y sonrió, al ver al último de los caballeros que huía del campo de batalla.

—Después de todo, no nos dieron mucho trabajo.

—Claro que no: no contaban con los mercenarios escoceses. —Dewey se enjugó el sudor de la frente—. ¿Qué los habrá hecho irse?

—Quién sabe.

Hugh hizo girar al caballo hacia el campamento.

—Sí. —Wharton dejó escapar un matiz de suspicacia—. Quién sabe.

Hugh se encogió de hombros.

—Sí, vos sois inocente —comentó Wharton—. Inocente como un lobo que espantara a la manada.

Hugh echó la cabeza atrás y lanzó una carcajada.

Se sentía bien. Qué lección había aprendido. ¡Qué esposa tenía! Había puesto en fuga al enemigo, y regresaría a Edlyn intacto, mucho antes de lo que ella lo esperaba. Oh, claro que tendría que unirse al príncipe para derrotar al ejército principal de De Montfort, pero con sus fuerzas unidas, lo lograrían sin dificultades. ¡Y rescatarían al rey, y el príncipe estaría satisfecho con él! Quizás Hugh le llevara a Edlyn otra propiedad, como reconocimiento por su tolerancia.

Y se cobraría la derrota que ella había declarado haciendo flamear esa enagua blanca, como un regalo.

Una sonrisa le curvó los labios. Sí, el recibimiento sería tal como lo soñaba. Edlyn lo estrecharía contra su pecho como había hecho aquella vez, cuando él estaba tan grave, y le diría que lo amaba. Le juraría que nunca más le ocultaría sus sentimientos. Lo acariciaría con sus dedos frescos y le confiaría todas sus emociones: ternura, cariño, una profunda y arrebatadora pasión que jamás tendría fin, por mucho que él se marchara a la guerra. Eso haría ella.

Y él: él la abrazaría, la besaría y, cuando se cansara de hacerle el amor, le diría... ¿qué le diría? Ella esperaba que él dijera algo. Algo acerca de amor o compromiso.

Sí, eso era. Compromiso. Estaba comprometido con ella, porque era su esposa. Ella se daría por satisfecha con ese compromiso. Sin duda.

Mientras él intentaba entender por qué ni él mismo lo creía, uno de sus caballeros jóvenes se acercó a caballo, medio enloquecido de excitación.

—Mi señor, hay un mensajero esperando en vuestra tienda.

—¿Del príncipe? —preguntó Hugh.

—De Roxford —replicó el joven.

La sonrisa se borró del rostro de Hugh. ¿Por qué le habría enviado Edlyn un mensajero? ¿Estaría preocupada por él? ¿Lo regañaría? ¿Lo humillaría insinuando que temía por la vida de él?

—¿Roxford? ¿Qué dice mi esposa?

—No lo envía vuestra esposa, milord, sino sir Philip.

—¿Sir Philip? —Wharton parecía tan afligido como Hugh—. Si hay noticias de sir Philip, no son buenas.

Hugh espoleó a su caballo, y el animal se precipitó hacia delante. Llegó a la tienda, llamó, y el mensajero, escuálido y fatigado, se arrastró fuera.

—Milord, Edmund Pembridge ha sitiado el castillo. La muralla exterior ha caído a causa de una traición. Ocuparon el recinto exterior, y sir Philip teme que otra estratagema los derrote del todo.

—¿Edmund Pembridge?

Hugh evocó la imagen de Edlyn, con expresión orgullosa, diciéndole:

—Soy tu legítima y leal esposa, y te juro que jamás te traicionaré, mi señor.

Orgullo. Una vez le había dicho a Edlyn que tenía demasiado orgullo y, sin embargo, le exigió que se rindiera a él por completo, mientras que él sólo le daba cosas: un castillo, sus camisas, su propio cuerpo. Si Hugh hubiese estado dispuesto a entregarle su corazón, ella habría hecho a un lado su orgullo con alegría.

Entonces, evocó aquella bandera blanca flameando en las almenas, y comprendió que eso era, precisamente, lo que había hecho. Había dejado a un lado el orgullo por él, y eso era lo que Hugh más temía.

—¿Por qué mi señora no envió por mí? ¿Cómo está milady?

—Está bien, mi señor, pero no desea convocarlo. —El mensajero se tambaleó, debilitado por la fatiga—. No quería distraerlo de la batalla, pero sir Philip le ruega que vaya. Que vaya de inmediato, o todo estará perdido.

20

—Mi señora, no sé qué es lo que están haciendo, pero no me gusta.

Contra las órdenes de Edlyn, sir Philip se había hecho trasladar en una parihuela a la cima del muro. Ella le dijo que lo acompañaba para controlar que no se fatigase demasiado pero, en realidad, quería saber si había cometido un error. La inquietaban los sonidos jubilosos que llegaban desde el recinto exterior. Pembridge y sus hombres estaban demasiado confiados, y ella temía que sir Philip tuviese razón. O Pembridge conocía un sitio por donde entrar, o bien tenía un cómplice, o ambas cosas.

—Mamá, ¿qué hace esa choza apoyada contra el muro exterior?

Aferrándose con las manos al merlón de piedra que asemejaba un diente de lobo del almenaje, Parkin se trepó y se asomó al otro lado.

Edlyn lo tomó del borde del sobreveste, y lo hizo volver a sitio seguro.

—No hagas eso —le advirtió, al tiempo que miraba a sir Philip alzando una ceja con expresión interrogante.

—¿Grims?

Como el caballero no podía incorporarse en su cama improvisada para ver, confió en el informe del jefe de los guardias.

—Han construido un cobertizo, le han puesto ruedas, y lo han apoyado contra el muro —respondió Grims en inglés.

Luego, consultó con la mirada al pequeño grupo de hombres que los rodeaban, y ellos lo confirmaron.

—¿Por qué aquí?

Edlyn hizo lo que acababa de reprocharle a su hijo. Se colgó hacia fuera de la almena para observar la tosca estructura de madera y cuero.

Grims se encogió de hombros.

—No lo sé, mi señora. Ojalá lo supiera.

—No están usando un ariete —observó sir Philip.

Aunque estaba a un lado, Allyn dejó oír su opinión de niño de ocho años:

—Hemos oído eso.

Sir Philip no se ofendió, y Grims dijo:

—Además, es una parte sólida del muro.

—¿Oyen ruidos de excavar? —preguntó sir Philip—. ¿Estarán haciendo un túnel debajo de la pared, con la intención de hacerla caer?

—No hay ningún ruido.

Grims, veterano de otras campañas, parecía tan perplejo como sir Philip.

La atención de Edlyn se trasladó de la misteriosa choza a lo que había sido la próspera aldea, y la maravilló la capacidad destructora de Pembridge. El cobertizo para ordeñar, el palomar y el gallinero habían sido incendiados. Las vacas abandonadas habían sido sacrificadas, y la carne quedó pudriéndose e hinchándose al sol. Los caballos habían pisoteado las huertas y comido las verduras. La madera de los árboles, aunque verde, había sido usada para alimentar las hogueras que ardían todas las noches a última hora, y alrededor de un imponente roble habían puesto gavillas con ceremonioso cuidado. Luego, las habían encendido y el árbol estaba reducido a un esqueleto ennegrecido, erguido y sombrío.

Sir Philip trató de levantarse y, tras un intento fallido, se dejó caer.

—Prended fuego al cobertizo.

Molestos, los hombres armados retrocedieron. Se rascaron y carraspearon.

—¿Cuál es el problema? —quiso saber sir Philip—. Una flecha encendida o un caldero de alquitrán hirviente...

—Creo que Pembridge está usando a nuestros aldeanos para trabajar allí. —Edlyn miró a los hombres y preguntó, en su torpe inglés—: ¿No es así?

Grims asintió:

—Sí, milady. Entre ellos está mi esposa, y otras personas que conozco.

—¡Por todos los santos! —juró sir Philip.

Comprendió que el uso de los aldeanos incapacitaba a sus soldados de un modo que ni el mismo Pembridge podría superar.

—De todos modos, prended fuego al cobertizo.

Era Sir Lyndon, que subía desde la lejana torre donde había fijado su residencia.

—¡No pueden matar a su propia gente! —exclamó Edlyn.

—No son más que un montón de campesinos. No tienen sentimientos. —Sir Philip, furioso, trató de hacerlo callar, pero él agregó—: Oh, casi no hablan una lengua civilizada.

Edlyn pensó que en eso se equivocaba, a juzgar por la expresión de Grims.

—¿Qué espera lograr Pembridge? —se preguntó, en voz alta, con la esperanza de cambiar de tema antes de que empezara la discusión—. Aunque se apoderase del castillo, el príncipe lo recobraría antes de finalizado el verano.

—Es un lord celoso, este Pembridge —explicó el jefe—. La época en que vino a vivir aquí no fue buena. Recuerdo una ocasión, cuando él deseaba a la esposa del cocinero. Era una chica bonita y dulce. Pembridge le regaló flores, una vaca, un traje de dama bordeado de piel. Por el modo en que la miraba, pensé que realmente la amaba. —Para apartar la mirada de Edlyn, Grims frotó su escudo, como si el relato fuese demasiado íntimo para compartirlo—. Ella no quería saber nada con él, ni su esposo quería compartirla, entonces huyó al bosque para ocultarse hasta que Pembridge se marchó.

Grims se interrumpió repentinamente.

—¿Y? —quiso saber sir Philip—. ¿Qué pasó?

—Bueno, la persiguió y la mató. —Grims logró mantener el tono neutro—. Hizo que los perros la destrozaran. Decía que si él no podía tenerla, nadie podría.

Cuando el soldado terminó el relato, a Edlyn se le congeló la sangre.

—¿Preferiría destruir Roxford con tal de no permitir que Hugh lo tenga?

—No dejará en pie nada que pertenezca a lord Hugh —dijo Grims.

Edlyn paseó la mirada por el atestado recinto interno. En ese momento, todo sirviente y aldeano que había logrado escapar, vivía ahí. Los animales mugían, peleándose por la hierba. Los pollos bailoteaban, entrando y saliendo. Los niños cuidaban sus cabras y las mujeres, en grupos, comentaban la situación mientras hilaban. Ethelburgha estaba ante el fuego, revolviendo la mezcla que se convertiría en cerveza. En medio de todo eso se erguía el castillo, dentro del cual dormían los recién nacidos, jugueteaban los pequeños, amamantaban las madres. Burdett y Neda estaban atareadísimos manteniendo la paz, y pasaban los días corriendo de una crisis a otra. Todos, y cada uno de ellos dependían de Edlyn.

Y ella había sido demasiado orgullosa para pedir a su marido que regresara a defenderlos.

Allyn la abrazó:

—Todo saldrá bien, mamá.

Parkin se le acercó, bailoteando, por el otro lado:

—¡Nosotros te salvaremos! Wynkyn están enseñándonos todo lo referido al combate.

Edlyn echó un vistazo a los hombres, y en su rostro apareció una sombría sonrisa de gratificación:

—Ahora me siento más segura.

Los guardias le sonrieron: entendían su orgullo maternal.

Sir Lyndon, en cambio, resopló, desdeñoso.

—¡Eh, ahí arriba!

Edlyn oyó con claridad la voz masculina educada, y la reconoció. Soltando a sus hijos, volvió junto al muro.

—Pembridge.

—Es él —admitió Grims.

—Os vi espiándonos —gritó Pembridge—. ¿Sois vos la señora?

Edlyn avanzó para que los que estaban abajo pudiesen verla con claridad.

Su aparición fue lo que Pembridge estaba esperando, y la voz del hombre se endureció.

—¿Es ésta la dama que fue esposa de Robin, conde de Jagger? ¿La dama que traicionó su memoria casándose con su verdugo?

Edlyn pudo ver el pequeño grupo de nobles, y reconoció a Pembridge por su llamativa vestimenta y su gran altura.

—Tengo algo para mostraros, señora. —Pembridge hizo una profunda reverencia, y habló con evidente sarcasmo—: Dejadme mostrarle lo que puedo hacer.

Se hizo a un lado, y una pobre patética criatura fue empujada y cayó a los pies del hombre.

Sir Philip se levantó con dificultad, miró fuera, y murmuró:

—Que Dios lo ayude.

La señora preguntó:

—¿Quién es?

—Yo envié a un mensajero —admitió.

—¿Un mensajero? —Sir Lyndon se puso pálido—. No me dijisteis eso.

—¿Qué importa? —preguntó sir Philip—. Parece que lo atraparon.

—¿Un mensajero a mi señor? —La cólera de Edlyn explotó al ver cómo rodeaban con un lazo a la figura quebrada que tenían allá abajo—. ¡Si yo os había dado órdenes en sentido contrario!

—Lord Hugh me dio las órdenes primero —repuso el caballero.

Edlyn se tragó el comentario que tenía ganas de hacer, pues ya lo veía bastante desdichado observando a los hombres de Pembridge arrastrar al mensajero hacia el roble ennegrecido. El mensajero se ahogó y se debatió cuando el lazo le cortó el aliento.

El extremo de la cuerda fue arrojado sobre la rama más alta, el mensajero fue izado, y pateó frenéticamente. Cuando empezaba a flaquear, lo bajaron, lo dejaron recuperarse, y luego lo izaron de nuevo.

—Ya lo veis, mi señora —gritó Pembridge—. Recuperaré mi castillo y, cuando lo haga, vos y cada uno de esos siervos mal habidos, sufriréis como está sufriendo este mensajero.

Sacó la espada, se acercó a la figura que colgaba de la rama, y le cortó un pie. El grito del hombre, escapado de una garganta constreñida por la cuerda, resonó claramente en el aire matinal.

Pembridge se volvió hacia la pared.

—Todos, menos vuestros hijos, mi señora. Todavía tenéis a los hijos de Robin, ¿verdad? No los habéis desechado, como hicisteis con la memoria de Robin, ¿no es así?

—Que Dios nos proteja —susurró, y contuvo a sus hijos que trataron de mostrarse.

—Mi señora, yo me quedaré con vuestros hijos, los educaré a mi imagen, y les enseñaré a maldecir vuestra memoria cada día de sus vidas.

—¡No lo haré! —gritó Parkin. Se debatía contra la contención de la madre, tratando de mostrarse al endemoniado hombre que gritaba desde abajo—. Nunca maldeciré a mi madre.

Allyn se escabulló y lo hizo caer. Se tumbaron sobre el piso de grava del pasadizo del muro.

—Cierra la boca, idiota —le dijo—. ¿Acaso no ves que él quiere que lo enfrentes?

Parkin apartó al hermano de un empujón, y se limpió el hilo de sangre que tenía en el cuello.

—Lo desafiaremos.

—No vamos a darle nada de lo que quiere. —Allyn se miró las palmas—. Ay, me he despellejado las manos.

El mensajero torturado gritó otra vez, y Edlyn no tuvo necesidad de mirar para sentir que se descomponía. Sintiendo los labios repentinamente ateridos, dijo:

—Matadlo.

Grims hizo señas a un arquero de que se acercara.

—Mata al mensajero —dijo—. Acaba con su dolor. Y después, si puedes, mata a Pembridge.

Obediente, el arquero arrojó una flecha al mensajero. Por fortuna, dio en el blanco, y los forcejeos y los gritos cesaron de inmediato. Al mismo tiempo que Edlyn comenzaba a orar por el alma del hombre, Pembridge huyó fuera del alcance, y la segunda flecha se perdió silbando en el aire.

—Pagaréis por esto, señora —gritó Pembridge.

Sí, lo pagaría, no tenía dudas de eso. Dándole la espalda al espectáculo de abajo, le preguntó a sir Philip:

—¿Hay algún modo de enviar otro mensajero a mi señor y contarle nuestro apuro?

—Ya está en camino —respondió el caballero.

Edlyn se quedó mirándolo, confundida.

—Envié dos mensajeros. —El color se esfumó del rostro de sir Philip—. El segundo debe de estar a salvo.

Edlyn inspiró con dificultad. Hugh. Hugh estaba en camino. Hugh la salvaría.

Luego exhaló, y la invadió la desesperación. Hugh estaba librando una batalla por la libertad del rey. Hugh se distraería. Hugh podría ser muerto.

—¡Se ha desmayado! —la voz tosca de sir Lyndon irrumpió en sus angustiosos pensamientos.

Era cierto: sir Philip había caído de espaldas en la parihuela, con la boca abierta y los ojos en blanco. Edlyn se arrodilló junto a él y lo examinó. Por la textura húmeda y fría de la piel y el color como de tiza, Edlyn dedujo su debilidad. Esa breve salida había llevado sus fuerzas al límite.

—Llevadlo de vuelta al castillo —dijo—. Ponedlo en la cama.

Desdichada, vio cómo el caballero en el que confiaba era transportado por la angosta escalera.

Disgustado, sir Lyndon soltó el aliento.

—No es útil para usted. Tendrá que depender de mí.

¿Depender de él? Pero si él la despreciaba. Tal vez le manifestara respeto cuando Hugh estaba en la residencia pero, ahora que estaba ausente, no vacilaba en minar la autoridad de Edlyn por medio de la burla. No quería depender de él... aunque seguramente los soldados necesitaban a un caballero que los dirigiese.

Sobre todo ahora, que Pembridge había demostrado reconocerla y conservar el resentimiento.

Pero Grims no estuvo de acuerdo:

—No os preocupéis, mi señora, os mantendremos a salvo.

¿A ella? Se quedó mirándolo con ojos velados. Si perdía el castillo y Pembridge lo arrasaba hasta los cimientos, no habría lugar seguro para ella. Habría destruido el sueño de Hugh con tanta certeza como si ella hubiese removido las piedras con sus propias manos, y él tendría ganas de matarla.

No, peor aún, pensaría que nada mejor se podía esperar de una mujer, y jamás volvería a confiar en ella.

O... o imaginaría que lo había hecho por venganza, porque todavía amaba a Robin, o porque estaba en combinación con Edmund Pembridge.

Un grito de mujer desde el patio de abajo impulsó a los soldados a acercarse al borde del muro.

—¡Los bribones están traspasando el muro!

—¡No!

Edlyn no podía creerlo. Si los hombres de Pembridge estaban cavando bajo el muro, podrían pasar, pero no tan rápido. Ésa era una operación que llevaría meses...

Grims murmuró unas palabras en inglés, y empezó a gritar a sus hombres.

Sir Lyndon la aferró por el antebrazo y lo apretó con fuerza.

—Me necesitáis, señora. ¡Dadme la orden!

—¡Soltadme!

No tenía tiempo de preocuparse por él. Allyn y Parkin se precipitaron hacia el borde del muro para mirar hacia fuera, y Edlyn se abalanzó hacia ellos para apartarlos del peligro. Mientras retenía a los niños que forcejeaban, ella misma se esforzó por mirar.

Utilizando el invento de Pembridge, caballeros armados irrumpían a través de la delgada cobertura de piedra que los separaba del patio interior. Hacía mucho que Pembridge se las había ingeniado para hacer abrir un túnel debajo del muro, y disimularlo con piedras similares a las de la pared. Los peones que estaban al otro lado del muro no habían estado excavando. Los aldeanos se habían limitado a quitar las piedras talladas.

Y ahora, Edlyn estaba lejos de la seguridad del castillo. Burdett estaba debajo, dirigiendo a los habitantes del castillo y a los aldeanos, con frenéticos gestos. Sus hijos trataban de empujarla tras ellos, con la valentía de muchachos que jamás habían estado en batalla, pero sí conocían su deber.

—Me necesitáis —insistió sir Lyndon.

El caballero quería mandar, y la señora no confiaba en él. Se negó a responder, a darle su aprobación.

—Nada va a detenerlos, y entonces, ¿quién os defenderá? —preguntó, despectivo—. ¡Vos no entendéis de combates!

Era cierto. No entendía. Siempre se había apoyado en su astucia, pero ahora le fallaba.

Oh, ¿por qué nunca había aprendido a luchar?

La primera vez que Hugh oyó el grito de una mujer, lo pasó por alto e inclinándose sobre el cuello de su caballo, lo espoleó. ¿Qué era otro grito de mujer, comparado con la sangre y la agonía de la batalla que acababa de presenciar? Miró hacia el bosque. Seguramente, sería una arpía gritando a su marido.

Pero volvió a oír el grito, alto y agudo, e incluso su caballo se detuvo. No era un sonido de ira, más bien era puro terror. Edlyn le habría exigido que se detuviese para ver qué ocurría.

Pero Pembridge perseguía a Edlyn y, si lo que había dicho Ethelburgha era verdad, su esposa estaba en grave peligro. En esta ocasión, al menos, le rogaría que no hiciera caso de la súplica implícita en ese grito. La mujer volvió a gritar.

¿A quién quería engañar? Si él se hubiese negado, la propia Edlyn habría ido a ver a qué se debían los gritos. De algún modo, sin saber cómo, Edlyn había comenzado a ir con él a todas partes.

Cuando detuvo a su caballo, la nube de polvo del camino lo alcanzó y le cubrió los dientes apretados, entre los cuales preguntó:

—Por Cristo y todos los santos, ¿qué le pasa a esa mujer?

Sus hombres lo rodearon sin desmontar, y se miraron entre sí.

—¿Qué mujer, amo? —preguntó Wharton.

No la habían oído, siquiera.

—Esa mujer —dijo Hugh—. La que está chillando.

—Ah —dijo Wharton con aire estúpido—. Ésa.

—Milord, ¿quiere que vaya a ver? —preguntó Dewey.

—No. —Hugh hizo girar el caballo y enfiló hacia el lugar del que llegaba el ruido—. Tengo que hacerlo yo mismo.

La cautela le indicaba hacer un reconocimiento, pero no tenía tiempo, y tampoco paciencia. La choza estaba cerca del camino, en un claro y, al irrumpir por entre los árboles, captó la situación de inmediato.

Dos caballeros armados y sus escuderos, seguramente mercenarios, sujetaban a una mujer en el suelo, y se disponían a violarla. Lo peor era que otro caballero sujetaba a una niña que lloriqueaba, y se disponía a hacer lo mismo. La mujer no gritaba por sí misma; forcejeaba, intentando llegar a su niña para rescatarla.

—¡Malditos sean! —maldijo Hugh, al tiempo que sacaba la espada y espoleaba a su caballo para hacer justicia.

El sujeto que tenía a la niña, sorprendido con los calzones alrededor de los tobillos, cuando vio al enorme y enfurecido caballero que cargaba hacia él montado en su caballo, no pudo hacer otra cosa que trastabillar hacia sus armas.

Hugh cortó la cabeza del caballero con un solo golpe de espada. A los otros, los segó donde estaban, tanto de pie como arrastrándose. Sus hombres, atónitos por el súbito ataque, se apresuraron a unirse a él pero no pudieron hacer más que terminar lo que Hugh había comenzado con tanta eficacia.

A continuación, se alejó al galope, perseguido por la madre que le agradecía llorando, y por sus asombrados compañeros. Oyó resonar los cascos tras él. Faltaban leguas para llegar al castillo Roxford. Y el tiempo, como una niebla impenetrable, apretaba su abrazo. Quiso estar en Roxford en ese momento. Si no surgía ningún inconveniente, tardaría dos días más en llegar.

Por eso rogó:

—Por favor, Dios, he rescatado a esa mujer y a su hija. Haré una donación a la abadía de Eastbury. ¡Haré cualquier cosa! Sólo te pido que castigues a mis enemigos y mantengas a salvo a Edlyn.

En ese momento, se oyó un gran rugido. Los hombres gritaron, asustados.

Edlyn oyó el grito:

—¡El túnel está derrumbándose!

Era verdad. Grandes piedras cayeron al suelo

dando tumbos. Desde el interior del muro llovieron pedruscos y argamasa sobre los perplejos hombres de Pembridge, cegándolos en una nube de polvo.

Al debilitarse sus cimientos, el muro se quebró de arriba abajo, y luego se asentó. Se hizo un silencio total.

Sólo se oían los gritos de los hombres de Pembridge, que habían resultado heridos mientras intentaban librarse en vano de las toneladas de piedra.

El pueblo de Roxford lanzó desgarradas exclamaciones de alegría. Burdett evaluó la situación y corrió escaleras arriba, donde la señora aún estaba sobre el muro. Edlyn dirigió una mirada triunfante a sir Lyndon.

—¿Acaso imagináis que ya terminó todo, mujer tonta?

Por el modo en que pronunció «mujer», dio a entender que era el peor insulto que podía lanzarle. Edlyn comprendió que era un individuo absolutamente falso. Todas sus anteriores protestas de devoción no habían sido más que un viento destinado a que Hugh volviera a estar de su parte. La odiaba. Odiaba el matrimonio de Hugh. Odiaba los cambios que esa boda había acarreado, y estando Hugh ausente, no tenía motivos para ocultar ese odio.

Era un sujeto peligroso.

Edlyn fingió no notarlo, ser tan estúpida como él la creía.

—No ha terminado, pero nos ha dado algo de tiempo para reagruparnos.

Al parecer, sir Lyndon percibió su cortesía como una debilidad, porque se acercó, tratando de intimidarla con su estatura, y le dijo:

—¡Si Hugh estuviera aquí, os ordenaría que me pusierais al mando!

—No presumo de conocer el pensamiento de mi esposo pero, si él estuviese aquí, Pembridge no estaría entre los muros del castillo.

Era un reproche, y sir Lyndon lo recibió mirándola con los ojos entornados.

En ese momento, su hijo Allyn gorjeó:

—Sí, él los habría mantenido fuera, no los habría dejado entrar.

Sir Lyndon retrocedió tan bruscamente que Edlyn temió que cayese por sobre el borde del muro.

—Yo no los dejé entrar.

—Nadie dijo... —empezó a decir Edlyn.

—Alguien lo hizo —dijo Allyn.

Intervino Parkin:

—Nosotros lo vimos.

Con expresión reconcentrada, Grims se inclinó sobre los muchachos:

—¿Visteis su rostro?

Por más que los niños negaron con la cabeza, sus rostros no ocultaron sus sospechas. Grims observó a sir Lyndon en abierta especulación, y éste, a su vez, miró a los niños con tal malevolencia, que Edlyn sintió un escalofrío. Intentó diluir la situación y, al mismo tiempo, parecer firme.

—Luche, sir Lyndon, pero yo dejaré a Grims a cargo de sus hombres. Él los conoce, y conoce el castillo mejor que usted.

Sir Lyndon pasó alrededor de ella y bajó como una exhalación la escalera que iba al patio.

—Es un problema, mi señora —dijo Grims—. ¿Deberé ponerle vigilancia?

Edlyn miró a sus hijos:

—¿Por qué creéis que es él?

Los niños se miraron, y Allyn dijo:

—Él es alto, es delgado, y tiene el cabello negro.

Edlyn advirtió que ocultaban algo.

—¿Por qué no me lo dijisteis antes?

Parkin se limpió la nariz en la manga. Allyn miró hacia el cielo.

Edlyn los rodeó con los brazos y los retuvo con firmeza.

—Decidme la verdad: ¿habéis salido del castillo por la puerta posterior?

—Una vez —admitió Allyn.

—¿Después de que Hugh se marchó?

Se había inclinado para oír el susurro de Allyn:

—Sí.

Se le aflojaron las rodillas al pensar en el peligro que habían corrido. Ése era el problema de ser madre: siempre se podía imaginar lo peor, aunque el peligro hubiese pasado.

Parkin habló con la voz constreñida por las lágrimas.

—¿Crees que nosotros le mostramos a ese hombre el camino para que nos entregara al enemigo?

El soldado tomó a los niños de los brazos y los hizo volverse de cara hacia él:

—¿Arrancaron tablas para abrir la puerta? ¿Apartaron piedras?

Los chicos se limpiaron la nariz con la mano y negaron con la cabeza.

—Entonces, no fuisteis vosotros quienes abrieron la puerta al enemigo. Eso lo hizo otra persona.

Miró a Edlyn con expresión significativa.

Él sospechaba de sir Lyndon, y la señora le temía.

—Ponedle vigilancia —le ordenó ella.

Al acercarse a la escalera, Grims se encontró con Burdett que subía, y le ordenó que vigilara a sir Lyndon. Burdett asintió y se alejó.

Grims volvió a la cima del muro, y se dirigió al pueblo:

—La gracia de Dios nos ha salvado. Y ahora, separaos. Las mujeres, que traigan a los niños al castillo. Hombres, preparad las defensas antes de que ellos irrumpan otra vez. Si pueden, echarán abajo la mampara. —Echó un vistazo a la rajadura que había sobre el túnel—. Dios quiera que resista.

Todos los que estaban reunidos en el patio se apresuraron a obedecer. Tomando a sus hijos de las manos, Edlyn se reunió con las otras mujeres y corrieron hacia el castillo. En la única entrada, una abertura en la planta alta, Burdett les hacía señas de que entrasen. Edlyn se quedó a su lado hasta que todos estuvieron dentro, y luego vio, con expresión aprobadora, cómo tomaba un hacha y derribaba la escalera.

—No será fácil tomar este castillo, mi señora —le dijo.

El ritmo de los cascos sobre la tierra endurecida acompañaba el ruego que martilleaba en la mente de Hugh:

—*Por favor*, Dios. *Por favor*, Dios.

Quizás un sacerdote habría sido más elocuente, pero Hugh era luchador, no poeta, y si la sinceridad tenía algún peso, Dios oiría su plegaria.

Hasta entonces, nunca había rogado. Decía sus plegarias y confiaba en que Dios comprendería lo sensatas que eran. No había tenido necesidad de rebajarse. Pero ahora... esto era diferente. El bienestar de Edlyn era demasiado importante para una confianza tan presuntuosa. Cuando se trataba de ella, Hugh no tenía orgullo.

Wharton se mantenía a su lado, y en ese momento le gritó:

—El castillo de Roxford está delante, amo.

Aunque con renuencia, Hugh detuvo a su caballo... el quinto en dos días.

—Escucha —dijo.

Los sonidos de la batalla eran ahogados, y no nítidos como deberían ser. Hugh miró a Wharton, esperando que se burlara de sus presentimientos.

Pero Wharton tenía una expresión sombría.

—El enemigo está dentro.

Pero ¿hasta qué punto habrían entrado? Necesitaban saber detalles, y Hugh hizo una seña con la cabeza a Dewey:

—Ve a explorar la situación.

El escudero desmontó. Hugh y sus hombres lo imitaron, y el jefe no apartó la vista del muchacho hasta que éste desapareció en la espesura que los rodeaba. El muchacho era veloz y había dado buena prueba de ello en la batalla librada recientemente, pero Hugh tuvo deseos de estar con él, de ver por sí mismo lo que Pembridge había hecho.

Sin embargo, permitió que Wharton lo ayudara a colocarse el jubón de cota de malla y el casco. Vio que sus hombres y sus escuderos hacían lo mismo, y luego sacaban las armas de sus estuches de viaje. Dejaron descansar a los caballos... y aguardaron.

La espera fue lo peor. Le dio a Hugh tiempo para contar cuántos hombres le quedaban. Había perdido algunos en el trayecto, sobre todo por falta de caballos de refresco. Habían prometido alcanzarlos en cuanto pudiesen, pero nunca sería lo bastante rápido. Hugh manoseó la correa que le sujetaba el casco a la cota. Había dormido cuando estaba tan oscuro que ni el caballo podía ver por dónde iba, y comido cuando sus hombres necesitaban descanso. Cada instante que no estaba cabalgando había sido una tortura, e incluso mientras lo hacía sufría un tormento de otra clase.

Lo único que podía recordar era la bandera blanca que Edlyn había agitado mientras él se alejaba, y sus arrogantes planes de aceptar la rendición de su esposa.

Ahora ¿quién aceptaría la rendición de Edlyn? Había calificado a Edmund Pembridge de hombre cruel, y Hugh temía que tuviera ocasión de comprobarlo. En ese momento, se sentía dispuesto a dar cualquier cosa con tal de tenerla sana y salva, segura de su orgullo. Tan segura como para poder confesarle que lo amaba.

Y él... ¿qué le diría? ¿Le ofrecería su compromiso y lo consideraría suficiente, o...?

—¡Mi señor!

Dewey regresó sigilosamente, pasando entre la maleza.

—¡Eso sí que es velocidad! —comentó Wharton.

—Sí, me apresuré —respondió Dewey.

¿Acaso se habrían vuelto locos? Para Hugh, hacía siglos que lo esperaban.

—Pembridge está bien instalado en el recinto exterior. —Si bien no había tiempo para detalles, el rostro lúgubre de Dewey resultaba elocuente—. La casilla de guardia y el puente levadizo están intactos. No hubo batalla para entrar.

Hugh y Wharton se miraron, y éste dijo:

—Entonces, fue traición.

Dewey dijo:

—Eso es lo que yo pensé. Ya han logrado irrumpir en el recinto interno, de modo que tal vez haya habido más traición. No me atreví a avanzar más, pero vi humo de algo que se quemaba, y oí ruidos de feroces peleas. Me temo que el castillo está bastante dañado.

—¿El castillo?

¿Qué era lo que Dewey farfullaba acerca del castillo? Hugh no entendía.

—Y él tiene docenas de caballeros, milord. —Dewey se ruborizó, pero dijo con sinceridad—: Son muchos más que nosotros.

Hugh paseó la mirada a su alrededor, observando a los hombres que lo rodeaban, y volvió a montar.

—Cada hombre debe elegir sus batallas. Yo he elegido la mía. El que no tenga coraje, puede irse, con mi bendición.

Sus hombres se quedaron mirándolo, y Wharton dijo, rígido:

—No es necesario que nos ofendáis, amo.

Se oyó el entrechocar de todas las armaduras cuando los caballeros montaron sus caballos y se quedaron esperando órdenes, y el ferviente, «Por favor, Dios», de Hugh se convirtió en:

—Gracias, Dios.

Se colocó al frente para hablarles como comandante en esta batalla inútil:

—No tenemos refuerzos ni esperanza de tenerlos, de modo que atacaremos por la retaguardia. Existe la posibilidad de que se hayan acostumbrado tanto a abatir a guardias armados, que no estén preparados para enfrentar a otros caballeros.

Hugh y sus hombres traspusieron el puente levadizo y pasaron a través de la casa de guardia... que estaba sin defensa. Eso lo alegró: significaba que tendría que vérselas con un enemigo demasiado confiado. Entonces, tuvo ante sí el recinto exterior.

—¡Cerdos!

Escupió la palabra, furioso al ver tan caprichosa destrucción.

Algunos hombres de Pembridge merodeaban por la casa de guardia interna, tan seguros de la victoria que estaban descansando de la lucha. Uno de ellos vio a Hugh y a sus hombres, y los señaló. Pero, antes de que pudiese gritar, Hugh lo aplastó con la maza. Sus hombres lo imitaron, hasta que no quedó en pie ningún ser vivo.

Desde arriba, Hugh oyó los vivas de los soldados de Roxford, que veían que había llegado la salvación.

Hugh deseó que fuera cierto.

21

—¡Están aquí, mi señora, están aquí!

Edlyn apoyó en el suelo de la azotea el caldero de tocino hirviendo y dejó que el viento le secara la transpiración del rostro. Cuando sus ojos se acostumbraron al sol, vio brillar el rostro de Neda y el de las demás mujeres.

—¿Quién está aquí?

—¡El señor! ¡El señor Hugh! Oímos gritar afuera y miramos. ¡Es él!

—¿Está vivo? —Edlyn se tambaleó—. Está vivo.

Dios había oído sus plegarias. Ahora, nada podía derrotarla.

Entonces, oyó el entrechocar de armas que llegaba de abajo, y los gritos de un moribundo, y la realidad volvió multiplicada.

Pembridge había hecho excavar otra vez el agujero en la base de la mampara. No hacía mucho, había sido sobrepasada la defensa de la casa de guardia, y los hombres de Pembridge habían irrumpido en el patio a caballo. Los guardias del castillo Roxford lucharon con valentía, pero eran, más que nada, defensores, y tenían pocas posibilidades contra los caballeros que estaban en posición ventajosa y tenían más fuerzas.

Y, sin embargo, contra todo lo esperado, Hugh había llegado, y Edlyn no podía apagar el optimismo que encendía el rostro de las mujeres, ni su propia euforia. Corrió hacia las almenas que coronaban el techo, con la intención de asomarse.

—Tened cuidado —la detuvo Neda, poniéndole la mano en el brazo, y señalándole la enredadera verde que echaba raíces entre las piedras y se enroscaba en los merlones—. Ésa es la que provoca ampollas.

—Sí, mi señora —Ethelburgha le mostró sus manos enrojecidas e hinchadas—. Mire esto. Pasarán días hasta que pueda preparar cerveza.

Edlyn hizo una mueca pero no la tocó. Como no tenía sus hierbas, no podía curar a Ethelburgha, y no tenía el menor deseo de sufrir de picazón.

Fue hasta otra tronera, se asomó afuera, y observó la batalla que se desarrollaba abajo.

Montado en su caballo de guerra, Hugh atacaba a los enemigos que se habían atrevido a tratar de arrebatarle su propiedad, y al verlo, su corazón se colmó de alegría como una alondra en la mañana. Pero luego vio con cuánta dureza lo presionaban los enemigos.

—¿Tiene suficientes hombres?

La esposa del mayordomo dejó de sonreír.

—No lo sé.

Lo que, en realidad, quería decir era no, pero Edlyn dijo:

—No importa. Es nuestra mejor oportunidad.

—Maldito sea Pembridge y todos los de su clase —comentó Neda—. Han encendido hogueras en el patio. Están preparando las flechas. Van a arrojarlas por la puerta para quemarnos, y el señor no podrá derrotar a tantos.

El fuego era lo único que realmente debían temer, y lo temieron. Edlyn miró el caldero que estaba junto a la puerta trampa. Las criadas habían hervido grasa en el gran salón, y la llevaron al techo subiendo por la escalera en espiral para arrojarla sobre los hombres de Pembridge. La grasa hirviendo había hecho huir a los caballeros, desesperados por quitarse las armaduras, y cada vez que eso sucedió las mujeres lanzaban exclamaciones de alegría. No era mucho, y hasta había quienes lo consideraban un esfuerzo inútil, pero tenía ocupadas a las mujeres, fuera del camino de Burdett, que preparaba el castillo para resistir el asalto final.

¿Quién podría asegurar hacia dónde se inclinaría la balanza?

Edlyn entrecerró los ojos, pensando en las tres hogueras que ardían abajo. El viento que circulaba por el patio formaba pequeños remolinos y esparcía el humo por todas partes. Los arqueros reunidos alrededor de cada fuego tosían y espantaban el humo con la mano, pero no podían alejarse: tenían que cumplir con su deber.

—Baja al gran salón —le ordenó Edlyn a Neda—. Moja el interior de la puerta, los dinteles y el umbral con agua. Empapa la madera, si puedes. Algo más.

—¿Qué, mi señora?

—¿Burdett sabe disparar flechas?

—¿Acaso no es inglés?

El orgullo que resonaba en la voz de Neda hizo sonreír a Edlyn.

—En ese caso, envíalo aquí con su arco y sus flechas, un hacha, y un cuchillo bien afilado.

Apartando a su paso a las mujeres como quien ahuyenta a una bandada de gansos, Neda se apresuró a obedecer.

—Que también traiga hilo, y mis guantes de montar.

Neda se dio la vuelta.

—Yo vendré con él.

Edlyn observó el techo abierto. Las almenas de piedra los habían protegido pero, si los arqueros tenían éxito, esa protección ya no serviría. Caería una lluvia de flechas sobre el techo, y cualquiera lo bastante tonto para quedarse ahí correría peligro. Edlyn tendría que hacerlo: era su castillo. Pero exponer también a Burdett y a Neda...

—No —dijo—. Que venga Burdett solo.

Neda se disponía a discutirle, pero Edlyn puso dura la barbilla, y la esposa del mayordomo se inclinó y bajó las escaleras tras las criadas.

Abajo todavía resonaba el fragor de la batalla pero ahí arriba, sola, oía silbar el viento. Era una sensación extraña la de saber que allí abajo estaban muriendo los hombres y ella no podía hacer nada. Y más extraño todavía sabiendo que se sentía capaz de hacer cualquier cosa —inhabilitar a un hombre con grasa hirviendo, disparar flechas, o blandir una espada—, para proteger a sus hijos y a su castillo.

Y era suyo, de un modo que nunca lo había sido el castillo de Robin. En el castillo de Robin, ella siempre era la esposa despreciada, que erguía orgullosa la cabeza mientras su marido retozaba con otras mujeres. Aquí, era la elegida, la señora a la que Hugh había investido con toda la autoridad, y nadie se atrevía a preguntar hasta cuándo se extendería ese favor. Todos sabían que Hugh tomaba en serio sus juramentos.

Todos, menos el traidor que se había atrevido a engañarlo, que se había atrevido a estafarlos a los dos... en ausencia de Hugh.

¿Quién sería ese bicho rastrero?

—¿Mi señora?

Sobresaltada, se volvió y vio a Burdett. Había traspuesto la puerta trampa sin hacer ruido. Del hombro le colgaban el largo arco y el carcaj. Llevaba en la mano un hacha de mango corto y un cuchillo. Avanzó hacia ella y, de pronto, todas las dudas referidas al mayordomo volvieron a ella. Estaba sola ahí arriba. Burdett podría cortarle el cuello y arrojarla por encima del borde, y después bajar y asesinar a sus hijos.

Cuando el hombre alzó el hacha, ella dio un paso atrás y levantó los brazos para protegerse la cabeza. Burdett dio vuelta el hacha, la tomó por la hoja y se la ofreció.

—Mi señora, ¿qué hacéis?

Edlyn bajó lentamente los brazos. Burdett la miró fijamente, tendiéndole el mango del hacha, y ella estiró la mano y lo tomó. Él lo soltó de inmediato. Dejó caer el cuchillo a sus pies y esperó, impotente, para ver si ella decidía golpearlo. Sin embargo, Edlyn se sonrojó por su propia estupidez. Y con una sola frase borró la expresión dolida que veía en la mirada de él:

—Dame los guantes —le dijo—. Vamos a salvar el castillo Roxford.

De las heridas de la boca de Hugh manaba sangre. La espada le colgaba del brazo como un saco de harina, y tenía la impresión de que su destreza era tan escasa como la de un molinero. Su pecho se alzaba y descendía como una fragua e incluso así, no sentía que ingresara suficiente aire. Lo peor era que su caballo de guerra estaba igualmente exhausto.

Sus mejores caballeros luchaban contra toda posibilidad lógica, y cada uno era atacado al menos por tres enemigos. Le había ordenado a Dewey que se marchara cuando la batalla comenzaba, y no sabía si el muchacho había logrado escabullirse. Wharton se había quedado cerca de Hugh, cuidándole la espalda, hasta que fueron separados por la sola fuerza de la cantidad. Lo que más deseaba Hugh era asestar el golpe fatal a Pembridge, pero éste se mantenía detrás de su cuerpo de guardia y su lucha sólo consistía en alzarse la visera del yelmo con gesto burlón. Seguros de la victoria, los arqueros de Pembridge cuidaban el fuego y se disponían a acercar a las llamas las puntas de sus flechas impregnadas de alquitrán.

La caída del castillo sólo era cuestión de tiempo. Sólo era cuestión de tiempo que Hugh y sus hombres acabaran muertos. Sólo cuestión de tiempo que sus sueños quedaran destruidos. Sus sueños de un castillo propio, atendido por la esposa que amaba...

Alzando la vista, Hugh la divisó en las almenas del castillo.

Era asombroso que la reconociera desde tan lejos, incluso en el fragor de la batalla, siendo tan parecida a las otras mujeres. Pero la que él sabía que era Edlyn lo miró, y agitó una larga rama cubierta de hojas. Agitando la planta, exhibía el mismo entusiasmo que cuando hizo flamear la bandera blanca, y Hugh se preguntó qué querría transmitirle.

Por el rabillo del ojo vio una espada que se abalanzaba hacia él, y apenas alcanzó a bloquearla con el escudo.

Si seguía contemplando a Edlyn lo matarían. Lo mejor era luchar por ella.

Perdido en la sed de sangre de la batalla, casi no advirtió una súbita conmoción entre el grupo de arqueros de Pembridge, que rodeaban la hoguera más cercana, hasta que Pembridge se echó a gritar con desesperación, y sólo entonces alzó la cabeza el tiempo suficiente para verlos huir. Se restregaban los ojos, tosían, y se precipitaban hacia las puertas como si ya no pudiesen soportar más los vientos de guerra.

La curiosidad le insufló parte de su fuerza original en las venas, y Hugh liquidó a los dos caballeros que trataban de apresarlo y se acercó al fuego... una hoguera ya abandonada por los que supuestamente debían cuidarla.

Parecía tan sólo un montón de trozos de troncos mal encendidos y ramas verdes pero, al observar mejor, vio elevarse una pluma en una onda de calor, reducirse a cenizas, y esfumarse.

Atravesando el montón de cuerpos y armas, un caballero montado se estrelló contra el caballo de Hugh con todas sus fuerzas. Gruñendo, Hugh se volvió para luchar... y bajo el yelmo abierto vio a su antiguo amigo, sir Lyndon.

Reconoció la traición.

—Lyndon.

El nombre salió silbando en sus labios apretados.

El precipitado viaje y la batalla habían fatigado a Hugh.

No así a sir Lyndon, que sonrió, ansioso.

—¡Buen encuentro, querido señor! ¿No esperabas verme alzar una espada?

—No contra mí.

La sonrisa de sir Lyndon desapareció.

—Entonces, eres un tonto. He permanecido a tu lado como un perro fiel durante años, esperando el día en que ganaras tu recompensa y compartieses las ganancias conmigo. Tú, en cambio, te has casado con esa mujer y has dado la espalda a tus fieles compañeros.

Sir Lyndon no entendía, y Hugh quiso hacerle entender.

No quería matar al hombre que había librado tantas batallas a su lado.

—Te dije que si demostrabas estar arrepentido...

—¿Demostrar? ¿A ti? He dado pruebas de mi lealtad demasiadas veces para permitir que me pusieras a prueba de nuevo.

La repentina tensión de sir Lyndon preanunció un golpe, y Hugh lo desvió con facilidad con su escudo.

—Eres un caballero. El honor...

—El honor es para aquéllos que pueden permitírselo.

Sir Lyndon blandió la espada.

Hugh se movió para eludirla, pero había malinterpretado el objeto de la ira del hombre. La afilada hoja se hundió en el cuello del caballo de Hugh, cortando una arteria. La enorme bestia cayó de rodillas, y Hugh tuvo que apresurarse para librarse de los estribos.

—¿Ves? Sólo los nobles pueden permitirse el lujo del honor... —en la voz de sir Lyndon vibró la burla, y aferró la maza—, mi señor.

Bajo la mirada de Hugh, el potro murió en medio de un charco escarlata, y sir Lyndon espoleó a su propio caballo, acercándolo a él. El olor de la sangre enloqueció al animal y, al parecer, también a sir Lyndon, pues ambos se apartaron. Hugh eludió los cascos que se agitaban en el aire y la bola de hierro que se balanceaba con mortal intención. No quería morir con el cráneo aplastado por una maza, ni pisoteado por un caballo. Menos aún, en el patio de su propio castillo. Tampoco, derrotado por su antiguo amigo convertido en encarnizado enemigo.

Hugh era el mejor guerrero de los dos, aunque

sir Lyndon llevaba todas las ventajas. Lanzándose al ataque, aprovechó sus ventajas sin la menor piedad. Guiando al caballo con las rodillas, empujó a Hugh hacia el fuego, y éste quedó atrapado entre la maza manejada con tanta destreza, y las llamas que le lamían los talones. Cuando ya tenía el fuego casi encima, y a sir Lyndon delante, supo que sólo un milagro podría salvarlo.

Sir Lyndon levantó el brazo para descargar el golpe fatal. Hugh se puso de rodillas, alzó el escudo, se preparó... y oyó un silbido y un golpe sordo cerca de su pantorrilla. Bajó la vista: una flecha se había hundido profundamente en un leño. No tuvo tiempo de preocuparse por el retorcido follaje de hojas y ramas que colgaba de ella. Sir Lyndon hizo retroceder a su caballo, y Hugh aprovechó la distracción para levantarse y tomar distancia de ellos.

Recuperándose de la sorpresa, sir Lyndon lo provocó:

—Como todo en este maldito castillo, los arqueros son bastante torpes.

Otra flecha zumbó en el aire y aterrizó directamente en el fuego, lanzando una lluvia de chispas al aire.

Asustado por las llamas, el caballo de sir Lyndon se encabritó.

Otra flecha cayó en las llamas, y Hugh vio su oportunidad. Levantó el tronco encendido y lo balanceó ante la nariz del caballo. El animal relinchó y retrocedió. Sir Lyndon dejó caer la maza y el escudo, y se aferró a la montura. El caballo se lanzó hacia delante antes de que el jinete pudiese volver a sujetarse y, acompañado por el estrépito de su armadura, sir Lyndon cayó al suelo.

Ahora, la lucha estaba pareja. Hugh avanzó hacia su antiguo amigo, aún blandiendo la madera en ascuas. La flecha se encendió, y comenzó a brotar ese humo característico de la leña verde, que provocaban las hojas.

—Apártalo. —Sir Lyndon agitó los brazos—. ¡Por el amor de Dios, Hugh, retíralo!

Intentó frotarse el rostro con las manos, y sus guanteletes quedaron ensangrentados.

Hugh quedó atónito. ¿Qué le pasaba a ese hombre?

—Lo que digas, Hugh. Haré lo que quieras. —Corrió hacia atrás, enloquecido, como un perro apaleado, echando espuma por la boca—. Si alguna vez me quisiste, ahora perdóname.

Hugh titubeó, pues no entendía la desesperación de sir Lyndon.

Éste bramaba de dolor, con los ojos cerrados como si no se atreviera a abrirlos.

—Recuerda nuestras batallas compartidas. Recuérdalas y dame otra oportunidad.

—¡Oh, está bien, te perdono! —exclamó Hugh, disgustado, arrojando la rama al fuego—. Pero ¿qué es lo que te pasa?

Pero olvidó su propia pregunta al ver un caballo sin jinete cerca de allí.

La oportunidad. La reconoció. Corrió, aumentando la velocidad, y saltó sobre la montura. El animal se encabritó; Hugh lo calmó con dificultad, y luego se dio la vuelta para ocuparse de sir Lyndon.

Pero no lo vio por ningún lado. Otra flecha silbó en el aire y fue a caer en el fuego.

Hugh alzó la vista hacia el castillo, y vio a Burdett afinando la puntería en dirección a la segunda hoguera, en torno de la cual aún se agrupaban los arqueros, esperando para entrar en acción. Entonces, como si hubiese divisado el peligro, Burdett se agazapó tras el almenaje, con el largo arco en la mano.

Justo a tiempo. Una flecha disparada desde esa segunda hoguera, dio en el lugar donde él había estado. Ahora, la única que se asomaba era Edlyn, arrancando las enredaderas que se enroscaban en torno de las piedras, y ofreciendo un blanco perfecto.

Por primera vez durante la batalla, Pembridge salió de la protección de su guardaespaldas, y le gritó a su arquero:

—¡Dispárale!

El arquero apuntó la flecha y entrecerró los ojos.

Hugh lanzó un rugido de advertencia a Edlyn y arrojó su caballo contra el arquero. No llegaría a tiempo. Supo que no llegaría a tiempo, pero tenía que intentarlo. Tenía que hacerlo.

Pero, antes de poder lanzar la flecha, el arquero enemigo cayó en una nube de humo.

Burdett saltó de su escondite y arrastró a Edlyn hacia abajo.

Privado de su presa, Pembridge galopó hacia el

fuego y tensó un arco, apuntando a Hugh. Desde tan corta distancia, la flecha podría perforarle la cota de malla que lo protegía. Hugh se preparó para el impacto, pero antes de que Pembridge pudiese disparar, un remolino de viento lo envolvió en humo.

Gritó como si el diablo mismo le apretara la garganta. Soltando el arco, enfiló su caballo hacia la casilla de guardia.

Hugh se preguntó qué diablura sería ésa. En ese momento, una ráfaga caprichosa dispersó los humos tóxicos hacia los que luchaban y también lo envolvió a él.

Al no recibir indicaciones de Hugh, el caballo retrocedió.

—¡Por Nuestra Señora! —exclamó Hugh, azotando las riendas cuando el humo se le metió en el yelmo.

Sintió que se quemaba el pecho. Le escocía la piel. Le ardieron los ojos. Quiso frotarse para calmar el dolor, pero los guantes de malla se lo impidieron. Trató de alejarse, pero ya era tarde. El veneno se le adhirió a la piel y le llenó los pulmones. Si en ese momento lo atacaba cualquier guerrero capaz, Hugh estaría perdido.

Pero no había guerreros capaces. Esas malditas flechas habían distribuido su carga en las tres hogueras, y el humo se extendía por todo el patio. Los hombres corrían, aullaban, lloraban como recién nacidos. Hugh guió a su caballo atravesando la entrada baja y estrecha de la casa de guardia, y salió del patio exterior. Aliviado, hizo una inspiración, después otra y otra más.

—Aire. —Tosió, guiñó, tratando de ver con sus ojos llorosos y enrojecidos—. Aire fresco.

Finalmente, las lágrimas le despejaron la vista y lo vio: Pembridge estaba solo, sin más defensa que sus propias armas y su propia destreza.

Eso no sería suficiente.

Pembridge también vio a Hugh, con ojos tan hinchados como él, y en su rostro apareció una sonrisa de enloquecido gozo.

—Ingeniosa treta, mi señor de nada —le gritó—. Mi Edlyn siempre ha sido ingeniosa. —Hizo un ademán con el brazo, como conjurando a los demonios—. Pero no tanto como yo.

A una señal, más caballeros entraron por la puerta de la casilla exterior, y llenaron el patio.

Hugh se quedó mirándolos, boquiabiertos.

Richard y su banda de ladrones le devolvieron la mirada, y en la retaguardia del grupo estaba el viejo y flaco balsero, Almund, mirándolos a todos con expresión severa.

—Ya ves —dijo Pembridge—, cuando necesitas aliados para el mal, tienes que recurrir a las más bajas criaturas, ofrecerles el botín, y estarán dispuestas a hacer lo que tú quieras.

Dentro de Hugh, algún fragmento de fe y de honor se rompió con un chasquido. No quería aceptar que Richard fuese un Judas. Había querido creerle cuando él dijo que abandonaría el robo con tal de tener una oportunidad para comenzar de nuevo. Creyó —¡por el amor de Dios, le creyó!— que Richard había concedido la libertad a Edlyn por su belleza e inocencia, y porque quiso alimentarlas.

Y ahora, ahí estaba, dispuesto a despojar a Hugh de su castillo y a abusar de Edlyn hasta que muriese.

Rugiendo como un toro herido, alzó la espada.

—¡No!

Richard también levantó la espada, y exclamó en voz clara:

—Claro que no. Hemos venido a proteger a lady Edlyn y todo lo que ella proclama como propio... y tú, lord Hugh, eres de ella.

Hugh interrumpió su carga antes de lanzarla. Sintió renacer la esperanza. Con los hombres de Richard a su lado, tenían la posibilidad de derrotar a Pembridge.

Y a juzgar por su expresión, éste también lo sabía.

—¿Pelearás? —le gritó Hugh—. ¿O huirás?

Pembridge se volvió hacia él, furioso:

—Lucharé y, si muero, te llevaré conmigo al infierno.

22

—Habéis estado a punto de lograrlo, amo.

Hugh, que estaba tendido en su jergón, junto al fuego del solar, alzó la vista. Sobre él se erguía Wharton, todavía tembloroso y con el rostro ceniciento.

—Pembridge casi os llevó al infierno con él.

—Era un buen luchador. —Hugh movió los hombros, probando la venda que le sujetaba el esternón quebrado—. Pero él no peleaba por lo que amaba.

—¿Y tú sí?

Desde el otro lado del jergón sonó la suave voz de Edlyn, y Hugh giró la cabeza para contemplar a su esposa.

Tenía el semblante tierno y dulce de un ángel que llevara consigo el fin de los sufrimientos y la salud a los enfermos... un semblante que contrastaba con el de la mujer que él conocía.

—Ese caballero malintencionado tenía razón en una cosa —murmuró Hugh—. En verdad, *eres* una mujer ingeniosa.

Nadie le había contado que era a Edlyn a quien se le había ocurrido la idea de arrojar tallos y hojas de la enredadera venenosa al fuego para ahuyentar a los arqueros. La estratagema había desbaratado por completo la batalla y, cuando los hombres de Richard se unieron a Hugh, las fuerzas de Pembridge resultaron derrotadas.

Fue necesario que pasara una hora para que el fuego terminase de consumir el miasma mortal de la enredadera venenosa y el viento despejara el aire lo suficiente para que Hugh pudiese entrar otra vez a su propio castillo. Había empleado ese tiempo para agradecer a Almund, a Dewey, a Wharton, y a todos sus hombres, incluso a los ladrones de la banda de Richard. Y esa demora había estropeado considerablemente la celebración de la victoria, sobre todo cuando Richard —al enterarse del éxito de la estratagema herbácea de Edlyn— rió con tantas ganas que cayó al suelo, desmayado.

Y aunque investigaciones posteriores demostraron que, además, tenía varias costillas rotas como consecuencia de una maza bien manejada, sus carcajadas aún seguían resonando en los oídos de Hugh.

El fastidio de Hugh no pasó inadvertido.

—¿Por qué no me dejas que te lleve a nuestra cama? —preguntó Edlyn, y no por primera vez—. Es grande. Hay lugar más que suficiente para ti y para Richard, y para mí sería mucho más conveniente cuidarlos a los dos.

—Yo no dormiré con este hombre —declaró Hugh.

—Amén. —La voz de Richard, sonó resuelta, aunque débil. Estaba reclinado sobre las almohadas, casi tan blanco como la tela en la que apoyaba la cabeza, pero ni el dolor lograba aplacar su insolencia—. Además, yo podría dormir en el jergón. No tengo por qué privar al amo del castillo de su cama.

La ironía provocó en Hugh deseos de golpear a su antiguo enemigo, ahora aliado.

Pero no fue necesario, pues Edlyn restó valor a las pretensiones de salud de Richard:

—No, no puedes —le dijo—. No me gusta el aspecto de esa herida en el pecho, y no te moverás hasta que yo lo permita.

Richard no se dejó amilanar, y dijo, en tono divertido:

—Es una tirana, ¿no es cierto, Hugh? Cuando *yo* me case, lo haré con una mujer obediente.

Hugh recordó sus propias fantasías en ese sentido.

—Según mi experiencia, uno acepta lo que Dios le da.

Si pudiera calificarse un tono de voz como jactancioso, así era el de Richard en ese momento.

—Mi bienaventuranza será la envidia de todos mis *nuevos vecinos*.

Hugh protestó:

—Das por sentadas demasiadas cosas, sólo sobre la base de una batalla.

Pero Richard tenía razón, demonios. Hugh le pediría al príncipe Edward que le cediese el castillo. Después, el propio Richard tendría que ganarse la aceptación de los nobles, y no sería fácil lograrla de barones y condes a los que el sonriente bribón que yacía en la cama había amenazado a punta de espada y despojado de sus posesiones.

Lo peor de todo era que Edlyn supiera que él haría todo lo posible por Richard. Ella consideraba a Richard un hombre bueno, inclinado a la amabilidad, y Hugh no tenía corazón para desilusionarla... aun cuando creyese que ella estaba manipulándolo. En ese momento, le sonreía de un modo inquietante, recordándole los días vacíos transcurridos desde la última vez que habían hecho el amor, y parecía burlarse de las noches vacías que pasarían hasta que pudieran estar solos de nuevo. Arrodillándose a su lado, Edlyn le acomodó las almohadas bajo la cabeza.

Su encanto lo hechizó, y no pudo evitar devolverle la sonrisa.

—Dime, esposa, ¿qué te pareció tu primera experiencia de una batalla?

—Fue tan fea y terrorífica como imaginaba. —La persistencia de la sonrisa desmentía sus palabras—. Y si hubiese tenido un arma, habría peleado con mis propias manos contra esos mercenarios.

La sonrisa de Hugh se esfumó ante el terror que le provocó esa idea.

—¿Por qué?

—Cuando vi lo que hizo Pembridge en el recinto exterior y me enteré de los planes que tenía para el interior, el castillo, mis hijos y mi pueblo... por Nuestra Señora que aún tengo ganas de matarlo. —Apretó las manos temblorosas sobre el regazo—. Y eso que ya está muerto.

Qué extraño era sentirse ligado a la esposa porque ella tuviese deseos de matar a alguien.

Claro que Hugh lo comprendía: había sido arrastrada por la furia de la batalla. En realidad, no le agradaba la violencia, pero ahora entendía un poco la satisfacción que lo impulsaba cuando combatía bien y derrotaba a las fuerzas que pretendían someter a la nación.

—El amo se ocupó de matar a Pembridge —dijo Wharton, en tono práctico.

—Yo cumplí esa labor, y volvería a hacerlo con gusto. Nos esperan meses de duro trabajo para reparar el daño que le ha causado al castillo Roxford.

—Siempre fue así —evocó Edlyn y, por el tono en que lo dijo, Hugh comprendió que nunca había querido a Pembridge—. Llevaba consigo una desgracia y allí donde él iba, la felicidad se acababa.

Eso le recordó a Hugh una vieja amistad, también tocada por la desgracia, y se removió, incómodo.

—¿Alguien ha visto a sir Lyndon después de la batalla?

Wharton sacudió la cabeza con gesto triste.

—Sir Lyndon fue muerto, amo. Encontramos su cuerpo entre los cadáveres de otros traidores, cuando el sacerdote estaba dándoles la bendición.

—No hables de manera tan irrespetuosa —lo reconvino Hugh con vivacidad—. Era un buen hombre.

—¿Un buen hombre? ¿Entonces, no fue a él a quien vi luchando para Pembridge? ¿Ni el mismo que intentó mataros a vos?

—Pero se arrepintió de su comportamiento.

—Vos sois demasiado blando. —Ahora era Wharton quien reconvenía—. ¿No fue a él a quien vuestros hijos vieron mientras abría la puerta posterior para que entrara el enemigo?

—Allyn y Parkin me dijeron que no estaban seguros.

—Antes de la batalla, tal vez no, pero ahora la evidencia es abrumadora. Yo no le habría tenido confianza para darle la espalda... ni confiarle a mi esposa... otra vez.

—Me halagas —dijo Edlyn, bajando la vista para ocultar la risa.

—No es necesario, señora. —La acritud del semblante de Wharton podría haber secado hasta el zumo de un durazno—. No sé por qué el amo quiere a una mujer terca como vos, pero yo siempre respeto su voluntad.

—¡Pero no me crees cuando afirmo que sir Lyndon estaba dispuesto a intentarlo otra vez! —exclamó Hugh, irritado.

Wharton se encogió de hombros.

—Yo sabía que ibais a poneros de parte de él, y no me importa. Él está muerto, y es inútil discutir.

Después de todo, Hugh sabía que no podía pretender que Wharton admitiera que había hundido un cuchillo entre las costillas de sir Lyndon.

—Bueno —murmuró para sí—. Ya está hecho, y no puedo repararlo.

A decir verdad, no sabía si quería. Wharton tenía razón: Hugh jamás hubiese vuelto a confiar en sir Lyndon y, si éste hubiese vivido, entre ambos no habría existido más que rencor.

—Salvo su tendencia a confiar en quien no debe, el amo es bueno en lo suyo. ¡Pero si él solo liquidó a la mitad del ejército rebelde, antes siquiera de que se desatara la batalla! —Ya en tono socarrón, Wharton preguntó—: ¿Cómo fue que lo hicisteis, amo?

Las bromas de Wharton no ofendían a Hugh, y no tuvo reparos en conceder el crédito a quien lo merecía.

—Fue un truco que me enseñó mi esposa.

Los ojos de Edlyn se redondearon de placer:

—¿En serio?

—No soy estúpido —dijo Hugh—. En dos ocasiones, a pesar de tener casi todo en contra, te vi ganar empleando los recursos a tu alcance, y llegué a la conclusión de que yo podía hacer lo mismo.

Para su horror, Hugh vio que los ojos de su esposa se llenaban de lágrimas.

¡Lloraba! ¡Estaba llorando! No sabía qué hacer con las mujeres que lloraban. Demonios, de haber podido, habría huido. Como no podía, dijo:

—¡Eh, estaba haciéndote un cumplido!

—Ya lo sé. Lo que pasa es que... —sacó un trozo de venda de su bolso y se limpió la nariz— es la primera vez que estoy segura de que cuento con tu aprobación.

—¿Aprobación para ti? —Hugh trató de incorporarse y se encontró con que Edlyn le rodeaba los hombros con los brazos—. ¿Cómo dudas de mi aprobación? Si estoy en tu cama cada vez que puedo.

—No quiero oír esto —dijo Richard, y se puso a canturrear en voz alta.

—¿En mi cama? ¿Y con eso, qué?

—¿Cómo, qué?

Hugh no podía creerlo.

—Lo que sucede en la cama no tiene importancia.

Al parecer, Richard no canturreaba lo bastante alto, pues se interrumpió tan bruscamente que demostró haberla oído. Wharton se paralizó. Hugh clavó la mirada en el rostro empapado en lágrimas de su esposa y, en medio del silencio, los hombres se esforzaron por captar esta evidencia de la simpleza de la mente femenina.

Enfrentada a tres incrédulos, Edlyn dijo:

—Bueno, pues no la tiene. Lo que cuenta entre el hombre y la mujer es el afecto y la confianza. Tú no estabas feliz al levantarte de la cama la última vez que la compartimos.

—Me taparé los oídos —exclamó Richard, y se rodeó la cabeza con una almohada haciendo movimientos lentos para no dañar sus costillas fracturadas.

Lo único que Hugh recordaba de haber compartido la cama con ella era la abrumadora urgencia de dominarla, la satisfacción cuando lo había logrado, y la subrepticia noción de que ella también lo había dominado a él.

Sin duda, Edlyn debió de adivinarlo en la expresión de él, pues dijo:

—No estabas feliz. Estabas muy enfadado por esas camisas que querías que yo le devolviese a Richard.

El aludido levantó la cabeza de la almohada.

—¡Eso es mentira! Jamás le di una camisa.

Que Richard estuviese escuchando una discusión íntima entre él y su esposa le provocaba a Hugh la misma sensación que las garras de un lobo arañando el granito, y estalló:

—Tendrías que taparte mejor los oídos.

Con deliberada circunspección, Richard se volvió y quedó sepultado bajo un montón de trapos.

—Me la dio uno de vuestros hombres. —Edlyn se dirigía al montón de trapos—. Y Hugh quiso que yo la devolviese. —Bajó la vista, y adoptó el aire tímido de una doncella—. La mañana que te marchaste, traté de alcanzarte para dártela.

En ese preciso instante, Hugh confirmó que, en verdad, no entendía a las mujeres.

—¿Para dármela a mí?

—Sí. Como prenda mía, para que la llevaras a la batalla.

Hugh evocó la imagen de ella, recortada contra el cielo matinal, saludándolo con la prenda blanca.

—¿Ésa fue la bandera blanca que usaste?

—¿Bandera blanca?

—Para indicar tu rendición.

—¡Yo no me rendí!

—Yo vi una bandera blanca.

Exasperada, Edlyn proyectó el mentón hacia delante y se apartó un mechón de cabello de los ojos.

—Jamás entenderé a los hombres. Acabo de decirte que...

—¿Qué ibas a decirme?

—¿Qué?

—¿Qué ibas a decirme cuando saliste corriendo con esa camisa?

La vergüenza de la esposa lo distrajo.

—Je, je. —Wharton lanzó una risotada de lo más desagradable—. Empieza a comprender que no puede engañaros, ¿eh, amo?

Sin apartar la vista de Edlyn, Hugh dijo:

—Wharton, cierra la boca y vete.

—Sí, amo.

Fue desplazándose hacia la puerta de costado, como un cangrejo que se encaminara hacia el mar.

Richard se había dado la vuelta para poder asomar la cabeza fuera de las mantas y escuchar.

Hugh quiso echarlos a los dos, pero Edlyn estaba nerviosa como un halcón a medio domesticar, e igual de huidiza, y él no se atrevió a distraerse.

Edlyn movió los labios para decir algo hasta que, al fin, con voz chillona, logró responder:

—Iba a decirte que te mantuvieras con vida.

—Tus anteriores maridos no te trajeron más que dolores. —Tal vez para un hombre fuera posible comprender a una mujer, si se esforzaba lo suficiente... y si vivía lo suficiente—. ¿Por qué querías que siguiera vivo, si tu vida habría sido más fácil en caso de morirme?

Edlyn sacó de su bolso un montón de vendas de trapo y empezó a enrollarlas.

—No le deseo mal a ningún hombre.

Con expresión afligida, Hugh se frotó la clavícula quebrada.

Echándole una mirada, Edlyn le dijo:

—No me engañas: sé lo que tratas de hacer.

—¿Qué?

Con dedos cautelosos, se exploró las escaras y hematomas que le cubrían la cara.

Edlyn aceleró la tarea de enrollado.

—Estás tratando de convencerme de que estás dolorido, para que te confiese lo que iba a decir.

—Si podías decírmelo esa mañana, cuando me marché, ¿por qué no puedes decírmelo ahora?

—Porque entonces yo tenía miedo de que murieses, pero ahora...

Sus dedos tocaron una magulladura especialmente dolorosa, y Hugh hizo una mueca.

—Ahora, el único peligro que corres es el de que yo te mate. —Hugh compuso una expresión patética, y Edlyn suspiró, exagerando su fastidio—. Quería decirte que me habías ganado.

Hugh quiso atraparle la mano, y se quedó con un puñado de vendas. Disgustado, las arrojó. Se le engancharon en las asperezas de las manos, y maldijo hasta que Edlyn le quitó las vendas y las puso con cuidado en su bolso. Tomó las manos de él entre las suyas y, por un instante, Hugh pensó que era su señal de rendición. Pero lo que hizo ella fue observar las ampollas y lanzar una exclamación consternada:

—¿Éstas te salieron por sujetar la espada?

—Edlyn...

La mujer metió la mano en el bolso.

—Déjame ponerte un poco de ungüento y después te las vendaré.

—Edlyn, te amo.

Edlyn quedó petrificada.

Hugh estaba azorado. Se le había escapado delante de Wharton y Richard, sin pensarlo, sin poesía ni música. Podría haberle dicho: «Tú eres la esposa de mi alma.» O: «Mi bienamada, eres más bella que el sol en toda su gloria.» Los amantes decían cosas por el estilo, que él siempre había considerado estupideces, aunque a las mujeres les gustaban, y él quería que Edlyn fuese feliz.

Si hubiese tenido tiempo para pensarlo, se le habría ocurrido alguna tontería pero, de pronto, le pareció injusto que ella tuviese que confesarle su amor antes que él. A fin de cuentas, ella había amado, y había visto que ese amor quedaba convertido en cenizas. Hugh comprendía que ése era el motivo de la cautela de Edlyn, y de la ferocidad con que defendía su propio corazón. Y ahora la había ofendido con su tosca declaración, y tendría que hacer algo para repararlo. Farfulló:

—Robin lo decía mejor, ¿no es cierto?

Edlyn apretó los dedos contra los labios de él.

—Robin era muy elocuente, pero se lo decía a muchas damas. —Acariciándole los labios con la yema del pulgar, agregó—: Me gusta más tu versión. —Se inclinó hacia delante hasta poder reemplazar el dedo con sus propios labios, y su aliento lo acarició—. Creo que cuando hayamos reconstruido el cobertizo de Roxford, deberíamos ir allí a cumplir una de mis fantasías de muchacha.

—¿Cuál es esa fantasía?

Esa conversación era como un beso convertido en sonido, y Hugh atesoró los movimientos, la calidez, la expectativa de otros silencios... y de otros besos... más apasionados.

—Sobre tú y yo. —Cuidando de no hacerle daño, Edlyn se tendió junto a él—. Unidos en un abrazo.

Aunque no era posible que dos cuerpos estuviesen más cerca, Hugh sintió un ápice de insatisfacción. Poniéndole la mano en la barbilla, le alzó la cabeza y la miró a los ojos:

—Yo insisto en que hiciste flamear una bandera blanca.

—Era una enagua.

—Era una señal de rendición.

—Era una prenda de amor.

Eso era. Eso era lo que había esperado oír.

—Que yo habría aceptado. —La abrazó con más fuerza—. Al menos, te tengo a salvo.

Wharton miró a Richard, y sonrió. Comprendía la incomodidad de Richard. Él tampoco quería quedarse a presenciar esa empalagosa escena de amor. Era una pena que Richard no pudiera irse.

Wharton caminó hacia la puerta. Richard mostró una expresión de fastidio.

Hugh tocó los labios de Edlyn.

—Y tengo tu amor.

Edlyn llevó la mano sobre el corazón de Hugh.

—Como yo tengo el tuyo.

Mientras cerraba la puerta tras de sí, Wharton oyó que Richard ahogaba unas arcadas.

La pareja, tendida en el suelo, ni lo notó.

Títulos de la colección

punto de lectura

— romántica —

Tierra audaz

Jude Deveraux

Bronwyn MacCarran era una orgullosa escocesa. Stephen Montgomery, uno de los ingleses que ella odiaba. Llegó a Escocia como un conquistador, pero fue vencido por su belleza. A pesar de eso, ella lo aborrecía.
La joven se convirtió en la razón de vivir para Stephen, en su razón de amar. Y aun así, ella lo rechazaba.
Pero mientras los clanes luchaban entre sí, mientras cada uno blandía la espada contra su hermano y las montañas de Escocia se teñían de sangre, el destino de ambos quedó sellado y ese poderoso guerrero se consagró al orgullo de su mujer, a su honor y a su nombre.

Canción audaz

Jude Deveraux

Tras una amarga tragedia, Alyx Blackett huye a los bosques escondiendo su belleza bajo la apariencia de un muchacho. Allí conocerá a Raine Montgomery, un noble al margen de la ley. Alyx trabajará para él como escudero, intentando olvidar así su amargura. Pero...
¿Por cuánto tiempo logrará esconder su infinita belleza? ¿Podrá Montgomery reprimir sus ardientes deseos? En la profundidad de aquel bosque, entre las sangrientas luchas que les rodean, se despertará la pasión de un hombre... por una mujer capaz de cambiar su destino.

Ángel de plata

Johanna Lindsey

Una joven aristócrata inglesa, Chantelle Burke, es raptada por corsarios que la llevan a Oriente y la venden como esclava al rey Ramil. Allí vive una aventura violenta y sensual...
Una historа de amores tempestuosos y pasiones encontradas en el choque de dos civilizaciones completamente opuestas. Una brillante novela histórico-romántica, en la que sus inolvidables protagonistas llegan a los sentimientos más profundos del corazón del lector.

Así habla el corazón

Johanna Lindsey

Nacida en noble cuna, Brigitte de Louroux fue objeto de una traición y sometida a la servidumbre.
Ella se había jurado que jamás sería la esclava de ningún hombre. Pero aparecería en su vida Rowland de Montville, un impetuoso y apuesto guerrero, al que ella entregaría toda su inocencia. Ambos habrían de vivir el embrujo del auténtico amor.